이윤기

나비 넥타이

Published by MINUMSA

Bow Tie and other stories
Copyright © 1999 by Lee Yun-gi
All rights reserved.
Printed in Seoul, Korea.

For information address Minumsa Publishing Co.
506 Shinsa-dong, Gangnam-gu, 135-887.
www.minumsa.com

Second Edition, 2005

ISBN 89-374-2016-3(04810)

오늘의 작가 총서 16

이윤기

나비 넥타이

민음사

차례

1부 하얀 헬리콥터

손님 · 9

크레슨트 비치 · 26

하얀 헬리콥터 · 50

미친개 1 · 82

미친개 2 · 97

가설극장 · 106

패자 부활 · 121

차례

2부 나비 넥타이

나비 넥타이 · 189

떠난 자리 · 244

구멍 · 250

뱃놀이 · 268

갈매기 · 287

낯익은 봄 · 306

직선과 곡선──숨은 그림 찾기 1 · 323

사람의 성분──숨은 그림 찾기 2 · 369

작품 해설 이윤기 소설을 읽는 아홉 가지 이유 / 이남호 · 388

작가의 말 · 410

작가 연보 · 413

하얀 헬리콥터

손님

1

해가 초겨울 추위에 오그라들어 오후는 잿빛이었다. 바다 위에
는 우는 갈매기도 있었고 날아가 버리는 갈매기도 있었다.

산등이 우뚝 잘라지고 마악 바다가 시작되는 언덕에 아이가 서
있었다. 아이는 횡대(橫隊) 지어오는 백마 무리 같은 파도의 마루를
내려다보고 있었다. 바닷가에 사는 아이에게 그 바다와 파도는 심
상한 풍경에 지나지 못했다.

아이는 손가락에다 연두색 대님 한 짝을 걸고 있었다. 대님은 바
람에 날려 자꾸만 아이의 소매 쪽으로 감겨들었다. 그때마다 대님
을 매었던, 주름이 남은 바짓가랑이도 발등에서 팔랑거렸다.

아이는 돌아서서 코를 풀었다. 아이의 눈이 빨갰다. 그러나 울고
있는 것 같지는 않았다.

두어 걸음 물러선 뒤 아이는 손에 들고 있던 대님을 바다 쪽으로

던졌다. 힘껏…… 그러나 가벼운 대님은 역풍을 뚫고 날아가지 못했다. 대님은 바다로 떨어지기는커녕 맞바람에 날아와 아이 뒤에 있는 광파짐한 다복솔에 걸리고는 했다.

아이는 대님을 다시 접은 뒤 칼돌을 하나 주워 대님 끝으로 칼돌을 묶었다. 손이 곱은지 아이는 칼돌을 묶은 뒤 금방 일어나지 않고 두 손을 샅에다 넣은 채 한참 있다가 일어났다.

이윽고 아이는 대님을 다시 집은 뒤 머리 위로 빙빙 돌렸다. 대님은 물매줄처럼, 상모처럼 아이의 머리 위에서 돌았다. 대님 쥔 손에 쾌적한 원심력이 느껴지자 아이의 표정이 환해졌다. 그러나 잠깐만 그랬다.

아이는 상모 돌리듯이 물매줄 돌리듯이 돌리던 대님 끝을 놓았다. 칼돌은 연두색 대님 꼬리를 달고 바다 쪽으로 날아갔다. 아이의 눈은 칼돌을 따라 날아가는 대님을 좇았다.

바다는 대님 하나 삼킨 흔적을 그 표면에 오래 남기지 않았다.

아이는 돌아서서 마을 쪽으로 통하는 내리막길을 걷기 시작했다. 걸으면서 아이는 연신 길가를 두리번거렸다.

아이는 오후 내내 그렇게 두리번거리던 참이다.

겨우 바느질을 배우기 시작한 열여섯 살배기 누나가 대님 한 벌을 만들어 아이에게 준 것은 그날 아침이었다.

누나가 아이에게 대님을 만들어준 데엔 뜻이 있었다. 어머니 제삿날이었기 때문이다.

아이는, 누나가 보기에 불리고 있다 싶을 정도로 기뻐했다. 누나의 서툰 인두질 솜씨가 거기에 따뜻하게 남아 있기라도 한 것처럼 아이는 대님을 살그머니 뺨에 대어보기까지 했다. 아이에게는, 처음으로 받아보는 선물이었다.

그러나 아이는 첫 선물의 의미를 알고 나서는 낯색을 바꾸었다. 어머니 제삿날이었기 때문이다.

아이는 부러 꽁한 얼굴을 해보이고,

"나 학교 갔다가 일찍 오마."

이렇게 말하고는, 바짓자락을 착착 접어 대님을 매고 학교로 갔다.

계집아이들이, "쟤 얼른 장가들고 싶은 게다." 하면서 놀렸다. 아이는, "엄마 제삿날이라고 누나가 만들어줬다. 신랑 되고 싶어서 맨 게 아니다." 하고 당당하게 계집아이들을 을박아주었다. 제삿날 이라니까 계집아이들도 더 이상 놀리려 들지 않았다.

그러나 학교에서 돌아오는 길에, 대님 덕분에 바짓가랑이가 너무 가뿐해서 동무들과 장난을 지나치게 한 것이 탈이었다.

아이가 집 안으로 들어서자 누나의 눈길이 아이의 바짓가랑이에서 멎더니 떨어질 줄을 몰랐다.

"가뿐해서 좋더라. 썩 잘 어울리지?"

"잘도 어울리겠다."

누나 말에 아이도 대님을 내려다보았다.

한쪽 대님이 없었다. 대님이 없는 쪽 바짓가랑이는 주름이 진 채 발등을 덮고 있었다.

"얼라?"

"장난 심하게 쳤구나. 대님 매면 새신랑처럼 점잖게 굴어야 하는 거다, 너."

"새신랑, 새신랑…… 그딴 소리 듣기 싫다."

아이는 돌담 밖으로 뛰어나와 학교 길을 되짚어 달렸다. 누나가 뒤에서 외치는 소리가 아이를 따라왔다.

"바보야, 나머지 한 짝은 풀어놓고 가. 놓고 가기 싫으면 풀어서 속주머니에 넣어."

아이는 학교 길을 되짚어가다 말고 되돌아와 함께 장난하면서
온 동무들에게, 혹시 대님 한 짝을 줍지 않았느냐고 두루 물어보았
지만 주웠다는 아이는 고사하고 아이의 대님을 눈여겨보았다는 아
이도 없었다.

마을로 들어설 때까지만 해도 제자리에 매여 있던 대님이었다.
장길 가던 아낙도 그랬으니까.

"저런, 이제 누나가 엄마 노릇을 하는구나."

하루에 두 번씩 오가는 길이 세 번째는 그렇게 생소해 보일 수가
없었다. 홀로 나무 사이를 가는 오솔길도, 길 위로 나서는 숲 그림
자도, 늘 뺨으로 맞아 버릇하던 바람도 아이에게는 문득문득 낯설
게 느껴졌다.

숨이 턱 끝에 오르자 아이는 걷는 속도를 줄이면서 잎을 벗은 떨
기나무 가지를 유심히 살폈다. 오솔길을 이따금씩 가로막는 떨기나
무 가지는 대님을 채어 제 목에 걸어놓고 있을 만큼 심술궂어 보였
다. 멀리 대님 같은 게 보일 때마다 아이는 그쪽으로 달려가고는 했
다. 그러나 번번이 그것은 바람에 날아와 걸린 빛바랜 천조각 아니
면 겨울에도 죽지 않는 춘란 잎이기가 일쑤였다.

아이는 정말 대님 비슷한 게 보여서, 낮달이 걸린 나뭇가지를 겨
냥하고 달려갔지만 이번에는 대님이 아니라 찢어진 연 꼬리였다.

아이는 나뭇가지에서 연 꼬리를 벗겨 내려 보고는 조금 놀랐다.
공책을 잘라 만든, 이제는 바람과 비에 시달려 노랗게 번색한 연 꼬
리에 쓰인 서툰 글씨…… 그것은 바로 아이 자신이 쓴 글씨, 아이가
제 공책을 찢어 만든 연 꼬리였다.

아이는 연이 실을 끊어먹고 마을 앞 언덕을 넘던 날을 기억할 수
있었다.

학교 길을 되짚어 다시 마을로 돌아오면서 아이는 그 대님이, 이미 찾아본 곳에 있을까 봐 연신 뒤를 돌아다보았다. 그러면서, 마을에서 멀어지던 연 꼬리를 다시 만난 것처럼, 잃어버린 대님 한 짝을 다시 만나는 상황을 잠깐 상상해 보았다.

아이에게는 너무 벅찼다.

그래서 마을로 돌아오자마자, 이제는 아무짝에도 쓸모없게 된 대님 한 짝에다 칼돌을 매달아 바다에 던져버린 것이다. 그래서, 돌멩이 하나 바다에 던진 것으로 치고 대님은 잊어버리기로 한 것이다.

감나무 빈 가지에 걸려 있던 달이 이죽거리는 입모양을 하고 바다 저쪽으로 가고 있었다.

누나는 집에 없었다. 아이는 누나가 집에 없는 것을 다행으로 여겼다.

'일껏 만들어줬는데…… 한 짝은 잃어버리고, 한 짝은 바다에 던져버렸다면 누난들 좋아할 리 없지…… 엄마 제삿날인데…….'

감나무 밑에서 머리를 감고 있던 아버지가, 머리채 사이로 아이를 보며 물었다.

"너 누구랑 싸웠냐? 잔뜩 빼물고 있게?"

"아뇨, 누나는요?"

"마을로 내려갔다. 곧 올 게다."

"싸운 게로구나."

"아빠는 모르셔요."

아이는 안방으로 들어갔다. 방 안에는 누나가 펴둔 상이 있고, 상 위에는 쌀이 봉긋봉긋 두 무더기로 나뉘어 있었다. 누나는 젯밥 지을 쌀에서 뉘를 고르다가 나간 모양이었다. 누나는 제삿날마다 꼭 상에다 쌀을 쏟아놓고 뉘를 골랐다.

아이는 아랫목에 드러누워 천장을 올려다보았다. 방의 네 벽이 빙글빙글 도는 것 같았다. 바닷바람에 발갛게 얼었던 살이 저리해져 왔다.

반침 위로, 제상 차릴 때 입으려고 곱게 다려놓은 누나의 치마저고리가 보였다. 아이는 누나 저고리의 옷고름이 대님으로 보여서 그만 눈을 감아버렸다.

그때 누나의 타박거리는 발자국 소리가 들려왔다. 발자국 소리는 댓돌 앞에서 멎었다.

"너 방에 있니, 있구나……."

누나의 목소리에서 기름이 자르르 흘러내릴 것 같았다. 누나에게, 아이를 기쁘게 해줄 만한 일이 있을 때마다 누나의 목소리에서는 기름이 흐르고는 했다.

"자니…… 자는 척하니?"

"둘 다 아니야."

"이리 나와 봐, 나 좋은 거 가져왔다, 안 볼래?"

"다 귀찮아. 나 졸리는걸. 밤중에 일어나야 하잖아. 제삿날이니까……."

"나와 보라니까 그러네, 쟤."

누나가 누나답지 않게 억지를 부릴 때면 아이에게는 꼭 좋은 일이 생기고는 했다. 아이는 그걸 알면서도 그때마다 번번이 꾸물거리고는 했다.

아이는 눈을 비비며 문을 열었다. 누나가, 왜 눈이 빨갛게 되었느냐고 물으면, 비벼서 그렇다고 대답할 참이었다.

그런데, 아! 대님 한 짝을 들고 있는 것이 아닌가? 누나는 대님을 흔들면서 웃었다. 아이가 그 대님이 어느 쪽 대님인가를 알아내기까지는 약간의 시간이 필요했다.

'잃어버렸던 놈일까, 바다에 던져버렸던 놈일까?'

"개울에서 놀았다면서? 거기에서 잃었다고 생각하지 않니? 뱀인 줄 알았다. 그치만 나도 바보야. 이 추운데 뱀이 어딨니?"

아이는 신발을 꿰어 신고 대님을 빼앗듯이 받아 든 다음 집을 나왔다. 그러고는 해 있을 때 다녀왔던 그 바닷가 언덕으로 달렸다. 언덕에서 바다로 던져버렸던 그 대님이 해초처럼 바위틈으로 밀려와 있기를 간절히 바라면서…….

그러나 언덕 아래에서는 무겁고 빈 파도가 부서지고 있을 뿐이었다. 아이는 대님 끝에다 칼돌 달았던 것을 잠깐 잊었던 것이다.

'이상하다, 참 이상하다…….'

아이에게는 참 이상했다.

대님 한 짝을 잃었을 때보다, 그래서 아무 쓸모가 없어진 한 짝을 바다에 버렸을 때보다, 처음 잃었던 한 짝을 다시 찾았을 때가 왜 그렇게 허전한지 그 까닭을 알 수 없었다.

'차라리…….'

아이가 '차라리' 라는 낱말을 쓴 것은 이때가 처음이었는지도 모른다.

'……차라리…… 누나는…… 찾아다 주지 말지……. 누나 때문에…… 나는 망했다…….'

아이가 '차라리' 라는 말을 쓰는 것은 심상치 않다. 어린것이 한 곳을 오래 바라보고 있는 것도 벌써 심상치 않은 사태다.

아이들은 가을 바닷가라면 꽃게나 조개를 잡으면서 놀기에 좋은 곳이었지만, 꽃게도 없고 조개도 없는 겨울 바닷가는 너무 추웠다.

그런데도 아이는 한참이나 바닷가의 그 심상한 풍경 앞에 서 있었다.

2

마을 위에서 서성거리던 그날의 저녁연기가 산 중턱에 걸렸다가 어둠이 되어 다시 마을로 내려오고 있을 무렵이었다. 아이와 누나, 그리고 아버지, 이렇게 세 식구가 사는 외딴집에 한 손님이 황혼에 묻어들어 왔다.

업은 아기와 머리에 인 보따리를 합하면 제 몸보다 더 큰 도붓장수였다. 도붓장수가 나이 어린 처녀에게, '빈방이 있다지요.' 하고 공대말로 물을 동안 등에 업힌 아기는 뺨에다 보리 튀김 과자 부스러기를 묻힌 채 방긋 웃었다.

마을 마을을 다니다 그만 해를 앞세우고 만 비단 장수였다. 어둠에 쫓기는 도붓장수들은 자주 그 집을 찾고는 했다. 식구가 단출해서 늘 빈방이 있는 데다가 집이 외딴집이어서 주인이 나그네 끓는 걸 싫어하지 않기 때문이었다.

"비단인가 봐요."

누나가 이렇게 말하면서 발돋움을 하고 보따리를 건드려보았다. 보따리가 금방이라도 아기 머리 위로 쏟아져 내릴 것만 같았다. 누나는 보따리를 툇마루에 내리는 비단 장수를 도왔다.

"참 잘 오셨어요. 마침 어머니 제삿날이에요. 손이 모자라서 걱정했는데 좀 도와주실 수 있지요?"

누나가 오래 사귀던 사람이라도 만난 듯이 다정하게 말했다.

"도와주고말고. 가까운 친척은 없는갑네? 그렇잖아도 마을 사람들이 그러더라. 나이 어린 처녀가 여간 기특한 게 아니라고……"

비단 장수는 고개를 좌우로 돌려 보따리에 눌려 굳어진 목을 풀었다. 그러면서 한꺼번에 집안의 사정을 다 구경해 버리는 일에 그 비단 장수는 익어 있는 것 같았다.

"비단이죠?"

"응."

그러나 비단 장수는 나이 어린 처녀가 비단을 끊을 수 있을 것으로는 기대하지 않는 것 같았다. 아기가 보채기 시작했다. 비단 장수는 업은 아기를 돌려 품 안으로 들어오게 하고는 크고 시커먼 젖을 꺼내어 아기에게 물렸다.

"겨우 열여섯인데 어머니 제사 차린다 카제? 왐머이, 집안 해놓은 것 좀 봐라. 새알에 멜빵 하겠다."

당당하고 투박한 사투리와 스스럼없는 몸짓이 어둑어둑한 밤안개 속에서도 비단 장수의 나이를 어림하여 헤아릴 수 있게 했다.

누나가 시키지 않았는데도 아이가 부엌에서 초롱을 들고 나왔다. 사방에 창호지를 바른 초롱의 불빛은, 어둠이 짙지 않아서 그런지 겨우 아이의 발치밖에는 비추지 못했다.

누나와 비단 장수는 나뭇더미에서 땔나무를 한 아름씩 안고 와, 비어 있던 방 아궁이에 불을 때기 시작했다. 처마 밑이 밝아지면서 누나와 비단 장수가 환한 얼굴을 마주하고 웃는 모습이 드러났다. 아이는 거기에는 끼지 않고 뾰족한 나무 꼬챙이로 호롱의 심지를 돋우고 있었다.

누나가 다가와 아이를 감나무 아래로 데려갔다. 누나의 목소리가 아주 밝았다. 아궁이 불빛은 감나무 아래까지는 닿지 않았다.

"얘, 비단 장수래. 대님 감쯤은 문제없이 얻을 수 있을 거다."

"대님 같은 거 이제 싫다."

"이번에는 한꺼번에 두 벌 만들어주마. 비단 장수에게는 그런 조각천 많아, 너."

누나가 다시 아궁이 쪽으로 다가가 비단 장수에게 수작을 걸었다.

"비단뿐이에요?"

"아니다, 양단, 공단, 비로도, 뉴똥도 있다. 와, 처자도 한 감 할라카나?"

"아뇨, 하도 무겁길래요."

"무겁지. 나락 철에는 나락도 받고 보리 철에는 보리도 받으니까……. 이놈의 장사는 어떻게 된 셈인지 팔면 팔수록 보따리가 무거버진다. 짱배기 벗겨지도록 해봐야 입에 풀칠, 짱배기가 성하면 빚이 늘고……."

객식구가 들 때마다, 방 소제도 하고, 군불도 때어주던 아버지가 그날은 웬일인지 방에서 한 번도 나오지 않았다. 어머니 제삿날이어서 그런지 아버지의 마른기침이 유난히 잦았다.

"아버지……."

"오냐."

누나가 물 묻은 손으로 문고리를 달그락거리며 불렀을 때야 아버지의 어두운 목소리가 비로소 방 안에서 새어나왔다.

"왜 불을 안 켜시고……."

"나 누워 있다."

"비단 장수래요. 아기가 어려요. 그래서 옆방에다 불을 때고 있어요."

"오냐, 잘했구나."

아버지는 그래도 문을 열지 않았다.

"어디 편찮으셔요?"

"아니다…… 욕심을 내어 머리를 감았더니 한기가 좀 들 뿐이다……."

"아버지도…… 물 데워달라시지요?"

"대단찮다…… 빨랫줄은 걷었지?"

"네."

"너희 둘은 한숨씩 자둬야 할 거다."

"걱정 마셔요."

누나가 빨랫줄을 걷은 것은 해 지기 전이다. 어머니 혼백이 고개 숙이지 않고도 들어올 수 있도록, 누나는 해 지기 전에 이미 빨랫줄을 걷은 것이다. 누나가 보기에 어머니 혼백은 제삿날마다 살짝 아버지를 만나러 오는 것 같았다.

"아빠가 오늘은…… 이상하시다."

아이가 속삭였다.

"쉬……."

누나는, 어머니 제삿날에 갑자기 잦아진 아버지의 마른기침의 뜻을 헤아릴 수 있을 것 같았다. 그래서 손가락을 하나 세워 입술에다 대고, 쉬, 했던 것이다.

3

어두운 방 안에서 아버지는 아버지대로 자기 몫의 옛 시절 일을 생각하고 있었다. 거부할 길 없는 바다의 거친 손길에, 바닷가 아이였던 자신이 튼튼한 청년으로 자라나던 옛 시절을 생각하고 있었다.

그 시절, 청년은 바다가 길러준 그 강인한 몸으로 농부들이 땅을 그렇게 하듯이 공포와 신비로 가득한 파도의 이랑을 갈고, 그 품 안에서 그만큼의 땀을 흘리며 살진 양식을 수확했다. 청년에게 세계는 가슴 설레리만치 아름다운 삶터였다.

고기잡이배를 따라 나갔다가 며칠 만에 한번씩 마을로 돌아오면 청년은 처녀의 집에서 환대를 받았다. 처녀의 아버지는 청년이 막소주 됫병과 몇 마리의 먼바다 생선을 들고 찾아오는 걸 좋아했다.

아버지, 어머니, 그리고 처녀까지도, 청년이 들고 오는 막소주와 먼 바다 생선은 처녀의 집을 찾으려는 청년의 구실에 지나지 못한다는 걸 잘 알고 있었다.

바다에 길든 청년에게 '가정'이라는 것은 겨드랑이 간지러울 만큼, 참으로 관능적인 것이었다. 청년은 이 간지러움을 현실로 누리는 희망을 부끄럽게 여기지 않았다.

처녀의 아버지를 '아저씨'라고 부르던 청년이 처음으로 '어르신'이라는 호칭을 써보던 날, 처녀의 어머니는 청년의 생년과 생월과 생시를 물었다. 처녀 아버지가 돌아가는 청년을 멀리 배웅하면서, 청년의 가슴에 든 것, 머리에 든 것, 손아귀에 든 것을 엿보려고 한 것도 그날이었고, 청년이 한 해만 더 벌면 선주(船主)에게 빌붙지 않아도 조그만 배나마 한 척 장만할 수 있다고 겸손하게, 그러나 당당하게 말한 것도 그날이었다.

처녀의 집을 나올 때 초롱에 불을 다려 아무 말 없이 아버지에게 건네준 것은 바로 처녀였다. 청년에게 처녀 아버지의 말이 다 들리지 않았던 것은 다소곳이 돌아서던 처녀의 뒷모습을 생각하고 있었기 때문이었다.

청년과 처녀는 서로 알게 된 지 오래였다. 하지만 서로 말을 주고받지 않게 된 지 또한 오래였다. 청년과 처녀는 각각 늠름한 어부와 풍만한 처녀가 되고 나서부터 어릴 적에 버릇이 된 말투는 새로 싹튼 기이한 흥분을 실어 나르기에 적당하지 않다는 것을 알게 되었기 때문이다.

그것을 알기까지, 청년과 처녀는 말놀이를 말싸움으로 끝내고 돌아서면서도 그 까닭을 몰랐던 것이다.

청년이 언젠가 게를 한 마리 잡아가지고 처녀의 집으로 간 일이 있다.

"이 게 봐라, 크지?"

"응, 크다."

"그런데 알 뱄다."

"……."

가슴이 눈에 띠게 부풀어오르던 처녀는 낯빛을 붉혔다.

"크기는 크다. 어떻게 잡았는데?"

"총 놔서 잡았지……."

"이제는 놀리기까지 하네……."

처녀의 부모와 청년 사이에 심상치 않은 침묵이 흐르기 시작한 뒤부터는, 청년이 그 집에 나타나도 처녀는 방에서 나오지 않았다. 그래도 청년은 마음을 바쁘게 먹지 않았다. 그 방문이 오래지 않아 열렸다가는 다시 닫히고, 오래 그리워하던 처녀의 가슴과 현실이 자기 몫으로 돌아올 날이 오고 만다는 것을 의심하지 않았기 때문이다. 처녀는 청년에게, 바다와도 바꿀 수 없는 단 하나의 진실이었으며 미래의 행복에 대한 약속이었다.

먼 뱃길을 떠나야 하는 날이 가까워지자 청년은 처녀의 부모에게, 말 매듭을 지어주십사고, 오래 미루어오던 청을 넣었다. 처녀 부모의 침묵은 그날따라 길기도 했다.

"말이 다 된 것으로 알고 다녀오게."

이렇게 말뚝 박듯이 말한 것은 아버지였고,

"걔 생각도 들어봐야지요."

이렇게 말한 사람은 어머니였다.

"눈치를 하루 이틀 봤나? 척하면 삼척이고 탁하면 목탁이지. 저것이 엉큼한 것이여, 자네를 닮아서."

"젊은 사람 앞에 놓고 무신 짓고…… 엉큼하든 달큼하든……."

"허허, 물어보나 마나여…… 염소 물똥 싸는 거 봤는가?"

"이 양반이 시방……."

두 늙은이는 잠깐 거드름을 생략하고 쑥스러운 것을 감추려고 토닥거렸다. 장인 자리가 어린아이처럼 웃자 장모 자리를 늙은 서방의 허벅지를 꼬집기도 했다.

그날 밤, 장모 자리는 열 살쯤 나이를 더 먹은 시늉을 했고, 장인 자리는 떡갈나무 껍질 같던 얼굴을 펴고 청년의 술잔을 받으면서 처음으로 술잔 밑에 딸려 보내던 왼손을 거두어들였다.

장인 자리가 청년을 배웅하기 위해 뜨락으로 나서자 처녀가 초롱에 불을 다려 내었다. 아버지가 듣기 싫지 않은 어조로 딸을 나무랐다.

"달도 안 보이느냐, 이것아!"

청년은 집으로 돌아오는 길에 바닷가로 내려가 둥근 달 아래 가슴을 열어놓고 있는 듯한 바다를 내려다보았다. 그는 바다만 아는 사람이었다. 그는 부모나 형제에 대한 애정 같은 것에는 길들지 못한 사람이었다. 그런 그에게도 사랑의 약속만은 타인과 나눌 수 있는 것 중에서 가장 진하고 가슴 두근거리게 하는 우애의 약속이었다. 마침내 그것을 껴안았다고 생각한 청년은 가슴에 넘치는 힘과 보장받은 듯한 행복을 바다에 감사했다.

두 달 동안이나 바다에 있다가 돌아오는 회항의 밤바다에는 안개가 짙었다. 배가 닿자 어부들은 어부들답게 가족과의 재회를 무뚝뚝하게 나누었다. 어부들은 그들이 바다에 나가 있을 동안 가족들이 했던 기도를 그런 식으로 애써, 나 모르쇠 하는 것이 보통이었다. 선주와 그 아들이 나와 어부들의 손을 일일이 잡았다. 청년에게 선주 아들의 악력(握力)은 기이하게도 심술궂게 여겨졌다.

청년은 서둘러 그 자리를 피해 처녀의 집으로 달려갔다. 마을 사람들을 만나면 밤안개 속으로 몸을 피했다. 그는 처녀와 처녀 가족과의 재회를 오붓하게 누리고 싶었다.

그러나 처녀의 방에는 불이 없었다.

장인 자리는 사랑방에서 청년을 맞고, 손 대신 계절이 바뀔 동안에 빛깔이 바래버린, 약속된 행복의 시체를 내밀었다.

"반갑기는 하네만……."

장인 자리의 입냄새 묻은 담배 연기가 청년의 가슴에 그을음 자국을 남기는 것 같았다.

"오는 길에 아무도 안 만났는가…… 암말도 못 들었는가?"

청년은 숨을 멈추었다. 그때까지 겪은 어떤 파도보다도 더 거센 파도의 전조를 읽었던 것이다. 그러나 바닷사람이 된 청년은 그런 것에도 길들어 있었다.

"나야 약속을 가볍게 여기는 사람이 아니네만, 여자들 약속은 무겁지 못한 법이네……."

청년은 가만히 문을 열고 처녀의 방문을 내다보았다. 처녀의 방에는 불이 없었다.

파도에 지친 무기력한 오십대는 선주의 아들에게 딸을 팔고, 바다에서 희생되는 어부의 명단에서 제 이름을 지운 것이다. 조그만 항구의 황태자와 공모자들은 이렇게 해서 청년의 진실에다 모래를 끼얹은 것이다.

어둠이 지키는 제집으로 돌아오면서 청년은 바다에 돌멩이 하나를 던졌다. 그러고는 저항하는 것을 포기했다.

청년이 조그만 전마선 한 척을 밤바다에 띄운 것은 며칠 뒤의 일이다. 소박한 사랑의 약속을 빼앗긴 이 절망한 청년의 발밑에서 바다가 전마선을 저어주었다. 물풀의 씨앗처럼 청년은 이렇게 그 마

.을을 떠났다. 슬픔을 잊으려고 청년은 만나는 섬과 별의 이름을 외웠다.

물풀의 씨앗이 다른 물가에서 뿌리를 내리듯이 청년도 다른 해변에서 생활을 꾸몄다. 그러고는 가슴에 둥지 튼 적막을 신경통과 함께 다독거리며 나이를 먹었다.

아내를 얻고 생활을 마련했으나 그의 사랑은 본능의 나무에서는 꽃을 피워주지 않았다. 아내가 딸과 아들을 차례로 낳아주고 죽었으니 그는 아내 몫으로 바다에 돌을 던진 적은 없다. 아내의 제삿날은 아무 일 없이 여러 차례 계속되었다.

4

어허…….

그 처녀가, 선주 아들의 첩이 되었던 그 처녀가, 뜨내기 비단 장수로 늙은 채 어둠에 쫓겨, 이제는 중늙은이가 된 옛날의 그 청년 앞에 나타난 것이다. 사랑을 받지 못한 어머니의 혼백을 위해 딸이 초저녁에 빨랫줄을 걸은 그 마당으로, 아버지의 첫사랑이 고개도 숙이지 않고 들어선 것이다.

비단 장수가 아이와 누나에게 뱉어내는 무신경한 사투리는 큼지막한 돌멩이가 되어 아버지의 추억 속으로 날아들고 있었다.

"아버지, 메밥 다 지었어요. 곧 닭이 울 텐데요."

누나는 문고리를 달그락거리며, 갈아입은 옷의 옷고름을 만지작거렸다.

"오냐, 닭 울리면 큰일이지."

아버지가 일어나면서 중얼거렸다.

그날 그 집에 한 손님이 두 얼굴을 하고, 혹은 두 손님이 한 얼굴을 하고 찾아왔다는 것을 아는 사람은 아무도 없었다.

크레슨트 비치

"와, 죽여준다!"

작전이 끝나는 날이었다. 작전이 끝난 시점은 아니었지만 끝나기는 시간문제였다. 밀림을 빠져나오는데 눈앞으로 바다가 펼쳐졌다. 그 바다 한 귀퉁이가 초승달 꼴로 생긴 '크레슨트 비치(초승달 해변)' 였다. 크레슨트 비치가 내려다보였을 때 우리는 작전이 완료된 것이 아니라는 것도 잊고 함성을 질렀다.

내려다보았지만 처음에 보인 것은 바다와 초록색 털실을 아무렇게나 쑤셔 박은 듯한 해안선뿐이었다. 그런데 그 털실 꾸러미 같은 해안선이 잘리면서 한곳에 연둣빛이 도는 하얀 내포(內浦)가 보였다. 지도는 그 해변을 '크레슨트 비치' 라고 했다. 청록색 남지나해가 해변에 가까워질수록 색깔이 옅어지다가 이윽고 연둣빛으로 변하면서 바닥을 드러내는 곳, 그곳이 바로 크레슨트 비치였다. 바닥이 드러나면서부터 물은 푸른 기운을 잃고 흰빛을 띠면서 크레슨트 비치로 나와, 사구(砂丘)에서 흘러내린 모래를 만나는 곳, 크레슨트 비치였다. 크레슨트 비치 한가운데 있는, 높이 4~5미터 되는 모래 언덕은, 맨눈으로는 시려서 볼 수 없을 만큼 하얗다.

"죽이는구나!"

하도 아름답게 보여 나도 이렇게밖에는 말할 수가 없었다.

크레슨트 비치가 그토록 아름답던 해변으로 내 뇌리에 남아 있는 것은, 언제 월남에 가면 꼭 한번 찾아가 보고 싶은 해변으로 내 뇌리에 남아 있는 것은 어쩌면 착각인지도 모른다. 어쩌면 크레슨트 비치는 밀림 끝나는 산기슭에 자리잡고 있는 평범한 내포의 해변인지도 모른다. 21일 만에 밀림에서 나온 우리들 눈에, 어떤 해변이든 그렇게 아름다워 보일 수밖에 없었는지도 모른다. 그러나, 그런데도 불구하고 그 해변은, 이 세상에서 가장 아름다운 해변으로 내 기억에 남아 있다. 상황이 그랬다.

월남 땅에 떨어져 전투부대에 배속된 지 두 달 만에 나는 행정하사관으로부터 이상한 질문을 받았다.

"최근에 잠자면서 가위 눌려본 적 있나?"

"없습니다."

"이상한 예감에 시달리고 있나?"

"아닙니다."

"그러면 이번 작전에 투입된다. 좋은가?"

"잠자면서 가위눌리고 시도 때도 없이 예감에 시달린다면요? 그러면 작전에 투입되지 않습니까?"

"반드시 그런 건 아니지만 나는, 죽어도 못 나가겠다는 사람은 내보내지 않는 주의다."

"그런 사람은 여기에 와 있지도 않겠죠."

이렇게 해서 나는 장거리 정찰 작전에 투입되었다. 선임하사관은, 통신교육을 받은 적이 없는 나에게 무전기를 짊어지라고 했다. 그가 나를 편애하기 시작했다는 증거였다. 무전병은 첨병 임무를 맡지 않아도 좋았다. 첨병은 전사할 가능성이 가장 높고 무전병은 그다음이었다. 하루 무전병 교육을 받았다.

작전 현장에 투입되기 전날 밤에는 술이 거의 무제한으로 나왔다. 술을 많이 마시는 대원은 대개 고참 대원들이었다. 술을 마시는 대신 빨래나 하려고 양동이 대용으로 쓰이던 탄약통(彈藥桶)에다 물을 채우고 작업복을 담그고 있던 나에게 한 고참 하사가 말했다.

"불안한 줄 안다. 그러나 불안보다는 호기심이 도움이 될 것이다. 술이나 마셔라. 신변의 물건을 만지고 있으면 잡생각이 인다."

아닌 게 아니라 잡생각이 일었다. 작업복을 넣고 있는데 문득, 돌아와서 이 작업복을 입을 수 있게 될까…… 이런 생각이 들었다.

작전 전날 밤에 나는 술자리에 끼지 않고, 진지 구축할 때 쓰이는 사낭(砂囊)을 세워놓고 거기다 단검을 던지면서 혼자 놀았다.

'……이런 느낌일까?'

사낭에서 단검을 뽑아내면서 나는 이런 생각을 몇 차례 했다.

단본부 직할 포대(直轄砲隊)는 간헐적으로 조명탄을 쏘아올렸는데 이 조명탄은 낙하산에 매달린 채 살랑살랑 내려오면서 단본부 안을 대낮처럼 밝히고는 했다. 조명탄이 지면에 닿을 때면 무수한 그림자들은 하늘로 올라가다가 이윽고 어둠 속으로 사라지고는 했다.

월남에서 '작전'이라고 하는 것은 길게는 20일, 짧게는 10일간 일정한 범위에 이르는 적의 본거지, 혹은 적정(敵情)이 있는 것으로 판단되는 지역을 수색하는 일을 말한다. 병력은 보통 헬리콥터로 작전지역에 투입되는데 이렇게 투입된 병력은 중대별, 대대별로 작전 담당 지역의 수색을 완료하고 사전에 약속된 지점에서 합류, 헬리콥터 편으로 본대로 귀환하게 된다.

작전이 계속될 동안 보급품은 4일 간격으로 공수(空輸) 헬리콥터가 날라다 준다. 따라서 전투대원은 보급 당일의 경우 최소한 4일분의 식량과 4일분의 식수와 탄약을 짊어지고 다니지 않으면 안 된다. 우리 부대의 경우 하루의 수색 범위는 4킬로미터 정도였던 것으로 기억한다. 한국의 경우 4킬로미터라면 한 시간 거리에 지나지 못한다. 그러나 정글 속의 4킬로미터는 40킬로미터와 별로 다르지 않다. 대개의 경우 '벌목도(伐木刀)'라는 칼로 정글을 뚫으면서 나아가야 하기 때문에 전진 속도가 매우 더디다. 정글의 가시나무, 그중에서도 우리가 '놀다가세요 나무'라고 명명한 가시나무는 시도 때도 없이 우리의 전투복이나 배낭을 잡고 놓아주지 않았다.

게다가 전투대원이 짊어져야 하는 짐의 무게가 있다. 'C-레이션'이라고 불리는 전투식량 한 끼분이 든 상자는 크기가 목침만 하다. 하지만 무게는 목침보다 무겁다. 4일분이면 12개가 되는 셈이다. 식수는 넉넉하게 마시려면 한이 없지만 갈증이 날 때 수통 뚜껑으로 받아 목을 축이는 정도로만 준비해도 하루에 군용 수통으로 4통이 필요하다. 따라서 4일분이면 16통이 되는 셈이다. 물론 식량과 식수의 무게는 날이 갈수록 줄어들기는 한다. 여기에다 실탄 150발, 연막탄 2개, 수류탄 6발, 방독면, 신호탄 2개, 로켓포를 짊어지면 그 무게는 보통 40~50킬로그램에 이른다.

작전 병력은 헬리콥터에 실려 'LZ'라고 불리는 착륙 지점으로 들어가는데 투하 지점이 가까워지면 헬리콥터 양쪽 문에 붙어 서 있던 미군 기관총수들의 기관총이 불을 뿜는다. 첫 작전 들어갔을 때, 착륙 지점 곳곳에서는 한 트럭은 좋이 되어 보이는 붉은 흙이 하늘 높이 솟았다가는 우수수 떨어지고는 했다. 포격이 개시된 것이다. 적의 포격으로 오인하고 낯색을 잃어가는 나를 보고 한 하사관이 손나팔을 만들어 내 귀에다 대고,

"겁먹지 마, 아군의 교란사격(攪亂射擊)이다!"
하고 소리쳤다.

헬리콥터는 지상에서 한 길 정도 되는 높이에서 대원들을 투하한다. 전투대원들은 대개 무거운 배낭을 벗어 먼저 떨어뜨린 뒤에 소총만 든 채로 가볍게 뛰어내린다. 그러나 내 배낭에는 무전기가 달려 있어서 그럴 수가 없었다. 나는 배낭을 멘 채로 뛰어내렸다. 무릎과 발목에 통증이 왔다. 40킬로그램이 넘는 배낭 짐에다 무전기와 무전기의 예비용 배터리까지 합해서 50킬로그램 이상의 전투 장비를 짊어지고 있었던 셈이다.

헬리콥터가 상공에서 사라지기가 무섭게 우리는 대장의 수신호 (手信號)에 따라 밀림 속으로 들어갔다. 밀림의 수색은 그렇게 시작되었다.

상대가 군인일 경우, 본국에서 우리는 그 군인의 얼굴색만 보고도 그가 어떤 일을 하고 있는지 짐작할 수 있었다. 고생스럽게 근무하고 있는지 편안하게 근무하고 있는지 대충 짐작할 수 있었다. 산야를 헤매는 전투병들의 얼굴은 햇빛에 그을려 검고 거친 것이 보통이다. 실내에서 근무하는 행정병들의 얼굴은 희고 고운 것이 보통이다.

그러나 월남에서는 전투대원들의 얼굴보다는 행정병들의 얼굴빛이 더 검다. 밀림에서 20일쯤 작전을 끝내고 나오는 전투대원들의 얼굴은 핥아놓은 죽사발처럼 허여멀게지는 게 보통이다. 햇빛 아래로 노출되는 기회가 아주 적기 때문이다. 월남의 행정병들은 실내에서 근무하는 시간이 많은데도 얼굴이 검다. 복사광(輻射光)이 워낙 강하기 때문이다. 정글 속에는 복사광도 없다.

작전 중에는 같은 팀에 배속되어도 서로 얼굴 보기가 쉽지 않다. 4개 팀의 44명의 병력이 투입되어도 작전이 끝날 때까지 서로 만나 얼굴을 볼 수 있는 전우는 4∼5명이 채 되지 않는 경우가 대부분이다. 밀집(密集)하면 적의 로켓포 공격이나 기총소사를 받을 가능성이 높아지기 때문에 개인 간격을 엄격하게 지키지 않으면 안 된다. 전투대원과 전투대원의 개인 간격을 10미터 정도로 유지한 채로 움직이기 때문에 장거리 정찰대는 길이가 사오백 미터에 이르는 문자 그대로 거대한 장사진을 이루고는 한다.

작전 중에는 세수도 하지 못하고, 이도 닦지 못한다. 면도는 언감생심이다. 세수는 물이 없어서 못하고, 양치는 치약의 냄새 때문에 사용이 금지되어 있다. 면도는 '금기'에 속한다. 잘려나가는 수염에서, 죽어서 실려나가는 전우들을 연상해서 그랬던 것일까? 그래서 면도는 아무도 하지 않는다. 얼마나 불편할까 싶지만 내 경우 그 기나긴 21일 동안 조금도 불편을 느껴본 적이 없다. 세수하고 이 닦으면 참 개운하다는 것을 아는 것은 대개 부대로 귀환해서 21일 만에 씻고 닦고 있을 때다. 한 벌의 속옷과 한 벌의 전투복과 한 켤레의 양말로 열대의 밀림 속에서 21일을 견디어야 했는데도 불구하고 땀 냄새를 성가시게 여겨본 적이 없다. 그럴 겨를이 없다. 여차하면 동료들이 다치거나 죽어서 실려가기 때문이다.

그 '사람 죽여주는' 해변에 잠시 병력을 풀어주었으면 좋으련만, 앞서가던 대원들은 바다로 뛰어들지 않았다. 지휘부가 접근을 금지하고 있었음에 분명했다. 갈증과 땀과 피로에 지친 대원들을 그 바닷가에 병력을 풀어주지 않는 지휘부를 원망했다. 참 아름다운 해변이다 싶었지만 우리들에게 사실 해변은 아름답지 않아도 좋았다. 물이 있으면 그것으로 좋았다. 식수를 아끼느라고, 20일 동안 수통 뚜껑으로 마셔온 우리들에게, 목욕은 고사하고, 세수도 해본 기억이 없는 우리에게 그 해변은 바로 낙원이었다.

선두 부대의 대원들이 10미터 간격으로 개인 거리를 뗀 채 바닷가를 걷는 것을 내려다보고 있자니 함성을 참을 수 없었다.

지휘관과 지휘자들은 대원들에게 바다 쪽으로는 접근하지 말라고 끊임없이 소리를 지르고 있었다. 그러나 소용없었다. 대원들은 슬금슬금 바다 쪽으로 접근하기를 그만두지 않았다. 어쩔 수 없다고 판단했던지 지휘관들도 곧 명령을 거두었다. 저희들도 참을 수 없었을 것이다. 명령 체계가 잠깐 느슨해지자 소총을 머리 위로 치켜들고 가슴 깊이까지 들어가는 대원들도 있었다.

우리는 다행히도 크레슨트 비치가 내려다보이는 그 산기슭에서 잠깐 휴식을 취할 수 있었다. 바닷물에 미친 선두 대원들이 속도를 늦추는 바람에 후속 팀의 진행이 자꾸만 정체되고 있었기 때문이었다.

그러나 얼마나 행복한 순간이었던가. 작전은 끝나가겠다, 'PZ(헬리콥터 탑승 지점)' 바로 위에 있는 '열무덤〔十高地〕'의 청음초소(聽音哨所)도 보이겠다……. 부대 외곽에 있는 높이 10미터 안팎의 구릉을 우리는 '열무덤'이라고 불렀다. 열무덤이 보인다는 것은 곧 부대가 보인다는 뜻이었다. 바로 그 열무덤과는 지척인데도 불구하고 거기에는 끊임없이 파도를 밀어내는 파란 바다와 그 파도에 씻기는 파란 모래밭이 있었다. 크레슨트 비치는, 전투단 본부에서 4킬로미터 정도 떨어진 곳, 열무덤에서 가까운 포대고지(砲隊高地) 포병부대의 곡사포와 무반동 직사포의 사거리 안에 있기도 했다. 크레슨트 비치를 지나 열무덤 기슭에서 기다리고 있으면 헬리콥터가 날아올 터였다. 살았구나, 싶은 순간에 우리가 본 크레슨트 비치는 행복의 해변이었다. 아름다울 필요도 사실은 없었다.

이윽고 우리 차례가 왔다.

내가 산기슭에서 해변의 모래밭으로 내려섰을 때 파란 바다에서 온 파란 파도는 대원들의 어깨 위에서 하얗게 부서지고 있었다. 앞서가던 대원들은 모래톱을 낮은 포복으로 기면서 물과의 행복한 해후를 만끽했다. 나도 침을 삼키면서 천천히 바다 쪽으로 접근하고는 물을 밟았다. 밀림용 군화(軍靴)에는 밑창 바로 위로 난 공기구멍이 있다. 나는 그 공기구멍으로 들어온 차가운 물이 내 발을 적시는 기분 좋은 촉감을 고스란히 느낄 수 있었다.

백여 미터 앞서가던 대원들에게서는 개인 간격이 무시되고 있었다. 소총을 어깨에 걸고 철모로 물을 퍼서 동료 대원에게 끼얹는 장난꾸러기도 있었다. 거기에 맞서, 물을 한 모금 들이마시고는 상대에게 뿜어대는 대원도 있었다.

그런데 이상한 일이 일어났다.

딱…… 따닥…… 딱…… 딱…….

딱총 소리와 함께 대원들의 등과 어깨에 부딪쳐 하얗게 부서져야 할 파도가 빨갛게 부서진 것이다. 픽픽 쓰러지면서 빨갛게 부서지는 파도를 맞은 대원들 셋은 일어나지 못했다.

"하나, 둘, 셋……."

숫자를 헤아렸다.

셋을 헤아리는 순간에 득, 드득, 득, 득, 진짜 총소리가 들려왔다. 기관총의 점사(點射)였다. 딱총 소리가 들리고 셋을 헤아리는데 기관총이 드르륵거리는 소리가 산기슭 쪽에서 들려온다는 것은 크레슨트 비치에서 산기슭의 기관총좌(機關銃座)까지의 거리는 천 야드쯤 된다는 뜻이다.

재빨리 사구 앞으로 기어 들어갔다. 소리를 지르면서 앞쪽으로 내닫는 선임하사관이 보였다. 그는 언제 벗었는지 배낭은 벗어놓은 채로 뛰고 있었다. 그것은 도망이었다.

나를 따라 10여 명의 대원들이 사구 밑으로 기어 들어왔다. 상황 보고를 받고 후속 부대가 병력을 정지시켰기 때문에 해변으로 들어오는 대원들은 더 이상 없었다.

사구 앞쪽, 그러니까 해변에는 네 구의 시체가 물에 뜬 채 붉은 피를 바다에 쏟으며 파도에 흔들리고 있었다.

두 길이 채 못 되는 사구 위로도 기관총탄이 날아와 모래를 날리고는 했다.

총탄의 표적이 되어본 사람은 살아 있지 못할 테니까 알아도 우리에게 가르쳐줄 수 없다. 그러나 사격장의 감적호(監的壕)에 들어앉아 있어본 사람들은 알 것이다. 총탄은 사람 옆을 지날 때 '딱딱' 소리에 가까운 특이한 소리를 낸다.

딱…… 따닥…… 딱…… 딱…….

총소리는 쏘는 사람 귀에는 '탕탕탕'으로 들리지만 맞는 사람 귀에는 이렇게 들리는 것이다. 지름이 20미터, 높이가 두 길쯤 되는 민둥한 사구가 10여 명의 대원들에게는 유일한 엄폐물이었다.

앞서간 정찰대장에게서 무전이 날아왔다.

"물가에 쓰러진 '까투리' 수를 숫자로 날려라, 오버."

"숫자로 하나, 둘, 셋, 넷입니다, 오버."

"덜 죽은 까투리도 있는가, 오버."

"없는 것으로 보입니다, 오버."

"모래무덤 뒤에는 몇 명이 있는가, 오버."

"열한 명입니다, 오버."

"선임자는 어느 놈인가, 오버."

"김 하사입니다, 오버."

"……그 새끼는 탯덩어리다, 오버."

김 하사는 우리를 지휘할 형편이 아니었다. 그는 사구에 기댄 채 마른 목을 쥐어뜯으며 옆에 있는 대원에게 물을 구걸하고 있었다.

"움직이지 말고 다음 명령을 기다려라, 오버."

"알았습니다, 오버."

목이 탔다. 물통을 흔들어보았다. 출렁거렸다.

나는 물 한 모금으로 목을 채우고 수통을 던지려고 김 하사 쪽을 보았다. 김 하사는 두 손을 내저으며 눈을 감아버렸다. 나는 수통을 제자리에 넣었다.

대장의 호출이 내게로 날아왔다. 내가 잘난 사람이어서 내게 온 것이 아니다. 무전기를 짊어지고 있어서 내게로 온 것이다.

"기관총좌(機關銃座) 위치의 목측(目測)이 가능하겠는가, 오버."

"해보겠습니다, 오버."

나는 배낭을 벗어놓고 무전기만 멘 채로 사구를 기어올라 산기슭을 향해 고개를 내밀어 보았다. 바로 그 순간에 기관총탄이 4~5미터 주위까지 날아와 꽂히고는 했다. 조준 사격이 아니라 지향 사격(指向射擊)인 것임이 분명했다. 사거리로 보아 여느 자동소총이 아니었다. 경기관총이기가 쉬웠다.

사구에서 산기슭까지는 해변의 개활지(開闊地)여서 나무가 거의 없었다. 개활지가 산으로 변하고 있는 산기슭에는 동굴의 입구로 보이는 검은 얼룩이 여러 개 보였다. 거리는 천 야드 안팎이었다.

나는 좌표를 거중 잡아 무전으로 날리고는 어떤 조처가 취해지고 있는지 대장에게 물어보았다.

"일단 그 좌표에 대한 포격을 요청하겠다, 오버."

나는 대원들에게 대장의 명령을 전했다.

2~3분이 채 못 되어 포대가 발사한 곡사포탄이 내가 날린 좌표 가까이 떨어졌다. 포탄은 내가 날린 좌표에서 백여 야드 못 미치는 곳에서 폭발했다.

"포대는 대기하라. 이 병장은 탄착점을 수정하라, 오버."

대장은 두 개의 무전기로 포대와 나와 번갈아가며 교신하고 있었다.

"더하기 100, 오버."

탄착 지점을 수정하고 날린 듯한 두 번째 포탄이, 적의 기관총좌가 있는 것으로 보이는 검은 얼룩 앞에 정확하게 떨어졌다.

"좌우로 소사(掃射)를 요청합니다, 오버."

"그 좌표 안 맞으면 네놈의 좌표를 일러주고 말겠다, 오버."

대장은 입이 험했다.

포대고지에서 5문의 곡사포가 일제히 불을 뿜는 광경이 사구 앞에서도 보였다. 다섯 발의 포탄이 거의 동시에 산기슭을 나란히 때렸다. 포탄은 계속해서 날아왔다.

평소에는 촬영병으로 근무하고, 작전 때도 늘 카메라를 들고 다니는 고참병 하나가 나에게 소리쳤다.

"나가야지 언제까지 이러고 있을 거야?"

"대기하랍니다."

"네가 뭐야?"

"뭐였으면 좋겠어요?"

그는 눈꼬리 한번 찌그러뜨리고 사구를 돌아 나가더니 돌아 나가기가 무섭게, 속도도 채 붙여보지도 못하고 앞으로 푹 꼬꾸라졌다. 산기슭에서는 계속해서 포탄이 터지고 있었는데도 불구하고 기관총좌에서는 우리의 움직임을 읽고 있었던 모양이었다. 촬영병은 즉사한 것 같았다.

적은 동굴 깊숙한 곳에다 기관총을 차려놓고 해변을 노리고 있음에 분명했다. 월남어로는 '혼바'였다. 우리말로는 '바 산(山)'이 되어야 할 테지만 우리는 편의상 '혼바 산'이라고 불렀다. 혼바 산의 기슭은, 빌딩 크기를 방불케 하는 거대한 바위들이 서로 뒤엉켜 있었는데 이 때문에 바위와 바위 사이는 기나긴 동굴의 미로였다. 기관총좌가 그런 바위와 바위 사이에 있다면 155밀리 곡사포로는 제압이 불가능할 터였다. 곡사포탄이 연이어 터지고 있었는데도 불구하고 기관총 사수에게 사구의 동정이 읽히고 있다는 것이 그 중 거였다.

대원 하나가 촬영병을 끌어오려고 일어서는데 송곳으로 징을 찍는 듯한 날카로운 금속성이 들려왔다. 기관총탄이 그 대원의 철모를 스친 것이다.

그는 사구 앞으로 돌아와 배낭에서 간이 천막용 로프를 꺼내었다. 그러고는 로프 끝에다 주머니칼을 들고 촬영병 쪽으로 던졌다. 주머니칼에 배낭이 걸렸으면 그는 촬영병의 시체를 회수할 수 있었을 것이다. 그런데 그 주머니칼에 걸린 것은 공교롭게도 카메라 멜빵이었다. 그가 겨우 카메라만을 회수할 동안에도 기관총탄은 이미 시체가 된 촬영병의 철모를 날렸다.

지금도 나에게는, 그 카메라의 필름에서 뽑아낸 나의 사진이 있다. 산기슭에서 해변으로 내려서기 직전에 촬영된 듯한 사진인데, 나는, 지은 기억이 없는 표정을 하고 있다.

대장을 불렀다.

"155밀리 소사는 효과가 없어 보입니다. '에어 스트라이크(항공폭격)'가 필요할 것으로 보입니다, 오버."

"알았다, 현재까지 병력에는 이상이 없는가, 오버."

"촬영병이 추가로 전사했습니다, 오버."

"김 하사를 '뭉치(無電機)' 앞으로, 오버."

나는 무전기의 '핸드셋(송수화기)'을, 사색이 되어 있는 김 하사에게 넘겨주었다. 김 하사는 대장과 교신하지 못했다. 입심이 좋은 대장의 험구에 걸려 말이 나오지 않았던 모양이었다. 그는 아무 말 없이 핸드셋을 내게 넘겨주면서 중얼거렸다.

"니기미, 내가 촬영병 새끼의 등을 떠밀기라도 했나, 왜 나보고 지랄이야……."

"복창(復唱)하라, 이 병장, 네가 지휘한다, 병력을 장악하라는 말이다, 알았나, 오버."

"저는 일반병이고 월남전 초년병입니다, 오버."

"내 명령을 전하기만 하면 된다, 필요하면 네가 지어내어도 좋다. 월남전에, 이 시발놈아, 2년병이 어디에 있노, 오버."

그 말은 맞다. 월남에는 전투병 중에는 2년병이 없다.

"복창합니다, 제가 병력을 장악하겠습니다, 오버."

나는 대원들에게 내가 지휘하라는 명령을 받았다고 말할 필요는 없었다. 위급한 상황에 처했는데도 현저하게 계급이 높은 상급 지휘자가 없는 경우, 지휘관의 명령을 전달하는 무전병은 자연스럽게 지휘자가 될 수밖에 없었기 때문이다. 하사가 둘 있었지만, 대장은 그들의 상황 판단 능력을 믿지 않았던 모양이다. 하기야 계급이 낮았을 뿐, 특수 전투 훈련장에서 뒹군 기간은 내가 하사들보다 길었다. 선임하사관이 내 등에다 무전기를 지운 소이연이기도 했다.

우리의 지휘 체계상, '에어 스트라이크' 요청은 정찰대에서 전투단 전방 지휘부로 날아가고, 여기에서 다시 전방 지휘부의 미군 연락장교단으로 날아가고, 연락장교단에서 최종적인 판단이 내려져 '에어 베이스(공군기지)'로 날아가야 정찰기가 날아와 연막탄을 쏘고 날아가고, 그런 다음에야 정찰기가 쏜 연막탄의 표적 위로 폭격기가 날아들게 되어 있었다.

"모래무덤, 모래무덤. 당소(當所)는 장(長)이다, 오버."

"모래무덤입니다, 송신(送信)하십시오, 오버."

"'에어 스트라이크' 요청 완료. 5분 뒤에 '오뚜기'가 현지에 도착할 것이다, 오버."

'오뚜기'는 우리가 지은 미군 정찰기 'O-2'기(機)의 은어였다.

"오뚜기는 필요 없습니다. 포대에 연막탄을 요청해 주십시오. 탄착 지점의 수정 좌표는 포대가 가지고 있습니다. 곡사포의 백린(白燐) 연막탄 표적이면 팬텀이 바로 날아와도 폭격이 가능합니다, 오버."

"'큐트.(좋은 생각이다.)' 다시 한번 명령한다. 병력을 장악하라, 오버."

"복창합니다, 병력을 장악하겠습니다, 오버."

시계를 보았다. 상황이 터지고 나서 20분이 채 되지 않았다.

시간이 초 단위(秒單位)로 흐르는 것이야 당연하다. 문제는 초 단위로 의식되는 것이다. 초 단위로 의식되는 시간은 무서우리만치 더디 흐른다.

포대의 연막탄이 동굴의 입구로 보이는 검은 얼룩 앞에서 터지면서 백린 연막을 피웠다. 그러고 나서 2~3분이 채 못 되어 투이 호아 에어 베이스 쪽에서 팬텀 기(정확하게는 '팬텀 4-D') 두 대가 날아와 우리의 머리 위에서 'Y'자로 찢어지면서 반대 방향으로 날아갔다. 서로 반대 방향으로 날던 팬텀 기는 잠시 후 목표물을 향해 역시 각각 반대되는 방향에서 약간의 시차를 두고 내리꽂히기 시작했다. 먼저 오른쪽에서 내리꽂힌 팬텀 기가 동굴 앞을 스쳐 지나가는 순간 동굴 앞에서 검붉은 불길이 일었다. 네이팜이었다. 네이팜 불길 위로, 왼쪽에서 내리꽂힌 팬텀 기가 이름을 알 수 없는 폭탄을 우수수 떨어뜨리고는 하늘로 날아올랐다.

'에어 스트라이크'는 약 3분간 네 차례나 계속되었다.

팬텀 기가 사라지자 사위는 무서운 적막에 휩싸였다.

대장의 명령이 있었다고는 하나 월남전의 신병이 병력을 장악할 수는 없는 일이었다. 나는 사구를 떠나지 말라고 한 대장의 명령만 하사에게 전하고는 기다렸다.

나의 판단에 따르면 적에게는 곡사 화기(曲射火器)가 없었다. 우리가 사구 너머 있는 것을 알고 있는데도 곡사 화기로 사구를 때리지 않고 있는 것이 그 증거였다. 따라서 훌륭한 엄폐물인 사구로부터 탈출만 시도하지 않는다면 더 이상 위험할 일은 없었다.

산기슭의 동굴 입구에 대한 포대의 포격은 에어 스트라이크 직후에 재개되었다.

그런데 바다 쪽에서 믿어지지 않는 일이 일어나고 있었다. 10여 톤이 채 되지 않는 꾀죄죄한 어선 한 척이, 우리가 몸 붙이고 있던 사구 쪽으로 접근하고 있는 것이었다. 사구는 산기슭 쪽으로는 훌륭한 엄폐물이 되고 있었지만 그 앞에 엎드려 있던 우리는 바다 쪽으로는 완전히 노출되어 있었다.

우군의 배인가? 적군의 배인가?

사구 쪽으로 접근하고 있는 배는 월남군 정보부대의 정보수집선이 아니면 게릴라들의 보급선 그 둘 중의 하나일 수밖에 없었다. 민간인의 어선이, 에어 스트라이크가 터지고 곡사포 소사가 계속되고 있는 혼바 산 기슭의 해변으로 접근할 까닭이 없기 때문이었다.

내 삶에서 가장 초조했던 순간으로 기억되고 있는 시간이 숨가쁘게 흘러갔다. 우리는 사구 쪽으로 접근하는 그 배를 바라보고 있는 수밖에 다른 도리가 없었다.

"일단 로켓포를 준비하랍니다. 명령이 있기 전에는 사격하지 마세요."

나는 대원들에게 소리쳤다. 나는 대장의 명령을 빙자해서 병력을 장악하지 않으면 안 되었다. 60밀리 로켓포는 2문이 남아 있었다.

"M-60을 바다 쪽으로 거치(据置)하랍니다. 명령이 있기 전에는 사격하지 마세요."

경기관총 사수가 경기관총 총가(銃架)를 모랫바닥에다 놓고 기관총을 거치했다. 검은 배는 시시각각 사구 쪽으로 접근하고 있었다.

사구가 분명히 소총의 사거리 안으로 들어왔을 터인데도 어선 쪽에서는 사격을 개시하는 기미가 보이지 않았다. 저쪽에서 사격을 개시하지 않는데 이쪽에서 공격할 수도 없는 노릇이었다. 사격을 가해 오지 않는 것으로 보아 월남군의 정보선이기가 쉬웠다. 노란 바탕에 붉은 선이 그려진, 그 흔하디흔한 월남 국기(國旗)도 게양되어 있지 않았다. 승선한 사람의 그림자도 보이지 않았다. 사구 앞으로 접근하면서 속도를 현저하게 줄이는 것으로 보아 유령선은 분명히 아니었다.

"야전삽이 있는 대원은 야전삽으로, 야전삽이 없는 대원은 철모로 모래를 파세요. 참호 작업을 시작하세요."

나는 대장을 불렀다.

"어선의 정체 파악을 요망함, 어선의 정체 파악을 요망함, 오버."

응신이 없었다. 대장은 다른 무전기를 붙잡고 있거나 다른 채널에 들어가 있는 모양이었다.

나는 한 손으로는 무전기의 핸드셋을 잡고 한 손으로는 철모로 모래를 파기 시작했다. 로켓포 사수 둘과 경기관총 사수만 제외하고 나머지는 야전삽으로, 혹은 철모로 모래를 파기 시작했다. 어선은 사구에서 이백여 미터 되는 곳에 정지했다. 대원들이 하나씩 둘씩 순식간에 만들어진 모래 구덩이 속으로 들어가 어선 쪽을 겨냥했다.

그때였다. 포탄이 어선 바로 옆에서 물기둥을 올렸다.

나는 포대 쪽으로 시선을 돌렸다. 만일에 그 포탄이 포대고지에 있는 아군 포대의 포탄이라면 우리의 상황은 절망적이었다. 아군의 포격일 경우 그 어선이 적의 보급선일 가능성이 높기 때문이었다. 어선이 만일에 적의 배라면 우리를 전멸시키는 데는 포격까지도 필요하지 않았다. 어선에 유탄발사기(榴彈發射器)나 총류탄(銃榴彈) 발사기가 한 대만 있다고 해도 우리의 전멸은 시간문제였다.

만일에 그 포탄이 산기슭의 동굴에서 날린 적의 포탄이라고 해도 우리의 상황이 절망적이기는 마찬가지였다. 어선이 아군의 배라고 해도 우리의 전멸은 시간문제였다. 사구 뒤쪽에서 사구 앞쪽에 있는 어선을 포격했다면 그것은 분명히 곡사 화기일 것이기 때문이었다. 적에게 곡사 화기가 있을 경우에도 우리의 전멸이 시간문제인 것은 마찬가지였다.

"……어선의 정체 파악을 요망함, 어선의 정체 파악을 요망함, 오버."

대장에게서는 여전히 응답이 없었다.

대장의 평계를 대고 사격 개시 명령을 내리려는 순간 두 번째의 포탄이 어선의 고물을 때렸다.

"대장, 대장, 여기는 모래무덤, 여기는 모래무덤, 아군의 포격입니까, 적의 포격입니까, 오버."

"……당소(當所)는 포대고지 포대장 김 소령이다. 귀소(貴所)는 누구인가, 오버."

대장의 무전기 눈금이 다른 데로 돌아가 있어서 답답했던 포대장이 바로 모래무덤의 주파수로 들어왔던 모양이었다.

"……당소 모래무덤이다, 모래무덤이다, 오버."

"이 새끼야, 모래무덤의 누구냐 이 말이다, 오버."

"욕하지 마라, 이 개새끼야, 나는 이 병장이다, 오버."

"이 새끼 봐라? 나는 포대장 김 소령이다, 오버."

"김 소령이고 나발이고…… 씨바, 어선은 누가 때리고 있는가, 오버."

"이런 개새끼…… 우리 포대고지의 무반동포(無反動砲)다, 왜, 오버."

"그렇다면 저 배는 적선(敵船)인가요, 오버."

"확인이 안 되고 있다, 위협사격이 명중한 것이다, 오버."

"모래무덤, 모래무덤, 당소는 장(長)이다, 포대고지는 들어가라, 포대고지는 들어가라, 오버."

"모래무덤입니다, 오버."

"소화기(小火器)로 어선 공격을 개시하라, 오버."

"알았습니다, 오버."

나는 소화기로 어선을 공격하라는 명령을 대원들에게 전달했다. 아홉 정의 소총이 일제히 어선을 향해 불을 뿜었다. 우리가 사격을 시작하자 어선은 굴뚝으로 검은 연기를 올리면서 빠른 속도로 사구 앞을 빠져 바다 쪽으로 멀어져 갔다. 포격에 고물이 부서져 나갔지만 치명타는 아니었던 모양이다.

그러나 한숨을 돌릴 계제는 아니었다. 포대가 공격했다면 여전히 그 어선은 적선일 가능성이 있었다. 어선은 바다로 멀어져 가면서도 여전히 중기관총의 유효사거리를 벗어나지는 않았다. 따라서 언제든 중화기(重火器)로 공격해 올 가능성이 전혀 없어진 것은 아니었다.

이렇게 죽는 것이구나……. 희망을 버리자, 희망이 이 순간을 절망적으로 만들고 있다……. 진흙탕에 뒹굴어버려라, 그러면 옷 젖는 것이 두렵지 않다……. 나는 이런 생각을 뒤숭숭하게 했던 것 같다.

공포와 초조를 이기기 위해 안간힘을 쓰는 판인데 문득 이런 생각도 들었다.

그렇다. 적이 아군의 정보에 그렇게 어두울 까닭이 없다······. 적선이라면 포대고지 직사포의 사거리 안으로 들어올 까닭이 없지 않겠는가······.

나는 무전기를 벗어놓고 촬영병이 쓰러져 있는 쪽으로 재빨리 뛰어나갔다가는 돌아서면서 무전기 쪽으로 몸을 날려 원래 있던 자리로 되돌아왔다. 상황이 어떻게 변화하고 있는지 확인하고 싶었다. 예상했던 대로 기관총 점사가 날아왔다. 여전히 우리는 적의 기관총 사수에게 움직임을 읽히고 있다는 증거였다.

"너 미쳤어?"

누군가가 소리쳤다.

"도루(盜壘) 연습하냐?"

또 한 고참병이 중얼거렸다.

나는 대장을 불렀다.

"······제안이 있습니다, 오버."

"보내라, 오버."

"우리는 여전히 기관총좌의 시계(視界) 앞에 노출되어 있습니다, 오버."

"그래서, 오버?"

"포대가 날리는 고폭탄(高爆彈)을 백린 연막탄으로 바꾸면 적의 시계는 차단이 가능합니다, 오버."

"'저스트 어 세컨드(잠깐)', 오버."

"'에어 스트라이크'도 고폭탄 소사(掃射)도 기관총을 잡지 못했습니다. 백린 연막을 치면 적은 이쪽의 움직임을 읽지 못할 것입니다. 적의 실탄 보급 사정을 알지 않습니까? 기관총을 쏘되 점사밖

44

에는 못할 것입니다, 오버."

" '굿 아이디어', 다른 제안은, 오버."

"영현(英顯) 회수 담당자를 명령하십시오, 오버."

전우의 주검을 우리는 '영현'이라고 불렀다.

"대행하라, 오버."

고폭탄을 쏘아대던 포대가 백린 연막탄을 산기슭에다 때리기 시작했다. 산기슭과 사구 사이의 개활지 위로는 하얀 연기가 오르기 시작했다. 우리의 시계(視界)에서 산이 사라지기까지는 5분이 채 걸리지 않았다. 그쪽 시계에서도 우리 사구가 사라졌을 터였다.

대장의 명령이라면서 시체를 회수할 대원들을 지정하고 있는데 대장의 호출이 왔다.

"영현 회수는 'APC〔輕裝甲車〕' 부대가 맡아주기로 했다. 현재 상태로 탈출할 것, 오버."

"알았습니다, 오버."

나는 대원들에게 대장의 명령을 전했다.

대원들이 사구를 빠져나와 촬영병의 시체를 넘어 열무덤 쪽으로 내닫기 시작했다. 나는 맨 뒤에 처져 있다가 마지막 대원이 사구를 떠나는 순간 바로 그 뒤를 좇았다.

백여 미터를 뛰었을까?

적의 기관총 점사가 다시 날아왔다. 우리의 속셈을 꿰뚫어 보았을 가능성이 있었다. 적은 목표물이 보이지 않는 상태라서 소사(掃射)로 실탄을 낭비하기보다는 실탄이 비교적 적게 소모되는 점사를 택한 모양이나, 내게는 그것이 행운이었다.

터질 듯한 심장을 움켜쥐고 뛰는데 실탄이 스치는 소리가 들리면서 내 몸이 오른쪽으로 기울어지는 것 같았다. 맞았구나, 하고 생각하는 순간 나는 모래밭에 꼬꾸라졌다. 앞서 달리던 대원의 발자국 소리는 순식간에 멀어져 갔다.

고개를 들고 대원들 쪽을 바라보았지만 아무것도 보이지 않았다. 혼바 산도 보이지 않았고, 바다도 보이지 않았다. 앞으로 꼬꾸라지는 바람에 배낭과 무전기가 흘러내려 머리를 짓누르고 있었다.

허리춤에서 무엇인가가 콸콸 소리를 내면서 흘러내리는 것 같았다.

횡경막 부근일까, 엉덩이일까……. 이런 생각을 하면서 뜨끈뜨끈하게 젖어오는 엉덩이에 손을 대어보았다. 뜨끈뜨끈한 액체가 엉덩이로 흘러내리고 있었다.

끝났구나…….

무수한 얼굴이 떠올랐다. 어머니의 얼굴이 먼저 떠올랐다. 아들의 얼굴이 떠오르고 아내의 얼굴이 떠올랐다. 기억은 그 순간을 위해 오래 준비해 두었던 것처럼 하나하나의 얼굴들을 차례대로 또렷하게 보여주었다. 아픔은 전혀 느껴지지 않았다. 심장의 박동이 심장을 터뜨릴 것 같았다.

이렇게 끝나는구나…….

기다렸다.

그런데도 대포 소리는 계속해서 내 귀에 들렸다. 그 소리는 앞서 뛰던 대원의 발자국 소리와는 달라서 내 귀에서 멀어지지 않았다.

"모래무덤, 모래무덤, 당소 장이다, 오버."

대장이 나를 부르고 있었다.

"송신하십시오, 오버."

나는 무전기 핸드셋을 끌어와 그의 호출에 응답했다.

"왜 오지 않는가, 오버."

"맞았습니다, 오버."

"이 새끼야, 누구 마음대로 맞아, 오버."

욕지거리의 끝이 흐려지는 것으로 보아 대장은 답지 않게 울먹이고 있는 것임에 분명했다. 그 순간 그 비정하던 대장이 어찌 그리도 칙칙하게 사랑스럽던지.

그런데 이상했다. 아픈 데가 없었다. 숨이 조금 가빴을 뿐 목소리에도 이상이 없었다.

"어딘가, 어디를 맞은 거냐, 오버."

대장의 목소리를 듣고서야 나는 내 손을 들여다보았다. 빨갛게 피에 젖어 있어야 할 손이 멀쩡했다. 다시 한번 엉덩이를 만져보았다. 엉덩이는 분명히 뜨끈뜨끈한 것에 젖어 있었다. 다시 손을 끌어와 들여다보았다. 피가 아니었다.

물이었다.

바다가 다시 보이기 시작했다. 열무덤이 다시 보이기 시작했다. 불을 뿜고 있는 포대고지의 곡사포도 보였다.

나는 다시 일어서 보았다. 아무 이상이 없었다. 뛰어보았다. 역시 아무 이상이 없었다.

대장과 사구의 생존자들은 사구에서 오백 미터가 채 못 되는 구릉 뒤에 있었다. 나는 그들 사이로 날아들어 갔다. 뛰어들어 간 것이 아니었다.

"맞았다며?"

대장이 달려와 배낭과 무전기를 벗기고는 내 몸을 뒤집고 수통을 뽑아내었다. 수통을 살펴보고 있던 그가 중얼거렸다.

"조상 묘 잘 쓴 줄 알아라."

그리고는 웃으면서 수통을 내 눈앞으로 던졌다. 알루미늄 수통 한가운데에 구멍이 두 개 뚫어져 있었다. 수통을 기울이자, 하루 종일 허리에 매달린 채 출렁거렸던 뜨끈뜨끈한 물이 흘러내렸다. 피가 되어 흐르고 남은 물이었다.

"안 그런 줄 알았더니, 너 인마, 엄살이 굉장하구나……."

대장이 소리 내어 웃었다. 그는 대원을 다섯이나 잃었다는 사실을 잠시 잊은 듯했다.

'PZ'에서는 네 대의 헬리콥터가 대기하고 있었다.

소령 하나가 한 손으로는 권총집을 잡고, 한 손으로는 커다란 상자 하나를 옆구리에다 낀 채 우리 쪽으로 달려와 고함을 질렀다.

"모래무덤의 이 병장이 어느 새끼야?"

대장이 소령의 앞을 막아서면서 험악한 표정을 지었다.

"김 소령, 왜 이래요? 지금 사감(私感) 드러낼 때요?"

"육군 소령에게 이 새끼, 저 새끼 하면서 욕지거리를 한 병장놈의 상판때기를 좀 보고 싶어서 그래요."

"보려면 내 상판때기를 보시오. 대원을 다섯이나 잃은 내 앞에서 김 소령이 지금 이래도 괜찮은 거요?"

나는 대장 뒤에 서 있다가 포대장으로 짐작되는 소령에게 경례했다.

"제가 모래무덤의 이 병장입니다. 죄송합니다."

김 소령은 주먹으로 가볍게 내 명치를 쥐어질렀다.

"이 새끼 이거, 배짱 하나는 철판이네. 한 대 맞아, 인마……."

그는 상자를 내 가슴에 안기면서 말을 이었다.

"……주먹은 욕 값이고, 맥주는 아이디어 값이다. 백린 연막탄 아이디어 덕분에 너희들도 살고, 나도 살았다. 그 아이디어 진작에 나왔더라면 에어 스트라이크는 필요하지 않았을 것이다."

해변에 남아 있던 다섯 구의 영현은 APC에 실려 우리보다 세 시간 뒤에 이동 외과 병원 영현 안치소로 들어왔다. 검은 배는 자본주의에 맛을 들여도 단단히 들인 어느 민간인의 어선이었던 것으로 판명되었다. 그 배의 선장은 투이호아 어시장에 내다 팔 고기를 잡는 것보다는 사구에 갇힌 한국군을 구해 주고 보상금을 얻어먹는 쪽이 이문이 나을 것이라고 판단하고 접근했다가 고물만 부수고 하릴없이 퇴각했다고 한다.

포대장이 준 맥주는 얼음같이 차가웠다. 당시의 맥주 캔에는 요즘처럼 간단하게 열 수 있는 개관 장치(開罐裝置)가 붙어 있지 않았다. 우리는, 대장이 슬픔과 근심에 젖어 있는데도 불구하고 그 앞에서 대검을 뽑아 캔에다 구멍을 내고는 그 맥주를 마셨다.

나는 그전에도 그 뒤에도 그처럼 맛있게 맥주를 마셔본 적이 없다. 그러나 그런 맥주 맛은 함부로 볼 수 있는 것이 아니다. 다시 한번 그렇게 맛있는 맥주를 마셔보고 싶기는 하지만 맥주의 맛은 맥주 자체가 내는 것이 아니다. 그런 맥주 맛을 보자면 목숨을 걸고 20일 동안 산중을 헤매어야 한다. 삶과 죽음의 문턱을 드나들어야 한다.

크레슨트 비치는 내가 죽어본 곳이자 내가 살아나 본 곳이다. 낙원이자 지옥이다. 산이자 물이다. 땀이자 맥주다.

크레슨트 비치.

하얀 헬리콥터

쿵…… 쿵…… 쿵…… 쿵…….

도끼 소리 끝이 뭉툭했다. 이름을 알 수 없는 새가 울어 그 소리와 소리 사이에다 숨표를 찍었다. 도끼질에 능한 시골 출신 대원들로 이루어진 '초퍼(도끼잡이)'들이 밀림을 동그랗게 도려내어 헬리콥터 임시 착륙장을 만들고 있을 동안 우리는 바위 그늘에 숨어서 대장을 씹었다.

"초퍼 저 새끼들, 도끼날로 나무를 찍나, 도끼 대가리로 골병을 들이나. 도끼로 찍는데 어째서 복날 개백정 개 패는 소리가 나?"

내 옆에 있던 대원이 생존학(生存學) 수첩을 부채 삼아 사타구니에 바람을 부쳐 넣으면서 중얼거렸다.

그 친구가 모르는 말이었다.

아열대 땅에 사는 나무라는 게 다 그 모양이었다. 저지대 나무는 도끼로 찍으면 물먹은 짚단 찍는 것같이 퍽퍽했고 고지대 나무는 도끼로 찍으면 쇳소리가 나리만치 단단했다.

그러나 나에게는 그 친구의 말을 마중할 여유가 없었다.

장거리 정찰대의 휴식이 예정에 없던 것이기는 하나, 예정에 없는 휴식이 반드시 '상황 없음'을 뜻하는 것은 아니었다. 상황이라는 게 본디 예정에 없는 것이므로.

그러나 나는 불안했다. 도끼 소리가 정찰대의 분위기를 그렇게 만들고 있었다. 나는 그때 '택시피(전방지휘소)'와 '헬리포트(헬리콥터 발착장)'의 교신을 엿들으려고 무전기의 눈금을 자르륵자르륵 돌리고 있었다.

"대장 저 친구 말이야. 조금 더 있으면 전쟁에 타임이라도 걸겠다. 내가 '뷔씨(베트콩)'라면 헬리콥터를 쏘겠어. 요렇게 내려오는 놈을, 타앙!"

장 하사가 손바닥을 편 채로 오른손을 머리 위까지 올렸다가 살며시 땅바닥으로 내리면서 왼손으로 방아쇠 당기는 시늉을 했다.

첫 번째 작전을 뛰고 나서 알게 된 일이지만 대장은 입이 험했다.

"판단은 내가 한다. 네놈들은 번호순으로 연필로 점을 이어나가기만 하면 된다. 비행기가 그려지든, 토끼가 그려지든 그것은 네놈들이 처음부터 알 바가 아니다. 점은 내가 찍는다. 번호도 내가 매긴다."

"우리는 비행기나 토끼를 그리자고 여기에 와 있는 것이 아닙니다, 대장님."

"시발놈, 이치가 그렇다 이 말이다."

초퍼들을 지휘하던 중사가 무전으로 대장을 부르고 있었다.

"제로(0), 제로…… 당소(當所)는 둘(2)."

"보내라."

"헬리포트, 완전히 노출되어 있음."

"귀소(貴所)만 노출되어 있는 것이 아니다. 노출 안 시키고 어떻게 하늘에서 헬리콥터가 내려오나? 저 친구 죽이고 싶어?"

선임하사는 더 이상 대꾸하지 않았다.

부상병을 죽이고 싶은 대원이 있을 리 없다. 지형으로 보아서 위험하다고 했을 뿐이지, 선임하사에게도 부상병을 한시바삐 후송하는 데 이의가 있었던 것은 아닐 것이다. 선임하사의 말을 빌리면 대장은, '말장난으로 사람 병신 만드는 데 뭐 있는 놈'이었다.

나는 끊임없이 전방지휘소와 헬리포트의 교신을 엿들었다. 우리 좌표는 등장하지 않았다. 병원 헬리콥터가 배정되고 있지 않다는 뜻이었다.

쿵…… 쿵…… 쿵…… 쿵…….

헬리콥터 발착장을 만들기 위해 나무를 찍어내는 도끼는 우리가 기지를 출발할 때 이미 자루와 날이 분리된 채 누군가의 배낭 위에 있었다. 우리는 우리들 중에 희생자가 생길 것임을 그런 식으로 인정하고 있었던 셈이다.

자그마치 40킬로그램이나 되는 전투장비를 짊어지고 페어차 홉사 견본을 잔뜩 짊어진 철물 장수 꼴이 된 대원들은 도낏자루와 도끼날이라고 하는 여분의 짐을 되도록 피하고 싶어 했다. 너무 무거운 전투장비를 진 채로 헬리콥터에서 'LZ(착륙 지점)'로 뛰어내리다 발목을 부러뜨리고 그 자리에서 후송되는 대원도 있었으니 무리도 아니었다. 그러나 배낭에다 도끼를 달기 시작하는 대원들을 대장은 지독한 말로 빈정거리고는 했다.

"네가 도끼로 헬리포트를 닦아 전우를 후송시킬 테냐? 아니면 내가 도끼를 짊어지고 가서 헬리포트를 닦고 너를 후송하랴?"

대장의 논리가 해괴했다. 그의 논리에 따르면 도끼를 짊어지고 간 대원은 부상을 당하지도, 죽지 않아도 좋았다.

쿵…… 쿵…… 쿵…… 쿵…….

이슬이 밀림을 떠난 지 오래여서 풀잎이 졸기 시작했다. 엄폐물로 삼으려고 대원들이 사낭(砂囊)에다 퍼넣고 있는 흙에서 먼지가 풀풀 일었다. 적의 B-40 로켓포탄이 일으키던 바로 그 붉은 먼지가 일었다.

헬리콥터가 부상병을 실어가기까지, 적어도 초퍼로 뽑히지 않은 우리들은 땀을 흘리지 않아도 좋았다. 한 자 앞이 보이지 않는 밀림의 긴장은 예정에 없던 휴식으로 조금은 풀려 있었다. 그러나 우리는 더위와 갈증과 긴장과 불안 대신, 마음이 느슨해질 때마다 어김없이 우리 가슴으로 묻어드는 공포의 그림자에 쫓겨야 했다. 우리의 차례가 가까워지고 있을지도 모른다는, 우리들 공통의 피할 길 없는 공포의 그림자에 쫓겨야 했다.

나무를 찍어 밀림을 도려내는 도끼 소리는, 그런 우리들에게, 그런 나에게 다가서는, 죽음의 규칙 바른 발자국 소리로 들리기 시작했다.

나는, 도끼 소리 사이사이에서 또 하나의 소리로 들리기 시작하는 밀림의 적막을 견딜 수 없었다. 나뭇잎 사이로 창날 같은 무게로 내리꽂히던 빛은 밀림을 떠나는 안개와 함께 증발을 시작했다.

낮이 밤보다 두려웠다.

"물을 아껴라, 오줌을 마시고 싶지 않거든."

압박붕대로 걸러낸 오줌에다 커피 가루를 타 마신 적이 있는, 밀림의 경험이 풍부한 목소리가 마른 입술을 핥으며 수통을 흔들면서 물소리를 듣고 있는 신병에게 말했다.

"수통 뚜껑으로 홀짝거리자니 미치겠어요."

"멍청이. '리서플라이〔再補給〕'는 아직 이틀이나 남아 있다. 총알 없으면 죽고 물 없으면 사망이다."

"아이고 시원해라. 한 '따까리(뚜껑)' 장리(長利) 놓을까요?"

신병이 수통 뚜껑으로 하나 물을 따라 마시고는 어깨로 이마의 땀을 씻었다. 알루미늄 혹은 플라스틱 수통에 든 채 섭씨 40도가 넘는 밀림에서 이틀 동안이나 출렁거린 물이었다. 시원할 리가 없었다.

"그 새끼 호조(戶曹) 담 뚫겠네. 장리쌀에 녹아난 집구석이 한스러워 '그린백(달러)' 주우러 왔다. 뭐, 장리를 놓아?"

"그나저나 마시니까 살겠어요."

"깨지지 말고 귀국해서 옛말하거라."

쿵…… 쿵…… 쿵…….

부상병은 그날의 두 번째 희생자였다.

우리의 좌표를 향해 헬리콥터가 떴다는 소식은 여전히 없었다.

부상병을 '감시' 하고 있던 장 하사의 목소리가 무전기 속에서 대장을 부르고 있었다.

"제로, 제로, 당소는 셋……."

"보내라."

내 무전기 핸드셋에서 바람소리가 났다. 바람소리는 무전기의 침묵이었다.

"'만세우편리봉(물)'을 달라고 사람을 못살게 굽니다. '임금의 정부서울이순신개나리(의식)'는 아직 좋고……."

장 하사가 '아직' 하면서 마른침을 삼킬 동안 부상병의 신음 한 토막도 거기에 껴 들려왔다. 지척이라서 그의 육성도 바람소리에 실려와 스테레오 효과를 내고 있었다.

진중의학(陣中醫學)에 대한 대장의 상식이 장 하사의 수준을 앞지르는 거야 당연하지만 대장의 현학적인 설명은 늘 그 차이를 돋보이게 했다.

"물 먹이면 그 자식은 죽어. '헤모스타시스[止血]'나 똑바로 해. 물 먹여서 혈액의 농도가 희박해지면 끝이다."

나는 부상병과 장 하사가 있는 바위 그늘로 기어갔다. 장 하사는 나를 보고 투정을 부렸다.

"들었어? 저 썩을 놈이 고등과(高等科) 겨우 나온 놈에게 걸핏하면 원어(原語)로 씨부렁거리는 통에 영 죽겠당게. 원어라는 거 그거 지랄 같아. 첫마디 나올 때 정신을 차리면 늦어. 아차 하는 순간에 끝나버리잖여?"

대변보다가, 보이지도 않는 적의 로켓포탄에 한쪽 다리가 날아간 우리 부상병. 허벅지 짬에서 흘러내린 피가 그의 전투복 위에다 이상한 무늬를 그려놓고 있었다.

월남의 밀림에서 가장 위험한 것은 개인 간격을 무시하고 대원들이 두셋씩 한자리에 밀집하는 것이었다.

"밀집하면 로켓포가 날아온다."

밀림에서 이것은 상식이자 불문율이었다. 그래서 밀림에서는 그 흔한 트럼프놀이도 화투놀이도 엄격하게 금지되고 있었다.

그런데 이 무서운 불문율이 이른 아침이나 휴식 시간에 종종 깨어지고는 했다. 배변 때문이었다. 배변은 한 구덩이에 보게 되어 있었다. 그래야 떠날 때 간단하게 묻어버릴 수 있기 때문이었다. 우리는 그런 식으로 되도록이면 정찰 루트를 적에게 탐지당하지 않으려고 애썼다.

그런데 이 배변장에서는, 며칠 혹은 몇 주일 만에 만난 대원들이 엉덩이를 까고 앉은 채로 정담을 나누는 일이 가끔씩 있었다. 그래서 등을 돌려댄 채 엉덩이를 까고 먼산바라기를 하면서 정담을 나누는 이 희한한 풍경이 밀림에서는 종종 웃음거리가 되고는 했다.

부상병은 다른 대원 하나와 그런 자세로 대변을 보고 있다가 적의 로켓포에 맞아 다리가 잘린 것이었다. 다른 대원은, 옷에 대변이 좀 튀었을 뿐 털끝 하나 다치지 않은 것도 희한했다.

"전투에 진 군인은 용서를 받을 수 있을지언정 경계(警戒)에 실패한 군인은 용서받을 수 없다. 그런데 무엇이 어째? 똥 싸다가 적의 공격을 당해? 에라, 이 똥만도 못한 놈."

대변보다가 적의 공격을 당한 부하를 둔 대장의 분노는 대단했다. 대장은 전방지휘소에 보고할 때, 틀림없이 그 부상병이 수색 정찰 중에 부상을 당했다고 했을 터였다.

부상병의 피와 장 하사의 땀은 전투복 위에서 색깔이 같았다. 장 하사는 부상병의 무릎 부근의 살점이 군복 자락과 함께 너덜거리고 있는 것을 자꾸만 비옷으로 덮어주고 있었다.

부상병은, 땅 위로 솟아오른 나무뿌리에 두 팔을 묶인 채 반듯이 누워 있었다. 나는 부상병의 다리를 보는 순간 그쪽으로 기어간 것을 후회했다. 기어간 순간부터 장 하사와 함께 짊어져야 하는 연민의 무게가 번거로워졌기 때문이었다. 그렇다고 그 짐을 살그머니 장 하사의 어깨에 올려놓고 내 위치로 돌아갈 수는 없었다. 부상병이 고통을 이기지 못해, 다리 잘린 풍뎅이처럼 몸부림치는 바람에 몸이 자꾸만 위로 위로 밀려 올라가고 있었다.

"이 새끼들아, 내 말이 안 들리냐, 이 새끼들아……."

부상병은 입술을 피가 맺히게 깨물면서 토막말을 내뱉었다.

욕말은 긴장을 푸는데 요긴했고 때로는 공포를 잊게 하는 구실도 종종 하고는 했으므로 우리에게는 상용어에 속했다.

장 하사가 부상병을 쥐어박는 시늉을 하면서 욕지거리를 퍼부었다.

"이 새카만 자식이…… 오뉴월 하룻볕 좋아하지 마라. 여기는, 이 자식아, 작업복을 빨면 하루에 스물네 벌이 마르는 데다. 쫄병놈의 자식이 어따 대고 욕을 해?"

"이 친구, 누구를 욕하는 거야?"

내가 물었다.

로켓포를 쏜 놈? 대장? '더스트오프(후송 헤리콥터)'를 빨리 보내지 않는 헬리포트 연락장교들? 아니면 장 하사?

부상병은 말을 조리 있게 할 줄 아는 친구였으니까, 다리만 잘리지 않았어도 누구를 욕하고 있는지 내게 일러줄 수 있었을 것이다.

그는 위생병이었다.

그는 작전에 투입되기 전부터, 응급처치 대상에서 자기를 제외시키고 있는 듯한 인상을 주던 대원이었다. 그러나 전쟁에서 그런 '제외'는 유효하지 못했다. 밀림으로 들어서기 전에 그에게 그 요상한 착각을 귀띔해 주지 못한 것이 부끄러웠다. 나 역시 그런 착각에 서서히 오염되고 있었기 때문이었는지도 모르겠다.

"장 하사, 좀 주라. 소원이다. 마지막 소원인지도 모른다……."

부상병이 '마지막'이라는 단서까지 달아가면서 이루어지기를 소원하는 것은 한 모금의 물이었다. 장 하사는 부상병이 소원을 말할 때마다, 땀에 젖은 수건으로 제 이마와 부상병의 입술을 번차례로 눌러 닦는 것이 고작이었다.

"좀 달라니까…… 당신 걸 나눠달라는 게 아니야. 내 물, 내 물도 있어, 내 걸 달라…… 이 말이야."

'내 것'이라는 말에 나는 가벼운 충격을 받았다. 장 하사도 그런 눈치를 보였다.

그러나 그의 물은 이미 그가 말하는 '내 것'이 아니었다. 부상병의 물통은 이미 그 부상병을 위해 수송 헬리콥터의 착륙장을 닦는 초퍼들 손으로 넘어간 지 오래였다. 착륙장 작업병들이 과외로 흘리는 땀은, 그 착륙장을 이용하여 '매쉬(이동 외과 병원)' 로든 하늘로든 날아갈 희생자의 물통으로 보상해 주지 않으면 안 되었다. 그것이 밀림의 법이었다. 위생병도 그 불문율에서는 치외법권일 수 없었다.

"장 하사, 이 병신…… 옆에 있는 게 누구야? '뭉치(무전병)' 지? 어이, 뭉치, 네가 줘. 너는 줄 수 있어."

그는 나에게, '너는 할 수 있다.' 고 말했다.

그러나 나도 그에게 물을 줄 수는 없었다. 나는 그가 생각한 것보다 덜 무모했다. 줄 용의는 있었지만 줄 권리가 없었다. 그의 '혈액 농도를 희박하게' 할 권리가 없었다.

"뭉치야, 내 총 어디 있니? 내 허리에 수류탄은 달려 있니? 대검은 어디에 있니…….?"

"왜 죽으려고?"

"……주기 싫으면 안 줘도 좋아. 물 마시면 더 추워질 테니까…… 그나저나 이 손목이나 좀 풀어다오…….?"

그의 팔목은 나무뿌리와 함께 질긴 낙하산 '하네스(갓끈)' 에 묶여 있었다.

"이 새끼들, 안 풀어주면 소리를 지를 거야! 진짜다, 지른다…… '사나이 속에서도 굳센 사나이, 온 누리에 이름 떨친 검은 베레모!' ……."

"이런 썩을 놈."

부상병이 있는 힘을 다해 군가를 부르는 순간 장 하사는 수건으로 그의 입을 틀어막았고 나는 소총을 바로 잡고 그 옆에 엎드렸다. 주위에서 더러 들리던 두런거리는 소리, 전투식량 깡통이 달그락거리는 소리, 심지어는 도끼 소리까지 멎게 했을 만큼 처절한 부상병의 '소리'였다.

우리에게는 절규하는 부상병을 증오해 본 경험이 있다. 그 소리가 적을 불러들일 수 있기 때문이었다. 선한 목자 같았으면, 늑대를 불러들인다고 해서 부상당한 어린양의 우는 입을 틀어막지는 않았을 것이다. 그러나 우리는 선한 목자는커녕 흩 목자도 못 되었다. 우리는 어린양이었다.

햇빛 창날이 숲을 뚫고 들어와 덩굴식물의 'X' 자꼴 그림자를 부상병의 얼굴에 드리웠다. 하늘을 가리는 빽빽한 나뭇가지와 땅바닥의 떨기나무 사이에는 잘 자란 덩굴식물이 얽혀 있어서 우리는 흡사 굵고 가는 밧줄로 창살을 한 감옥에 들어앉아 있는 형국이었다.

도끼 소리가 다시 이어지고 있었다.

"목마르고…… 춥고…… 총도 없고…… 쓰러진 말대가리를 권총으로 팡 쏘는…… 카우보이도 못 봤냐?"

부상병의 입에 '죽음'이 오르내리기 시작했다.

"얼레, 구멍 봐가며 말뚝 깎아, 이 자식아. 상놈들 법이 '예의동방지국'에서도 통할 줄 알아, 이 자식아."

장 하사가 부상병의 배를 손날〔手刀〕로 내려치는 시늉을 하면서 웃었다.

위생병은 사람이 진중하지 못했다. 그는 죽어가는 전우를 내려다보면서, "좀 위대한 말을 남길 수 없냐." 하고 빈정대던 위인이었다. 이동 외과 병원 위생병으로부터 성병 약을 떼어다가 비싸게 팔아 돈을 모으는 그 위생병을 우리는 '임매 하사(淋梅下士)'라고 불렀다. 비싼 약값을 치러본 경험이 없는 나도 그가 싫었다. 치러본 경험이 있는 대원들은 그를 매우 싫어했다.

장 하사가 갑자기 제 주머니를 하나씩 더듬기 시작했다. 그러면서 주머니에 손을 넣어보고는 고개를 갸웃거리기도 했다.

"뭘 찾아?"

내가 물었다.

"가만, 가만……."

장 하사는, 이미 뒤진 주머니에 몇 번씩 손을 넣다가 이윽고 허리에 찬 압박붕대 주머니에서 조그만 비닐 주머니를 하나 꺼냈다. 군용 모르핀 튜브였다.

장 하사는 표정을 꾸미고 있었다. 그러나 그는 착한 사람이라 제 속마음을 제대로 감추어내지는 못했다. 얼굴이 붉어지면서 입가로 비굴한 웃음이 가볍게 번지고 있었다.

그는 군화 옆구리에 감추어 가지고 다니던 나이프를 꺼내어 부상병 전투복의 견장 바로 밑을 찢어내고 튜브의 바늘을 꽂았다.

"장 하사, 그런 걸 가지고 다녔구나."

그는 내 말은 들은 척도 않고 모르핀 튜브를 부상병의 몸속으로 짜넣은 뒤 홀쭉해진 튜브 끝의 바늘을 부상병의 옷깃에다 꽂았다. 후송될 경우 '매쉬(이동 외과 병원)'의 군의관들이, 부상병에게 모르핀이 투여된 것을 알 수 있도록 빈 튜브는 반드시 부상병 옷깃에다 꽂게 되어 있었다.

"어디서 구했어? 내 말 안 들려?"

"사람 일, 한 치 앞인들 내다볼 수 있냐? 그래서 이 친구에게서 샀다."

"그런데 왜 진작 안 꽂아줬어?"

"까맣게 잊어버리고 있었어. 이 자식이 뭐 빠진 강아지 모래밭 싸대듯 하는 통에 어디 정신이 있었냐?"

"이 친구 구급낭에는 모르핀이 없었지?"

"다 팔아먹었는데 있을 리 없지."

"웃기는 놈이군. 제 몫도 안 남기고 다 팔아먹었구나. 그것도 보급품을……."

"도둑놈 집에도 되[升]는 있다더라만 여기서는 그것도 안 통해야."

"도둑놈 물건 사서 꼬불친 장 하사 당신은? 진작에 놔줬으면 좀 좋았어? 아끼다 똥 만들 뻔했잖아?"

"잊어버리고 있었다고 하지 않았어?"

"알았어, 바쁘면 응용이 잘 안 되는 법이야."

이렇게 말하면서 무심코 장 하사의 팔을 낚아채는데 그의 얼굴이 갑자기 험악해졌다.

"정말이라니까."

"누가 뭐래?"

전우가 죽어가는데도 제 몫의 모르핀을 숨겨두었다고 장 하사를 욕보이려고 팔을 낚아챈 것은 아니었다. 나에게는 없고 그에게는 있는 시계를 읽기 위해서였다. 나는, 우리가 얼마나 더 헬리콥터를 기다리고 있어야 하느냐고 헬리포트에 묻고 싶었던 것뿐이었다.

내가 무전기의 눈금을 헬리포트에 맞출 동안 장 하사는 부상병의 팔과 나무뿌리에 묶었던 낙하산 하네스를 풀었다. 하네스에서 풀려나자, 모르핀을 맞은 부상병은 바람 빠진 자루처럼 무너졌다.

장 하사는 내용물을 비운 부상병의 배낭과 소총을 하네스로 묶기 시작했다. 부상병과 함께 기지로 보내기 위해서였다.

나는 헬리포트를 불렀다.

"'탱고(T)', 탱고, 여기는 '찰리 포(C-4)', '레이디오 체크(무전기 점검)', 오버."

"여기는 탱고, 보내라, 오버."

"빨간 잠자리 요청한 게 반 시간 전이다. 우리 '리마 로미오 파파(LRP, 장거리 정찰대)'가 소풍 나와 있는 줄 아나, 오버."

"소풍 나간 거 아니냐, 오버."

"이 새끼 봐라, 오버."

"기지에도 빨간 잠자리는 한 대도 남아 있지 않다, 조금만 더 기다려라, 오버."

"빨간 잠자리 없으면 그거라도 보내라, 거 뭐냐, 커다란 놈, 그거 이름이 뭐냐, 오버."

덩치 큰 수송용 헬리콥터 '치누크'의 이름이 생각나지 않아 말은 더듬고 있는 판인데 헬리포트 무전병의 웃음소리가 날아들었다.

"그거 이름이 뭐냐, 오버."

"헬, 리, 콥, 터, 오버."

"내려가면 너 이 새끼, 긁어버릴 거야, 오버."

"무써워, 무써워, 오버."

"얼마나 기다려야 하나, 숫자로 날려라, 오버."

"'둘공(20분)', 오버."

"'하나공(10분)' 안에 보내라, 오버."

"나는 헬리콥터 운전사가 아니다. 그나저나 이번에 또 시체 보내면 다음부터는 빨간 잠자리가 뜨지 않을 것이다, 오버."

"시체라고? '영현(英顯)'이라고 부르지 못해, 이 쳐죽일 놈아, 오버."

"'라저(좋다)', '레이디오 아웃(교신 끝)', 오버."

"라저, 아웃."

욕지거리는 우리가 누리던 슬픈 특전(特典)의 하나였다. 그러나 우리는 이런 특전의 값을 비싸게 물었다. 우리 장거리 정찰대원이 쓰러진 지도 위의 지점에다 단본부와 전방지휘소 지휘관들은 빨간 세모꼴을 그리고 이 기호를 '적의 출몰 지역'으로 읽었으니까.

부상병은 까맣게 탄 입술을 핥으며, 우의를 두 장이나 덮고도 몸살 앓는 사람처럼 부들부들 떨고 있었다. 모르핀 약효가 돌았는지 그의 눈동자는 여느 때의 눈동자로 돌아와 있었다.

나는 그의 눈과 만나기가 두려웠다. 거기에 빠질 것 같았다.

"쳐. 피를 너무 흘린 모양이군, 장 하사, 장 하사……."

"출혈 때문에 그런 게 아니야, 모르핀 때문일 것이다."

장 하사는 거짓말을 했다.

부상병이 흙을 한 줌 거머쥐면서 소리쳤다.

"이 촌놈이 공자 앞에서 문자를 쓰지를 않나. 출혈 때문에 그런 게 아니면 물을 왜 안 줘? 모르핀이 '에어콘디숑'이냐?"

"……."

"미안하다, 장 하사……."

"미안은 쌀눈이 미안(米眼)이여."

"저놈의 아가리. 몇 분이나 흘렀어, 상황 벌어지고부터?"

"정확하게 말하면 네놈이 똥싸다가 로켓포 맞은 건 20분 전이다."

장 하사는 '정확하게' 20분을 속여먹었다.

"더스트오프 요청한 건?"

"30분 전에. 금방 올 거다."

"이 시발놈이 사람을 아주 가지고 놀지를 않나?"

장 하사는 부상병이 왜 자기를 욕하는지 이해하지 못하는 것 같았다.

부상병은 눈을 감으면서 중얼거렸다.

"감(感) 잡았다…… 그런데 뭐 이래?"

"뭐가?"

"뭐 이러냐고……."

내가 무전기를 놓고 무릎걸음으로 다가갈 때까지 부상병은, "뭐 이래, 뭐 이래……." 하고 중얼거리고 있었다.

쿵…… 쿵…… 쿵…… 쿵…….

"어이, 이 병장, 뭐 이래……."

"뭐가 어때서?"

우리는 사실이지, 몰라서 서로 묻고 있는 것이 아니었다.

"'기집' 생각이 나. 이 지경이 되고 보니."

"쓸 만한 지경이야, 허튼소리 마."

"부탁이 있다…… 들어줄래?"

"언제부터 허락 맡고 했어? 말해 봐, 들어줄 테니까."

"나 월남 올 때 기집을 패고 왔어. 오냐, 뼈 한 상자하고, 전사 보상금 한 뭉텅이를 안겨주마……. 이렇게 막말도 하고……."

"쓸데없는 소리 다 한다……."

"들어준다고 했잖아? 내가 '포커스 레티나' 작전 뛰고 월남 간다니까 그게 새끼를 긁어내었다고 하더라고……."

"……계속해. 저마다 사연이 있지."

"너에게도…… 있었어?"

"비슷하게……."

"그래서…… 오냐, 죽어서 돌아오마, 그랬지."

"……."

"파울볼 치고 일루까지 뛰어갔다가…… 타석으로 돌아가는 거, 그거 웃기지?"

"이 사람아, 그런 일은 얼마든지 있어."

"야, 나 쑥스러운 거 하나도 없어졌다. 이제는 하나도 쑥스럽지 않다…… 죽으려고 그러나? 내 사물함에는 말이다, 너한테 임매 하사 소리 들어가면서 말이다…… 모은 돈이 말이다…… 천오백 불인가, 천육백 불인가…… 있다."

"멀쩡한 놈이 유언하고 자빠졌네."

장 하사가 덜 좋은 낯색을 하고 꿍얼거렸다.

내가 장 하사 쪽을 돌아보며, 잠자코 들어보자는 신호를 보냈다. 부상병은 말을 이었다.

"내가 만일에 말이다…… 일을 당하거든 말이다…… 그 돈 내 기집한테 말이다, 좀 전해 주라, 그 말이다……."

"……."

"아, 기집 한번 감동시키기 힘드네…… 내가 살아나면 말이다…… 오백 불은 너에게 주마…… 약속한다."

"나 부자 되었네. 오백 불이면 내 일 년치 봉급이다."

"그러니까…… 물 한 통만 주라……."

그는 농담을 하고 있는 게 아니었다.

"그래그래, 더스트오프 오면 물 한 통 주마."

나는 거짓말을 했다. 듣고 있던 장 하사가 한마디 걸쩍하게 거들었다.

"이 병장, 저 새끼가 너를 물로 봐부렀구먼. 저 새끼 죽으면 오백 불은 공수표잖여? 물 빼앗기고 오백 불 날리고…… 뭣 주고 싸대기 맞고……."

무전기가 저 혼자 딸꾹질을 하면서 감도 조정 신호(感度調整信號)를 받고 있었다.

"하나둘삼하나둘삼넷아홉, 공구팔칠육오넷삼둘하나…… 찰리 포, 찰리 포(C-4), 당소는 찰리 제로(C-0)……."

장 하사 무전기는 꺼둔 채 내 무전기만 켜둔 것이 불찰이었다. 나는 부상병과 이야기를 나누느라고 내 무전기에서 7~8미터나 떨어져 있었다.

나는 무전기 쪽으로 기어가 핸드셋을 들고 키를 눌렀다.

"찰리 포, 감도 숫자로 삼(3), 오버."

키를 놓자마자 대장의 목소리가 건너왔다.

"뭉치(무전) 대기 안 하고 뭐 하노? 일로 좀 건너온나, 오버."

"라저, 아웃."

나는 20여 미터 떨어진 바위 아래로 기어갔다.

쿵…… 쿵…… 쿵…… 쿵…….

무릎에 시커멓게 마른 피를 묻힌 대장이 작전지도를 읽으면서 손으로 비스킷을 집고 있었는데 그 손이 자꾸 빗나가 흙바닥에 가 닿고는 했다.

"자네가 헬리포트와 하는 교신, 나도 들었다. 속 상한다고 자꾸 싸우려 들지 마라. 싸우면 우리만 손해다. 칼날 잡은 우리가 칼자루 잡은 저 친구들과 게임이 되겠나."

"……."

"부상병 좀 어때? 무전으로 물으면 자네가 대답하기 곤란할 것 같아서 불렀다."

"……."

"사실과 희망 사항이 같지 않다는 뜻으로 듣겠다. 아까 꼴이 또 나면 지휘 책임이 적지 않게 돌아올 게다."

대장은 아침에 부비트랩에 걸려 전사한 박 하사 이야기를 하고 있었다.

첨병이었던 박 하사는 적의 발자국으로 추정되는 흔적을 따라가 다가 무릎으로 적이 쳐놓은 임계 철선(臨界鐵線)을 걸어서 당겼던 모양이다.

임계 철선이란, 일정한 장력(張力)으로 당겨져 있는 철사를 말한다. 이 철사 끝에 매설되어 있는 폭발물의 뇌관은 철사의 장력이 늘어나거나 줄어들면 폭발하게 되어 있다. 박 하사를 때린 폭발물은, 아군이 버린 야전식량 깡통에다 폭약과, 무수한 구리철사 토막을 채워넣은 것이었다. 수백 개의 구리철사가 몸에 박히면서 박 하사는 전사했다.

밀림에는 잔인한 규칙이 하나 있다. 그것은 중상자는 급행에 해당하는 더스트오프(후송 헬리콥터)로 후송하되, 전사자는 완행에 해당하는 재보급 헬리콥터로 후송해야 한다는 규칙이다. 전사자가 재보급 헬리콥터로 후송되어야 하는 규칙은, 전사자가 '제6종 군수물자'로 분류된다는 규칙에서 나온 것으로 보인다.

그러나 대장은 재보급 헬리콥터를 기다리면서 그 지역에 대원들을 풀어두고 싶지 않았다. 작전 지연도 문제지만 일단 그 지역이 '부비트랩 필드(지뢰밭)'일 가능성이 크기 때문이었다. 그래서 대장은 박 하사를 부상병으로 보고하고 급행에 해당하는 더스트오프를 불러 후송하게 한 것인데, 이것이 지휘부에서 문제가 되었던 것이다.

"더스트오프 타는 호강도 죽어서는 누릴 수 없다는 것이냐?"

전투대원들은 이러한 규칙을 몹시 못마땅하게 여겼다.

헬리포트나 이동 외과 병원의 지휘관들의 주장에 따르면, 이미 숨이 끊어진 전사자를 후송하는 데 더스트오프를 배정하느라고 살릴 수도 있는 부상병을 후송하는 데 차질을 빚어서야 되겠느냐는 것이었다.

그들의 주장에 일리가 있다는 걸 모르는 우리도 아니었다.

그러나 우리에게도 할 말이 있었다. 우리는, 전사자 때문에 작전을 지연시키거나, 같은 지역에서 다른 희생자가 날 경우 그 책임은 누가 지느냐고 항변했다.

열대의 밀림에서, 부패하기 시작하는 전우의 시체만큼 다루기 난감한 것도 없었다. 부패하는 전사자의 모습에서 대원들은 제 자신의 앞일을 상상했다. 대원들의 머릿속에서 떠나지 못하는 죽음의 공포는 전사자의 모습과 냄새를 통해 구체적인 모습을 갖추어갔기 때문이었다. 따라서 전사자가 가까이 있을 경우 사기(士氣)는 땅바닥이었다. 악취는, 진하고 끈끈했던 전우애의 발치에 몹시 걸리적거리고는 했다.

"악법이라도 따르는 게 선량한 시민의 의무라고 하더라."

"대장님, 악법을 따르는 건 선량한 시민이 아니지요."

"'트리아주〔輕患者優先加療〕'가 사실, 반드시 악법인 것만은 아니야. 가혹한 개념이라는 건 나도 인정하지만……."

"대장님, 그 해괴한 개념으로는 길 잃은 한 마리 양을 찾으려고 아흔아홉 마리의 양을 두고 떠나는 선한 목자의 행위를 어떻게 설명합니까?"

"종교가 들고 있는 자〔尺〕와 정치가 들고 있는 자는 다르지."

"이해 못하겠어요."

"그래서 내가 가혹한 개념이라고 한 것이다. 유럽 어느 나라에서는 70세가 넘으면 기관 이식(器官移植)도 받지 못한다더라. 화생방(化生放) 교육 때 들었는데, 방사선 조사량(照射量) 450플러스렘이 넘는 환자는 치료 계획에서 아웃이야."

"그걸 누가 정합니까? 누구에게 그걸 정할 권리가 있습니까? 전사자는 더스트오프로 후송시키지 못한다…… 이건 하느님만 정할 수 있는 거 아닙니까?"

"인마, 지금 우리가 뭘 하고 있는 거야? 그 자식 죽겠어, 살겠어?"

대장에게 공연한 심술을 부릴 일이 아니었다. 크레슨트 비치 전투 이래로 그가 쓰던 호칭인 '자네'는 순식간에 '인마'로 급전직하했다.

"모르겠어요."

"네가 왜 화를 내? 병(兵)인 네가 보는 전쟁과 직업군인인 내가 보는 전쟁은 달라, 인마. 아흔아홉 마리의 양을 두고 길 잃은 양 한 마리를 찾아 나선 목자 이야기는 알면서, 손이 너희를 실족게 하거든 그 손을 잘라버리라던 목자 이야기는 왜 몰라, 인마."

"……알겠습니다."

나는 알겠다고 말했다. 트리아주가 아니라 대장을.

"여기에서 더 이상 지체할 수 없다. 작업장 말인데, 도끼 소리 들으니까 시원치 않다. '콤포지션[無定形爆藥]'으로 터뜨리라고 그래."

"대장님, 지형을 보고도 그러십니까?"

"네가 대장이냐?"

"알겠습니다."

부상병은 얼굴에 붙은 파리를 쫓느라고 입을 실룩거리고 있었다. 손이 풀리고 있다는 증거였다. 눈으로 흘러 들어가는 땀을 어깨로 닦고 있던 장 하사는 나를 향해 손가락을 입술에 갖다대어 보이고는 부상병에게 하던 이야기를 계속했다.

"……그런데 그 여자 말이다, 시름시름 앓다가는 죽더란다. 그 오살맞을 놈의 동생이, 뱀이라고만 하지 않았더라면 그 여자는 지가 먹은 것이 여느 생선인 줄 알고 오래오래 안 살았겠냐? 죽고 사는 것은 마음에 달린 것이다. 유식한 말로는 도지재인심(都只在人心)이라고 하는 것이다. 나 과연 유식하쟈?"

장 하사는 부상병을 위로하려고 그러는지 제 무서움을 덜기 위해서 그러는지 더스트오프가 헬리포트를 떠났다고 몇 번이나 거짓말을 했다.

내가 보기에 부상병은 장 하사의 말을 듣고 있는 것 같지 않았다. 설사 듣고 있었다고 하더라도 부상병은 장 하사가 선사하는 희망의 약속을 제 것으로 따담지 못했을 것이다. 어두운 방이, 잠깐 열린 사이에 들어온 햇빛을 가두어두지 못하듯이.

쿵…… 쿵…… 쿵…… 쿵…….

새로운 나무를 만났는지 도끼 소리가 무거웠다. 나무 한 그루가 쓰러져 밀림 안이 밝아질수록 공포는 그만큼 더 다가선 거리에서 우리를 괴롭혔다.

부상병은 잠들어 있었다. 가슴 위에 포개어진 손이 도끼 소리가 날 때마다 조금씩 꿈틀거렸다.

대장의 전령이 관목 숲 속에서 기어나와 부상병의 뺨을 가볍게 때리며 나에게 대장의 명령을 전했다.

"작업장에서 콤포지션 터지는 시각은 '저스트 1218시'. '비둘기〔傳言〕' 날리랍니다. 괜히들 놀랠라."

말소리가 너무 커서 전령이 장 하사의 눈총을 맞았다. 전령은 장 하사 앞에 있는 담배를 한 개비 꺼내어 불을 붙인 뒤 부상병의 입에다 꽂았다.

"너 인마, 장난하냐?"

장 하사가 눈꼬리를 쳐들었다.

"'큰 피 돌리기〔飮酒〕' 못할 처지가 되었으니 '작은 피 돌리기〔吸煙〕'라도 시켜주는 게 인사 아니겠어요?"

"지혈하느라고 진땀을 뺐는데 피를 돌려?"

"도끼 소리만으로도 불안해서 죽겠는데 콤포지션이라니……. 놈들이 사격 목표 되는 거 아닐까요?"

"늬 '애비(대장)'에게 그러지 그랬냐?"

"하기야 섰다판 같은 게 전쟁판입니다. 운 좋으면 한판 긁어먹고, 재수 없으면 좆나게 깨지고……."

부상병은 담배를 놓치지 않고 가볍게 연기를 빨아들이고 있었다.

"전쟁이 섰다판이라…… 너 전쟁 평론가 한번 해봐라."

내가, 듣고 있기가 민망해서 전령에게 핀잔을 주었다.

"귀족론(貴族論) 하나 쓸까요?"

"그게 뭔데?"

"장교론(壯校論)."

"죽으려고 '색' 쓰냐?"

장 하사는 원래 전령과 사이가 좋지 못했다. 공부한 전령은 '가방 끈이 짧은' 장 하사 같은 사람을 자주 얕보고는 했다.

"장 하사님, 봐요, 봐요. 다리로 연기 안 새는 것을 보니, 살기는 살 모양이오."

장 하사가 총구를 전령의 인중에다 대고, 목소리 크다고 핀잔을 주던 사람답지 않게 소리쳤다.

"꺼져, 이 상놈의 자슥아. 네 섰다판 끗수를 지금 알고 싶지 않거든……."

전령이 기가 죽어 관목 숲 사이로 기어 들어가더니 곧 모습을 감추었다. 장 하사가 소총을 내려놓으며 중얼거렸다.

"저 상놈의 자슥은 꽃밭에 불지르는 게 취미랑게. '따까리(전령)'들 정말 마음에 들었다 안 들었다 하는데, 대체로 안 들 때가 많아."

도끼 소리가 멎으면서부터 무전기 끊는 소리가 되살아났다. 밀림은 귀가 멍할 만큼 고요했다.

부상병이 갑자기 어깨를 두어 번 추슬렀다. 숨을 토해 내지 못하고 있다는 증거였다.

"토해 내, 이 자슥아. 그 숨 못 토해 내면 사람들은 너를 보고 죽었다고 할 것이여."

장 하사가 중얼거리며 부상병의 왼쪽 가슴을 눌렀다.

반듯이 누운 부상병이 빠는 것을 잊고 있는 담배 끝에서 가늘고 긴 연기가 오르고 있었다. 연기는, 아침 햇살을 받는 거미줄처럼 섬약하게 움직였다.

두 발의 폭음이 거의 동시에 들리면서 후텁지근한 바람 자락이 날아와 그 연기 자락을 때렸다. 그 바람에 머리 위에서 벌레와 한 자 길이의 청사(靑蛇)가 우수수 떨어졌다.

'이것 보라'는 듯이 장 하사가 부상병의 목 언저리에 떨어져 타고 있던 담배를 집어 껐다. 작업장 쪽에서는 잡목 으스러지는 소리가 들려왔다.

"모르핀 맞으면, 어쩌냐, 숨도 안 쉬냐? 감각이 마비되냐? 뜨거운 것도 몰라? 죽는 거 아녀, 이 친구?"

장 하사는 부상병의 어깨를 잡아 난폭하게 흔들었다. 부상병이 눈을 가늘게 뜨고, 담배 종이가 조금 묻은, 마른 입술을 움직였다.

"무슨…… 소리야?"

그가 물었다.

"암것도 아냐……. 그나저나 요상시럽네. 자면서 담배 피우고, 자면서 소리 듣고……."

"쳐……."

도끼 소리가 다시 들리기 시작했다.

"기분 나쁘네……."

장 하사의 말이었다.

"왜?"

"도끼 소리라는 게 관에다 못질하는 소리 안 같냐?"

"말 조심해, 장 하사. 장 하사 말이 이 친구의 귀로 들어가 꿈이 될라."

"기분 탓이여?"

"'도지재인심'이라며?"

"이 병장 기억력 하나는 알아줘야 한당게."

"이제 조금만 있으면 저 작업장으로 '천사'가 내려와 이 친구를 실어간다. '매쉬'로 갈지 '베드로' 앞으로 갈지 그것은 모르겠지만……."

우리는 더스트오프를 '천사'라고 부르고는 했다. 이 표현은 헬리콥터의 연약한 동체에 대한 우리들의 불안을 어느 정도 더는 데 도움이 되었다.

부상병의 어깨가 조용히 오르내렸다. 가슴 위로 포갠 손가락도 어깨의 박절(拍節)을 타고 꼼지락거렸다. 그가 입술을 움직이자 장 하사가 재빨리 귀를 갖다대었다. 그러나 그의 말은 소리가 되지 못했다. 접촉이 나쁜 전구처럼 부상병의 생명은 깜박거리기 시작하는 것 같았다.

"도끼 소리를 듣고 있는 모양이여. 봐, 도끼 소리와 손가락의 움직임……."

장 하사가 부상병의 손가락을 가리켰다.

우연이었는지도 모른다. 그러나 그의 호흡과 손가락 움직임은 도끼 소리와 거의 일치하고 있었다. 도끼 소리가 잠시 멎자 부상병은 숨을 토해 내지 못하고 주먹을 쥐었다.

나는 작업장으로 달려가고 싶었다. 쓰러진 나무 위를 뛰어다니며 더 큰 나무를 고른 도끼질로 찍어 넘기라고 주문하고 싶었다. 도끼 소리가 계속되면 부상병의 심장도, 그 비장한 음악의 격려를 받고 씩씩하게 박동할 것 같았다.

우리가 잘못 본 것이 아니었다. 부상병의 호흡은 정확하게 도끼 소리의 리듬을 타고 있었다.

"봐라, 봐."

장 하사는 그걸 나에게 다시 확인시키고자 했다.

장 하사가 배 위로 끌어올려 주는 부상병의 손에는 피 묻은 붕대가 들어 있었다. 그는 그 손을 자꾸만 허리 밑으로 집어넣으려고 했다. 시체처럼 보이지 않으려는 집요한 그의 노력이었다.

"쌍놈의 더스트오프는 어째 이리 안 온다냐? 이 친구 춥다고 하지 않았냐? 출혈이 과다해서……."

하사의 눈은 은밀하게 좁고 있었다. 파리 떼가 날아와, 아직도 살아 있는 부상병의 잘린 다리 위를 윙윙거렸다.

"장 하사, 지혈대나 좀 올려주시지."

"병장놈이 하사님께 명령하냐?"

하사는 분명히 병장의 상급자였다. 그러나 밀림에서는 경험이 많은 대원이 상급자 노릇을 했다. 내가 일반병인 주제에 장 하사에게 '해라'를 할 수 있는 것은 작전 경험이 몇 번 더 있었기 때문이었다.

장 하사는 이러면서도 제 허리띠를 풀어 부상병의 지혈대 곁에 감아 매고 칼집을 허리띠와 다리 사이에 넣어 단단히 쥔 뒤에 아래쪽에 있던 지혈대를 풀었다. 더운 지방에서 지혈대를 한곳에 너무 오래 두면 그 부위의 조직이 기능을 잃는 수가 종종 있었다.

"찰리 포, 당소는 찰리 제로, 오버."

대장의 목소리였다.

"매쉬에 도착하기까지…… 어떻게든 살아 있어야 한다."

"도착할 때까지…… 입니까, 오버?"

"그 새끼 또 토를 다네. 얌마, 아침 꼴이 또 나봐. 네가 다쳐도 내가 다쳐도 더스트오프는 안 와."

도끼질이 끝난 밀림은 물속처럼 조용했다. 이따금씩 들리는, 바위에 소총 부딪치는 소리는 물속에서 듣는, 물밑의 자갈 구르는 소리 같았다. 무전기만 바람소리를 내었다.

"틀림없다…… 이 친구…… 도끼 소리 덕분에 숨을 쉬고 있었어. 봐라, 도끼 소리 안 낭게 숨을 못 쉬잖여?"

공연히 장 하사에게 짜증이 났다.

"그렇다니까. 그러니까 장 하사가 옆에 앉아서 북이라도 좀 울려줘, 중중모리 장단으로……."

정말 북이라도 울려주고 싶었다. 시간을 끌어 내가 그 임종의 자리에서 비켜설 수만 있다면 그렇게라도 하고 싶었다. 우리는 지쳐 있었다. 유언처럼 듣기에 피곤한 연설도 없다. 우리는 유언을 듣기에는 너무 지쳐 있었다.

피를 흘리고 죽어가는 그의 얼굴은 아름다웠다. 자신의 탐욕을 거두면서, 보는 이의 탐욕을 기묘하게 유발하는 얼굴. 엄청나게 선명해진 이목구비, 그린 듯한 입술, 가지런하게 접힌 속눈썹…….

대장의 목소리가 무전기 핸드셋에서 주먹처럼 튀어나왔다.

"더스트오프 떴다. 2분 뒤에 자색(紫色) 연막을 까도록, 오버."

"헬리포트와 약속이 되어 있습니까? 자색 연막은 남아 있지 않습니다, 오버."

"그럼 파란색. 더스트오프에게 다시 연락하겠다, 오버."

"파란색이라면…… 녹색 말입니까, 오버."

왜 그렇게 대장에게 심술이 나던지…….

내 말이 채 끝나기도 전에 대장의 얼굴이 바위 뒤에서 나타났다. 성질 급한 그는 육성으로 고함을 질렀다.

"인마, 지금이 미술 시간이야?"

무르춤해하는 나에게 장 하사가 속삭였다.

"저것을, 놀던 왈짜의 왼다리짓이라고 하는 것이여. 저것을 호(號)난 기집의 엉덩이짓이라고 하는 것이여. 긍게 네가 참아."

헬리콥터 프로펠러 소리가 들려오기 시작했다. 착륙장 작업병들이 헬리콥터의 부상병 '피킹업〔引揚〕'을 엄호하기 위해 교란 사격을 시작했다.

장 하사는 부상병을 업고, 전령은 부상병의 엉덩이를 떠받치고 착륙장으로 달렸다. 두 사람의 아랫도리는, 다시 흐르기 시작한 부상병의 피로 젖고 있었다.

내가 무전기를 메고 달려가자 '고글〔防塵眼鏡〕'의 머리끈을 죄며 나무 뒤에서 뛰어나오던 작업병이 헬리콥터를 가리켰다.

하얀 헬리콥터였다.

열흘 동안 한번도 본 적이 없었던 듯한 낯선 태양이 착륙장 위에 눈부시게 떠 있었다. 밀림은 '천사'가 내려앉을 만하게 하늘로 동그랗게 뚫려 있었다.

처음에는 햇빛을 반사하고 있어서 하얗게 보이거니 했는데, 그게 아니었다. 헬리콥터의 동체는 정말 하얀색이었다. 하얀 바탕의 적십자가 밀림의 녹색과 대조되어 섬뜩한 느낌이 들게 했다.

꿈을 꾸고 있는 것 같았다.

하얀 헬리콥터는 선회 없이 똑바로 하강을 시작하면서 밀림을 휘저었다. 꿈을 꾸고 있기에는, 헬리콥터 프로펠러가 일으키는 바람이 너무 거칠었다.

녹색 연막이 프로펠러까지 비단처럼 감겨 올라갔다가는 사방으로 비산(飛散)했다. 상의를 벗은 작업병 하나가 철모 턱끈을 입에 문 채 한 손으로는 이마를 가리고 대장을 바라보면서 소리를 질렀다. 내 귀에는 들리지 않았으나 그는 이렇게 소리치고 있는 것 같았다.

"이 요상한 헬리콥터, 양놈들 거 맞습니까? 부상병을 넘겨주어도 괜찮겠습니까?"

대장은 손가락으로 동그라미를 만들어 보였다. 장 하사는 부상병을 업고, 쓰러진 나무둥치 위로 올라갔다. 그러나 하얀 헬리콥터는 내려오지 못했다. 어림도 없는 높이에서, 착륙장 근방의 나뭇가지가 이미 프로펠러를 위협하고 있었기 때문이었다. 쓰러진 나무둥치 위에 서 있던 작업병이 프로펠러의 강풍에 두어 번 기우뚱거리다 기어이 중심을 잃고 땅바닥으로 떨어졌다.

대장이 핸드셋을 깨물듯이 입을 벌리고 고함을 질러대고 있었다.

"헬리포트, 헬리포트, 양놈들에게 내 말 통역해! 로프를 내려 후킹하라고 해, 로프를 내리라고 해, 오버."

헬리포트가 하얀 헬리콥터에게 대장의 말을 통역했던지, 헬리콥터 문에 붙어 서 있던 기관총 사수가, 끝에 갈고리가 달린 로프를 내렸다.

그러나 그 로프조차 형편없이 짧아 하사의 손에는 닿지 못했다.

피킹업과 후킹이 불가능하다고 판단했는지 하얀 헬리콥터는 순식간에 백여 피트를 솟아올랐다가는, 하얀 꼬리를 들고 기지 쪽으로 날아가 버렸다.

나는 대장을 보았다. 그는 총구를 내리고 있었다. 하얀 헬리콥터가 내려오면서 자꾸만 망설이자 대장은 소총을 겨누고 조종사를 위협했던 모양이었다.

교란 사격이 멎었다. 작업병들은 물통을 빨기 시작했다. 대장은
무전기를 안고 헬리포트 장교들에게 악을 쓰고 있었다.

부상병을 업고 원위치로 돌아온 장 하사가 나에게 물었다.
"이 병장, 하얀 헬리콥터 본 적 있냐?"
"없어. 탄손누트에서도, 캄란에서도, 나창에서도 못 봤어."
"102 후송병원에서는?"
"거기에는 못 가봤고."
"섬뜩하더라고."
"아닌 게 아니라……."
"기분 지랄 같은디……."
부상병이 눈을 떴다. 그의 이마에는, 프로펠러 강풍에 날아든 나
뭇가지에 맞아서 그랬는지, 혹이 하나 생겨 있었다. 장 하사가 그
혹을 만지면서 농을 했다.
"이것이, 아직 네가 쓸 만하다는 증거인 것이여."
"영구차 같더라…… 갔어?"
부상병이 마른 입술을 핥으면서 물었다.
"영구차라니?"
내가 물었다.
"감 잡았다니까…… 그건 말이야, 더스트오프가 아니었어."
"그러면?"
"영현 전용 헬리콥터인가……."
부상병은 눈을 뜨지 않았다.
"야, 이 친구야. 하얀 헬리콥터가 헌병대 전용이면 전용이지 왜
영현 전용이냐?"
"우리 아버지 염습포(殮襲布) 같고, 우리 어머니 상복(喪服) 같더

라고……."

"이 사람아, 양놈들 상복은 검은색이야. 헛소리 말라고."

"뭐 이래…… 뭐 이래……. 장의(葬儀) 헬리콥터가 왜 오고 그래……."

대장이 나를 불렀다. 대장 있는 곳으로 기어갔다. 대장은 무전기 옆구리에다 핸드셋을 걸면서 중얼거렸다.

"하여튼 양놈들 겁 많은 거 하나는 알아줘야 한다니까."

"하얀 헬리콥터 보신 적 있습니까?"

"없어. 헬리포트에 물었더니, 새로 배치된 더스트오프라더군."

"왜 하필이면 하얀색일까요?"

"더스트오프가 자주 저격을 받으니까 그랬는지도 모르지. 놈들이 더스트오프를 저격해 놓고도 전투용인 줄 알고 저격했다고 오리발을 내미니까, 이번에는 아주 하얀 헬리콥터를 배치해 놓고, 자, 봐라, 하얀색이다, 또 더스트오프를 저격하면 한 대당 하노이의 정유공장을 하나씩 폭격하겠다, 이렇게 엄포라도 놓은 모양인가."

"부상병은, 장의차가 연상되나 봐요."

"그런 소리 하는 걸 보면 아직 희망이 있다."

"예감이 심상치 않던데요?"

"사람이 상상력만으로 제 몸을 죽일 수는 없는 법이다."

"살리는 덴 도움이 되겠지요."

"그때는 상상력이라고 하지 않고 신념이라고 하지."

대장은 괜한 말장난으로 허세를 부렸다.

"저도 기분이 안 좋던데요?"

"문화 충격이라고 하는 것이다. 양놈들 우리나라에 와서 '만(卍)' 자 보고는 나치의 '하켄크로이츠'인 줄 알고 깜짝깜짝 놀라는 것과 같은 이치다. '비둘기〔傳言〕' 돌려 중식(中食) 까라고 해.

더스트오프는 곧 또 올 거니까."

"그런데 왜 오라고 하셨어요?"

"응, 아까 욕한 게 미안해서……."

대장은 작업장을 불러, 수정된 작업 지시를 내렸다.

부상병 있는 곳으로 돌아갔을 때, 장 하사가 나를 보고 손을 내저었다.

"뭐야?"

"틀려부렀어. '페이드아웃' 이여."

"언제?"

"좀 전에."

나는 부상병의 눈을 까보았다.

"동공 반응은 있는데?"

"2~3분 전에 칠성판 짊어졌당게. 맥도 모르고 침통(鍼筒) 흔들지 말어. 죽어도 오금탱이 뜨거운 동안은 동공 반응이 있는 법이여. 희뜩한 놈이, '건쉽(무장 헬리콥터)' 한 마리 안 달고 쳐들어왔을 때 알아봤어. 기분이 요상하더라고."

"대장은 그걸 문화 충격이라고 하더라."

"그 상놈으 자슥은 아는 게 많으니까 처먹고 싶은 것도 많을 것이여. 하기는 사실이 그려. 이 친구, 나보다…… 영구차 태우지 말어, 어쩌고 하더니 숨을 탁 놓아버리더라고……."

"이 친구 죽은 거 우리 둘만 알자. 대장이 알면 지금이라도 더스트오프를 취소할지도 모르니까."

"내가 술 취했냐, 영현을 욕보이게."

우리가 이야기를 나누고 있는 동안 더스트오프가 헬리포트를 떴던 모양이다. 작업장 쪽에서 연막탄의 노린내가 났다.

시신을 업고 작업장 쪽으로 가면서 하사가 물었다.

"원형부족(原型不足)인 시체는 그냥 꼬시르냐?"

"모르지. 모자라는 거 깎아 맞추는 목형소(木型所)가 나창에 있다는 소리는 들었다."

더스트오프가 혼자 날아온 것이 아니었다. 두 대의 '건쉽(무장 헬리콥터)'이 먼저 날아와 작업장 주위를 기관총과 로켓포로 두드리기 시작했다. 이어서 날아온 더스트오프도 하얀 헬리콥터가 아니었다.

"요상시럽네, 요상시러워. 소리가 사람을 살리고, 색깔이 사람을 죽이고…… 그러는 법도 있냐?"

"임매 하사, 미워해서 미안하다."

"썩을 놈, 동문서답하고 자빠졌어."

더스트오프가 내려오고, 기총수가 시신을 안으로 안아 들였다. 프로펠러의 강풍에 몸을 바로잡으며 나와 장 하사는, 그때까지도 살아 있는 사람으로 대접받으며 헬리콥터 안으로 들어가는 전우의 피 묻은 다리 쪽에 경례를 보냈다.

더스트오프는 똑바로 떠올랐다.

"정찰대 출발 5분 전. 이 새끼들아, 경례는 왜 해?"

대장이 우리에게 고함을 질렀다.

미친개 1

"마로야!"

그가 한 해 반 만에 아들의 이름을 부르며 대문을 들어섰다. 대문은 처음 열려보는 것처럼 부서지는 소리를 내었다. 그는 이렇게 요란하다. 요란하지 않으면 좋을 텐데도 그렇다.

씩씩한 그의 모습은 한여름의 비구름 같다. 코끝이 아려왔지만, 그가 안긴 국방색 가방이 무거워 홈칠 겨를이 없었다. 피스는 짖기는커녕 질겁을 했는지 제집 안으로 들어가 버렸다.

"사람 아는 체하지 않고 가방부터 받나?"

"갖다 안기고는……."

그와 나의 만남은, 슬프게도 그가 거는 시비와 거기에 대응하는 나의 소극적인 말대답으로 시작되고는 한다.

"마로는?"

"조금 전에 재숙(宰淑)이랑 가게에 갔어요. 참, 재숙이가 여기에 와 있는데, 골목에서 못 봤어요?"

"대학에는 붙었어……?"

"다행히도."

"아직 눈물이 남았나?"

"……."

"고전적이다."

"……."

"됐잖아, 이제?"

글쎄. 되었을까?

그는, 우당탕 두드리고 지나가는 여름 소낙비 같은 사람이다. 오래 가물어 있던 땅은 아무리 억수라도 소나기 한 줄금으로는 해갈이 되지 않는다. 그는 왜 내 시선을 만나지 못할까? 죄의식 때문일까? 그는 나 모르게 무슨 죄를 그렇게 많이 짓고 사는 것일까? 그는 내 시선을 슬슬 피하다, 수돗물을 틀어 머리를 감고는 그 짧은 머리카락을 털었다. 그러자 그의 머리 주위에 무지개가 생겼다. 그에게는 전혀 어울리지 않는 작고 우스꽝스러운 무지개였다.

"피스, 강아지 이름이 '피스' 예요."

"이름 되게 평화롭다."

그는 내 고무신을 깔고 앉아 군화 끈을 풀다가, 내가 맨발로 대문 앞까지 달려나갔던 걸 알고는 또,

"고전적이구나."

했다. 그는 마누라가 맨발로 달려나왔던 게 부끄러웠던 모양인가? 그는, 자기는 그런 환영을 받을 자격이 없다고 생각하는 모양인가?

"편지보다 빨리 올 뻔했네요. 편지, 오늘 아침에야 받았으니까."

"편지 줘봐."

"왜?"

"글쎄, 줘봐."

"아니 왜?"

"편지 속에는 어리광을 부리는 내가 있을 거라. 제 손으로 쓴 편지는, 뱉어놓은 침 같아."

"자기 마누라에게 어리광 좀 부리면 안 되나요?"

"치마끈이나 잡고 칭얼대라는 말이야?"

"좋은 아이디어군요."

나는 이러면서 편지를 건네주었는데, 그는 무정하게도 그 편지를 박박 찢었다. 그는 나를 그렇게 찢고 싶었던 것일까? 나는 그에게 무엇을 그렇게 잘못하고 있었던 것일까? 내가 아들을 낳아 기르고 있다는 것 자체가 그에게는 견딜 수 없는 일이었던 것일까?

"편해서 좋다만, 화장실에서는 곤란하겠다."

그는, 내 어머니가 그를 대접해서 만들어다 준 한복을 입고는 웃었다.

"허리띠 풀어서 목에다 걸고 볼일 본답니다."

나는 그렇게 대답했다.

그렇다. 피스가 미친 듯이 짖어댐으로써 '미친개'를 집 안으로 불러들이지 않았다면 나는 부엌에서 그에게 내어놓을 음식과, 그에게 할 말을 준비하면서 얼마간 행복해할 수 있었을 것이다.

피스가 미친 듯이 짖기 시작했다.

그는 피스의 짖는 소리가 성가셨던지 미간을 찡그렸다.

"낮달 보고 짖나?"

"담 저쪽으로 개가 지나가나 봐요. 피스는 안 보고도 신통하게 알아요. 무슨 냄새를 맡는 모양이죠?"

"저놈의 스피츠 짖는 소리는 멀리서 쏘는 전차포 소리 같아. 암 컷이야?"

"수컷요."

"사랑 냄새는 암컷이 잘 맡는데……. 쬐그만 게 벌써 때 되었어?"

그는 낯간지러운 농담을 잘한다. 그를 사랑할 때는 그런 농담이 좋다. 그를 미워할 때는 그런 농담이 싫다. 그는 그 농담 뒤로 무엇인가를 감추는 것 같다. 소매치기가 훔친 지갑을 감추듯이 감쪽같이 무엇인가를 감추는 것 같다.

그때 대문이 흔들리는 소리가 들려왔다. 피스는 이렇게 해서, 담 밖을 지나가는 제 재난의 씨앗을 불러들인 것이다.

"어럽쇼?"

이 소리는 주름 잡힌 그의 미간에서 튀어나오는 것 같았다. 피스처럼 그 역시 위기를 향해 예감의 더듬이를 흔들기 시작했을 것이다.

나는 밖을 내다보았다. 낯선 개 한 마리가 대문 안으로 들어와 있었다. 낯선 개는 분명히 피스가 짖는 소리에 묻어 들어왔을 텐데도 어쩐지 내게는, 그의 냄새에 묻어 들어온 것 같았다.

"물러서, 이 사람아."

그는 창 앞으로 바싹 다가서는 나를 거칠게 밀었다. 그러나 나는 창가를 떠날 수 없었다. 개가 짖으면 밖을 내다보는 것은, 그가 나에게 들여놓은 아름답지 못한 버릇이다. 여자 혼자 가슴 졸이면서 집을 지키게 한 사람이 바로 그가 아니었던가.

피스의 집 앞에서는, 무서워라, 커다란 회색 잡종개 한 마리가 피스와 뒤엉켜 있었다. 하지만 그는 대수롭지 않게 여기는 것 같았다. 난데에서 들어온 개의 머리만 해도 피스의 몸보다 컸는데도.

"되는 싸움을 싸워라, 이것들아."

"싸운다고요?"

그것은 싸움이 아니었다. 피스의 하얀 털이 새빨갛게 젖고 있었는데도 그는 한가한 구경꾼처럼 굴었다. 내 몸은 마구 떨리기 시작했다. 나는 내 어깨에 올라와 있는 그의 손을 털어내고 밖으로 나가려고 했다. 문득 그의 손이 생소하게 느껴졌다. 그가 옆에 있다는 걸 잊고 있었던 것이다. 그것도 그가 들인 나의 버릇이다.

난데 개는 한 발로 피스의 배를 누르고 입으로는 피스의 목을 문 채로 우리가 서 있는 창가를 노려보다가 천천히 목을 쳐들었다. 잿빛 목털은 피에 젖어 옷솔처럼 일어서 있었다. 온몸에는 진흙이 반쯤 마른 채로 엉겨 붙어 있었다. 나는 피스의 이름을 부르고 싶었다. 실제로 불렀는지, 생각뿐, 말이 되어 나오지 못했는지, 그것은 나도 잘 모르겠다.

난데 개는 주인이 있는 개 같지 않았다. 입 가장자리에서는 붉은 침이 눅진하게 흐르고 있었다. 놀랍게도 난데 개는 윗입술을 들어 올려 이빨을 드러내고는 허공을 딱딱 소리나게 물기까지 했다.

무서웠다. 마당에 코를 대고 부채꼴로 빙그르르 도는가 하면 이따금씩 자반뒤지기를 하고, 우리 쪽을 보고 짖는가 하면 털썩 주저앉아 뒷발로 목을 터는 그 난데 개가…….

…… '미친개'일지도 모른다…….

나는 이렇게 생각했다. 그러나 나는 '미친개'를 본 적이 없다. 그 역시 없을 것이다.

" '미친개' 죠?"

"미치다니?"

"보세요. 하는 짓하며, 내는 소리하며…….."

"그런가?"

"미쳤어요."

"맞아."

내가 '미친개'로 규정하고 그가 이렇게 동의함으로써 그 개가 '미친개'라는 사실은 움직일 수 없게 되고 말았다. 그러나 그 개가

'미친개'가 아니었다고 하더라도 결과는 마찬가지였을 것이다.

내 어깨 위에 놓여 있던 그의 손아귀에서 심술궂은 손아귀 힘이 느껴지기 시작했다. 그는, 퉁겨놓은 기타 줄처럼 떨었다. 무서운 눈이었다. 피스의 하얀 털에서 묻는 피의 잔상은, 창밖을 보면 창밖에서 어른거렸고 그의 얼굴을 보면 그의 얼굴에서 어른거렸다.

그는 나를 밀어내고 방을 나가 마루문을 열었다. 땅바닥에 코를 박고 있던 개가 그를 보면서 짖기 시작했다. 모르기는 하지만 난데 개의 이런 동작이 그의 광기에 불을 지른 것 같았다.

그는 마루문을 닫고는 다시 방 안으로 들어왔다.

그의 손은 무섭게 떨리고 있었다. 다리도 떨리고 있었다. 그런데도 그는 눈을 꼭 감고 주먹을 쥐었다.

나는 아이를 낳아본 여자라서 주기적인 산통(産痛)의 순간을 기다리는 분만실 임부(姙婦)의 심정을 잘 안다. 내가 보기에 그가 흡사 그런 임부 같았다. 임부 같았다는 것은 그가 주기적인 진통을 몹시 두려워하고 있었다는 뜻이다. 그는 강한 인간이 못 되었기가 쉽다. 그는 내 앞에서, 자기의 약한 모습을 보이게 되는 것을 몹시 두려워하고 있었음에 분명하다.

방 안을 두리번거리던 그의 시선이 옷장에서 멎었다. 그는 옷장으로 다가가 문을 열고는 옷걸이에 걸린 옷을 벗겨 방바닥에다 팽개쳤다. 그의 의도는 분명해 보였다. 그는 옷장의 가름대 철봉을 뽑아내려고 했다.

철봉은 단숨에 뽑혀 나오지는 않았다. 그러자 그는 두 손으로 철봉을 잡고 매달리기도 하고 손날로 치기도 했다. 그가 철봉을 잡고 흔드는 바람에 옷장 위에 있던 상자가 그의 머리 위로 떨어져 내렸다.

"패 죽여버린다. 패 죽여버린다."

그는 개에게 모욕이라도 당한 사람처럼, 옷장의 가름대 철봉에

게 모욕이라도 당한 사람처럼, 옷장 위의 상자에 모욕이라도 당한
사람처럼 중얼거렸다.

"쫓아야 해요."

"쫓아?"

"쫓아야죠."

"어떻게 쫓아? 빗자루로 쓸어내?"

"모르겠어요. 하지만……."

"굿이나 보고 떡이나 먹어."

"제발……."

내가 이런 말만 하지 않았어도 그는 개를 쫓아낼 방도를 찾았을
지도 모른다. 쫓아내자는 내 말이 그의 광기에 불을 지른 것 같았으
니까.

그는 옷장으로 펄쩍 뛰어오르더니 옷장의 가름대 철봉을 걷어찼
다. 옷장 옆면의 합판이 부서지면서 철봉은 나사못째 뽑혀져 나왔다.

그는 기억하지 못할 것이다. 그는 철봉을 빼앗으려고 달라붙는
나를 거칠게 쓰러뜨렸다. 나는 그의 연인이 아니었다. 나는 한 덩어
리의 짐짝이었다. 나는 그를, 여자를 강간하는 인간으로는 보지 않
는다. 그러나 만일에 그가 여자를 강간한다면 여자를 그렇게 쓰러
뜨릴 것 같았다.

그의 표정은, 미안하지만 추악해 보였다. 무엇인가가 내 남편을
뒷구석으로 몰아붙이고, 나서기 좋아하는 군인 하나를, 겁이 많으
면서도 겁쟁이 소리 듣는 것을 몹시 두려워하는 군인 하나를 거기
에 세워놓은 것 같았다.

"편한 세상만 살아봐서 모르는 모양인데…… 어디로 쫓아? '미
친개'는 누구에게나 '미친개'야. 마로가 밖에 나가 있다며?"

'미친개'가 피스의 배를 밟고 있던 것처럼, 그도 내 가슴을 밟고

설 것 같았다.

"드디어 미쳤군요."

나는 아마 이랬을 것이다. 속으로, '이 양반이 미쳤나.' 하고 생각했던 것은 사실이지만 이 말을 입 밖으로 낼 생각은 없었다. 그런데도 나는 생각을 입 밖으로 내었던 모양이다.

"미쳐? 범 본 여편네 창구멍 틀어막는 소리하고 자빠졌네. 당신이야말로 미쳤어."

이것이, 오래 미워하고 오래 그리워하던 그로부터 내가 들은 소리이다. 나는 무슨 죄를 그렇게 많이 지었던가?

귀밑머리를 당기며, 멍청한 얼굴로 서 있는 것……. 내가 할 수 있었던 것은 이것뿐이었다. 귀밑 살갗의 아픔은 혼란에 대한 어느 정도의 분별력을 일깨워 주는 것 같았다.

그는 철봉을 들고 밖으로 나가려다 저고리를 벗었다. 반팔의 국방색 속옷 한 장만 남았다.

나는 철봉을 빼앗을까 생각했지만, 또 한번 방바닥에 내동댕이쳐질 것이 겁이 났다. 무섭고 부끄럽고, 그래서 나는 움직일 수 없었다.

"볼래? '미친개' 라며? 저걸 쫓아? 마로가 어디에 있는지도 모르면서? 마로가 언제 저 문을 밀고 들어올지 모르는데?"

"위험해요."

"위험…… 하지."

그는, 뒤따라 나서는 내 가슴을 밀쳐내고는 댓돌 위로 내려섰다. 어찌나 거칠게 밀었던지, 그래서 가슴이 어찌나 아팠던지 악 소리가 나오면서 눈물이 났다. 그 순간에 든 내 가슴의 멍은 아직도 삭지 않았다는 것을 그는 알아야 할 것이다. 겉으로 든 멍은 조만간 삭을 테지만 속으로 든 멍은 오래갈 것이다.

댓돌 위로 내려선 그는 선인장 하나를 집어들었다. 개를 향해 던지는 줄 알았는데 놀랍게도 그는 대문 쪽으로 던졌다. 화분은 대문에 부딪치면서 산산이 부서졌다.

마루에서 겨울을 나던 선인장이 대문에 부딪쳐 짓이겨지는 것을 보고 문득 아깝다는 생각이 들었는데, 이것만은 그에게 미안하다. 여자라서 그랬을 것이다. 가름대 철봉을 뽑으려는 그의 발길에 요절이 나고 있는 옷장을 보고도 나는 같은 생각을 했는데, 이것도 그에게 미안하다. 여자라서 그랬을 것이다.

그가 화분을 대문 쪽으로 던진 의도는 곧 명백해졌다. '미친개'는 당겼다 놓아버린 고무줄처럼 대문 쪽으로 달려갔다.

그는 마루문을 닫았다. 어찌나 난폭하게 닫았는지 천장과 벽이 울리면서 벽에 걸려 있던 사진들이 떨어졌다.

'미친개'가 화분의 흙냄새를 맡고 있을 동안 그는 마당으로 내려서서 철봉을 둘러메었다가는, 철봉 끝을 내리고 '미친개'를 겨누었다. 마당으로 내려가자마자 철봉으로 '미친개'를 두들길 것이라고 생각했는데 뜻밖이었다.

'미친개'는 윗입술을 흉하게 들어올리고는 그를 노려보았다.

생각이 마로와 재숙이에게 미치고 보니 현기증이 났다. 재숙이가 금방이라도 마로를 앞세우고 대문을 밀고 들어올 것 같았다. '미친개'의 몸집이 마로보다 훨씬 크다는 끔찍한 생각도 들었다.

만일에 재숙이가 마로를 앞세우고 대문을 밀고 들어왔다면 나는 그의 철봉에 맞아 죽거나 '미친개'에게 물려 죽는 한이 있더라도 마당으로 뛰어 내려갈 수 있었을까? 그것은 모르겠다.

그의 어깨와 함께 출렁거리다 이윽고 '미친개'의 코앞에 멎는 철봉은 참으로 무거워 보였다. 개는 앞다리를 벌리면서 꼬리를 다리 사이로 감아 넣고 목털을 세웠다.

나는 유리에다 이마를 대었다. 그런데도 마음은 유리처럼 차가
워지지 않았다.

그는 한동안 꼼짝도 하지 않고 서 있었다. '미친개'가 날아들어
도 움직이지 않을 것 같았다.

그러던 그이 발이 미세하게 움직이기 시작했다. 그는 조금씩, 아
주 조금씩 왼쪽으로 비켜서고 있었다. 철봉이 반사하는 빛조각이
처마 그림자 위에서 일렁거렸다.

그때 '미친개'는 꼬리를 흔들었다. 내가 아는 한, 그것은 적의를
나타내는 몸짓이 아니었다.

이윽고 그는, 손을 내밀면 빗장에 닿으리만치 대문에 접근했다.

그가 만일에 손을 내밀어 대문을 열었다면 '미친개'는 그 문을
통해 밖으로 도망쳤을 것이다. 그런데 놀랍게도 그는 오른손으로
철봉을 든 채 왼손으로는 대문의 빗장을 지르고 있었다.

나는 소리를 지르고 싶었다. 안 된다고, 절대로 빗장을 질러서는
안 된다고…….

그런데도 그는 빗장을 질렀다. 그는 그런 사람이다.

그는 마로가 걱정스러워서, 마을 사람들이 걱정스러워서 빗장을
지른 것은 아닐 것이다.

" '미친개'는 이 세상 어느 누구에게나 '미친개'다."

그는 그래서 빗장을 질렀다고 주장할 것이다. 그러나 내가 보기
에는 그렇지 않다.

이제 빗장이 질렸으니까, 마로와 재숙이 걱정은 하지 않아도 된
다…… 저 양반만 응원하면 된다…… 나도 이렇게 생각하고 싶었
다. 그러나 그렇게 되지 않았다. 교육으로도, 여자로 하여금 이렇게
생각하도록 만든다는 것은 어려운 일이다.

내가 보기에, 그에게는 처음부터 '미친개'를 쫓아내자는 생각이

없었다. 그는 자기의 힘을 여러 각도로 증명해 보이면서 그걸 즐기고 싶어 한 것임에 분명하다. 그는 나에게 열등감을 느꼈던 것일까? 내 아버지의 유산으로 마련된 내 집에 살았던 것을 몹시 부끄러워하고 있었던 것일까? 그래서 심리적인 압박감을 일시에 만회할 수 있는, 안성맞춤의 기회를 만났다고 생각했던 것일까? 그는 아마 '열등감'이라는 말을 좋아하지 않을 것이다.

그가 '미친개'와 한 덩어리가 되어 서로 물고 물리고 할지도 모른다는 생각이 나를 괴롭혔다. 그에게는 미안하지만, 만일에 철봉이 없었더라면 그는 '미친개'를 물어뜯을 수도 있는 사람이라는 게 내 생각이다. 생각이 나를 괴롭혔다. 생각을 그만두면 공포가 생길 리 없겠지만, 나 같은 여자에게 생각을 그만두는 것은 도무지 가능한 일이 아니다.

빗장을 지른 뒤부터 그의 몸놀림은 선을 그은 듯이 경쾌해졌다. 물을 바라보는 것 같은 그의 표정도 나에게는 그렇게 생소할 수 없었다. 표정은 물을 바라보는 것 같은데도 그의 몸은 불길 속에 들어 있는 것 같았다. 어디에서 불어왔는지 모를 이상한 바람이 불길을 향해 부는 것 같았다. 불길 속에서 타오르고 있는 것 같더라고 한대서 그가 정당했다는 뜻은 어림도 없이 아니다. '미친개'가 대문을 밀고 들어왔다고 해서, 그 '미친개'가 우리 피스를 물었다고 해서 그 역시 미친 듯이 철봉을 휘두르고 있었으니까. 미친 듯이……

그는 '미친개'와 잠긴 대문과, 죽음과 싸우며 집요하게 살아 있는 시늉을 하는 피스를 번갈아 바라보았다. 내가 끼일 자리는 없었다. 말리지도, 함께 싸우지도 못한다는 것은 참으로 억울하고 창피한 노릇이었다.

그런데 문득, 그가 이겨야 한다는 생각이 들었다. 이기는 일만 남아 있다는 생각이 들었다.

'미친개'는 기나긴 겨냥을 지루하게 여기는 것 같았다. 그가 철봉을 거두고 대문을 열어준다면 '미친개'도 꼬리를 다리 사이에 묻고는 나가버릴 것 같았다. '미친개'의 살기가 철봉 끝으로 쏟아지는 것은 그가 철봉 끝으로 '미친개'의 코를 투욱투욱 건드릴 때뿐이었다.

그의 한복 바짓자락이 쓰레기통 철문 모서리에 걸린 것은 바로 그때였다. 너무 서둘렀기 때문이었을 것이다. 그는 왼손으로 바짓자락을 더듬어 내려갔다. 그런데 맨살로 드러난 그의 팔이 날카로운 철문 모서리에 찢기고 말았다. 그는 싸우느라고 몰랐을 테지만, 상처에서 피가 흐르면서 바지를 적시기 시작했다.

팔에서 흐르는 피는 '미친개'의 피를 요구했다. 그의 손끝에서 철봉의 움직임은 눈에 띄게 빨라져 갔다.

나는 회양목에 퇴로를 막힌 '미친개'가, 그가 찔러오는 철봉 끝을 물기 위해 입을 벌리는 것을 보았다.

그때 그가 지른 소리를 나는 우리글로 표현할 수 없다. '앍'이었던 것 같기도 하고, '꺎'이었던 것 같기도 하다. 어떤 소리였을까? '핡'이었을까, 아니면 '땕'이었을까. 하여튼 목젖이 울리는, 말하자면 '리을' 소리가 섞여 있었던 것만은 분명하다.

목젖을 토해 내는 것 같은 그의 괴성을 들으면서 나는 그가 '미친개'의 목구멍에다 철봉 끝을 찔러넣는 것도 보았고, 개가 피를 뿜으며 네 다리로 버티다 회양목 쪽으로 자꾸만 밀리는 것도 보았다.

그가 오른발로 개의 턱을 올려 차자, 개는 몸을 틀면서 까마귀 우는 소리를 내었다.

끔찍해서 쓸 수가 없다. 그러나 나는 써야 한다. 이 관전기(觀戰記)가 그에게 우월감을 안겨주지 않기를 나는 간절히 바란다.

그가 '미친개'의 입에서 철봉을 뽑아내자 '미친개'는 몸을 가누었다. 가누어봐야 잠깐이었다. 그는 철봉을 뽑아든 순간에 머리 위로 처들면서 '미친개'에게로 날아들고 있었으니까.

한 번, 두 번, 세 번…….

내가, 산 것이 몽둥이에 맞는 소리를 들은 것은 이번이 처음이다. 산 것이 맞는 소리와 죽은 것이 맞는 소리가 다르지 않다는 것을 알게 된 것도 이때가 처음이다.

그는 철봉질을 그만두지 않았다. 그만두는 순간 '미친개'가 다시 살아나기라도 하는 듯이, 철봉을 던져버리면 바로 그 순간에 공포가 고개를 들기라도 하는 것처럼, 철봉을 거두면 그 자신이 거둔 승리의 빛이 그 자리에서 바래고 마는 듯이 그는 수백 차례 철봉질을 했다.

우격다짐으로 옷장에서 뽑아낸 것이라서 철봉 끝에는 나사못이 무수히 박혀 있었다. 그가 철봉으로 내려칠 때마다 무수한 나사못은 '미친개'의 몸을 갈가리 찢고 있었다.

나는 마루문을 열고 나가지 않을 수 없었다. 마루문 열리는 소리가 그렇게 몸서리치게 들리는 수도 있다는 것을 그때 알았다.

그러나 바로 그 직후에 있었던 일을 그는 잊어서는 안 될 것이다.

피스가 내 앞에서, 허리가 부러져 나간 듯한 몸짓으로 걷기 시작했다. 하얀 털끝에서 떨어지던 핏방울은, 가죽끈이 허락하는 만큼의 반원을 그렸다.

피스는 열심히 걸었다. 살아 있다는 것을 증명하려고 필사적으로 걷고 있는 것 같았다.

나는 어쩌면 피스를 살릴 수 있을지 모른다고 생각했다.

그는 나와 피스와 피투성이가 되어 있는 '미친개'를 번갈아 바라보았다. 끝난 것이 아니었다.

그가 다시 철봉을 머리 위로 올렸을 때 나는 눈을 감았다.

이번에는 나를 갈길지도 모른다…… 나는 이런 생각이 들어 두 손으로 얼굴까지 가렸던 것 같다.

그는 기어이 그 철봉으로 피스의 머리를 내려쳤다. 피스는 그의 철봉질 한차례에 고깃덩어리로 마당에 무너졌다. 가죽끈도 끊어졌다.

그는 알까?

그의 눈앞에 있는 '미친개' 의 시체는 곧 나의 시체였다. 피스의 시체는, 아, 무섭게도 마로의 시체 같아 보였다.

우리 둘을 때려죽인 그의 얼굴은 우리의 피가 점점이 튀고, 우리의 골수가 점점이 묻은 두억시니의 얼굴이었다.

나는 그 자리에 부재했다. 따라서 마루로 올라가고 방으로 들어섰던 순간을 기억해 낼 수 없다. 그런데도 무슨 정신이 남아 있어서 그의 찢긴 팔에 약을 바르고 붕대를 감았을까? 시계가 딱딱거리고 있었다. 우리들 주위를 지나가는 듯한 시간이 딱딱거리는 소리만으로 된 단조로운 무늬의 댕기가 되어 시계 속으로 감겨 들어가는 것 같았다. 밖에서 '미친개' 가 가르랑거리는 소리가 들려왔던 것 같다.

"재인아, 왜 이래?"

그의 목소리는 천둥소리였다. 내가 더 이상 견디지 못하고 방바닥으로 가라앉는 순간 붕대가 그의 팔에 매달린 채 스르르 풀려 내렸다.

"재인아, 왜 이래?"

그가 소리쳤다.

"엄마, 문 열어줘!"

"언니, 우리 왔어."

밖에서 마로와 재숙이의 목소리가 들려왔다.

참 이상한 일이다. 그는 조금도 자랑스러워하는 것 같지 않았다. 그는 쓸쓸해 보였다. 그는 가련해 보였다. 그는 초라해 보였다. 나는 그렇게 초라한 그의 모습은 본 적이 없다.

"엄마, 엄마."

나는, 그가 얼굴을 좀 씻고 나가 대문을 열어주는 게 좋겠다고 생각했지만 이 생각은 말이 되지 못했다.

미친개 2

　내가 정확하게 13개월 만에 인왕산 집으로 들어섰을 때 아내는 맨발로 마루에서 댓돌 위로 내려섰다가 내가 들고 들어간 군용 잡낭(軍用雜囊)을 받았다. 아내의 맨발이 어찌나 예쁘게 보이던지 나는 잡낭째 안고 마루를 오르려고 오른손을 그의 목에 감고 왼팔로는 엉덩이를 받쳐 번쩍 안아 올릴 거조를 차렸다. 그런데 그는 가만히 내 손을 밀었다. 이것이 내가 그날 처음으로 경험한 아내의 냉기(冷氣)였다.

　"마로는 안 보이네?"

　나는 아마 이렇게 물으면서 그의 고무신을 깔고 앉아 군화 끈을 풀었을 것이다. 나는 아마 군화 끈을 아주 천천히 풀었을 것이다. 무안을 당한 군인에게는 군화 끈 푸는 절차 같은 것은 번거로우면 번거로울수록 좋은 것이다.

　"재숙이가 데리고 나갔어요. 재숙이가 여기에 와 있어요."

　그는 이러면서 발가락으로 집게를 만들어 마루 가장자리에 놓여 있던 물걸레를 집어 살그머니 옆으로 밀어놓았다. 그게 그렇게 자연스럽고 아내스럽게 보일 수가 없어서 나는 마루로 올라가려다 말고 그 발을 잡았다. 그가 가만히 있었더라면 나는, 파란 실핏줄이 지나다니는 그 조그만 발등에 입을 맞추었을 것이다. 그러나 그는 살그머니 발을 뽑았다. 이것이 내가 그날 두 번째로 경험한 아내의 냉기였다.

내가 인왕산 집에 부재했던 1년 반은 그다지 긴 세월이 아니다. 그러나 아내가 알아야 했던 것은 그 길지 않은 세월이 흐를 동안 내가 살아낸 삶이 어떤 삶이었던가 하는 것이다. 여자의 몸을 아는 사내에게 그 세월은 참으로 길고도 무서운 세월이다.

"편지보다 먼저 올 뻔했네요."

아내는 말했다.

"그 편지 이리 줘."

나는 편지를 받아서 그 자리에서 찢지 않으면 안 되었다.

편지 이야기를 듣고 몹시 당황했기 때문이다. 당황한 데도 까닭이 있다. 한 해 반 동안 아내를 안아보지 못했던 내가, 조만간에 안게 될 아내를 생각하면서 쓴 것인 만큼 충분히 뜨거웠을 것이다. 밤에 썼으니까 더욱 그랬을 것이다.

편지를 찢은 것은 잘한 일이 아니다. 그런데도 내가 편지를 찢지 않을 수 없었던 것은 아내가 얼굴로는 웃으면서도 은연중에 나를 거부하는 몸짓을 했기 때문이다. 뜨거운 편지를 보낸 나를 쌀쌀하게 맞는 아내 앞에서 내가 어떻게 편지를 찢지 않을 수 있었겠는가. 나는 냉기가 도는 아내에게, 추근대는 인상을 주는 것을 참아낼 만큼 염치가 좋지 못했다.

대구의 처가에서 올라왔다는 한복 또한 나를 당황하게 했다. 나는 그렇지 않아도 한복 같은 걸 입어보고 싶던 참이었다. 그래서 나는 한복을 입고 앉아 있었는데 아내가 웃는 웃음은 따뜻하지 못했다. 한복은, 따뜻한 웃음에 어울리는 옷이다.

'피스' 라는 이름의 스피츠가 미친 듯이 짖기 시작한 것은 내 심사가 이렇게 불편해 있을 때였다. 많은 남자들, 특히 못난 남자들에게는 사랑하는 여자로부터 무안을 당하면 무의식적으로 무안풀이 할 거리를 찾는 버릇이 있다.

무엇인가가 대문을 들이받는 소리가 들려왔다. 나는 아이들의 장난이겠거니 하는 생각에서 처음에는 대수롭지 않게 여겼다. 그런데 피스가 죽는 소리를 했다. 나는 그제서야 밖을 내다보았다. 커다란 개 한 마리가 스피츠와 뒤엉키더니 순식간에 목을 물고는 흔들어대고 있었다.

개들은 집 안에 있으면서도 집 바깥으로 개가 지나가면 용하게 알고 짖고는 한다. 후각이 발달했기 때문일 것이다. 모르기는 하지만 피스 역시, 낯선 개가 담 바깥 길을 지나가는 것을 알고는 미친 듯이 짖었을 것이다. 낯선 개는 내가 설 닫은 대문 틈으로 안을 들여다보다가 조그만 스피츠가 미친 듯이 짖어대니까 머리로 문을 밀고 안으로 들어왔을 것이다.

문득 이상한 생각이 들었다. 개가 다른 개를 공격하는 일은 흔히 있는 일이다. 그러나 낯선 개가 아무리 크고 피스가 아무리 작아도, 큰 개가 남의 영역을 침범하면서까지 작은 개를 공격하는 것은 흔한 일이 아니다.

내가 이런 생각을 두서없이 하고 있는데 낯선 개는 판유리 창을 통해 우리를 노려보았다. 개는 어찌나 커보였는지 피스의 몸뚱어리는 낯선 개의 머리 크기도 채 되지 않았다.

회색 셰퍼드 잡종인 것 같았는데, 윗입술을 자주 들어올리고 으르렁거리는 모습이 몹시 추했다. 피스의 목을 물고 있다가 마당을 한 바퀴 돌고, 그러다가는 또 마당에 주저앉아 뒷발로 목털을 털어 대는 등, 하는 짓도 추했다. 게다가 몸에는 진흙이 마른 채로 엉겨 붙어 있었다.

……미친개일까.

나는 이런 생각을 잠깐 해보았다.

그러나 내가 뒤에 알아본 바에 따르면, 미친개라면 몸에 진흙이 묻어 있을 리 없다. 미친개는 물을 몹시 무서워한다. 그래서 광견병 은 '공수병(恐水病)'이라고도 불린다. 따라서 미친개가 물가에 갈 리는 없다. 뿐만 아니라 광견병이 가장 흔한 계절은 개의 발정기에 해당하는 봄철 아니면 가을철이다. 따라서 2월에 미친개가 나다니 는 일은 극히 드물다.

"미친개예요."

아내가 그 개를 '미친개'로 규정함으로써 그 개는 미친개가 되 었다.

나는 일단 그 개를 미친개로 규정하고 나름대로 상황을 분석했다.

아내는 내가 때맞추어 나타난 미친개와 한바탕 신바람 나게 싸 우고 싶었던 모양이라고 생각한 모양이지만 그것은 순진한 발상이 다. 아내는 나에 대한 선입견의 틀을 마련해 놓고 상황을 거기에 맞 추어 이해한 모양이지만 그렇지 않다.

개를 쫓아버리는 것이 최선의 방법이기는 하다. 그러나 만일에 그것이 미친개라면 쫓아버린다는 것 자체가 목숨을 건 싸움이 되어 야 한다. 그렇다면 일단 그 개와의 일전을 각오하지 않으면 안 된 다. 싸운다면? 무기가 있어야 한다. 나는 무기를 생각해 보았다. 언 뜻 생각나는 것이 옷장의 가름대 철봉이었다.

그래서 나는 가름대 철봉을 뽑으려고 했다. 철봉은 옷장 양옆의 합판에 수많은 나사못으로 고정되어 있어서 쉽게 빠지지 않았다.

마음이 급할 수밖에 없었다. 처제와 마로가 언제 대문을 밀고 들어설지 모르는 상황이었다.

나는 옷장에 매달리면서 발로 걷어차지 않을 수 없었다. 철봉은 수많은 나사못과 합판 조각이 너덜거리는 채로 뽑혀져 나왔다.

아내는 나를 말리지 않을 수 없었을 것이다. 그러나 나도 말리는 아내를 밀쳐내지 않을 수 없었다. 내게는 시간이 없었다.

"미쳤군요."

아내는 이런 소리를 하지 말았어야 했다.

내가 어떻게 미칠 수 있는가? 집 안에는 아내가 있고, 마당에서는 아내의 애완견이 죽어가고 있었다. 대문은 열려 있었고 가녀린 내 처제와 두 살배기 내 아들이 언제 그 대문을 열고 들어설지도 모르는 상황이었다. 내가 어떻게 미칠 수 있는가.

철봉은 다행스럽게도 중량감이 있었다.

나는 마루문을 열고 나서면서, 마루에서 겨우살이를 하고 있던 선인장 화분 하나를 대문 쪽으로 던졌다. 개의 반응을 보기 위해서였다. 개는 화분이 떨어진 곳으로 달려갔다. 나와 개 사이의 공간은 그것으로 충분해진 셈이었다. 나는 마루문을 닫고 마당으로 내려섰다.

내가 철봉을 겨누고 다가서자 개는 겁을 집어먹는 것 같았다. 그러나 개라는 동물은, 아무리 겁을 집어먹었어도 상대가 주인이 아니면 공매는 맞지 않는다. 나는 철봉 끝을 개 앞으로 들이밀어 보았다. 예상했던 대로 개는 이빨을 드러내고 으르렁거리기 시작했다. 으르렁거리면서도 개는 퇴로를 찾는 것 같았다. 퇴로를 찾고 있다는 것은 나와 목숨을 걸고 싸울 의사는 없다는 뜻이기도 하다.

나는 다행히도 개를 오른쪽으로 몰면서 대문에 접근할 수 있었다.

대문으로 손을 뻗자 빗장이 손끝에 잡혔다.

망설였다. 대문을 활짝 열고, 말하자면 퇴로를 열어놓으면 개는 간단하게 밖으로 도망칠 것 같았다.

그러나 나는 두 살배기 아들의 아버지였다. 나는 차마 '미친개'를 골목에다 풀어놓을 수 없었다.

게다가 나는 군인이 아닌가? 나는 국가가 주는 밥을 먹으면서 태권도를 익히고 총검술을 익힌 군인이 아닌가. 군인이기 이전에 이미 존엄한 사람의 자리를 지키기 위해 유도를 익히고 검도를 수련하던 청년이 아니던가.

그래서 내가 빗장을 질렀던 것이지, 미친개와의 싸움을 한바탕 즐기자고 그랬던 것은 아니다. 나는 상대가 나 자신이 아닌 한 호전적인 사람이 못 된다.

시간이 얼마나 흘렀는지는 나도 모르겠다. 나는 미친개와 맞서 있을 동안 두 가지 점에 주의해야 한다는 것을 알았다.

그중 하나는 개 같은 동물과 속도전을 해서는 안 된다는 것이다. 아무리 동작이 빠르다고 하더라도 전후좌우 이동의 속도에 관한 한 인간은 개의 상대가 될 수 없다. 교치성(巧緻性) 역시 사람은 개의 상대가 될 수 없다. 나는 되도록이면 아주 작은 동작, 느린 동작으로 개의 기를 꺾어나갔다.

또 하나는, 개를 두드리기 위해 철봉을 머리 위로 쳐들어서는 안 된다는 것이다. 나는 두어 차례 철봉을 쳐들었다가 미친개에게 허점을 찔리고는 철봉의 파지(把持)를 바꾸어 총검처럼 잡고, 공격 방법도 때리기에서 찌르기로 바꾸었다.

훈련이라는 것은 참으로 무서운 것이었다. 나는 찌르기로 미친개를 밀어붙이면서, 1년 반 동안이나 훈련한 찌르기의 힘은 개에게 치명상을 입히기에 충분하다고 확신했다.

나는 이렇게 해서, 아내가 조성해 놓은 꽃밭의 회양목 산울타리 사이로 미친개를 몰아넣을 수 있었다. 미친개는 기역 자(字) 모양의 회양목 산울타리에 퇴로를 차단당하고부터는 철봉 끝을 노리기 시작했다.

그러나 미친개에게는 그것이 화근이었다.

내가 미간과 주둥이를 노리고 번갈아 찌르기를 시도하자 미친개는 그때마다 고개를 아래위로 주억거리면서 철봉 끝을 물기 위해 자주 입을 벌렸다. 나는 개의 주둥이가 벌어지는 타이밍을 노리다가 결정적인 한차례의 찌르기로 철봉 끝을 미친개의 목구멍에다 찔러넣을 수 있었다.

철봉 끝에는 옷장의 합판에서 뽑혀져 나온 수많은 나사못이 박혀 있었는데 이것이 미친개의 목에 깊은 상처를 입혔던 모양이다. 더 물러설 데가 없어진 미친개는 필사적으로 고개를 저으면서 목구멍에서 철봉 끝을 뽑으려고 했다. 그러나 나는 그럴 기회를 주지 않고 미친개를 밀어붙였다. 밀어붙이는 힘으로 말하자면 개는 나의 상대가 되지 못했다.

미친개는 날숨을 쉴 때마다 피를 뿜었다. 나는 조금도 틈을 주지 않고 철봉을 비틀다 개의 목이 뒤로 꺾어지기 시작하는 순간 몸을 비틀면서 있는 힘을 다해 하악골(下顎骨)을 걷어찼다.

미친개의 상반신이 회양목 위로 솟아오르면서 철봉이 빠져나왔다. 하반신이 회양목 사이에 끼인 채로 상반신이 들린 형국이었다. 나는 철봉을 야구방망이 잡듯이 고쳐 잡고는 있는 힘을 다해 미친개의 목줄을 때렸다. 직구(直球)가 맞으면서 장타(長打)가 터지는 듯한 느낌이 철봉을 타고 전해져 왔다. 하반신이 회양나무 사이에 빠지면서 미친개의 몸이 뒤집혔다. 그런데도 목줄은 치명상이 못되었다.

목줄을 맞는 바람에 뒤로 뒤집혔던 미친개가 몸을 일으키느라고 정수리가 무방비 상태로 드러났다. 나는 그제서야 철봉을 머리 위로 쳐들고는 회양목 위로 날아들면서 있는 힘을 다해 정수리를 내리쳤다. 도끼날에 통나무가 갈라지는 소리가 났다.

그 일격이 치명상이었던 모양이다. 미친개는 일어나다 말고 씨보릿자루처럼 까부러졌다.

미친개가 다시 일어날까 봐 무서워서 그랬을 것이다. 나는 철봉질을 멈추지 않았다. 미친개의 귓전에서부터 앞다리에 이르기까지 털이라는 털은 하나도 남김없이 피로 물들었다. 철봉으로 내려칠 때마다 철봉 끝의 나사못은 미친개의 가죽을 사정없이 찢어놓고는 했다.

아내가 마루문을 여는 소리에 나는 비로소 내가 어디에서 무엇을 하고 있는지 깨달았을 것이다.

아내의 눈은 나를 보고 있지 않았다. 아내의 시선은 분명히 피스에게 가 거기 박혀 있었다. 피스는, 뒤에 아내가 한 말마따나 가죽끈이 허락하는 만큼의 반원을 그리며, 살아 있다는 것을 증명하려는 듯이 필사적으로 걷고 있었다.

그러나 아내가 알아야 하는 것은, 그것은 살아 있는 개의 걸음걸이가 아니었다는 것이다. 앞다리와 뒷다리가 따로 놀고 있어서 흡사 허리가 부러진 것 같았다.

퍼뜩, 어릴 때 거리에서 보았던, 자동차에 치인 강아지 생각이 났다. 승용차의 바퀴가 분명히 내 눈앞에서 강아지의 허리 위를 지나갔는데도 불구하고 강아지는 벌떡 일어나 집 쪽으로 한참을 달리다가는 헌 옷자락처럼 무너지면서 다리를 달달 떨다가 숨을 거두었다.

나는 짧은 순간 망설였다.

피스의 걸음걸이는 그때 내가 보았던 바로 그 강아지의 걸음걸이와 다를 것이 없었다. 따라서 그것은 살아 있는 개의 걸음걸이는 아니었다. 나는 아내와 아들의 사랑을 많이 받았을 것임에 분명한 그 강아지가 두 사람의 무릎 위에서 고통 속에 숨을 거두는 꼴은 보고 싶지 않았다. 나는 어쩌면, 치명상을 입은 애마(愛馬)의 머리에 총을 겨누고는 눈물을 글썽거리는 카우보이를 떠올렸는지도 모르겠다.

살릴 수 있어도 문제였다. 일단 미친개에게 물려 깊은 상처를 입었다면 문제는 살린 뒤부터 더욱 심각해질 가능성이 있었다.

그래서 나는 그 스피츠를 쳤던 것이다.

나는 철봉을 놓고, 쓰레기통의 문 모서리에 찢긴 팔을 아내에게 맡기고서야 미친개의 피가 내 팔의 상처에 튀었을지도 모른다는 생각이 들었다. 그러나 아내가 붕대를 감다 말고 눈을 감으면서 주저앉는 바람에 그런 걱정을 할 여유가 없었다.

내가 안으려고 할 때마다 몸을 뽑던 아내는, 피투성이가 된 내 품에 안겨 안방 이부자리에 놓일 때까지 눈을 뜨지 못했다.

처제 재숙과 마로가 밖에서 아내를 부른 것은 바로 그때였다. 다시 말해서 재숙과 마로는 내가 미친개를 쳐죽이던 그 시각에 대문에서 백 미터도 채 안 되는 거리에 있었던 셈이 된다.

그 개는 미친개가 아니었는지도 모르지만 우리는 그 개를 미친개로 규정했다. 규정했기 때문에, 미친개가 대문을 빠져나갈 경우 재숙과 마로가 위험한 지경에 처할 수도 있다는 가정(假定)은 유효해진다. 나에 대한 재인의 비난이 당치 못한 이유는 바로 여기에 있다.

이것이 그 미친개 사건에 대한 내 몫의 이야기이다.

가설극장

강 병장은 소총을 거꾸로 맨 채 내 앞에 서서 탄창을 오른손으로 던졌다 받았다 하면서 말했다.

"이 병장, 나 '열무덤(10고지)' 에 가 있다가 내일 이맘때 내려오겠어요."

"기어이 일을 저질러?"

"한 달 전부터 생각하던 일이라고요. 열무덤의 장(長)도 허락했어요. 마침 그쪽으로 가는 헬리콥터도 있고."

"한 달 동안 겨우 그 연구했나?"

"연구만 했나요? 공작(工作)도 했으니까 열무덤의 허락을 얻었지요."

"모를 일이군."

"전쟁터에서 포경수술한 이 병장 같은 낙관론자에게야 모를 일인게 당연하지요. 선임하사가 찾으면 적당하게 하루만 넘겨주세요."

"알았어."

그러나 여전히 모를 일이었다.

여가수인 애인이 주월 한국군 위문 공연단에 자원, 사이공에 도착했다는 편지를 받은 날부터 근 한 달 동안 강 병장은 통 마음을 잡지 못했다. 여가수는 분명히 편지에다 오로지 강 병장을 만나기 위해 공연에 자원했노라고 밝히고 있는데도 불구하고, 강 병장은 자기 여자와의 뜨거운 재회를 조금도 반기지 않았다.

여가수의 편지를 본 사람은 그와 나뿐이었다. 따라서 우리 공수장 파견대에 강 병장의 여자가 위문 공연단에 들어 있다는 사실을 아는 사람은 우리 둘뿐이었다.

공연단이 주월 한국군 예하 부대를 순회공연하면서 투이호아로 오고 있을 동안 나와 강은 은어(隱語)로, 강이 여자를 만나야 한다느니, 못 만난다느니 하면서 입씨름을 여러 번 했다. 그러던 강이, 우리 부대 공연 일정이 확정된 날 느닷없이 열무덤 청음초소(聽音哨所)로 올라가겠다고 나선 것이었다.

'열무덤' 이라는 은어로 불리던 청음초소는 해발 10미터쯤 되는 언덕 위의 전초기지였다. 거기에 이르려면 보급차량을 타고 수십 겹에 이르는 철조망과 자동지뢰밭을 지나야 했기 때문에 대개는 헬리콥터로 드나들고는 했다.

나는 그를 돌려세워 간곡하게 타일렀다.

"너를 만나러 이 멀고 험한 곳까지 왔다고 하지 않던가? 목숨을 걸고 사지(死地)로 건너온 이 열녀(烈女)를 못 만나겠다고 하는 이유를 나는 정말 모르겠다."

"싫소."

"왜, 아름답지 않은가? 남자는 전쟁터에 있고 여자는 위문 공연단원이 되어……."

"집어쳐요. 그래서 싫은 거니까?"

"여자 구경 못하고 싸우는 애들에게 미안해서? 전례(前例)가 없다고 조금 고심은 할 것이다만 지휘부는 위문 공연단 프리마돈나의 소원을 수리(受理)해서 하룻밤쯤은 늬들을 자유롭게 해줄 거다. 절도(節度) 좋아하는 자들이니까 절도 있는 범위 안에서 말이다. 폼 나는 일 아니냐?"

"그만두시라니까."

"너무 눈에 바서서?"

"아니오."

"이유가, 내가 이해 못할 만큼 어렵고 복잡하면 설명 좀 해주라. 여자의 현실 감각이 징그러운 거냐?"

"……"

"여자가 자기 입장을 너무 극화(劇化)시키고 있는 게 싫은 거냐?"

"그만두시라니까."

"미스 박의 오늘 밤 공연은 주월 한국군 위문 공연사상 가장 구슬픈 공연이 되겠구나."

"이유를 꼭 알고 싶소?"

"그래."

"이거요."

강 병장은 탄창을 주머니에 넣자마자 내 눈앞에 쑥떡을 날리고는 돌아섰다.

"인마, 너도 편지질 계속해 왔을 것 아냐?"

"그런 일 없소. 월남으로 오네 마네 하길래 오면 내가 죽어버리겠다, 오더라도 나와는 만나지 못한다, 정 만나고 싶으면 이 병장을 만나라, 괜찮은 치다, 이런 내용의 편지는 보낸 적이 있지만……."

"그 대목에서 내가 왜 나와, 인마?"

"가르쳐드리지 않았소?"

"선문답하고 자빠졌네. 기지에 공연이 있는 날이면 열무덤이 얼마나 위험해지는지 모르고 그러냐? 그 새끼들, 우리가 기지 극장에서 여자들 알몸 보면서 시시덕거리게 그냥 놔둘 것 같냐?"

"그래서 가는 거요."

"미스 박이 기지에 도착하면 내게 물어볼 텐데, '당신 보기 싫다면서 전초기지로 떠났다.', 그래?"

"그러기 싫거든 이 병장이 태극기 한번 꽂으쇼."

"나를 왜 여기에다 얽어놓았어, 이 친구야."

"양놈 말 갈아타듯이 남자 잘 바꾸는 여잡니다. 한번 해보세요. 잘하면 임무 교대가 가능할지도 몰라요."

"너도 뺄 만큼은 뺐어. 이 삭막한 땅에서 우리도 아름다운 풍경 구경 한번 하자."

"모르면 가만히 있어요. 이 여자가 나를 만나지 못하고 기지를 떠나는 것, 그게 가장 아름다운 풍경입니다. 자꾸 귀찮게 하니까 한마디만 아뢰지요. 나 여기에서 아주 깨끗한 사람이 되었어요. 동정남(童貞男)으로 거듭났다, 이겁니다."

"이 땡볕 시궁창에서?"

"그러니까……."

"시체 썩는 냄새가 풀풀 나는 곳에서?"

"그러니까……."

"여자를 만나면 더러워지나?"

"여러 말 마시오, 나 갑니다. 이 병장이 어떻게 행동했든 나중에 나에게 설명할 것은 없어요."

오후 3시, 닌호아 사령부 쪽에서 날아온 대형 헬리콥터가 헬리포트에 내리자 알로하셔츠 차림에 색안경을 낀 공연단원들이 정훈장교의 안내를 받으며 뒷문으로 내려섰다. 기지 공연 담당 장교들은 부러 색안경을 쓰고 모양을 내고 기다렸다가 프로펠러 바람에 날아가지 않도록 한 손으로는 철모를 누른 채 단원들과 일일이 악수를 나누었다.

공수장(空輸場) 국기 게양대의 월남 국기 자리에는 노란 국기가 어느새 브래지어와 팬티로 바뀌어 게양되어 있었다. 공수장 지하 벙커 지붕 위에서 공수병들이 쌍안경의 차례를 다투면서,

"이이쁘다!"

하고 간드러지게 소리를 질러대었다.

대부분이 여자들인 공연단원들이, 대기하고 있던 지프에 나누어 타고 귀빈 숙소로 간 지 오래지 않아 공수대원 하나가 벙커 문 앞으로 고개만 내밀고 나를 불렀다.

"전화여! 귀빈 숙소여, 귀빈 숙소!"

그는 '귀빈 숙소'라는 말이 음란한 표현이기라도 한 듯이 수줍어하면서 발음했다.

"유선(有線)이야, 무선이야?"

지하 벙커로 들어서자 그가 유선전화 수화기를 내밀었다.

"정훈과 김 대위다. 강창일 병장이라고 거기 있나?"

전화 감도(感度)가 몹시 나빴다. 이유는 뻔했다. 귀빈 숙소라니까 혹시 공연단 여자 목소리가 섞여 들리지 않을까 해서 교환들이 엿듣고 있을 터이기 때문이었다.

"……없습니다."

"인마, 근무지가 거긴데 지금은 자리에 없다는 거냐, 그런 병사가 아예 거기에 근무하지 않는다는 거냐……. 감(感)이 어째 이 모양이야? 교환병들, 교환병들, 이 새끼들, 못 들어가?"

"……재송(再送)하십시오."

"너보고 한 말 아니다. 근무지는 거기 맞아?"

"맞는데 지금 자리에 없습니다."

"어디로 갔나?"

"강 병장은 직책상 단본부 출입이 잦습니다."

"가수 박미숙 양이 통화를 원한다. 네가 대신 통화하도록."

"알았습니다."

"여보…… 세…… 요."

군용전화 수화기를 통해서 듣는 '여보세요'는 생소하면서도 신선했다. 라디오를 통해서 듣던 것과는 목소리가 전혀 달랐다.

"키를 꼭 누르고 말씀하십시오. 말씀이 끝나면 키를 놓으세요."

"여보…… 세요."

"말씀하십시오. 강창일 군의 친구 이 병장입니다."

"안녕하세요…… 잘 알고 있습니다."

"먼 길 오셨습니다, 정말 먼 길 오셨습니다."

"강창일 씨 어디에 있는지…… 제가 온다는 건 알고 있겠지요?"

"알고 있고말고요. 온 부대원이 다 아는걸요. 찾아보겠습니다."

"죄송하지만, 이 병장님께서 숙소로 와주실 수 있으신지요…….."

"미안합니다. 주간에는 업무로 매우 바쁩니다. 공연 직전에 무대 뒤로 찾아뵙겠습니다."

"알았…… 습니다."

나는 말을 잘못한 것이었다. 공연 직전까지도 강창일을 찾아내지 못할 것이라는 인상을 주었을 터이기 때문이었다.

그러나 나는 극장에 가서도 무대 뒤로 그를 찾아가지 않았다.

냉방장치를 할 수 없어서, 기둥과 무대와 지붕만 지은 거대한 극장은, 이동 외과 병원과 함께 지름이 3킬로미터쯤 되는 전투단 기지 중앙에 자리잡고 있었다. 기지에서, 버젓이 지상(地上)으로 솟아 있는 건물은 이동 외과 병원과, 병원의 영현 안치소와, 헬리콥터에서 내려다보면 흡사 사막 한가운데 놓인 파르테논 신전(神殿) 같은 그 극장뿐이었다. 막사 대부분이 지하 벙커로 되어 있는데도 불구하고 이들 건물이 지상으로 올라와 있는 데엔 각각 나름의 까닭이 있다. 기지 외곽에서 이 극장과 병원까지의 거리는 대략 1.5킬로미터. 이 거리는 적의 주무기인 로켓포와 소형 박격포의 유효사거리를 벗어나는 거리였다. 따라서 지하로 들어갈 필요가 없었다.

영현 안치소가 지상 건물인 까닭은 설명할 필요도 없다.

운동장의 스탠드 같은 객석이 차자 9인조 악단이 무대 뒤쪽으로 나와 자리를 잡았다.

"부대, 차렷!"

무대 앞으로 나와 차려 자세를 한 선임 상사의 구령에 병사들은 앉은 채로 부동자세를 취했고 전투단장은 무대 바로 앞에 놓인 안락의자에서 일어섰다.

"천오백 명, 공연 준비 끝!"

"쉬어."

"부대, 쉬엇!"

군대에서 쓰이는 말은 이렇게 엉터리였다. 기지 내의 인원은 모두 모아도 천오백 명이 되지 않았을 뿐더러, 설사 된다고 하더라도 공연 준비를 끝낸 것은 관객이 아니라 공연단원들인데도 군대에서는 그런 말도 버젓이 통용되었다.

악장인 듯한 트럼펫 주자가 마우스피스를 입에 댄 채 천장을 올려다보다가 허리를 구부리는 것과 동시에 공연은 우렁차게 시작되었다. 홀랑 벗었다고 해도 좋을 여자들이 무대 양쪽에서 나와 춤을 추기 시작했다. '춤'은 아니었지만, 춤이든 춤이 아니든 그것은 병사들과 아무 상관이 없었다. '춤'을 구경하고 있는 병사는, 내가 알기로는, 거기에 하나도 없었다.

관객석 뒤에서, 조명기사가 조명기구를 기관총 파지하듯이 잡고 서서 무대에다 삼원색 조명을 똑바로 쏘아대었다.

서주(序奏)가 끝나자, 매끔하게 차려입은 사회자가 쪼르르 달려 나와, 쥐어박아 주고 싶을 만큼 매끄러운 말투로 주월 한국군을 찬양했다. 그러나 그의 찬양은 병사들의 야유 때문에 종종 끊어지고는 했다.

"조국 근대화의 초석이며……."

"조즐……."

"세계의 자유와 평화를 위해……."

"조즐……."

근처 이동 외과 병원에서 붕대로 머리를 싸맨 부상병, 휠체어를 탄 부상병, 목발 짚은 부상병들이 느릿느릿 극장 쪽으로 다가오고 있었다.

가수들이 차례로 나와 노래를 불렀다. 여가수가 나올 때마다, 입장료를 몸으로 때우는 병사들은 박수에 후했다.

두 번째 가수던가, 세 번째 가수던가…… 가수가 마악 노래를 끝내는 참인데 기지 서쪽에서 폭음이 들려왔다. 두 번째 폭음이 곧 그 뒤를 이었다.

"……셋, 넷, 다섯, 여섯, 일곱……."

객석의 병사들은 이구동성으로 폭음을 헤아리기 시작했다.

열두 발.

적의 포격이었다. 포격이 끝난다는 것은 아주 끝나는 것을 의미했다.

몇몇 사병들이 자리에서 일어나 종종걸음으로 기지를 떠났을 뿐, 극장 안은 대체로 평온했다. 적이 박격포로 공격해 오는 한 극장은 안전했다. 적에게는 기지 외곽에서 극장을 공격할 화기(火器)가, 우리가 아는 한 없었다.

경험이 있는 병사들이 태연하게 자리를 지킬 수 있었던 것은 적의 수법에 익을 대로 익어 있었기 때문이었다.

적은 어둠 속에다 박격포 한 대를 차려놓고 여남은 발 연속으로 소사(掃射)하고는 어둠 속으로 사라지고는 했다. 공격용 헬리콥터가 뜨고, 조명탄이 뜨고, 포대가 응사(應射)를 시작할 때쯤이면 적은 이미 그 자리에 없기가 보통이었다. 그래서 포격이 잠시 멎는다는 것은 아주 멎는다는 뜻이었다. 적은 극장에서 위문 공연이 있을 때 자주 본부 기지나 전초기지를 포격함으로써 극장에서 관능적인 공연을 관람할 기회를 얻지 못한 야간 근무자들을 몹시 울적하게 만들고는 했다.

포격이 끝나고 나서야 포대의 곡사포가 기지 위로 낙하산 조명탄을 쏘아올렸다. 낙하산에 달린 채 하늘에서 내려오면서 조명탄은 수많은 알대가리 그림자를 무대 위로 밀어올렸다.

쌍둥이 자매로 이루어진 보컬 시스터즈가 이따금씩 조명탄에 시선을 던지면서 노래를 불렀다. 위문 공연의 단골손님이었던 쌍둥이 자매는 포대가 포격을 시작했는데도 놀라는 기색을 보이지 않았다.

수송부 쪽에서 앰뷸런스 한 대가 굴러와 이동 외과 병원으로 들어가자 당직 위생병들이 들것을 들고 우루루 외래과 병동 앞으로 달려나왔다.

쌍둥이 자매가 1절을 부르고 간주(間奏)를 기다리는데, 병원 쪽에서 권총집을 한 손으로 잡고 달려온 상사가 무대 위의 마이크를 낚아챘다. 악단은 간주를 그만두었고 쌍둥이 자매는 잠시 무대 옆으로 퇴각했다.

"긴급 입전(入電)입니다. 전초기지 3개소와 기지 수송부가 포격을 받았습니다. 포병은 위치로! 이동 외과 병원 위생병들 위치로!
이상입니다."

객석을 메우고 있던 전투병들은 이 늙은 하사관의 연설에 박수
를 보냈다. 머쓱해진 상사가 허리를 구부리고 지휘관석을 지나 내
가 앉아 있는 곳까지 다가왔다. 단장을 비롯한 지휘관들과 포병들
과 위생병들이 극장을 빠져나갔다.

공연은 계속되었다.
무안을 당하고 내 옆으로 와서 선 상사에게 내가 물었다.
"공수장 이 병장입니다. 공격받은 전초기지 3개소에…… 열무덤
이 포함됩니까?"
"몰라. 나도 보고(報告)받고 방송한 것뿐이니까."
"수송부는요? 앰뷸런스가 수송부 쪽에서 오던데요?"
"응, 이 병장 너였구나……. 참 별일이야, 별일. 수송부 운전병
두 놈이 말이다, 술을 퍼마셨는데, 한 놈은 배짱 좋게 '도라꾸' 적
재함에 드러누워서 잤고, 또 한 놈은 겁이 많은 놈이라 '도라꾸' 시
다마리 아래에 들어가 잠을 잤는데…… 박격포탄이라는 놈이 글쎄
'도라꾸' 밑에 떨어졌대요. 밑에 있던 놈은 박살이 나고, 적재함에
서 자던 놈은 멀쩡하고…… 별일이야, 별일……."

이동 외과 헬리포트의 붉은 유도등(誘導燈)이 빙글빙글 돌기 시
작했다. 어디에선가 더스트오프가 부상병을 싣고 기지로 접근하고
있다는 뜻이었다.
무대 위의 조명등이 일제히 꺼지면서 수상한 음악이 흘러나왔
다. 조명기사는 동그란 불빛 하나만을 무대 한구석으로 쏘고 있었
다. 누드 댄싱 순서였다.

댄서가 옷가지를 하나씩 벗을 때마다 병사들은 한숨을 쉬었다. 위장복(僞裝服) 차림의 수색대원들이 무대 앞으로 나가 댄서를 흉내내어 몸을 뒤틀기 시작했다. 간호장교 앞으로 다가가 표정을 살피다가 수색대장에게 뺨을 맞는 대원도 있었다. 병사들은 볼을 싸쥐고 들어가는 대원을 보면서 배를 잡고 웃었다.

"나 잡아먹어라……."

댄서의 움직임을 좇던 대원 중 하나가 한숨에 섞어서 말했다. 색소폰 소리는 무희의 살을 비집고 들어가는 듯한 인상을 주었다.

이 조용하면서도 뜨거운 춤이 끝나자 사회자는, 휘파람을 불면서 미친 듯이 날뛰는 병사들을 향해 재치를 부렸다.

"……이 춤에는 원래 앵콜이 없습니다, 네."

강 병장 애인의 차례가 왔다. 그의 인기는 누드 댄서의 인기를 앞지르는 것 같았다. 위문 공연단 가수치고 누드 댄서의 인기를 앞지를 수 있는 가수는 지극히 드물었다.

"……아, 찬바람에 식을까 봐 두려워서 눈을 감았네……."

1절이 끝나자 박(朴)은 한 손으로 가볍게 악단을 지휘하는 흉내를 내면서 극장 천장으로 시선을 던졌다. 헬리포트의 빨간 유도등 불빛이 빙글빙글 돌면서 극장 천장을 어루만지고 있었다.

무전기 옆에 앉아 있던 상사가 또 무대 앞으로 달려나가 마이크를 낚아채고는 고함을 질렀다.

"본부중대원들 위치로! 번개지구 발전병(發電兵)들 위치로! 수송부 전원 위치로! 서치라이트 병 위치로! 이상!"

박이 2절을 시작하는 참인데 헬리콥터 프로펠러 소리가 들려왔다. 헬리콥터는 극장 위를 지나 똑바로 헬리포트로 내려왔다. 박은 가슴을 안고 미친 듯이 노래를 불렀지만 가엾게도 그 소리는 우리 귀에 들어오지 못했다.

프로펠러가 일으킨 모래바람이 극장 안으로 쳐들어왔다. 박은 노래를 그만두고 무대에 선 채로 헬리콥터를 내려다보았다.

이동 외과 병원 위생병들이 헬리콥터에서 내려진 부상병을 들것에 싣고 외래과 쪽으로 걸었다.

"위생병 놈들 동작 좀 봐."

행정병인 듯한 병사의 말에 전투병인 듯한 병사가 대답했다.

"죽었다는 뜻이야. 위생병들은, 살릴 가능성이 있는 부상병이 아니면 뛰지를 않아."

프로펠러가 회전 속도를 줄이자 박이 곡목을 바꾸어 「마음은 샌프란시스코에 두고」를 불렀다. 앞자리에 앉아 있던 미군들이 기립했다. 연락장교단의 한 미군 장교는 통로로 나와 여자를 안고 춤을 추는 시늉을 했다.

헬멧을 벗어든 헬리콥터의 조종사, 부조종사, 군의관이 장갑을 벗어 견장에 찔러넣으며 극장 쪽으로 걸어왔다. 세 장교 중 하나는 샌프란시스코를 노래하는 박을 보고는 의외라는 듯이 어깨를 으쓱해 보였다. 조종사는 소형 무전기를 견장에다 걸고 헬리콥터에 남아 있는 기관총 사수와 교신하면서 장갑으로 비행복 바지를 툭툭 털었다.

나는 군의관 쪽으로 다가갔다. 그는, 시선은 무대에다 둔 채 손으로는 비행복의 핏자국을 장갑으로 닦아내고 있었다.

"어디에서 왔습니까?"

내가 묻자 군의관은 전초기지 쪽을 가리켰다.

"사상자는 얼마나 됩니까?"

"'온리 원 킬드.(하나밖에 안 죽었어.)'"

"밖에? 하나도 너무 많소."

군의관은 싱긋 웃었다.

" '건숏(총격)' ?"

"아니, '프래그먼터리〔破片傷〕', 이제 그만 합시다."

위문 공연은, 헬리포트 쪽으로 이따금씩 시선을 던지던 프리마
돈나의 노래와 함께 끝났다.

위문 공연이 있는 밤에는 PX가 바빴다. 위문 공연단의 누드 댄서
가 퍼뜨린 전염병의 대증요법(對症療法)에 술은 탁효가 있었다.

천천히 걸어 공수장 지하 벙커로 돌아왔을 때 선임하사는 무전
기 앞에 앉아 있었다. 대원은 하나도 보이지 않았다.

그는 나를 보자 화부터 내었다.

"도대체 어디에 처박혀 있었나?"

"지휘관석 바로 뒤에요. 처박혀 있었던 게 아니고 앉아 있었어요."

"잘한다, 잘해."

"찾으셨어요?"

"그래, 찾았다."

"왜요?"

"극장에 있었으니 헬기(機) 날아오는 것도 봤겠구나."

"봤죠."

"어디서 날아왔는지 아나?"

"전초기지랍디다."

"열무덤이다. 누가 당했는지 알기나 하나? 본부에서는 난리가 났
다. 공수장에 있어야 할 공수병이 왜 전초기지에 있었느냐, 이거야."

나는 침대 위에 던졌던 철모를 다시 주워 쓰면서 물었다.

"어딥니까? 의무중댑니까? 매쉬입니까?"

의무중대에 있다면 경상, 이동 외과에 있다면 중상이었다.

"의무중대 좋아한다. 이동 외과 병원이다……."

후다닥 벙커에서 뛰어나오는 내 뒤통수에다 대고 그가 덧붙였다.

"……그것도 영현 안치소. 떨 거 없다."

영현 안치소는 병원 남쪽 바닷가에 지상으로 솟아 있는 검은 판 잣집이었다. 영현 안치소는 지하로 들어갈 필요가 없었다.

벽 중앙에 걸린 태극기. 그 앞 탁자에 놓인 촛대와 향합(香 盒)…… 안치소 비품의 전부였다. 태극기 아래에는 검은 방습포(防 濕布) 자루에 싸인 영현 두 구가 들것을 칠성판 삼아 반듯이 누워 있었다.

염불하는 흉내를 내고 있던 동료 공수병 하나가, 길이가 두 뼘이 넘는 월남 선향(線香)을 건네주었다.

"어느 쪽이야?"

내 물음에 그가 퉁명스럽게 대답했다.

"알아서 뭐 하게? 소속을 따져서 향 피우는데도 차등을 두게? 둘 중 하나는 트럭 밑에서 자다가 박격포탄을 맞은 억세게 재수없는 사나이……."

"염불은……."

"염불을 해야 시신이 안 굳는대……."

"내일 아침이면 냉동실에 들어간다. 안 굳게 해서 어쩌게?"

"향이나 피워. 그래도 선임하사 다음은 자네 아니었나. 이 친구 열무덤으로 못 올라가게 할 수 있었던 사람은……."

"열무덤 간다고 다 죽나?"

"술이나 마시자. 단장께서 하사하신 술, 합법적으로 취하게 마시 기도 쉽지 않다."

우리는 그날 밤새도록 독주를 마셨다. 전투단 '4과장〔軍需課 長〕'이 하사한 영국제 위스키였다. 영현 보초 앞으로는 단본부에서 술이 나왔다. 기지 안에서 밤새도록, 그것도 전투단 본부가 지급한 술을 합법적으로 마실 수 있는 군인은 오로지 영현 보초뿐이었다.

주월 한국군이 생기고 나서 해산되기까지, 수만 리를 날아온 애인을 오백 미터도 안 되는 귀빈 숙소에다 두고, 시체가 되어 영현 안치소에 누워 있어본 주월 한국군은 아마 강 병장뿐이었을 것이다. 전례가 없다는 장교들 손에 덜미를 잡혀, 수만 리를 날아와서도 죽은 애인의 얼굴도 못 보고 공연 스케줄에 등을 떠밀려 울고 자빠지고 하면서 헬리콥터를 탄 여자도 아마 미스 박뿐이었을 것이다.

이동 외과 병원의 위생병으로부터 강 병장이 사실은 지독한 '시필리스[梅毒]' 환자였다는 사실을 안 것은, 강 병장이 냉동실로 실려간 뒤의 일, 미스 박이 닌호아의 어느 부대로 떠난 뒤의 일이다. 진짜 쇼를 한 것은 미스 박이 아니라 강창일이었다는 사실을 안 것도 그때의 일이다.

나는 아직까지도, 강 병장이 과연 아름다운 사람이었는지 아니면 그 반대였는지 논리적으로 설명할 길이 없다.

패자 부활

로맨티스트들은 여행을 찬양하는 모양이지만 나는 그럴 수 없었다. 부산 현장에서 서울 현장으로 올라오던 며칠 전까지만 해도 나에게 여행이라고 하는 것은 이 도시에서 저 도시로 가는 데 필요한, 그러나 몹시 거추장스러운 요식행위에서도 더도 덜도 아니었다. 나는 여행에 바쳐지는 찬사에 동의할 수 없었다. 나에게 여행은 정신을 젊게 하는 샘물도, 영혼의 자유를 가르치는 사람의 학교도 아니었다.

부산에서 서울까지 단숨에 왔어야 하는 건데, 특급열차를 놓치고 완행열차밖에 잡지 못한 나는 행복하지 못했다. 그나마 일반 객실밖에는 잡을 수가 없어서 나는 불행했다.

로맨티스트들은 시장(市場)을 찬양하는 모양이지만, 완행열차의 일반객실을 찬양하는 모양이지만 나는 그럴 수 없었다. 난방이 제대로 되어 있으면 공기가 메말라서 까실까실하고, 난방이 안 되어 있으면 썰렁한 객실의 분위기가 싫었다. 기탄없는 사투리에 당당하고 솔직하게 묻어 나오는 술 냄새, 담배 냄새가 싫었다. 앉아 있기에는 너무 넓고, 기대기에는 너무 좁은 좌석과 좌석 사이의 그 공간이 지니는 비인간적인 공학이 싫었다. 자리라도 모자라는 날이면 팔걸이에 옹색하게 걸터앉아 좌석 임자의 양심을 몹시 번거롭게 만드는 입석 승객이 싫었다. 좌석에 술판이라도 벌어지면, 팔걸이에 걸터앉은 입석 승객의 입에서는 손이라도 하나 불쑥 튀어나올 것 같지 않던가?

밤차를 탔다.

창이기를 진작에 그만두어, 한낱 어둠의 벽에 지나지 않는 밤열차의 차창. 거기에 비치는, 이쪽으로 떨어져 있는 만큼 저쪽으로 물러나 있는 텅 빈 내 얼굴. 긴 시간, 똑같은 후경(後景)을 짊어지고 있어야 하는 그 부담감. 긴 출찰구를 빠져나갈 동안 다리에 느껴져 올, 감미로울 것이 하나도 없는 피로감. 밤을 새고 거기에서 하얗게 기다리고 있을 터인 아침. 너무 넓어 보일 광장에서의 짧은 망설임…….

이런 게 어째서 아름다운 것인지 나는 알 수 없었다. 나는 이런 경험을 사랑할 수 없었다.

야간열차 안에도 내가 좋아하는 것이 있기는 있다. 판매원들이 문을 열 때마다 묻어 들어오는 힘찬 기차 바퀴 소리. 열차가 내고 있는 속도를 상징하는 소리가 아닌가? 이 소리야말로 정체(停滯)의 드라마에 완벽하게 저항하는 역동성의 상징 같은 것이 아닌가?

나는 자리를 잡자마자 눈을 감고 잠을 청했다.

나는 특급열차로 올라왔어야 했다. 여느 역에서는 서지도 않고 통과해 버리는 특급열차에 무시당한 데 자존심이 상한 듯이, 배를 쑥 내밀고 역두(驛頭)에 서 있던 시골 역장을 본 적 있다. 나는 그런 시골 역장 앞을 지나오면서 이렇게 소리를 질러줄 수 있었어야 했다.

"보세요. 거리를 가장 빠르게, 가장 확실하게 극복하는 이 눈부신 속도 좀 보시라고요."

그래야 했는데 완행의 일반 객실에 탔으니, 시골 역장을 향해서 그렇게 외칠 수가 없어서 나는 속이 상했다. 기가 살아나지 않았다.

아버지와 내 아우 동주를 생각했다. 그러자 힘이 솟았다. 나는 속으로 외쳤다.

"아버지, 제가 갑니다. 아버지 손에 쫓겨났던 제가 이제 갑니다. 빛나는 승자가 되어 이제 갑니다……. 동주야, 내가 간다. 느리기는 하다만 나는 확실하게 가고 있다. 우리는 어쩌면 또 한 차례 승부를 가려야 할지도 모른다. 이제 나에게는, 아버지와 너에게 도전할 터전이 있다."

"얼라, 조 기사님도 서울 가시네……."

귀에 선 목소리지만, 분명히 내 이름을 부르는 소리라서 눈을 떴다. 나는, 차림이 비슷비슷한 세 사내에게 갇혀 있었다. 옆에 하나, 앞에 둘…….

"나를 아세요?"

목소리의 임자를 찾으려고 내가 물었다.

"그럼요."

앞에 앉아 있던, 늙수그레한 사내가 대답했다.

고개를 들고 그 사내를 바라보았는데, 세상에 이상한 일도 다 있지…… 사내의 얼굴이 낯익어 보였다. 답답해 보일 정도로 좁은 미간, 푹 들어간 눈살, 늘여놓은 듯이 긴 인중, 빨아놓은 듯한 턱…….

나는 문득, 나는 분명히 이 사람을 안다…… 이런 생각을 했다.

둘러보니, 셋의 차림새가 비슷했다.

시커멓게 그을리고, 낡은 지폐처럼 구겨진 얼굴. 떡갈나무 가지처럼 메마른 손. 겨울이 온 지 오래인데도 그대로 입고 있는 여름 양복. 나이에 걸맞은 거드름을 배우지 못한 몸가짐.

"아, 부산 현장에 계셨군요?"

내가 이런저런 생각 끝에 말마중을 하자, 내 바로 앞에 있던 사내가 갑자기 시끄럽게 굴기 시작했다. 수리가 끝난 라디오처럼 굴기 시작했다.

"앗다, 나 모르시오? '도비〔飛階工〕' 김이묵이. '아시바〔足場〕'에만 올려놓으면 '마루타〔丸太木〕'로 새도 잡소."

"그러니까 비계공이시군요."

"비계공? 그 말 재미없어요. '도비'라고 해요, '도비'……."

"김이묵 씨라. 들은 적이 있는 것 같군요."

"있을 겁니다."

"일륜수차(一輪手車)의 김이묵 씨던가요?"

"하지만 '이치링데구루마〔一輪手車〕' 도둑놈이라는 건 당치 않지요."

"술 바꿔 자셨다며요?"

"박 기사 눈앞에서 일어난 일인데, 박 기사 그 양반, 사람이 덜되었어."

생각났다.

부산 현장에서 우리는 골조공사와 기계설비를 동시에 했다. 방위산업체여서 기계의 중요한 부분은 골조공사 때부터 제자리에 찾아 앉혀야 했다. 그런데 여기에 쓰이는 부품 중에는 대개 미국에서 수입된 값비싼 것들이 많았다. 값비싼 것들이라서 외부로 무단 반출되는 일도 더러 있었다. 현장소장이 경비원들에게, 퇴근하는 노무자들을 검신(檢身)을 명한 것은 바로 이 때문이었다.

검신이 제도화되고 난 뒤부터는, 노무자들이 자재 야적장으로 리

어카나 일류수차를 끌어내어 갈 때도 경비원들은 반드시 빈 리어카나 일류수차 바닥을 조사한 뒤에야 야적장으로 내보내고는 했다.

토목(土木)의 박 기사 말에 따르면, 경비원들이 리어카나 일류수차를 조사하는 광경을 바라보고 있던 비계공 김이묵이 불쑥 이런 말을 내어놓았다.

"기계 부속품은 안 새어나가겠다만, 리어카나 '이치링데구루마' 훔쳐먹기는 여반장이겠구먼……."

그 말을 듣고 있던 토목기사가 김이묵에게 싱거운 수작을 걸었다.

"영감님이 한번 훔쳐보시겠소?"

"박 기사, 내기합시다. 후문 '한바(식당)' 까지만 끌어가면……."

"훔치는 데 성공한 것으로 치고 내 술 한 말 사리다."

박 기사가 가만히 보고 있으려니, 김이묵은 빈 일류수차 바닥에다 거적을 한 장 덮고는 태연하게 밀고 후문을 나섰다. 경비원은 거적을 열어보고, 그 안에 아무것도 없는 것을 확인하고는 일류수차를 통과시켰다. 김이묵은 여상스럽게 그 일류수차를 식당까지 밀고 갔다.

"이것을 허허실실이라고 하는 것이여."

김이묵은 일류수차를 되밀고 들어와 비계공들 앞에서 뻐기면서 박 기사에게 술 한 말 살 것을 요구했다. 그런데 이 일에 대한 박 기사의 대처 방법은 적절하지 못했다. 그는 김이묵에게, 일류수차를 제자리에 밀어다 두라고 되려 호통을 쳤던 모양이다.

그날 밤에 김이묵은 다시 한번 그 일류수차를 밀고 나가, 마을에다 정확하게 술 한 말 값에 팔고는 동료들을 불러 그 술을 마셔버린 것이다. 이것은 분명히 절도에 속하지만 뒤끝이 풀리기는 그 반대로 풀렸다.

우리는, 박 기사는 바보가 되고 김이묵은 영웅이 된 그 사건을

'일류수차 사건'이라고 불렀다.

김이묵이 옆에 앉아 있던, 셋 중에는 가장 젊어 보이는 사내가 엉덩이를 들었다 놓으면서 고개를 숙였다.

"'도비'질하는 장가(張哥)올습니다."

그 옆에 앉아 있던 사내도 인사를 하기는 하는데,

"저는 박문(朴門)에서 태어났지만, 하기는 박(朴哥)라고 합니다."

이러고는 깔깔 웃었다.

"당연하지 않습니까?"

내가 이렇게 재미없게 묻자 박이라는 자가 재담풀이를 했다.

"박문에서 태어나고도 장가라고 하는 놈이 있는데요, 뭘."

"왜들 이래요?"

장가가 눈을 부라리자 김이묵이 점잖게 한마디를 내어놓았다.

"다 그런 것이야. 인생이 노가다판이요, 노가다판이 곧 인생이라는 말도 못 들어보았느냐? '야리가다(표지)' 매는 놈 따로 있고, '오사마리(일 매듭)' 짓는 놈 따로 있다지 않더냐?"

"이무기 '상(樣)'이칼라 카는기요?"

"이무기? 이놈이 어른 별호를 함부로 부르고 있지를 않나? 이놈, 입만 벙긋하면, '한번 '도비'는 영원한 '도비''라고 하는 놈이 선배 대접을 이렇게 '가라[쏘]'로 해?"

나이를 합하면 백오십 살이 넘을 터인 세 사내가, 새파란 내 앞에서 씩뚝깩뚝 말놀이를 벌이고 있었다. 하지만 이상할 것은 하나도 없었다. '도비'가 원래 그런 사람들 아니던가?

공사장, 그것 참 이상한 곳이다.

공사장은 많은 사람들이, 들어가 살아보지도 못할 건물을 세우기 위해 땀과 피를 흘리는 곳, 세운 다음에는 아무 미련도 없이 그곳을 떠나는 희한한 사람들의 가설극장이었다. 공사장의 임시 울타리인 '가리가코이〔假圍〕' 안에는 '임시'가 아닌 것이 드물었다.

건축자재 창고도 임시 창고인 '가리고야〔假小庫〕', 경비 초소도 임시 건물인 '가리스마이〔假住〕', 현장 사무소도 임시 조립 건물인 '가리구미다데〔假組立〕', 노무자들의 숙소도 임시로 세운 '가리야〔假屋〕'였다. 재도급 업자들로부터 늘 비싼 술을 얻어 마시고 취한 채로 돌아와 자는 건축기사들의 숙소도 가건물이었고, 이들이 지휘하는 수많은 노무자들도, 재도급 업자들의 가신(家臣) 몇몇을 제외하면 언제나 현지에서 조달되는 것이 보통인 임시 노무자들이었다.

임시 노무자들은 임시인 일터에서 임시로 지내면서 임시로만 쓰이는 말을 배웠다. 공사장에서 좀체 사라지지 않는, 귀퉁이가 닳을 대로 닳은 왜말 토막들은 이 임시 노무자들의 임시 관록을 과시하는 빛나는 계급장이기도 했다.

많은 노무자들은 '데모도(잡역부)'로 입문하여, '심보우〔忍耐〕'를 썩 잘해 내어 '히도리마에(한몫일꾼)'가 되거나 영원한 '시로우도(초심자)'로 공사장을 '시마이(끝맺음)'하거나 둘 중의 한 길을 택하는 것이 보통이었다. 이들은 하여튼 쓰일 데만 있으면 왜말 토막들을 귀신같이 찾아 씀으로써 땀으로 쌓은 제 관록의 아성에 초심자들이 다가오는 것을 견제했다. 그러나 아무리 왜말을 귀신같이 찾아 써도 '곤니치와'를 아침 인사로 삼을 만큼 왜말을 철저하게 섬기는 사람은 없었다. 어떤 의미에서 노무자들은 한 가지를 줄기차게 섬기는 데 실패한 사람들, 어느 것 한 가지에 철저하기를 진작에 그만둔 사람들이었다.

공사장의 임시 노무자들 중에는 제 목숨조차도 임시로 여겨버리는 사람들이 있었다. 건물이 설 자리에다 전나무 원목을 얽고, 그

사이에다 장나무나 널나무를 깔아 인부들이 딛고 다닐 발판을 만드
는 사람들…… 이들이 바로 자칭 '도비(소리개)' 인 비계공(飛階工)
들이었다.

이들은 '한번 도비는 영원한 도비' 라는 긍지에 찬 표어를 앞세
워 저희들이 여느 노무자들과 얼마나 다른가를 끊임없이 상기시키
려고 했다. 그래서 건축기사들이 노임 계산표에다 그들의 직분을
'비계공' 이라고 써넣으면, '도비는 어디까지나 도비' 라는 주장을
곁들여 술 냄새를 풍기면서 항의하고는 했다.

공사장을 군대에다 견준다면 '도비' 는 장거리 정찰대 아니면 수
색대에 해당한다. 적정 수색(敵情搜索)이 장거리 정찰대원들이나
수색대원들 없이 이루어질 수 없듯이 건물 또한 이들이 놓아주는
임시 발판과 임시 계단 없이는 한 층도 올라갈 수 없기는 하다. '도
비' 는 그 임시 발판을 만드는 데 결코 임시일 수 없는 저희 목숨을
거는 것도 마다하지 않았다.

'도비' 는, 위험하다는 건축기사들의 현장 평가를 도무지 귀담아
들으려 하지 않았다. 그들에게 위험을 강조하는 것은 쓸데없는 일
이었다. 피가 뜨거운 전쟁터의 정찰대원들에게 그랬듯이 '도비' 들
에게도, 위험한 일을 맡기려면 그 위험의 정도를 살짝 과장해 보이
는 전술은 언제나 유효했다.

그들은 높은 곳을 두려워하지 않았다. 그들은, 네 다리 중 한 다
리만 바위에 걸려 있어도 다음 도약지점으로 정확하게 뛸 수 있다
는 산악지대의 산양을 상기시키고는 했다. 그들은 저희들 손으로
얼기설기 엮은 비계목 사이를 잔나비처럼 넘나들면서 땅 위에서 꼼
지락거리는 여느 인부들에 대한 우월감과, 일당에 얼마씩 더 붙어
들어오는 생명수당을 뽐내었다. 그들은 빈 하늘에다 '마루타(비계
목)' 를 엮어 '아시바(발판)' 를 짤 때마다 그 위험을 감수하는 만큼

의 대접과 명예를 요구했다.

설 건물이 그 자리에 서고, 꾸며질 것이 다 꾸며지면, 맨 먼저 만들어진 '아시바' 는 맨 나중에 헐려나갔다.

" '아시바' 를 날리자."

'도비' 들은 이렇게 소리치면서, 저희들이 목숨을 걸고 짰던 '아시바' 를, 또 한번 목숨을 걸고 헐어내었다. 그러고는 '아시바' 가 날아가고 거기 홀로 남은 건물을 돌아다보면서 그 현장을 떠나가고는 했다.

그랬다. 그 사람들은 비계공들이었다.

내가 그 비계공들을 돋보고 있어서 비계공 이야기를 이렇게 장황하게 하는 것이 아니다. 이유가 있다.

기술적인 용어로 말하자면, 우리에게 비계목은 '제재목이 아닌, 육송과 미송의 원목' 이다. 비계공은 '파이프 스캐펄드 조립공의 대체 인력' 이다.

그러나 나에게, 이 비계공이라는 직업은 기술상의 용어 이상의 의미가 있었다.

아버지가 전직 비계공이었다.

나는 아버지가 비계공이었다는 이유에서, 비계공들이 특권처럼 누리는 상스러운 욕지거리와 무절제한 생활을 경멸했다. 나는 진심으로, 비계공이었던 아버지가 구축한 그 저급하던 생활을 밀어버리고, 합리적이고 튼튼한 생활을 세우고 싶었다. 나는 정말, 저 어처구니없이 감상적이고 터무니없이 공명정대하지 못한 인간들의 터전을 밀어버리고 그 자리에다 새로운 세대를 세우고 싶었다.

세 사내는 곧 어지러울 정도로 바쁘게 소주잔을 돌리기 시작했다. 내게로도 소주잔과 질문이 주먹처럼 날아들었다. 하지만 나는 어느것도 받을 수가 없었다. 과거를 모르는 사람들과 보내는 시간이 내게는 낭비였다. 모르는 사람들이 쏟아내는 그 과욕한 말의 불경제를 나는 견딜 수 없었다. 틈만 나면 그들이 부리는 이른바 '가라겡키(허세)'를 나는 견딜 수 없었다.

싫었다, 정말 싫었다. 그들의 술이 싫었고, 처지를 모르고 술만 마시는 그 허장성세가 싫었고, 형편도 헤아리지 않고 호기를 부리는 그 무신경이 싫었다.

그들은, 다음 날이면 옷을 벗어붙이고 올라가야 할 비계의 위험을 생각해서라도 밤술을 절제해야 했고, 나는 새로 만날 현장소장과의 상견례를 위해서 피로에 지치지 않은 말짱한 시간을 묻어두어야 했다.

그래서 그들의 술을 단호하게 거절했다. 단순한 거절이 아니었다.

내게는, 내가 획득한 지위에 대한 자부심이 있었다. 건축기사인 내가 비계공인 그들과 같을 수는 없었다. 나는 그들과 어울리는 대신 그들 위에 군림해야 했다. 그러자면 언제 어느 현장에서 당할지도 모르는 그들의 '기어오르기'에 대비해서 적당한 거리감각과 적절한 권위의식에 익어 있지 않으면 안 되었다.

나는, 인생을 썩 잘 산 것 같지 않은 사람들과의 대화는 참아낼 수 없었다. 그들에게만 의미심장한 에피소드, 그 에피소드의 배역을 다채롭게 하느라고 그들이 내세우는 수많은 곁다리 인물에 나는 견딜 수 없었다.

그런데 김이묵의 얼굴이 낯익어 보였다. 김이묵의 얼굴이 자꾸만 나를 불쾌하게 만들었다. 나는 그 까닭을 헤아려보았다. 답답해 보일 정도로 좁은 미간, 푹 들어간 눈살, 늘여놓은 듯이 긴 인중, 빨아놓은 듯한 턱…… 을 보면서 나 자신에게 물어보았다.

'이 얼굴이 왜 나를 이렇듯이 불편하게 만들고 있는가. 나에게, 이런 얼굴을 한 사람으로부터 오래 기억에 남을 만큼 수모를 당한 적이 있던가…….'

없었다. 아버지와 동주 이외에, 내게 오래 기억에 남을 만한 수모를 안긴 사람은 없었다.

'아니면, 이런 얼굴을 한 사람의 농간에 휘말려 큰 손해를 입은 적이 있던가…… 그래서 이런 얼굴을 한 사람에게 적의를 느낀 적이 있던가…….'

없었다. 나는 모험을 해본 적이 없다. 따라서 큰 손해를 본 적이 없다. 내 여자를 비난하고, 나를 내 집에서 쫓아낸 아버지와 동주 이외에 나에게 손해를 입힐 수 있었던 사람은 없었다.

'아니면, 거짓의 울타리를 치고, 이런 얼굴을 한 사람으로부터 나를 지키려고 애쓴 적이 있었던가…… 그래서 내가 이런 얼굴을 경계하고 있는 것인가…….'

없었다. 나는 거짓말을 경멸했다. 내가 알기로, 거짓말이라고 하는 것은 입구만 있을 뿐, 출구는 없는 방 같은 것이다. 나는 출구가 없는 방으로 들어갈 만큼 어수룩한 인간이 아니었다.

이 세상에 그런 울타리를 치고 살아온 사람들이 있다면 그것은 아버지와 동주라고 나는 생각했다. 나는 그렇게 믿었다. 아버지와 동주야말로 거짓으로 울타리를 하나 치고 그 울타리 뒤에 꽁꽁 숨어산다고 믿었다.

그래서 그런 것인지도 모른다……. 쉰을 넘긴 것 같은데도 여전히 씩씩하고, 여전히 경망스럽고, 여전히 비계공이라는 직업을 자랑으로 여기는 김이묵에게서 아버지를 연상하고 있었기 때문에 갑자기 불쾌해졌는지도 모른다…… 나는 이런 생각을 해보았다.

하지만 김이묵에 견주어본 아버지는 너무 초라했다. 김이묵은 현재를 사는 씩씩한 강자, 아버지는 과거의 잿더미를 뒤적거리는 비굴한 약자에 지나지 못해 보였다. 김이묵은 아버지보다 훨씬 잘난 사람으로 보였다.

하지만 그것뿐이다. 쉴 새 없이 주고받은 술기운으로 세 비계공의 말투는 걷잡을 수 없이 거칠어져 갔다. 비계공들답게, 소리로 된 비계를 타고 까마득한 높이로 올라가 서로 상대가 타고 있는 말의 비계를 흔들어대는 것 같았다. 그들은 비계공이 아닌 나를 쇠똥구리로 보는 것 같았다. 그 증거로, 내게로도 반말이 거침없이 넘어왔다.

나는 선배 기사가 술기운을 빌려 내게 했던 말을 아직도 기억한다.

"현장의 노무자나 재도급 업자와는 인간적으로 사귀지 말라. 언젠가는 불알을 잡힌다. 노무자와 업자는 현장의 자원이다. 시공 수첩에도 안전 관리 수첩에도 '인간적'이라는 말은 없다. 업자를 믿지 말고 검측 '콘벡스〔檢測輪尺〕'를 믿어라. 희생자? 지름길에는 희생자가 있게 마련이다……."

공사장에서는 모두 '하드 화이버〔安全帽〕'를 써야 하는 것을 두고, 사람들은 이것을 '하드 화이버'의 발상이라고 했다. 나는 하드 화이버였다.

나는 선배의 말을 떠올리면서 창 쪽으로 돌아앉았다. 서울이 가까워지면서 불빛이 이따금씩 얼굴 한가운데를 스치고 지나가고는 했다. 비계공들은 수원을 지나서야 잠이 들었다. 산새 우는 소리를 내면서 자는 사람도 있었다.

내 꿈은 설계도면처럼 구체적이었다. 내 머릿속에는 미래의 내 모습이 조감도처럼 선명하게 그려져 있었다. '이스트 엘리베이션〔東面圖〕', '웨스트 엘리베이션', '사우스 엘리베이션', '노스 엘리베이션'…….

기차가 플랫폼으로 들어서면서 기적을 울리자 밤이 하얗게 깨어났다. 수화물 창고 앞에서는 새들이 나뭇잎처럼 흩어지고 있었다. 느슨한 종착역 어나운스먼트가 들려오기 시작하자 열린 문으로 찬 바람이 들어와 밤새 괴어 있던 탁한 공기를 씻어나갔다.

"일어나시오."

나는, 썩은 나무토막처럼 아무렇게나 무너져 있는 김이묵을 깨 웠다. 나머지 둘도 따라 일어났다. 취했던 것이 쑥스러워 그랬겠지 만, 늙은 비계공들은 기차가 멎어 있는 것을 보고 화들짝 놀라는 시 늉들을 했다.

"저희들은 구로동 현장으로 갑니다. 인연이 있으면 또 뵙겠지요."

김이묵의 말이었다. 나는, 인연 한번 질기구려, 하려다 말고 외 투를 입었다. 세 사내는 문득 세상이 재미있어진 처녀들처럼 서로 깔깔거리면서 출찰구 계단을 올랐다.

목적지가 분명한데도 나는 텅 빈 역 광장에서 잠깐 망설였다. 아 침이, 고삐를 끊고 달아난 송아지가 얼마 못 가고 우는 울음소리처 럼 텅 비어 보였다.

여자에게 전화를 걸었다. 공중전화기 신호가 네거리를 건너고 육교를 넘고 강을 건너고 할 동안 가슴이 두근거렸다.

여자는 제집으로 오라고 했다. 처음 듣는 공대말로, 잠옷도 준비 해 두었다고 했다. 하지만 나는 갈 수가 없었다.

2년 동안 만나지 못했던 아버지와 동주를 먼저 만나야 했다.

우리들의 싸움터, 우리들의 격전장을 먼저 방문해야 했다.

서울의 물가에 밀리고 도시의 방세에 밀린 사람들이 더 이상은 물러설 수 없는 변두리 산비알 마을의 '디귿' 자 집. 그 집에서 우 리 삼부자(三父子)는, 자그마치 네 세대나 되는, 우리만큼이나 가난한 사람들과 함께 살았다. 이 다섯 세대 중에서 네 세대는 겹방살이였다. 방세로 먹고사는 주인도 넉넉한 사람이라고는 할 수 없었다.

가난한 이유는 가지가지였다. 비천해서 가난한 사람도 있었고, 게을러서 가난한 사람도 있었으며, 무지해서 가난한 사람도 있었고, 가난한 줄 몰라서 가난한 사람도 있었다.

어느 날 단칸방에 자식을 셋이나 거느린 게으름뱅이 뚱뚱보 실업자는 공군부대의 장교한테 얻어맞아 이빨이 세 개나 부러진 적이 있다. 그러자 약간 천박한 데가 있는 하사관이 달려가 공군 장교를 위협하여, 게으름뱅이 뚱뚱보로서는 쉽게 만져볼 수 없는 거액의 치료비를 받아내었다. 게으름뱅이 뚱뚱보는 그 돈의 일부를 헐어 '디귿' 자 집에다 잔치를 벌였다.

주인집 사내가,

"사람이 재수가 좋으면 그렇게 횡재하는 수도 가끔 있기는 하지만 다 김 중사 덕인데 그 은공을 잊으면 사람이 아니다."

이렇게 꼬드겼기 때문에 자리가 만들어진 것이다. 게으름뱅이 뚱뚱보는 설사 주인이 그런 말을 하지 않았더라도 그런 자리를 만들지 않고는 배기지 못했을 그런 위인이었다.

나는 그런 자리에 어울릴 수 없었다. 값만 제대로 쳐준다면 어금니까지 몽땅 뽑히는 것을 마다하지 못할 그들의 가난한 처지가 싫어서가 아니었다. 그러고도 그걸 '횡재'라면서 한턱 내지 않고는 배기지 못하는 그 서글픈 건망증이 싫어서였다.

주인은 그릇이 그것밖에 되지 않아서 가난한 사람, 뚱뚱보 실업자는 게을러서 가난한 사람, 하사관은 비천할 만큼 호기 부리기를 좋아해서 가난한 사람이었다. 그들은 싼 술 몇 잔에도 그 가난을 잊어버릴 만큼 건망증이 심했다.

그런데 가난뱅이가 또 있었다.

술자리가 벌어지면 우리 집의 가난뱅이들 중에서 가장 인기가 있었던 사람은 미울 것도 고울 것도 없는, 귀어두운 작부와, 그 작부가 먹여 살리는 벙어리 남편이었다. 이들은 무지해서 가난한 사람들이었다. 작부는, 술집을 옮겨앉으면서 선금을 받을 때마다 '디귿' 자 집 마당에다 잔치판을 벌였으니, 그런 잔치 마당에서는 늘 귀빈이었다.

작부가 자주 선금을 받으면서 술집을 옮겨다니는 걸 본 그 집 아낙네들은,

"저게 어디가 고와서 그렇게 인기가 있는지 모르겠다……."

고 했다. 하지만 아낙네들이 모르는 것이 있었다. 작부는 술을 잘 마셨다. 그는 언젠가 나에게, 귀어두운 사람 특유의, 비강(鼻腔)이 울리는 소리로 이렇게 말해 준 적이 있다.

"나 술 많이 마셔요. 다른 애들이 나만큼만 마시면 마담 언니의 매상고는 세 곱절로 성큼 뛸 거예요."

작부 아내는 술집에서 가난한 술꾼들의 호기에 불을 지르느라고 늘 술에 취해서 돌아왔고, 벙어리 남편은 늘 가난하고 한 많은 사람들의 만만한 술친구가 되다 보니 늘 취해서 돌아왔다. 이들 부부는 눈물이 많았다.

밤이 이슥해지면, 여인네들이 소리를 죽이고 부르는 노랫소리도 더러 들려왔고, 술 냄새가 풍기는 날에는 여자들을 패는 사내의 고함 소리, 남자에게 얻어맞는 여자의 악다구니도 더러 들려왔다. 그런 날에는 개가 유난히 많이 짖었다.

아버지도 가난했다. 아버지는 게으른 분도, 무지한 분도 아니었다. 우리가 가난했던 것은 아버지가 직무유기 상태였기 때문이었을 것이다. 그러나 그것은 아버지의 가난이지 나의 가난은 아니었다. 나는 늘, 그 가난한 집에 잠깐 머물고 있을 뿐이라는 믿음을 버리지

않았다.

　나는 지름길을 선택해야 했다. 곧장 가야 했다. 곡선을 택하면
안 된다고 생각했다.
　나는, 방세로 먹고사는 주제에 한턱을 빼앗아 먹지 않고는 못 배
기는 그 집주인은 슬며시 꼬셔다가 기어가지 않으면 안 될 정도로
여러 가지 술을 섞어서 먹여놓고 싶었고, 이빨 값을 받아 온, 그 호
기 부리기를 좋아하는 하사관은 메어다 하수구에 처박고 싶었으며,
이빨 값이 생겼다고 한턱을 내지 않고는 못 배기는 뚱뚱보 게으름
뱅이는 이빨이 네댓 개 더 부러질 만큼 두들겨 패고 싶었다.
　그러나 아버지와 내 아우 동주에게는, 아무 짓도 할 수 없었다.
나는 그저 아버지의 칙칙한 시선과, 동주의 가시 돋친 혀가 닿지 못
하는 곳으로 물러서고 싶다는 생각밖에 하지 못했다.
　나는 아버지나 동주와 달라서, 갖가지 구실을 만들어 마당에다
술판을 꾸미는 그 괴상한 해 질 무렵의 행복에 합류할 수 없었다.
그것은 터무니없는 감정의 낭비였다. 나는 아버지나 동주와 달라
서, 그 실업자 가장들에게, 다음 날이면 다시 그 더러운 도시로 쳐
들어가지 않게 할 어떤 기적이 일어나기를 기도할 수는 없었다. 그
들에게 필요한 것, 우리 시대에 필요한 것은 노동이지 기도가 아니
었다.
　나는 아버지나 동주가 포함되는 그들의 습관적인 가난, 만성병
적인 건망증을 나의 빛나는 성공으로 짓밟아 주겠다고 생각했다.
그때는 정말 그렇게 생각했다. 동주는 그것을 '하드 화이버' 적 발
상이라고 불렀다.

　2년 만에 그 '디귿' 자 집 대문을 밀면서, 나는 아버지와 동주에

게 승자가 되어서 돌아온 내 모습을 얼마나 들키고 싶었는지 모른다. 그렇다고 해서 아버지와 동주로부터 칭찬을 받고 싶었던 것은 아니다. 사실은 나는 그들이 여전히 당당하고 도도하게 내 직업과 사고방식을 깔보아 주기를 바랐다. 그래야 내가 승리를 오래 즐길 수 있을 터이기 때문이었다.

그런데, 이른 아침인데도 아버지와 동주는 집에 없었다. 방 안에는 낡은 옷가지, 부엌에는 씻지 못한 그릇이 뒹굴고 있었다. 동주의 서가에는 책이 엄청나게 불어나 있었다. 휘어진 서가는 동주가 앓고 있는 지식의 소화불량 증세의 상징 같은 것이라고 나는 늘 생각했었다.

문을 열었지만 신발은 벗을 수가 없었다. 내가 묻어 살던 흔적은 어디에도 남아 있지 않았다. 거절당하고 있는 느낌이었다.

괘종시계는 6시에 멎어 있었다. 시계를 집어 태엽을 감다가 후회했다. 태엽을 감으면, 내 흔적이 남을 것 같아서, 그게 싫어서 그만두었다.

기척을 하고 주인을 불렀다. 주인은 소식을 끊은 나에게, 왜 그렇게 소식이 없었느냐고 물었다.

"방이 비었군요. 아버지와 제 아우, 어디에 갔나요?"

"공사장에 나갔지."

"공사장이라뇨? 함께, 같은 공사장에 나갔단 말인가요?"

"그렇다니까."

"어느 공사장요?"

"요 위에 있는 아파트 공사장. 그러고 보니 자네 회사 공살세……."

"그래요?"

에멜무지로 내민 주먹으로 상대를 때려눕힌 기분이었다. 그 아파트 공사장이 내 공사장이었으니 그럴 수밖에.

내가 바로 그 현장으로 왔다니까 주인이 혀를 차기 시작했다.

"큰일이구나, 큰일이구나…… 삼부자 싸움터가 공사장으로 옮겨 갔구나……."

그 집주인은, 말은 하지 않았지만 이렇게 생각했을 터이다. 우리 가 그 집에서 얼마나 싸웠는지 그 주인은 잘 알고 있었다.

아버지, 멀리 못 가셨군요…….

정말 그런 기분이었다. 아버지는 30년 전에 떠난 공사장으로 되 돌아간 셈이었다.

현장으로 갔다. 목재 야적장을 지나자 향긋한 바람이 불어와 아 침 추위를 잊게 했다. 헐려나가는 각재(角材) 틈에서 까만 개미 떼 가 톱밥에 섞인 채 우글거리고 있었다. 제 거처를 헐린 개미들은 열 을 짓지 못하고 추위에 새까맣게 얼어 죽고 있었다.

동주가 거기에 있었다. 톱밥과 먼지, 당혹스러운 가난이 동주의 옷자락에 묻어 있는 것 같았다.

"동주, 너 여기에서 뭘 하냐?"

"아니, 형……."

"뭐 하느냐니까?"

"보시다시피…… 다니러 온 거요?"

"아니."

"그럼 본사 근무?"

"아니."

"또 아니오? 아버지도 여기에 계셔요. 공사장으로 컴백하신 겁 니다, 드디어……."

"드디어? 황홀한 컴백이다, 인마. 아버지도 아버지지만 너는 왜 이 꼴이냐? 이럴 생각이 아니었잖아?"

하기야 공사장에 생각이 있어서 머물고 있는 건 건축기사들과 재도급 업자들뿐이다.

"취직이 쉽지 않군요. 겨울은 어떻게든 나야 하지 않겠어요?"

"나, 이 현장으로 왔다. 일이 묘하게 꼬였구나."

"꼬이기는?"

"그나저나 아버지는 웬일이시냐?"

"시대가 변하니 사람도 변해야지요. 아마 돈보다는 일이 필요해서 그러실 겁니다. 나도 아버지를 도우려고 애쓰고 있고요."

"고맙다, 제발 그래라."

놀라웠다. 아버지가 공사장으로 돌아올 줄은 정말 꿈에도 생각해 본 적 없었다.

아버지가 현장 어디엔가 있다는 걸 알았지만 나는 아버지를 찾아다닐 수가 없었다. 당연했다. 아버지를 면회하러 간 것이 아니라 현장의 기사로 부임이라는 걸 했으니 당연했다. 나는 현장소장을 따라다니면서도, 그의 설명을 들으면서도 끊임없이 현장을 기웃거렸다.

정오가 되어서야 나는 비계목 야적장으로 가는 아버지의 리어카를 보았다. 아버지의 손수레에 실린 비계목이, 아버지가 쓴 노란 플라스틱 화이버와 함께 출렁거렸다. 오래 미워하고 오래 그리워하던 아버지의 박자였다.

나는 하얀 알루미늄 화이버를 벗어 들고 아버지를 불렀다. 아버지는 의외로 건강해 보였다.

"연락도 없이……."

아버지는 이러면서 손수레 손잡이를 가만히 내려놓고 노란 플라스틱 화이버를 벗은 뒤 땀을 씻었다. 그러고는 천천히, 반밖에는 펴지지 않는 왼쪽 다리를 비계목 토막 위에 올려놓았다. 아버지는 왼쪽 다리가 반밖에는 구부러지지도 퍼지지도 않는 절름발이였다.

"……다니러 왔냐?"

"아뇨."

아버지의 풍채는, 여느 아버지들처럼 위풍당당하지 못했다. 아버지의 이마에서 땀이 한 가닥 흘러 내려와 주름살 속으로 스며들고 있었다.

"동주도 여기에 있다, 만나봤느냐?"

"아뇨."

나는 만나보지 못했다고 거짓말을 했다. 우리 아버지는, 다 해야 둘밖에 안 되는 자식 농사에도 실패한 절름발이였다. 시작부터가 그랬다.

"'도비' 노릇 한번 더 해보쟀더니 안 된단다. 붙여달라고 했더니 안 된단다. 다리가 이 모양이라서 쉽지 않다는 것은 알았지만 늙어서 안 된다니 듣기 싫구나. 너 보기에도 내가 '도비' 노릇하기에는 너무 늙었다 싶으냐?"

"아뇨."

아뇨, 아뇨, 아뇨…… 아버지가 뭐라고 하든 나는 아니라고 대답했을 것이다. 아버지는 묻고, 아들은 다 들어보기도 전에 아니라고 대답하는 기묘한 풍경……. 우리 부자(父子)의 경우, 이것은 별로 공교로운 일이 아니었다.

나는 또, 저만치서 뒷짐을 지고 걸어가는 현장소장을 따라가지 않으면 안 되었다.

"이따가 뵈러 가죠."

"그래. 할 말이 많다."

아버지의 손수레가 다시 출렁거렸다. 현장소장 옆을 지나면서 아버지는 절름발이로 보이지 않으려고 그랬겠지만, 비굴하리만치 조심스럽게 걸었다. 아버지의 뒷모습을 바라보면서 나는 부산에서 올라오면서 만난 비계공들을 떠올렸다. 그 양반들의 말이 생각났다.

"기사는 늙으면 현장소장이 되지만, '도비'는 늙으면 늙은 '도비'가 된다……."

그들에게는 오기가 있었지만 아버지는 가엾게도 그런 오기가 있기는커녕, 조금도 당당하지 못한 비계공 퇴물이었다. 아버지는 늙은 비계공이 되는 대신 늙은 잡역부가 되어 절룩거리면서 건물 모서리를 돌아갔다.

나는 이렇게 해서 아버지와 동주를 바로 그 서울 구로동 현장에서 만났다. 내가, 경영에 실패한 아버지의 인생을 비웃어주기 위해서 그곳으로 왔던 것은 아니다. 동주에게 내 사고방식의 정당성을 입증해 보이기 위해 그곳으로 온 것도 아니다. 우리를 그 자리에서 만나게 한 것은 서로를 증오하는 우리의 의지의 힘이었는지 운명의 힘이었는지 나는 모르겠다.

내가 아버지와 동주를 미워했던 것은 사실이다. 그러나 그렇게 찾아다니면서까지 비웃어주고 싶을 정도로 미워했던 것은 아니다.

겨울 탓이었다. 추위 때문이었다.

오랜 가뭄으로 물이 줄면, 큰 저수지의 물고기들이 바닥에서 옹기종기 만나듯이, 뿔뿔이 흩어져 있던 공사장 식구들은 곧잘 겨울 현장에서 서로 만나고는 했다. 겨울이 오면 공사현장의 수가 현저하게 줄어들기 때문이었다.

겨울에는 타설(打設)한 콘크리트가 양생(養生)도 되기 전에 얼어붙는 일이 잦았다. 그래서 특별히 준공 일자에 쫓기지 않는 한 대부분의 공사는 봄으로 밀려났다. 따라서 겨울 공사장은 여름이나 봄에 견주어 그 수가 적을 수밖에 없었고, 그래서 기술을 요하는 겨울 공사장의 일거리는 기술에 뛰어나거나 업자들에게 오래 봉사해 온 노무자들에게 돌아갔다. 늦가을에 일을 끝낸 노무자들이 남쪽 도시로 차표를 끊거나, 겨우내 할 수 있는 다른 일을 겨냥하는 것은 다 이 때문이었다.

이런 이유에서 겨울 현장은, 현장 근무 경력이 모자라는 기사들, 업자들의 가신(家臣) 혹은 사병(私兵)이나 다름없는 노무자들, 그리고 현지에서 적당하게 끌어 쓰는 조식성(粗食性) 잡역부들 차지였다. 현지에서 적당하게 고용된 잡역부들에게 겨울은 추위에 시달려야 하는데도 불구하고 갑자기 모여든 너무 많은 잡역부들과의 경쟁과, 짧은 작업시간 때문에 터무니없이 낮은 임금을 견디지 않으면 안 되는 불만의 계절이었다.

우리는 겨울이어서 거기에서 서로 만난 것뿐이었다.

강 이야기를 해야겠다. 어쩐지 산다는 게 꼭 강 흐르는 것 같아서 강 이야기를 해야겠다.

우리 형제가 어린 시절을 보내던 고향 마을 앞에는, 마당에서도 보이고 방 안에서도 보이는 강이 있었다. 마을 사람들은 그 강이 뱀처럼 꾸불텅거리면서 흐른다고 해서 '뱀강' 이라고 했다. 뱀강 둑에는 고목이 줄지어 있었는데 여름이 되면 고목에는 허연 학이 참 많이도 날아들었다. 우리는 해 질 녘이면 그 고목을 내려다보면서, 학이 흘레붙는다, 하고 소리를 지르고는 했다.

고향을 떠나 서울로 와 있는 고향 친구들은 하나같이 그 고목과, 학의 무리와, 해 질 녘에 붉게 타면서 강이 이루어내던 장엄한 풍경을 잊지 못했다.

산을 끼고 내려온, 우리가 뱀강이라고 부르던 두 갈래의 사행천

(蛇行川)은 구불구불 하상을 기어 내려와 우리 마을 앞에서 잠깐 만났다가는 다시 헤어졌다. 멀리서 보기에, 우리 마을 앞에서 만난 두 갈래 사행천은 썩 사이가 좋은 것 같아 보였지만, 가까이서 보면 그런 것도 아니었다.

우리는 산도 좋아했고 강도 좋아했다.

산은 겉보기에는 과묵하고 심술궂어 보여도 실제로는 늘 다정하고 순했다. 우리가 잊고 있어도 산은 때만 되면 꽃도 피우고 산짐승도 안아 길렀다. 산은 우리의 친구였다.

강은, 겉모습은 평화롭고 조용한 것 같아도, 사실은 다정하지도 순하지도 않았다. 멀리서 보면 강은 넓은 하상을 천천히 흐르다가 가느다란 꼬리를 산모롱이로 살며시 감추는 것 같았다. 그러나 강이 그 격정이나 심술을 감추는 일은 없었다. 강이 그런 것을 감추는 것은 겨울뿐이었다. 산은 우리에게 늘 호의적이었지만 강은 자주 우리에게 적대적이었다.

강은 제 버릇으로 제 겉모양을 만들어간다. 사람도 그런가? 사람도 그렇다. 그래서 나이 마흔이 되면 사람은 제 얼굴에 책임을 져야 한다는 말이 생겨난 것인지도 모른다. 따라서 내 고향 뱀강의 심한 굴곡은 저 자신의 나쁜 버릇을 자백하고 있다고 해도 좋다.

우리 마을 사람들은 장마철이 될 때마다 이 뱀강의 못된 버릇을 잡아보려고 했다. 그러나 노인들은 그랬다. 강이 산의 자식인 만큼, 그 어미인 산에다 나무를 많이 심어야 강의 버릇을 바로잡을 수 있다고 했다.

"……땅세가 물길을 다스린다는 것은 흐르는 물이 많지 않을 때의 이야기여. 흐르는 물이 많아봐. 물이 강으로 되어봐. 강이 땅세를 다스리려고 할 거여. 사람의 이치도 이와 같은 것이여. 환경이

패자 부활 **143**

사람을 다스린다는 것은, 그 사람이 어릴 때의 이야기여. 대가리가 굵어봐. 사람이 환경을 다스리려고 하는 것이여……."

뱀강의 버릇 중에서 우리가 실제로 보았고, 학교에서 배우기도 했던, 참으로 인상적인 버릇 하나가 잊혀지지 않는다.

강은 굽이쳐 흐르면서 끊임없이 건너편 언덕을 깎아낸다. 강은 이렇게 깎아낸 흙을 날라 건너 쪽의, 그 언덕에서 조금 떨어진 곳에다 쌓아놓고 흘러간다. 강은 끊임없이 깎고, 나르고, 쌓는다. 침식하고 운반하고 퇴적한다.

강의 이 버릇이 결국은 저 자신의 얼굴을, 힘껏 당겼다 놓아버린 고무줄처럼, 혹은 구불텅거리면서 기어가는 뱀 모양으로 만들고 마는데 사람들은 이런 강을 사행천(蛇行川)이라고 했다. 뱀강은 사행천이었다.

이렇게 해서 구부러질 대로 구부러진 두 갈래의 사행천은 상류에서 따로따로 내려오다가 우리 마을 앞의 야산 기슭에서 서로 만났다. 두 갈래 사행천이 만나는 곳, 마을 사람들이 '와류(渦流) 거리'라고 부르는 곳에는 엄청나게 심술궂은 소용돌이가 있었다. 마을 사람들은 이 와류 거리에서 자주 희생되고는 했다.

사행천은 구불텅거리다 구불텅거리다 아예 늪지에다 사생아 같은 호수 하나를 남기고 흘러갔다. 호수는 혼자 남아서 썩거나 마르거나, 아버지 강과 합류할 때를 기다리면서 그냥 괴어 있거나 했다. 강의 사생아, 사행천변의 호수는 사행천이 남기는 실패의 유물 같았다.

산중 사람들은 산을 닮고, 강가의 사람들은 강을 닮는 것일까? 뱀강 가에 사는 사람들은, 어린 내가 보기에는, 강처럼, 사행천처럼 아무 작정도 없이 제 버릇에만 기대고 사는 것 같았다. 살면서 얻는 한, 살면서 겪는 슬픔을 그 강물에다 씻으면서 사는 것 같았다.

그러나 강은 늘 새로운 강물로 흘렀다.

어린 시절 학교 가느라고 우리가 언덕을 오르는 시각은, 거의 빨간 기차가 사행천 위의 철교를 건너는 시각이었다. 아침 햇살을 받고 빨갛게 빛나는 차창을 보려고 우리는 정거장 출발 기적을 신호 삼아 들고 뛰기도 했다. 보이지도 않는 승객을 향하여 손을 흔들기도 했다.

아, 그런데 그 기차가 내게는 그렇게 좋아 보일 수가 없었다. 힘차 보일 수 없었다. 기차는 사행천의 꾸불꾸불한 허리를 자르고 사행천을 앞질러 달렸다. 기차는 힘이 있어서 아름다워 보였다. 거기에 견주면 사행천 뱀강은, 늙으면서 심술만 는, 초라한 패배자 같았다.

뱀강 가에서 젊음을 보낸 아버지의 삶 속에서, 사행천의 달갑지 못한 습관을 보아낸 것은 훨씬 뒷날의 일이다.

나는 언덕 위에서, 사행천 위를 지나는 기차를 보면서, 그런 기차를 타고 뱀강을 떠나버리거나, 내 힘으로 뱀강의 물길을 반듯하게 잡아놓는 꿈을 꾸고는 했다. 듣기에도 힘 있고 유쾌한 기적은, 사행천의 무수한 꿈틀거림, 화가 치미는 습관에 대한, 통쾌한 배반의 선언 같았다.

나는 이런 식의 유치한 하천공학(河川工學)을 꿈꾸면서 이 배반의 대열에 참가하기로 마음먹었는지도 모른다.

그렇다. 내 아버지는 절름발이였다.

주위 사람들의 말에 따르면, 소싯적의 우리 아버지는 이름난 '도비'였다고 한다. '도비'가 무엇인지 잘 모르던 우리들은 그 말을 그저, 높은 곳에 잘 올라가는 사람을 뜻하는 말쯤으로 이해했다. 아버지는 서울 사람들에게 불려 다니느라고 보리가 익는지 나락이 패는지 모르던 사람이었다고 한다. '도비'가 그렇게 훌륭한 직업이 아니라는 것을 안 것은 훨씬 뒷날의 일이다.

나는 건축기사가 된 뒤에도 현장의 비계에 올라가 있는 아버지를 상상할 수 없었다. 우리가 아는 한, 아버지는 처음부터 절름발이였다. 그럴 수밖에. 아버지는 내가 아주 어린 시절에 공사장에서 부상을 당했다니까.

아버지는 젊은 비계공 시절에 3층 슬라브에서 뛰어내리다 다리를 부러뜨린, 요즘 말로 하자면 산업재해 근로자였던 모양이다. 이 부상으로 아버지의 왼다리는 반밖에 펴지지 않았다. 그래서 왼다리는 오른다리보다 짧았다. 다 펴지지 않아서 모자라는 치수를 채우려고 늘 앞꿈치로만 땅을 딛다 보니 구두는 늘 앞창만 닳았다. 아버지의 왼짝 구두 뒤축은 땅에 닿지도 않았다.

아버지로부터 들은 적이 없으니 우리가 그 내력을 소상하게 알 수는 없다. 아버지는 당신 이야기를 당신 입으로 하는 사람이 아니었다.

내게는 고모가 한 분 있다. 중고등학교 시절이던가? 내가 한번은 고모에게 물었다. 아버지는 어쩌다가 절름발이가 되었느냐고.

고모는 이랬다.

"늬 아버지? 내겐들 선(先)은 이렇고 후(後)는 이렇다면서 미주알 고주알 섬길 사람이냐만 이야기인즉 이렇다. 늬 엄마 죽고 나서, 자고 새면 술타령을 일삼을 때의 일일 것이다. 마음이야 뒤숭숭했을 테지만, 어째? 그렇다고 일 안 하고 놀면 어린 너희들 입이 노는데? 공사판에서 점심 먹고 3층 꼭대기에서 낮잠을 잤다지 아마? 자다가 눈을 떠보니 건물이 한쪽으로 기울더란다. 벌떡 일어나 보니, 큰일 났다 싶더란다. 에라…… 이래 죽으나 저래 죽으나 마찬가지지……

그래서 뛰어내리기로 작정했더란다. 뛰어내렸다지. '도비'라는 말은 일본말로 '소리개'라는 뜻이다. 하지만 늬 아버지가 사람이지 어디 소리개냐? 3층에서 뛰어내리고도 저만하기가 천행이지……."

"그 집도 무너졌나요?"

"아무래도 늬 아버지가 지어낸 말이지 싶어. 3층 꼭대기에 누워서 하늘을 올려다보니 구름이 한쪽으로 막 쏠리더란다. 비구름이라는 게 원래 그렇게 빠르지 않냐? 흐르는 구름을 지붕 위에서 바라보고 있으면 지붕이 무너져 내리는 것 같은 법이다. 흘러가는 물을 다리 위에서 내려다보고 있으면 다리가 강 위쪽으로 막 올라가는 것 같지 왜? 말이 그렇다는 것이지, 아무래도 늬 아버지가 지어낸 말이지 싶어……."

그 말이 사실이든 아니든, 아버지는 절름발이였다.

내가 아는 한, 아버지는 자식 농사도 절름발이로 지어놓은 분이다.

나는 어머니의 얼굴을 기억한다. 내 어머니는 독실한 크리스천이었다. 그런데도 어머니는 뱀강의 와류에 몸을 던져 세상을 버렸다. 내 나이 일곱 살 때의 일이다.

어머니가 투신자살한 이유를 나는 소상하게는 알지 못한다. 한 아기 태어난 것과 밀접한 관계가 있다는 것만 짐작할 뿐이다. 아버지가 밖에서 부정한 자식을 낳은 것과 밀접한 관계가 있다는 것만 짐작할 뿐이다. 그게 바로 동주였다. 아버지는 어머니의 투신자살을 당신에 대한 용서와 허락으로 알았던 것일까? 어머니 세상 버린 직후에 아버지는 밖에서 낳아 기르던 동주를 데리고 들어왔다. 마을 사람들이 애물단지라고 부르던 내 아우 동주를 아버지는 우리 가족에다 편입시켰다.

어머니는 교회에서 끊임없이 용서를 배우면서도 끝내 아버지만은 용서할 수 없었던 모양인가? 어머니의 주검은 내 기억에 남아 있다. 물에 불어서 흉측해진 얼굴로 내 기억에 남아 있다.

그 나이에 나는 어머니의 주검을 똑똑히 보아두었다. 아버지와 동주에 대한 원망과 증오의 표적으로 삼으려고 그랬던 것 같다. 그래서 어머니 주검은 내 가슴에서 지워지지 않았다.

동주의 어머니가 누구인지, 어디에 사는지, 동주를 낳은 뒤 어떻게 되었는지 아는 사람은 아무도 없었다. 아버지가 침묵했으니 당연하다. 아버지는 동주의 어머니에 대한 것이라면 어떤 사람의 질문도 허락하지 않았다.

나는 1년에 두 차례씩 와류 거리 야산에 있는 어머니의 무덤에 성묘했는데, 어느 해에는 동주는 집에다 두고 가자고 했다가 아버지에게 두들겨 맞은 일이 있다. 내가 보기에 동주는 꼬마 늙은이처럼 비뚤게 비뚤게 자랐다. 나는, 남의 어머니를 성묘하기 때문에 동주가 비뚤게 자란다고 생각했다.

일에 관한 한 아버지는 완전한 절름발이었다. 직업을 갖지 못하는 남자로서의 불행은 어떤 절름발이로서의 불행보다 아버지를 괴롭혔다.

"사내는 모름지기 일터에서 늙어야지. 일이 없는 사내만큼 불쌍한 사내도 없을 것이다……."

그래서 아버지는 이런 말을 자주 했는지도 모르겠다.

공사장에서의 부상은 아버지의 일을 앗아갔다. 3층 슬라브에서 떨어지던 공포의 기억이 아버지의 뇌리에서 떠나지 않았기 때문일까? 흉하기는 했지만 그런대로 다리를 쓸 수 있게 된 다음에도 아버지는 일터로 돌아가지 않았다. 따라서, 빨리 닳는 구두 왼짝의 앞창 갈듯이, 아버지는 일도 그렇게 자주 갈지 않으면 안 되었다.

마을의 교회가 아버지와 우리 형제를 한동안 거두어준 적이 있다. 교회에 오래 봉사했던 어머니에게 당회(堂會)는 양심적인 빚을 지고 있다고 생각한 모양이다. 우리가 초등학교 다닐 때 아버지는 팔자에 없는 사찰 집사(寺刹執事)라는 자리를 맡았다. 이름만 근사하지 사실은 종지기였다. 나중에 알게 된 일이지만, 아버지의 사찰 집사 임용은 교회로서는 좋은 선전자료가 되었다. 어머니는 뱀강에 몸을 던짐으로써 결국은 노가다판 망나니인 아버지를 하느님의 품으로 인도했다…… 교회는 이렇게 선전했다. 필경은 작부의 자식일 터인 동주를 교회의 뜰 안으로 거둔 셈이니, 아닌 게 아니라 사람들에게는 어머니와 시골 교회가 합작해서 일으킨 작은 기적이다 싶었겠다.

교회는, 아버지의 부정을 용서하지 못하고 결국은 뱀강에 몸을 던진 어머니의 허물에 대해서는 침묵했다. 오로지 아버지를, 어머니 같은 사랑의 화신(化身)으로부터도 용서를 받지 못한 중죄인으로만 부각시키려고 했던 것으로 나는 기억한다. 결국 어머니는 거룩한 순교의 상징이었고, 아버지는 그 지극한 살신의 사랑으로 구제받은 '돌아온 탕아' 였다.

하지만 아버지는 '돌아온 탕아' 가 아니었다.

아버지는, 손바닥 뒤집듯이 바뀌는 장로들의 매도와 동정을 괴로워할 뿐, 교회가 가르치는 삶의 궤도에 오르려고는 하지 않았다. 아버지가 한동안이나마 그 자리를 지킨 것은, 자기를 대신해서 교회가 우리 형제에게 우애 있는 삶의 방법을 가르쳐주기를 바랐기 때문인지도 모른다.

그러나 우리는 걸핏하면 싸움으로써 아버지의 기대를 저버렸다. 우리는 새벽의 종각 아래서도 싸웠고 예수의 면전에서도 치고 패고 했다.

그런데 이상하게도 아버지는 동주만 편들었다. 내 눈에 동주가 어떤 아이로 보였던가? 어머니를 뱀강으로 밀어넣고, 아버지를 3층 건물 옥상에서 아래로 떠민 조그만 악마였다. 그런데도 아버지는 그 조그만 악마만 편들었다.

아버지는 어머니 무덤을 다녀올 때마다 술에 취하고는 했다. 낌새를 차린 목사가 냄새를 맡으려고 접근하자 아버지는 뒷걸음을 치다가 가엾게도 계단에서 뒤로 굴러 떨어진 적도 있다. 그 교회에서 지낸 몇 년간, 아버지는 피나게 노력하는데도 불구하고 기독교인의 길로 들어서는 데는 끝내 실패하고 마는 것 같았다. 아버지에게는, 자유를 구속당하거나 긴 약속에 붙잡혀 있는 것을 몹시 견디기 어려워하는 어떤 기질이 있었다. 아버지가 기도하는 시간은 나날이 길어져 갔다. 긴 기도가 실패하는 기도라는 것을 깨달은 것은 먼 뒷날의 일이다.

내가 고등학교를 졸업하던 해 우리는 서울로 왔다. 서울로 가야 한다고 주장한 쪽은 진학을 희망하던 내가 아니라, 평소에 서울을 몹시 기피하던 아버지였다. 아버지는 어머니의 무덤이 있는 마을, 당신이 증오하던 교회가 있는 곳, 당신을 동정하던 사람들이 있는 곳, 성한 아버지와 불구자인 아버지를 동시에 기억하는 사람들로부터 우리를 떼어놓으려 했는지도 모른다. 아마 그럴 것이다.

마을을 떠나기 전날 우리는 어머니의 무덤에 올라가 오래 머물렀다. 우리 형제를 내려 보낸 뒤에도 아버지는 오랫동안 거기에서 내려오지 않다가 밤이 이슥해서야 집으로 돌아왔다. 내가, 언제 산에서 왔는지, 어디에서 술을 마셨는지 물었지만 아버지는 침묵했다. 아버지의 침묵은 그다음 날 아침까지 계속되었다.

서울에서도 우리는 조금도 행복하지 못했다.

서슬이 시퍼렇게 날이 선 말을 마구잡이로 휘두르는 짓거리는,

복잡한 과거를 가진 사람들, 떳떳하지 못한 사람들의 장기다. 우리가 그랬다. 우리는 날마다 말의 칼을 갈았다. 우스운 일이지만, 나는 늘 2대 1로 싸워야 했다. 이런 싸움은, 도저히 더 이상은 참을 수 없게 된 내가 패자처럼 집을 뛰쳐나오기로 결심한 날까지 계속된다.

우리들의 결정적인 싸움의 발단은 이렇게 된다.

대학 졸업하고, 군대 다녀오고, 건축기사 시험에 합격하고 회사에 취직이 되고…… 나는 운이 좋았다. 이렇게 되자 나는 상당한 기간을 두고 거리를 재어보던 여자를 우리 집으로 데려갔다. 남자 셋이 두 편으로 갈려 패싸움하던 우리 집으로 데려갔다.

내가 그렇게 하기로 결심한 동기에 불순한 의도가 깔려 있지 않았다고는 않겠다. 그때 나는 약간 의기양양해 있었다. 나는 여자에게, 불구자인 내 아버지와, 나에게는 더할 나위 없이 불쾌한 존재인 동주를 내 빛나는 성공의 빛나지 못하는 배경으로 보여주고 싶다는 생각도 없지 않았을 것이다.

아니다. 나는 여자에게 뭘 보여주고 싶었던 것이 아니라 아버지와 동주에게 보여주고 싶었을 것이다. 나는 아버지와 동주에게, 내가 새로운 생활에 접근해 가고 있다는 걸 보여주고 싶었을 것이다. 나에게 여자가 있다는 것은 결국 두 집 살림의 시작을 뜻하는 것이었다. 나는 아버지에게 당당하게 맞서는 몸짓을 보여주고 싶었을 것이다.

여자에 관한 한 나는 지극히 현실적이었다. 나는 여자에게 지극히 작은 노릇밖에는 기대하지 않았다. 이상주의자인 동주와 나는 이 점에서 사뭇 달랐다. 동주 이야기는 나중에 하겠지만, 사실 동주와 내 여자가 서로를 인정할 가능성은 전혀 없었다. 내 여자, 내 여자 해서 미안하지만, 달리 부를 말이 마땅치 않아서 이렇게 부르기로 하겠다. 사실이지 내 여자는, '가난한 사람도 사랑할 수 있는 여자, 꽃으로서가 아니면 잎으로서나 아름다운 여자, 있는 것 같고 없는 것 같아도 분명히 가까이 있는 여자'가 못 되었다. 동주의 지론에 따르면 여자는 마땅히 그래야 했다. 그러나 내 여자는, 아니었다.

여자에 대한 자세한 설명은 필요하지 않을 것 같아 공대 건축과 한 해 후배라는 것만 밝히겠다. 공대 건축과는 낭만주의자들의 천지인 국문과도 아니고 이상주의자들이 모인 사회학과도 아니다.

우리 세 식구와 내 여자가 단칸방에 둘러앉자 방 안의 분위기가 희한해졌다. 환경이 서로 다른 두 종류의 인간이 만났을 때 필연적으로 생기는 미묘한 정서적 갈등과 그로 인한 악취 같은 것으로 방 안의 분위기는 매우 무거워졌다. 나와 내 여자가 이고 사는 하늘과, 아버지나 동주가 이고 사는 하늘은 서로 달라도 많이 달랐다.

여자는, 우리 아버지 같은 분이 자기를 얼마나 노회하게 탐색하고 있는지 전혀 눈치 채지 못했다. 아버지의 탐색전에 걸린 내 여자는, 난생처음 무대에 나온 외줄타기 광대 같았다. 그런데 문제는 내 여자가, 난생처음 무대에 나왔다는 것은 알면서도, 왜 외줄을 타야 하는지 그것은 알지 못했던 데 있다.

"그래, 아버지는 무얼 하시는가."

아버지는 이렇게 물었다. 새 사람에 대한 아버지들의 심문은 대개 이렇게 시작되고는 한다.

"계시기는 합니다만……."

"계시기는 하는데……."

"딴살림을 차리고 자식을 보셨습니다. 어머니는 그런 아버지를 용서하지 못하시고요."

아버지는 내 여자가 나와 공모하고 당신을 궁지로 몰고 있다는 인상을 받은 것 같았다. 말하자면 여자가 초전공세(初戰攻勢)를 취하고 있다는 인상을 받은 것 같았다. 나는 사람들이 자기 이야기를 하는데도 불구하고 문득문득 내 이야기를 하는 것 같아서 놀라고는 하는데, 아버지도 그때 이와 비슷한 인상을 받았던 듯하다.

"저런, 자네가 혼자 나와서 산다는 말은 들었네. 그러면 셋이서 따로따로 사는 셈인가."

"저도 아버지를 용서할 수 없어서요."

"아버지를 용서할 수 없다…… 그럴 수도 있기는 하겠군. 하면, 어머니와 함께 살지 않는 데도 까닭이 있겠군. 어머니가 퍽 외로워 하실 텐데."

"어머니도 용서할 수 없어서요."

"……"

"……아버지가 딴살림을 차린 책임은 어머니에게 있으니까요."

"저런. 부모는 자식의 허물을 수백 번 용서하는데, 자식은 부모의 허물을 한번도 용서 못한다…… 이건 너무 인색하지 않은가. 그러면 집안이 전쟁터가 되는데……."

"전쟁에서…… 살아왔습니다."

"……보다시피 우리는 이렇게…… 없이 사네."

"마음이 편하면…… 가난은 그렇게 무거운 짐이 아니라고 들었습니다."

"그런데 마음이 문제 아니겠나…… 용서에 인색하지 않아야 하네. 인색한 마음이 지는 짐은…… 가난의 짐과는 유가 되지 않게 무거운 법이라네."

컹…….

아버지가 마른기침을 하기 시작했다. 아버지의 마른기침은 그 자리에서 빠져나가고 싶다는 신호 같은 것이었다. 내 여자는 이불에 덮여 있는, 펴지지도 오므려지지도 않는 아버지의 다리에 너무 노골적인 시선을 너무 오래 던짐으로써, 그런 일에 어지간히 익숙해진 아버지까지도 몹시 당황하게 했다. 아니, 아버지는 당황했던 것이 아닐 것이다. 아버지는, 자신의 불구에 쏟아지는 그처럼 솔직한 호기심에 두려움을 느꼈을 것이다.

"다리가 불편하시다는 것은 진작 들어서 알고 있습니다."

"이거 말인가……."

아버지는 다리를 덮고 있던 누비이불 조각을 벗겼다. 참호에서 손을 들고 나오는 패잔병처럼 그렇게 했다.

아버지의 마른기침이 다시 한번 위기를 예고했다. 정지신호였다. 어머니 이야기가 나올 때마다, 누군가가 당신의 다리 이야기를 꺼낼 때마다 아버지는 마른기침으로 정지신호를 내었다.

"그럼 앉아서 이야기들 나누어라…… 나는 바람이나 좀 쐬고 들어오겠다."

아버지는 이 말만 남기고는 자리를 떴다.

나와 동주는 아버지가 바람을 쐬러 가는 곳이 어디인지 잘 알았다. 아버지는 세상살이의 신산(辛酸)을 맛볼 때마다 그보다 더 쓴 술로 상쇄하고는 했다. 아버지는 삶이 궁벽해질 때마다 귀 어두운 작부의 벙어리 남편을 불러내어 술을 마시고는 했다. 말대답을 하지 않는 벙어리 남편은 아버지가 살던 '디귿' 자 집뿐만 아니라 온 동네의 가난한 가장들이 즐겨 찾던 가장 만만한 술상대였다. 그는 많은 사람들이 울분을 싸고 뱉어도 좋은, 우리 산비알 동네의 만만한 공중변소 같은 존재였다.

아버지가 나간 직후에, 나는 여자를 데리고 나왔어야 했다. 여자와 동주에게 대화할 기회를 주는 것이 아니었다.

짧은 치마를 입고 있어서 방바닥이 불편했던 내 여자는, 아버지가 방을 나가자마자 양해도 얻지 않고 동주의 앉은뱅이 책상에 엉덩이를 붙이고 앉아버린 것은 터무니없는 실수라고 하자. 내 책상인 줄 알았던 모양인가? 하지만 누구의 책상이든 실수는 실수다.

동주의 시선이 차갑게 식어지다가 어느 순간에 이르자 선이라도 긋는 듯이 부드러워졌다. 상대에 대한 이해가 끝났다는 신호 같은 것이었다. 나는, 여자는 바로 그 순간에 급전직하한다는 것을 알고 있었다.

그러나 내 여자가 도발만 하지 않았어도 동주는 인심이라도 쓰는 기분으로 새 손님을 대접할 수 있었을 것이다. 동주는 약자에게는 관대했다.

"학교 다니다 입대하셨다고요? 어렵게 지내셨다고 형님이 걱정하셨어요."

동주 같은 사람과의 대화에서 60년대 말의 정치 상황은 화제로 삼는 것이 아니었다. 하지만 사람들 중에는 초대면한 자리에서도 오버페이스로 치고 나가는 사람이 더러 있다. 내 여자도 그런 사람에 속했던 모양이다.

"우리 형님이 나 흉보신 셈인가……."

"과격한 분으로는 안 보이네요."

"내가요?"

"매몰스럽거나 잔인한 분 같지도 않고……."

"……나 혹은 내가 속한 무리가 약간 과격했을지도 모르기는 하지만 매몰스럽거나 잔인하지는 않았어요. 과격한 무리와 잔인한 무리는 별개거든요."

"어떻게요?"

"설명…… 굳이 해야 하는 것인지……."

"한번 해보세요."

"······힘은 있는데 도덕적으로 열등한 무리는 그것을 지키자니 잔인해질 수밖에 없고요, 도덕적으로는 튼튼한데 그 도덕을 관철시킬 수단이 없는 무리는 대개 그 벽을 뚫으려다가 과격하다는 누명을 쓰지요."

" '누명' 인가요?"

"그럼요."

"그럼 형님은 어느 무리에 속하나요? 잔인한 무리인가요? 내가 보기에는 잔인한 것 같지 않은데······."

"나는 그렇게 말하지 않았어요."

"그만둬라, 동주야."

나는 그쯤에서, 달라도 많이 다른 두 인간을 떼어놓지 않으면 안 되었다. 내 여자는 치명타를 던지려다 되맞고 있다는 것을 알지 못했다.

동주의 논법은 일단, 군부(軍部)가 중심이 된 세력은 도덕적으로 열등해서 도덕적인 무리에게 잔인하다, 그런데 반정부 세력은 도덕적으로는 튼튼하지만 그것을 관철하는 수단이 없는 가운데서 싸우자니 그 과정에서 잔인한 세력으로부터 과격하다는 누명을 쓰고 있다······ 이렇게 가정했던 모양이다. 그런데 문제는 여자가 나를, 힘이 있는 세력, 터전을 가진 세력에 속하는 것으로 가정해 버린 데서 시작되고 있었다. 이 두 가정이 충돌하면 결과는 뻔하다.

하지만 동주는 나를 그렇게 악평하고 있지 않았던 게 분명하다. 동주로서는, 내 여자가 어느 틈에 나를 힘 있는 세력권으로 분류하고 자기를 적대하는 게 견딜 수 없었는지 모른다. 말하자면 내 여자가 패싸움을 거는 것으로 보았던 것임에 분명하다. 사실 그렇게 생각하게 만들 소지가 다분히 있기는 했다.

"역시 그랬군요. 나는 두 분이 본질적으로 다른 인간들 같다고 생각해 왔어요. 동주 씨는 오늘 처음 뵌 분이기는 하지만."

"그렇다면 잘못 생각하신 게 분명합니다. 잔인한 세력과 과격한
세력이 이 시대에 공존하고 있다…… 이런 표현은 가능합니다. 그
러나 형이 도덕적으로 열등하면서도 잔인한 세력에 속해 있는 것도
아니고 내가 도덕적으로 튼튼하면서도 과격한 세력에 속해 있는 것
도 아닙니다. 두 세력을 대표하고 있는 것도 물론 아니고요."

"형제분이 각각 다른 길을 걷고 있다는 게 보이는데도요?"

"이거…… 이야기가 잘못되어도 한참 잘못되었네요?"

"그만두라니까, 동주야."

"아니야…… 이렇게 마무리를 지읍시다. 형과 내가 본질적으로
다른 종류의 인간이라는 데는 동의합니다. 그러나 형은 도덕적으로
열등하지만 힘이 있는 사람, 나는 힘이 없으나 도덕적으로는 튼튼
한 사람이다, 이런 뜻은 아닙니다. 형이 건축기사라고 해서 이러는
게 아닙니다. 사고방식을 말하는 건데요…… 형은 굽은 길을 뚫어
곧고 넓게 만들자고 하는 사람, 나는 그 길은 그대로 두고 넓혀보자
고 주장하는 사람입니다. 이런 차이는 사실 있어 왔어요. 됐죠? 그
것뿐입니다."

"가난하고 궁색해도 이대로가 좋다, 이런 뜻인가요?"

"아닙니다, 아니에요. 나는 그런 말을 하고 있는 게 아닙니다. 나
는 문화를 말하고 있어요. 사회를 말하고 있어요."

"그렇다면 사투리로 문화를 말하고 있는 것이군요."

"저런…… 사투리로 문화를 말하면 안 됩니까? 문화라는 것도 원
래는 일종의 사투리 같은 것 아니던가요?"

"그러면 형님의 문화는요?"

"우리는 적이 아닙니다. 우리는 형제랍니다."

"……역시 동욱 씨 말이 맞았군요."

"우리 형님이 뭐라고 했게요?"

"동주야, 관두라니까."

"……궤변에 능하다고 하더군요."

나는 여자의 말을 들으면서 밖으로 나왔다. 하얗게 질리는 동주의 얼굴을 더 보고 있을 수가 없었다. 나는 방 안에서 흘러나오는 이야기를 들으면서 별을 보았다. 두 사람의 이야기는 이미 내 의도에서는 아득하게 멀어져 있었다. 나는 여자에게 동주를, 궤변에 능한 사람이라고 한 적이 없다. 사물을 독특하게 본다는 말을 한 적이 있을 뿐…….

"……나는 궤변하고 있는 게 아닙니다. 형과 내가 조금 다르기는 합니다만, 내게는 형 같은 인간을 전면적으로 부정한 적은 없습니다. 나 같은 인간을 인정해 줄 것을 요구한 적은 있지만요. 우리는 공존해야 합니다. 그래야 형 같은 사람들은 불도저질하고, 나 같은 종류의 인간은 삽질을 할 수 있는 겁니다. 다시 한번 말합니다만, 형은 도덕적으로 열등한 부자가 되고 나는 도덕적인 가난뱅이가 될 것이다, 이런 이야기는 피차 한 적이 없는 거죠……."

"……."

"……이야기를 좀 비약시켜 볼까요? 이 세상에는 사형제도를 폐지한 나라도 있고 아직도 도둑질한 사람은 손을 자르고 위증한 사람은 혀를 자르는 나라가 있어요. 전자가 후자를 야만적인 나라라고 할지 모르나, 후자에게는 나름대로 그래야 할 까닭이 있을 겁니다. 이건 선악의 문제가 아니라는 게 내 생각입니다. 너는 이거냐, 나는 이거다, 이러면 되는 겁니다. 말하자면 호오(好惡)에 따라 선택할 수도 있다는 겁니다."

"그런 생각을 관철하기 위해서는 과격할 수도 있는 거군요?"

"……."

동주는 대꾸하지 않았다. 동주의 침묵은 말에다 채우는 빗장 같은 것이었다. 내가 방으로 들어갔을 때, 동주는 벌레 씹은 얼굴을 하고 앉아 있었다. 내 여자는 동주의 말을 알아들은 것 같지 않았다.

"자기가 이 집을 패싸움터라고 하더니, 맞네요? 나도 모르게 싸움에 말려들고 말았어⋯⋯."

농담으로 들릴 만한 어조로만 말했었어도 아무 일 없었을는지 모른다. 하지만 내 귀에도 그건 농담으로 들리지 않았다.

동주가 내 쪽으로 돌아앉으며, 아닌 게 아니라 '과격' 하게 내뱉었다.

"형, 우리 말이지요, 정신 차리고 삽시다."

"뭐라고요?"

"먹어버려서 어쩔 수 없이 하는 사랑⋯⋯ 그런 것은 말자, 이겁니다."

"⋯⋯."

여자가 일어섰다.

동주도 그랬을 테지만 나 역시 꼼짝도 할 수 없었다. 동주로서는 욱하는 기분에 나를 향해 내지른 주먹이 너무 큰 데 충격을 받았을 터이고, 나로서는 졸지에 너무 큰 주먹을 얻어맞은 데 충격을 받아서 그랬을 것이다.

'먹혀버린' 여자는 이렇게 해서 우리 집을 떠났다. 나는 동주 앞에 한참 그러고 앉아 있다가 서둘러 뒤를 밟아 버스 정거장으로 나갔다.

팔을 잡는 내 손을 뿌리치면서 여자가 이랬다.

"꺼져요⋯⋯ 알고 봤더니 거지 같은 것들이야⋯⋯."

그 말을 듣는 순간, 내가 매우 자연스럽게 아버지나 동주의 편이 되어 여자의 따귀를 갈긴 것은 약간 감동적이다. 하지만 감동의 순

간은 아주 짧았다. 그날의 일에 관한 한, 내게는 동주를 비난할 이
유가 별로 없었다. 그럴 염치도 없었다. 하지만 동주가 싫었다. 여
자를 데리고 말장난을 시작한 그 현학 취미부터가 싫었다.

나는 잠시 빈손으로 버스 정거장에 서 있었다. 막막했다. 하지
만, 나는 들어갔다. 주먹을 쥐고 들어갔다.

소갈머리 없는 어린 계집 하나도 당당하게 다루어내지 못하는, 늘
몸보다 더 짙고 더 긴 그림자를 끌고 다니는 아버지⋯⋯. 과격함을
도덕적 견고함으로 정당화하는 동주⋯⋯. 말 밖의 말을 읽어내지 못
하는, 내 여자가 속하는 세대의 슬픈 전통⋯⋯. 그리고 아버지나 동
주와 한패가 되면서 한순간이나마 맛본 감동의 불쾌한 뒷맛⋯⋯.

나는 다시 집 안으로 들어갔다. 만신창이가 되어버린 그 만남의
시체를 안고서라도 나는 돌격을 감행하지 않으면 안 되었다.

"계집도 계집이지만 너도 그렇다. 철딱서니 없는 것의 면전에다
대고 그렇게 말해서 너에게 돌아오는 것이 무엇이냐? 대체 무슨 에
미 잡아먹을 원수가 졌길래 나를 이렇게 비참하게 만들고 마느냐?"

"미안해요, 형. 형이 뭐라고 했는지 몰라도 나와 형 사이를 처음
부터 아주 나쁘게 보고 있는 게 싫었고, 또⋯⋯."

"또?"

"턱도 없는 말대답이 싫었소. 어쨌든 미안하게 되었소, 형."

"형이라고 하지 마. 동생이라면 형을 이렇게 병신으로 만들 수
없다. 너는 웃는 얼굴에 침을 뱉은 개새끼다. 너뿐만 아니다. 두 마
리의 심술궂은⋯⋯."

"두 마리?"

"그래. 네가 소속 불명인 것도 다 아버지가 심술궂은 두 마리의
개 중 한 마리인 데 이유가 있을 거다. 소속 불명인 동생, 나도 이제

질색이다."

"……결국 그렇게 나오는군. 암, 아버지는 개고말고. 돌팔매질에 얻어맞아 절뚝거리는 개……."

"돌팔매질을 누가 했냐? 나냐? 아니면 너냐? 아니면 돌팔매질 한 사람이 하나 더 있느냐? 있다면 여자일 테지."

"형은 그러면 그럴수록 점점 더 비참해져."

"너, 오늘 좀 맞아라."

나는 이날 밤 동주의 멱살을 잡고 마지막으로 몹시 때렸다. 동주는 내 손을 잡지도, 피하지도, 저항하지도 않았다.

한동안 맞고 있던 동주가 벽을 지고 앉으며 나를 몰아세우기 시작했다. 패싸움의 끝을 예감하고 있던 나도 동주의 말을 가로막지 않았다. 동주가, 제 뺨으로 올라가던 내 손을 가로막지 않았던 것과 같은 이유에서 가로막지 않았다.

"형이나 나나, 상대의 말이면 개소리로 들어왔는데…… 말 잘했어. 그러니까 우리 중 누가 개인지 한번 따져봅시다. 이리저리 돌려서 말하는데 이젠 지쳤지? 나도 지쳤어. 그러니까 짐승처럼 상처를 까놓고 핥아내어 보자고……."

"……."

"우리 상처는 이미 이런 결정을 내리지 않으면 안 되리만치 깊어졌어. 참 많이도 싸웠지…… 형은 늘 외톨이가 된 것 같았지? 나는 형의 기분을 이해했어. 형은, 내가 아버지 편이 되고, 아버지가 내 편이 되는 게 분했지? 분했을 거야. 나도 알아……. 하지만 형은 한 번도 아버지 편에 서려고 안 했잖아? 형은 아버지를 이해하려고 안 했잖아?"

"그래, 안 했다."

"나는 했어. 나는 아버지 편이 되려고 했어. 나는 아버지를 이해하려고 했어. 내가 형보다 잘나서 그럴 수 있었던 건 아닐 거야. 형 질이 같은 인간이라서 그랬는지 몰라도, 하여튼 나는 했어. 나는 아버지를 이해했고, 지금도 그래⋯⋯."

"이해? 많이 이해해라. 너는 인마, 아버지를 네 편으로 끌어들이지 않고는 견딜 수가 없었던 거야."

"바로 그거야. 형은 역시 그렇게 아는군. 그런데 형이 한 가지 모르는 게 있어⋯⋯."

"⋯⋯지껄여봐."

"⋯⋯우리는 눈물겹게 컸지? 아버지가 불쌍하지? 아버지가 불쌍하지 않아? 나는 아버지를 불쌍하게 여겨. 그러나 형은 아버지를 경멸해. 무능력한 불구자라고 업신여겨 왔어. 형은 그래서 아버지의 가슴에 자주 못을 박고는 했어. 형에게는 아버지를 최악의 배경, 파기할 수 없는 장애물로 보고 증오하는 경향이 있어. 아버지와 나를 개라고 불렀지? 천만에, 나는 형이야말로 개에 가깝다고 생각하고 있어⋯⋯. 여자를 고를 때는 안 그럴 줄 알았어. 형은 합리적인 사람이니까 아주 합리적으로 여자를 골라낼 줄 알았어⋯⋯ 형은 맏아들이지? 맏아들이 데리고 온 여자가 뭐라고 했는지 기억하고 있지? 자기 아버지를 용서하지 못한대⋯⋯ 자기 어머니를 용서하지 못한대⋯⋯ 그래서 자기는 혼자 살고 있대⋯⋯. 이건 말이야, 어른 앞에서, 잘못되었어도 아주 많이 잘못된 태도야. 방종 같은 게 질질 흐르고 있었어. 남자를 치마폭에 완벽하게 집어넣은 여자의 방종, 또 이렇게 말해서 미안하지만, 먹혀버린 여자 특유의 방종⋯⋯ 내가 틀렸어?"

"⋯⋯계속해서 지껄여."

"그래⋯⋯ 자, 얼굴 자주 보니까 정이 들고, 정이 드니까 핑계를 만들어 눈을 맞추고, 그러다가 적당하게 먹고 먹히고, 그러고는 데리고 들어와, 이 여자 어떻습니까…… 하고 물었지. 좋다면 기어오를 거고 나쁘다면 원망할 거고……. 이거 개들이나 하는 사랑 아닌가? 필요를 체면에 앞세우는 사랑, 이거야말로 개들 사랑의 특징 아닌가?"

"……"

"말이 나온 김에 하나 더 물어보고 싶군. 내 어머니 어디에 있어? 형은 내 어머니가 돌을 던져 아버지를 불구자로 만들었다고 주장하고 싶은 모양인데…… 그렇게 한 내 어머니 어디에 있는지 알아? 내가 형의 동생이 아니라고? 좋아. 하지만 그게 나와 무슨 상관이야? 내가 형의 동생이 되고 싶어서 동생이 된 것 아니지? 형이 아버지 아들이 되고 싶어서 아들 된 거 아니지? 형이 그걸 선택했어? 내가 형을 선택했어?"

"인마, 할 필요가 없는 말은 하지도 마."

"다시 한번 묻자. 내 어머니 어디 있어? 형은 아버지에게 따지더군. 나는 따지지 않았어. 내가 왜 따지지 않았을까, 스물네 살이나 된 아들이? 모르지? 형은 몰라. 알 턱이 없지."

"그래, 모른다. 모르니까 오늘 밤에 네가 설명 좀 해봐라."

"이런다니까. 이런다니까…… 늘 정답만 찾으려 든다니까. 정답? 없어. 정답 없는 질문? 얼마든지 있어. 나는 이것 하나는 알아. 아버지가 왜 내 편이 되었는지 알아? 내가 왜 아버지 편이 되었는지 알아? 이유는 간단해. 형이 아버지를 적대하니까. 형이 나를 적대하니까."

"그래, 적대한다."

"형이 모르는 것 중에 내가 아는 게 또 하나 있어. 아버지가 정답을 내어놓지 않는 데는 이유가 있다는 거야. 만일에 이유가 없다면 아버지가 나쁘지. 그러나 아버지에게는 정답을 내어놓지 못하는 이유가 있을 거야. 형이 그렇게도 집요하게 요구했는데도 불구하고 정답을 내어놓지 않았어. 이상한 결벽 아니면 편집증이라고 불러도 좋겠지. 하지만 우리가 지금 해야 하는 일은 아버지에 대한 공격이 아니야. 아버지에 대한 연민이야. 아버지를 건드리지 않는 일이야. 형은, 답이 여러 개인 수수께끼가 있다는 거 알아? 열 살 때는 이게 정답이다 싶고, 스무 살 때는 저게 정답이다 싶고, 서른 살 때는 둘 다 정답이 아니다 싶은 수수께끼가 있다는 거 알아? 기다려야 해. 아버지가, 이게 정답이다, 하고 내어놓을 때까지 기다려야 해. 나는 이렇게 기다려야 한다는 걸 알아. 그리고 이걸 아는 것은 대단히 중요해……."

"……."

"……형, 미안한 말이지만 형과 그 사람이 꾸밀 만한 생활에는 아버지의 자리가 없어. 아버지도 그렇게 생각하실 거야. 나는 아버지를 도와야 해. 아버지와 나에게는 형의 성공이나 형이 장차 꾸며낼 화사한 생활을 부러워하지 않는 어떤 정서가 있어. 그러니까 형이 집을 떠나는 게 좋아. 알겠지? 내가 형을 쫓아내는 게 아니라는 걸. 형이 떠나는 게 좋아……."

참으로 그럴듯한 연설 같다. 그러나 내 귀에는 그렇게 들리지 않았다. 나는 동주를 잘 알고 있었다. 그래서 그 자리에서는 더 이상 반격하지 않았다. 나는 동주를 더 이상 비참하게 만들고 싶지 않았다.

동주는, 내게는 확실히 잘 이해되지 않는 인간, 만일에 내가 제대로 이해하고 있었다면 불쾌하기 짝이 없는 인간이었다. 하지만 나는 동주를 이해하지 못하고 있었다. 동주는, 다가가지 않으면 거기에 있는 것 같은데, 다가가 보면 다가갈수록 멀어지는 희한한 인간이었다.

어린 시절, 우리가 친형제가 아니라는 건 동네가 다 알았다. 나는 그게 창피했다. 친형제 아니라도 한 아버지를 섬기니 형제인 것은 분명한데도 불구하고 우리는 거의 날마다 싸웠다. 학교에서 돌아오는 길에 내가 동주를 몹시 때려준 날, 마을 사람 하나가 우리 둘을 불러 앉히고 짓궂게도 이렇게 물었다.

"늬 아버지가 앞밭에도 콩을 심고 뒷밭에도 콩을 심었다. 자, 늬 아버지는 가을걷이를 하겠는데, 앞밭에서 걷은 콩, 뒷밭에서 걷은 콩은 누구의 곳간으로 들어가느냐?"

정답이 나와 있는 짓궂은 질문이었다. 그러나 동주의 대답은 늘 상식을 비켜 갔다.

"아저씨 곳간으로요."

이게 열 살배기 동주의 대답이었다.

동주가 중학교 때의 일이다. 동주 학교에는 조 선생이라는 역사 교사가 있었는데 한번은 동주가 까다로운 질문으로 이 교사를 궁지에 몰아넣었던 모양이다. 궁지에 몰린 적이 있는 이 역사 교사도 역사 시간 때마다 역시 까다로운 질문으로 동주를 곯리고는 했다. 하루는 동주가 제대로 대답을 하지 못하자 역사 교사는 동주의 약을 올렸다고 한다.

"조동주, 너 어디 조가(趙哥)냐?"

"김제 조씨(金提趙氏)요."

"마, 어른이 물으면, 김제 조가(金提趙哥)입니다, 이렇게 대답해야지."

"김제 조가입니다."

"거참, 이상하구나. 우리 김제 조가에는 너 같은 돌대가리가 없는데……."

"아닌데요, 우리 집 식구들은 모두 다 돌대가리예요. 우리 김제 조가는 전부 돌대가리들이에요."

애들이 한바탕 웃었을 터이다. 그런데 이 조 선생이라는 분은 동주네 교실에 들어올 때마다 같은 우스개를 계속했던 모양이다. 애들은 그 역사 교사가 이 우스개를 할 때마다 웃었다. 이게 몇 차례 계속되니까 역사 교사의 별명은 자연스럽게 '김제 조가'를 거쳐 결국 '돌대가리'가 되어버리더란다.

이 역사 교사는 나도 아는 분이다. 이분은 내가 동주의 형이라는 걸 잘 알고 있었다. 그가 나를 만나더니 다짜고짜 이랬다.

"자네도 김제 조가 돌대가린가?"

"저희 조가의 본(本)은 김제가 아니라 풍양(豊壤)입니다."

내 말을 들은 다음에야 역사 교사는 오랫동안 동주의 장난감이 되어왔다는 것을 깨달은 모양이었다. 그의 얼굴이 핼쑥해지는 것을 나는 보았다.

동주는 이런 아이였다. 누구든 걸려들면 어떻게 하든지 이런 식으로 웃음거리를 만들어버리는 아이가 동주였다.

소년 시절부터 나는 여러 가지 이유에서 동주에게는 개 아니면 돼지였다. 나는, 아이를 낳을 여자에게 철학은 위험하다고 주장하다가 동주 앞에서 개가 되었고, 사랑은 성욕의 나무에 핀 꽃이라고 주장하다가 동주 앞에서 돼지가 된 적이 있다. 나는, 우정이라고 하는 것은 대등한 관계에서만 가능한 일종의 동아리 의식 같은 것이라고 주장하다가 개가 되었고, 예술이나 사회과학은 공학 이상으로 사회의 발전에 기여하지 못한다고 믿었다가 돼지가 되었다. 동주의 주장에 따르면 나라는 인간은, 수단이 목적을 신성하게 할 수 있다고 믿는 개돼지, 합리주의는 감상주의의 해독제라고 믿는 개돼지였다.

반듯한 여자와 소속이 분명한 자식과 끓는 물주전자의 꿈을 가지고 있었던 나는 동주에게 어떤 개돼지보다 더 저급한 개돼지였다. 동주의 꿈은 이보다 더 위대한 것을 성취시키는 데 있었다.

동주는 언젠가 나에게, 자기는 이 세상에다 자기의 판박이를 만들지 않겠다고 한 적이 있다. 그 이유가 손에 잡힐 것 같았다. 나는 동주의 그런 꿈에 대해서만은 박수를 보냈다.

그런데 어느 날 학교에 갈 시각이 되었는데도 불구하고 동주가 꼼짝도 않았다. 아버지가 상가 조문으로 며칠 집을 비우고 있을 때였다. 왜 그러고 있느냐고 물었다.

"정상 근무, 정상 등교할 수 있다더니 의사놈들이 사기를 쳤어……."

내 가슴이 철렁 내려앉는 것 같았다. '정상 근무', '정상 등교'는 정관 절제 수술 선전 문구에 자주 등장하던 말이었다.

"……아버지 안 계신 틈을 타서 했어요. 아버지에겐 비밀이오. 침묵은 금이라는 말씀……."

그런데 나중에 내가 우연히 알게 된 것인데, 동주에게는 못된 비뇨기 병력(病歷)이 있었다. 의과대학 다니는 동주 친구의 말을 들었더니, 그 병이 악화되면 고환염으로 발전할 수 있고, 고환염이 진행되면 정충검사 반응에서 음성 판정을 받을 가능성도 있다고 했다. 동주의 친구는, 동주가 이미 그런 진단을 받고 선수를 치느라고 아예 정관 절제 수술을 받았는지도 모른다, 이런 냄새를 풍기는 것 같았다.

"동주에게 그럴 가능성도 있어? 자네 귀로 들었어?"

"그 자식 하도 헛소리를 많이 해서요. 그거 아주 복잡한 놈이라고요."

동주는 복잡한 아이였다. 한 인간을 이해한 것으로 착각하기가 얼마나 쉽고, 제대로 이해하기는 또 얼마나 어려운 일인가를 나는 동주를 통해서 배웠다.

동주가 나를 희롱했다는 사실을 안 것은 며칠 뒤의 일이었다. 동주는, 아버지가 집을 비운 사이에 포경수술을 하고는 나를 희롱했던 것이다. 그걸 알고 멱살을 잡은 나에게 동주가 대들었다.

"형이 멋대로 추측한 거지, 내가 언제 정관 절제 수술을 받았다고 했소?"

아버지와 함께 술 냄새가 찬바람에 묻어 들어왔을 때, 동주는 부어오른 코를 휴지로 틀어막은 채 누워 있었고, 나는 임지(任地)인 공사현장으로 떠나기 위해 짐을 싸고 있었다.

아버지가 두 번이나 불렀지만 나는 대답하지 않았다. 아버지의 기억 속에 있는 과거의 창고, 아버지 기억의 무덤을 터뜨리자면 안전밸브를 열지 말고 내압(內壓)을 높일 대로 높일 필요가 있었다. 아버지의 내압이 오르는 낌새를 눈치 챘던지 동주는 가만히 일어나 벽을 지고 앉았다.

그러나 아버지의 어조는 여느 때와 별로 다르지 않았다. 내압의 상승이 일정한 데서 멈추었거나 체념한 데서 연유한 것임에 분명한 어조였다.

"나도 심했다만 네 성의도 적어 보이더라. 여자는, 남자 하는 대로 가는 법이다."

"여자가 뭘 그렇게 잘못했습니까?"

"네 귀에는 안 들리더냐?"

"안 들립디다."

"어쩔 생각이냐?"

"……데리고 살 생각이었습니다."

"지금은?"

"아버지와 동주가 훼방을 놓아버리지 않았습니까?"

"성의가 적어 보이는 게 섭섭하더라. 어쩐지 진중하지가 못하고……."

"술집 여자 같습디까?"

"나는 그렇게 말한 일 없다."

"하지만 그 여자는 술집 여자가 아닙니다. 저는 아버지와 달라서 술집 여자나 보고 다니지는 않습니다."

"애비가 술집 여자나 보고 다녔다는 말이구나. 그런 일 없다."

"그러면 저 증거는 뭔가요? 아버지 옆에 있는 아버지 실패의 유물은 뭔가요? 아버지가 근 30년이나 끌고 다닌 저 실패의 유물이 그 증거가 아니라면 어디 말씀을 해보세요. 조동주는 뭡니까?"

"너 말을 그렇게 함부로 해도 좋으냐? 하기야 그럴 나이가 되기는 했다."

"나이 서른입니다. 참을 인(忍) 자를 배우고도 20년 넘게 참아왔습니다. 동주 불쌍하게 여기는 것은 이해합니다. 동주가 불쌍했으면 불쌍했지 왜 서로 한편이 되어 저를 들볶아대는 겁니까?"

동주가 벌떡 일어나 벽을 지고 일어섰다. 가엾다는 생각이 들기는 했다. 내가 너무 잔인하게 군다는 생각도 없지 않았다. 하지만 내친 걸음이었다. 나도 동주가 나를 다그치던 것처럼, 모질게, 아니 더 모질게 아버지를 다그칠 생각이었다.

"아버지, 여쭙겠습니다. 동주도 들어둬라. 아버지, 동주 어머니 어디에 있어요?"

"……"

"왜 시원하게 말씀을 못하십니까? 사실은 이런 일이 있었다…… 한 번의 실수가 이렇게 오래가는구나, 미안하구나…… 왜 이렇게 어른답게 말씀을 못하십니까? 그래야 자식들이 아버지 실수를 거울 삼을 수 있지 않겠습니까? 아버지 모르십니까? 아버지의 그 실수 때문에, 그 실수의 열매인 동주 때문에 제가 어머니가 와석종신(臥席終身)하시는 것을 못 본 것 아닙니까…….”

“…….”

“……여쭙겠습니다. 더 늦기 전에 여쭙겠습니다. 동주 어머니 어디에 있습니까? 죽었습니까, 살아 있습니까? 살아 있으면 어디에 살아 있고, 죽었다면 무덤은 어디에 있습니까? 아버지, 저 자식이 저렇게 비뚤어진 게 다 누구 때문인지 아십니까? 아버지 때문입니다. 아버지야, 밝혀 보이기 싫은 과거지사라고, 꾹 눌러 덮어놓고 사시면 그만이지만, 보세요, 저 자식은 저 나이 되도록 심술만 부립니다. 이게 다 제 어미 젖을 물고 자라지 못해서 생긴 일입니다. 대체 이게 무슨 꼴입니까? 아버지의 실책…… 네, 저도 이제 ‘실책’이라는 판결을 내릴 나이가 되었습니다. 그 실책의 책임을 셋이서 나누어 지고 이렇게 끙끙거려야 하는 겁니까?”

“…….”

“아버지, 이 세상에서 우리 어머니를 폄하하는 사람 보셨습니까? 어머니를 비난하는 소리 들어보셨습니까? 어머니는 아버지의 실책에 몸으로 항거하다 돌아가신 분이 아니시던가요? 아버지에 견주면 어머니는 성녀(聖女) 같은 분이 아니셨습니까? 아버지를 보살펴 주던, 우리를 보살펴 주던 교회가 그걸 보증하지 않았습니까? 어머니는 아버지더러, 돌아오시라고, 제발 가정으로 돌아오시라고 뱀강에서 순교하신 성녀 아닙니까? 그런데도 아버지는 아직도 이러고 계십니다.”

“…….”

“아버지, 제가 왜 이런 대접을 받고 살아야 합니까? 제가 왜 아버지의 서자 대접을 받고 살아야 합니까? 이것이야말로 주인과 객이 바뀐 형국이 아니고 뭡니까? 왜 이날 이때까지 저만 들볶았습니까? 제가 잘못을 그렇게 많이 저지르고 다녔습니까? 이럴 수가 있는 것입니까? 찾아뵈러 온 사람을, 아버지는 술집 여자 취급하고, 동주는 갈보 대접을 해서 보냈습니다. 왜 서로 편을 들어가면서 저를 이 지경으로 만들어야 합니까?"

"……동주! 너도 잘 들어라. 너는 아까 나에게 묻는 것 같더라. 네 고민을 이해하려고 해본 적이 있느냐고 묻는 것 같더라. 있다. 있다. 봐라. 이렇게 있지 않으냐? 이제 너도 아버지께 요구해라. 네 어머니가 어디에 있는지 가르쳐줄 것을 요구해라. 네 어머니의 내력을 밝힐 것을 요구해라. 너에게는 요구할 권리가 있다……."

아버지는 아무 대꾸도 하지 않았다. 동주도 그랬다. 아버지와 동주는 내가 생각했던 것 이상으로 철저하고 차가웠다. 아버지와 동주는 앞을 보면서 살아가는 것이 아니라 뒤를 돌아다보면서 살아가는 사람들인 게 분명해 보였다. 그러니까 과거의 창고를 열지 않는 것이라고 나는 생각했다.

아버지는 오래전부터 내 증오의 화살받이였다. 그는 내가 가장 손쉽게 미워할 수 있는 대상이었고, 미워하면서도 양심의 가책을 느끼지 않아도 좋은 대상이기도 했다. 아버지는 내 화살을 피한 적이 없다.

"……한 말씀도 안하시는군요. 좋습니다. 때가 되면…… 아니죠, 저는 때를 만들 겁니다. 아버지는 용케도 고모의 입을 봉하셨습니다만 이제는 안 됩니다. 용케도 고모의 발을 끊어놓으셨습니다만 이제는 안 됩니다. 너무 늦기는 했지만, 이제는 제가 나섭니다. 제 손으로 동주의 어머니를 찾아냅니다. 아버지나 동주에게는 현실이나 미래보다는 과거가 더 소중한 모양이나, 저는 그럴 수가 없습니다."

아버지도, 확실히 이 화살 한 대에는 위기를 느꼈던 모양이다.

꽤 오래, 목을 조르는 듯한 침묵이 계속되었다. 나는 침묵도 두려웠고, 침묵이 깨어지는 순간도 두려웠다.

"……동욱이 너. 이제 집을 나가서 살아도 되지? 어차피 건축기사는 현장 가까운 데서 기거해야 하니까. 너도 이제 홀로 설 수 있겠다."

"그러지요. 이제 저도 더는 못 참습니다."

"……뭘 그렇게 못 참아? 애비는 그보다 더한 것도 참으며 이날이때까지 산다. 네 말에 일리가 있기는 하다. 그러나 세상사 네 눈에 보이는 것처럼이야 어디 단순하겠느냐? 네가 나나 동주로부터 핍박을 받은 듯이 말한다만, 그건 네가 잘못 생각하고 있는 것이다. 나는 너를 미워한 적이 없다. 동주가 내 앞에서 너를 나쁘게 말한 일도 없다. 너는 이걸 알아야 한다. 네가 네 마음대로 불려서 생각하는 것이나 아닌지 모르겠구나. 참아라. 참으면서 더 살아보자."

"아버지는 뭘 그렇게 참으면서 사셨습니까? 어쩔 수 없이 사는 것과 참으면서 사는 것은 다릅니다."

"그래, 그 말에도 일리가 있긴 하다만, 많이 참으면서 어기영차 살아온 게 이 모양이다. 네 나이로 팔딱거릴 때는 안 되는 일, 못할 일이 없을 것 같더니, 그래도 세상일은 뜻 같지 않더라. 안 되더라. 내 힘으로는 안 되더라. 막고 품어도 끝내 잡히지 않는 물고기가 있더라."

"있을 테죠, 얼마든지 있을 테죠."

"그 여자 애, 좋게 말하지 못한 게 미안하구나. 그렇게 말하는 게 아닌데, 혹 네가 나를 그렇게 만든 것은 아닌지, 너도 한번 돌아다보거라. 네 마음대로 하되, 다시 만나면 내가 미안하게 여기더라고 전하거라. 식구가 되면 다 좋아진다. 품에 덜 차면 용서라도 하면서 살아야 하는 게 여자이기도 하다."

"어머니 이야기군요? 용서를 받아야 했던 분은 어머니가 아니라 아버지 아니었습니까?"

아버지는, 반백 머리카락에 손가락을 찔러넣으며, 실에 꿰어져 있었던 듯한 마른기침을 줄줄이 토해 내었다.

"……네 어머니 이야기 오늘은 그만 하자. 참으로 오래간만에 나온 이야기이기는 하다만, 그래, 언젠가는 할 때가 오겠지. 하지만 아직은 내 마음의 차비가 되어 있지 않다. 미안하구나."

나는 활을 거두었다. 더 이상 쏠 필요가 없었다. 아버지는 빈사 상태였다.

"……동주야, 미안하다. 주먹질해서 미안하다. 정말 미안하다. 당분간 집 떠나서 살겠다. 앞으로는 미워하지 말자. 우리는…… 명색이 형제가 아니냐?"

동주가 얼굴을 들었다. 눈이 벌겋게 울고 있었다. 하기야 나도 울었으니.

"형을 미워한 적 없소. 성격이 달랐을 뿐…… 나도 오늘은 맞을 짓을 했어요. 미안해요."

"동욱이, 동주…… 어느 놈은 곱고 어느 놈은 밉고, 그런 것 없다. 지금은 동욱이 네놈이 원망스러울 뿐이다."

아버지의 독백은 지쳐 있었다.

그다음 날 나는 집을 떠났다. 임지로 떠나는, 희망과 기대와 야망에 부푼 초년의 건축기사로서 의기양양 떠난 것이 아니다. 아버지와 동주의 패거리, 그리고 사랑에 실패한 참담한 패자로서 떠난 것이다.

꼭지가 덜 떨어져서 그랬을 것이다. 나는 자유로웠지만 쓸쓸했다. 늘 아파하고, 괴로워하고, 그리워하면서, 승자가 되어 돌아갈 날을 기다리면서 나는 칼을 갈았다.

현장에 도착한 날, 아버지와 동주에게 수없이 '아니.' 라고 한 그 날, 나는 승자가 되었다는 느낌으로 하루 종일 뿌듯했다. 잡역부가 된 아버지는 이등병으로 강등된 장군 같았다. 그 아버지와 동주가 내 공사현장의 잡역부가 되어 있는 것을 확인한 그날 나는 비로소 나의 승리를 확인할 수 있었다. 그러나, 이 느낌 뒤는 매우 무거웠다.

밤열차를 함께 타고 왔던 세 비계공 가운데 둘은 벌써 현장에 나와 다리로 비계목을 감고 나무늘보처럼 거꾸로 매달린 채 비계를 매어 올리고 있었다. 현장에 도착한 지 겨우 한나절밖에 되지 않을 터인데도 그들은 오래전부터 거기에 있었던 사람들처럼 현장의 일부가 되어 있었다. 차림도 열차 안에서 보았던 차림 그대로였다. 무서운 적응력이었다. 나는 그들에게서 잡초의 생명력과 적응력을 보았다.

김이묵이, 아래에서 비계목을 올려주고 있던 장씨에게 걸직하게 한마디를 했다.

"이놈 장가야, 내가 어젯밤 그걸 과하게 했더니 다리 힘이 부치는구나. 내 떨어지거든 네가 받아다오."

"이무기 상, 공갈치지 마쇼. 말로 떡을 치면 삼이웃이 먹어도, 말로 그걸 하면 손(孫)이 귀하다고요. 어제 밤새도록 기차 타고 왔으면서 그걸로 다리 힘 뺄 새가 어디에 있었다고 공갈을 쳐요?"

"술 말이다, 이놈아. '마루타(비계목)' 나 올리거라."

장씨가 길고 가느다란 전나무 원목을 김이묵 앞으로 올려주자 김이묵은 이것을 받아 설렁설렁 흔들다가 그 반동을 이용해서 위쪽으로 쳐올렸다. 안 보여서 이상하다 싶었는데, 박씨가 위쪽에 있었다. 박씨는 4층 슬라브 옆의 비계목을 타고 앉아 있다가 이긴 비계목을 가볍게 낚아챘다. 굉장한 기술자들이다 싶었다.

"수고하십니다……."

내가 인사를 건네자 세 비계공은 안전모를 벗었다.

"아이고, 조 기사님, 이 현장으로 오신 겁니까?"

"잘 부탁합니다."

"열차 안에서는 아무 말씀 없으시더니."

"이놈 장가야, 하면 기사 나으리께서 '도비'에게 일일이 신고를 해야 한다더냐?"

"그나저나 이무기 상 '클'나 버렸네."

"그러게 말이다. '이치링데구루마〔一輪手車〕' 이야기는 괜히 했어. 사람은 항상 입조심을 해야 한다니께."

"저 위에 계신 박씨, 안전모 어디에 뒀어요? 안전모들 쓰세요……."

나는 사무적으로 그들에게 이르고는 현장 사무소로 들어갔다.

아버지와 동주를 만났는데도 그날 나에게는 만날 사람이 하나 더 있었다. 우리 집에다 대판 싸움을 붙여놓고 뛰쳐나감으로써 나까지 쫓겨 나오게 했던 여자가 바로 그 여자. 나는 건축과 후배를 만나지 않으면 안 되었다.

여자가 동주의 '환대'를 받고 떠난 바로 그날부터 여자에 대한 기억은 나를 얼마나 괴롭히던지. 둘이서 버릇 들인 시간의 힘이라는 거, 그거 굉장하다는 걸 처음 알았다. 우리는 한 덩어리가 되었던 몇 차례의 경험에 발목을 잡혀, 끝내 떨어지지 못했다.

잊으려고 했다. 많은 이유를 만들어 잊으려고 했다.

그러나 마음이라는 것은, 강물처럼 제 마음대로 흐르고 제 마음대로 깊어지는 버릇이 있지 않나 싶다. 황량한 밤바람이 현장기사 숙소의 창문을 흔들면, 여자가 올 수 있는 거리도 아니고 때도 아닌데도 불구하고 마음은 제 버릇대로 가슴이 뛰게 했다. 우리를 다시 이어놓은 것은, '잘못했어요.' 로 시작된 그 여자의 기나긴 편지였다. 여자가 하는 한마디 '잘못했어요.' 는 단박에 여자의 허물을 걸레로 북북 문질러 닦고는 안아 올리고 싶어지게 만든다고 나는 생각한다.

　나는 그날 오후, 저녁을 하자는 현장소장의 권유를 따돌리고는 설계도면 사본을 말아 들고는 여자의 아파트로 갔다. 내게는 잠이 필요했고, 설계도면을 일별할 시간이 필요했고, 그리고 무엇보다도 여자를 만나면서 거기에 반응하는 내 마음을 읽을 시간이 필요했다.

　현장에 버릇 든 내 눈에 너무 간지럽게 포근하고 포근하게 관능적인 그 아파트에서 한강을 내려다보았다.

　한강은 둑에 갇혀서 얌전하게 흐르고 있었는데도 불구하고 거기에도 사행천이 있었다. 하수구를 나온 도시 하수가 하상을 기어 본류(本流) 쪽으로 흐르면서 제 버릇을 어쩔 수 없는지 사행놀이를 하고 있었다.

　겨울 강에 사람의 상상력에 불을 붙이는 이상한 힘이 있다고 나는 생각한다. 나 같은 인간에게도, 상상력은 남아 있었던 모양이다. 나는 겨울 강을 보면서 고향의 사행천, 뱀강의 버릇, 사람의 얼굴, 나이와 얼굴, 책임…… 아버지의 얼굴…… 이런 것들을 생각했다.

　철교 위로 열차가 달리고 있었다. 열차는 흡사 도시를 습격하는 거대한 뱀 같았다. 별난 일이었다. 문득 고향의 뱀강이 그리웠다.

　"나 집에 가봐야 한다. 여기에서 잘 수 없다는 걸 잘 알지? 나는 혼전(婚前)이니까 공식적으로는 여기에 소속되어 있는 것이 아니다. 거기에 소속되어 있다. 집에 가는 것은 나의 의무다. 오늘 현장에서 아버지와 동주를 만났다."

"알고 있으니까 그렇게 거창하게 말할 것 없어요."

"알 턱이 없지 않은가?"

"벌써 전화가 왔었어요. 동주 씨에게서."

"동주가?"

"내가 몇 차례 아버님을 찾아뵈었었어요."

"아침에 전화했을 때는 아무 말 안 했잖아?"

"겨우 1분 30초 통화했어요. 그럴 여유가 있기는 했어요?"

"감정 안 남았어? 아버지와 동주에게?"

"……시작도 안 했는데 남을 게 뭐 있어요?"

아파트를 나서서 택시를 타는데 여자가 나와서 손을 흔들었다. 행복을 보증받았다고 믿는 여자 손의 흔들림은 애처로웠다. 이래서 남자는 여자를 떠나지 못하는 것인가 보다…… 이런 생각이 들었다.

아버지와 동주는 조그만 술상까지 보아놓고 나를 기다려주었다. 나는 그게 그렇게 쑥스러울 수가 없어서 하릴없이 세숫대야에 손을 담그고 한참이나 별을 바라보고 있었다. 물에 잠겨 있는 손을 보면서 난생처음으로, 내 몫은 이 손으로 찾아야 한다, 이런 기특한 생각을 했다. 너무 늦은 것 같지는 않았다.

동주도 비아냥거리지 않았다. 아버지도, 동주에게나 주던 푸근한 눈길을 하고, 기가 죽을 대로 죽은 나를 그 속으로 끌어들이는 것 같았다.

사람이란, 자기보다 약한 자가 아니면 사랑하지 못하는 것일까? 나는 승자가 되어 돌아온 것 같았는데, 그게 그렇지 않았던 것 같다.

잠자리에 들기 전에 여자 이야기를 꺼냈다. 2년 동안 먼 길을 돌고 돌았지만 결국은 원래의 자리로 돌아오지 않을 수 없더라고 했다. 역시 너무 늦었던 것은 아니었다.

"너에게 그런 면이 있었다니 듣기에 좋다. 너는 아주 차가운 아이인 줄 알았는데…… 2년 전에는 우리 모두 미쳐 있었다. 이제 모두 제정신을 차린 것 같아서 좋다. 그것뿐이다."

"잠깐 만나고 왔습니다. 용서 못한다는 말도 못했고, 아버지와 동생이 싫어한다는 말도 못했습니다."

"용서? 누가 누구를 용서해? 남과 싸우지 않으려면 저 자신과 싸우면 된다. 싸움도 그렇지…… 형제간의 싸움, 부부간의 싸움…… 이긴 쪽의 속이 더 아픈 게 그런 싸움이다. 그러나 자기 자신과의 싸움은 다르다. 일 놓치고 너희들 고생시킨 거 미안하게 생각한다. 너 현장으로 내려가고 나니 정신이 번쩍 들더라."

"아버지는 이제 현장에 안 나오셔도 됩니다."

"왜? 아비가 잡역부 노릇하는 게 창피해서?"

"예, 예. 그러니까 내일부터는 현장 나오시지 마세요. 동주, 자니?"

"……."

동주의 대답을 기다리다가 잠이 들었다. 그 전날 밤, 열차에서 비계공들에게 시달리느라고 눈을 붙이지 못했기 때문이었다.

다음 날 내가 잠을 깨고 보니 아버지와 동주는 벌써 현장으로 나가고 없었다. 나도 출근했다. 해 뜨기 전에 현장 사무소에 닿았는데도 소장의 잔소리를 듣고, 현장의 공정(工程) 차트와 기성고를 일별하다가 보니 오후 1시가 되어서야 현장으로 나설 수 있었다.

점심 식사를 끝낸 노무자들이 건물 남쪽에 모여 앉아 폐목 부스러기를 긁어모아 양철통에 불을 피우고 있었다. 공연히 다가서면 무렴해할 것 같아 부러 피해 다니면서 현장 사정을 익혀 나갔다.

아버지와 동주는 보이지 않았다. 하기야 점심시간에 공사현장에서 사람을 찾는다는 것은 쉬운 일이 아니다.

겨울철이니 당연하지만 남쪽 벽 밑에는 사람들이 모여 있었지만 북쪽 벽 밑에는 아무도 없었다. 6층 슬라브로 타설한 콘크리트에서 물이 흘러 내려와 땅바닥이 살얼음판이었다. 북풍이 매서웠다. 동주가 의외에도 그 북쪽 벽 근처를 서성거리고 있었다.

"점심은?"

"먹었어요."

"추운데 왜 이쪽에 와 있어?"

"아버지가 안 보여서요."

"나도 오늘은 못 뵈었다."

"이상한데요……."

"뭐가?"

목재 천장받이 대신에 등장한 철제 '파이프 서포터' 구멍으로 바람이 지나가면 플루트 소리가 난다. 슬라브를 받치고 있는 수백 개의 파이프 서포터가 플루트 소리를 내었다.

"별일이야…… 아버지 말이오. 아침에 현장 나오셨다가 일 작파하고 밖으로 나가시더니 술을 드신 모양이에요. 꽤 많이."

동주가 비계 위를 올려다보면서 중얼거렸다.

"그런데 위는 왜 올려다봐?"

"사람들이 그럽디다. 아버지가 비계를 오르시더라고."

"전에도 낮술을 더러 드셨나?"

"아뇨."

"아버지에게는 '아크로포비아〔高所恐怖症〕'가 있을 거 아냐?"

"그러니까 이상하지. 일 봐요, 나는 저쪽으로 가서 찾아볼 테니까."

동주가 사라진 뒤로도 나는 걸으면서 이따금씩 비계를 올려다보았다. 이따금씩 6층 슬라브에서 얼굴로 물방울이 뚝뚝 떨어지는 바람에 정신이 번쩍번쩍 들었다.

모자 차양처럼 툭 튀어나온 6층의 방석망(防石網) 아래서 누군가가 움직이고 있었다. 비계공 김이묵이었다. 강추위가 오기 전에 콘크리트 타설을 끝내야 했기 때문에 윈치 타우어를 매는 비계공들에게는 점심시간도 없었던 모양이다. 김이묵은 거미처럼 비계를 타고 움직이고 있었다.

"수고 많습니다."

김이묵이 나를 알아보고는 노란 안전모를 들어올려 보였다. 그를 올려다보고 있는데 또 한 비계공이 비계목 사이로 김이묵에게 다가서고 있었다. 역광(逆光)이라서 모습이 자세히 안 보였다. 그래서 비켜서면서 각도를 바꾸어서 올려다보았다. 복색(服色)이 낯익어 보였다.

아버지였다.

아버지가 아니어야 했다. 비계와 절름발이 아버지는 전혀 어울리지 않았다. 나는 그렇게 높은 곳에 올라가 있는 아버지를 본 적이 없었다. 그러나 틀림없이 아버지였다. 비계는 절름발이의 리듬을 타고 고르지 않게 흔들렸다.

"아!"

김이묵의 비명이 내 얼굴 위로 쏟아져 내려왔다. 아버지의 목소리와 김이묵의 목소리가 잠깐 섞여서 들리는가 하는데, 아버지의 그림자는 원숭이처럼 날아가 늙은 비계공을 덮쳤다.

"……!"

아버지와 김이묵은 순식간에 한 덩어리가 되어 비계 사이로 떨어졌다. 그것은 인간이 아니라 낙하하는 물체에 불과했다. 나도 모르는 사이에 그쪽으로 몸을 날렸다. 무수한 비계목이 낙하하는 물체에 맞아 부러졌다.

나는 그 물체가 땅바닥에 떨어지는 소리와 노무자들의 고함 소

리를 들으며 정신을 잃었다. 부러지면서 쏟아져 내린 비계목 토막
에 머리와 어깨와 허벅지를 맞았던 것이다.

……아버지는 자꾸만 좁아지는 벼랑길을 달렸다. 내가 돌아가자
고 졸랐지만 아버지는 미친 사람처럼 웃으면서 내달았다. 길이 자
꾸만 좁아지다가 나중에는 비계목의 너비만 하게 되었다. 나는 균
형을 잡을 수 없어서 비틀거렸다. 아버지는 잘도 달렸다. 벼랑길이
발 너비보다도 좁아지자 아버지는 소리개가 되어 날기 시작했다.
한쪽 날개는 반밖에 퍼지지 않는 소리개…… 날갯짓 소리가 났다.
소리개는 멀리 날지 못하고 허공을 뱅글뱅글 맴돌았다. 내가, 한쪽
날개가 퍼지지 않아서 저러지, 하면서 애를 태우고 있는데 아버지
소리개가 언제 왔는지 내 뒤로 날아와 나를 밀었다. 고향 뱀강의 소
용돌이로 나를 밀었다. 나는 물속에서 결혼식을 치렀다. 신부의 얼
굴이 낯설지 않았다. 용서하세요, 잘못했어요, 하면서 신부는 자꾸
만 울었다. 나는 신부의 손을 잡고 수면으로 떠오르려고 했다. 그런
데 다리를 버둥거리는데도 다리가 마음대로 움직여주지 않았다. 어
디에선가 두런두런 말소리가 들렸다. 물속에서 듣는, 어디에선가
돌멩이가 서로 부딪치고 있는 듯한 소리였다. 팔을 움직여보았다.
역시 움직여지지 않았다. 그런데 어떻게 해서 수면으로 떠오를 수
있었던지……. 나는 신부의 손을 잡은 채로 몸부림치면서, 오래 참
았던 숨을 한꺼번에 토해 내었다.

……천장이 너무 눈부셔서 눈을 가리려고 손을 끌어당겼는데 움
직이지 않았다. 다리도 마찬가지였다. 절름발이가 된 건가…… 이
런 생각을 하는 순간, 내가 정신을 잃는 순간에 보고 있던 광경이
떠올랐다. 6층의 높이, 한 덩어리가 된 두 사람의 질량, 비계목을

부수며 떨어지던 그 무서운 낙하 속도…… 아버지는 세상을 떠났을지도 모른다…… 이런 생각이 들었다.

내 여자 얼굴이 내 얼굴 위로 무너져 내렸다. 고모의 얼굴도 나를 내려다보고 있었다.

"아버지는요?"

"너나 얼른 일어나거라."

고모는 손수건으로 눈물을 찍어내고 있었다.

"얼마나 되었지?"

입술이 제대로 움직여지지 않았다. 머리가 아팠다.

"닷새……. 의사는, 걱정하지 않아도 된대요."

졸지에 상주가 된 나에게 여자는 체면 없이 대답했다.

현장소장에 묻어 경찰관이 들어왔다. 경찰관은, 두 구의 시신이 한 덩어리가 된 채 땅에 떨어진 순간에 으스러졌다면서 김이묵의 신원을 알고 싶어 했다.

"비계공이라는 것밖에는……."

"김이묵은 부산 현장에서도 조 기사와 함께 일했습니다. 모르십니까?"

"부산은 규모가 큰 현장입니다. 비계공도 많았고요."

"선장(先丈)께서는 다리가 불편한 분인데 어떻게 그 높은……."

"이것 보시오. 내 앞에서 지금 내 아버지 추락사 현장을 중계방송이라도 하고 싶은 거요? 그렇게도 조사가 바빠요?"

현장소장과 경찰관은 무춤무춤해하다가 물러갔다.

"장례식은?"

"네 경과 한 치 앞을 알 수 없어서 먼저 모셨다. 뱀강 와류 거리, 네 어머니 곁에."

고모는 울음을 참지 못했다.

"동주는요?"

"거기에 가 있다, 이 불쌍한 사람아."

"이 사람만 남겨두면 되잖아요? 우리 집안에 사람이 어디 있다고 고모님이 병원을 지키셨어요?"

"이 불쌍한 사람……."

"수염이 가로 뻐드러진 서른입니다. 애들이 아니에요."

"너 정신 드느냐?"

"듣고말고요. 고모님은 내려가 보세요. 동주 혼자 있게 할 수는 없잖아요?"

"내 할 말이 좀 있어서 남아 있었다. 새아기도 곧 우리 집 사람이 될 테니까 들어도 좋겠지."

"무슨 말인지 모르지만 듣고 싶지도 않아요. 사람 하나씩 죽어야 겨우 한마디씩 나오는 이야기…… 싫어요."

"동주 이야기 좀 하려고."

"동주가 어때서요?"

"제 어머니 산소 옆에서 울고 있는 동주가 불쌍하지도 않으냐?"

"동주는 와류 거리에 가 있다면서요?"

"그래."

"와류 거리 선산 자락에 동주 어머니가 묻힐 데가 어디 있어요?"

"이것아, 네 어머니가 동주 어머니야, 이 불쌍한 것아."

"……."

"너희는 이복형제(異腹兄弟)가 아니야, 이 불쌍한 것아."

"고모가 그렇게 정했어요?"

"찬찬히 들어라…… 참, 새아기한테 이런 말 해도 괜찮을까?"

"나가라는 말만 빼놓고 뭐든 해요. 고모 말씀마따나 찬찬히……."

"너와 동주는 이복형제가 아니라 이부형제(異父兄弟)다. 내 말

귀에다 박아라."

"고모, 지금 정신 있어요?"

"있다."

"있으면서 그런 소릴 해요?"

"그래, 근 30년을 입 꿰매고 살아온 나다."

"그러면 동주가 아버지의 자식이 아니라는 말인가요?"

"그래."

"어머니가 낳았다면서요."

"네 어머니가 다른 씨로 지어 낳았다."

"그렇다면 동주 아버지가 따로 있다는 말씀 아닌가요?"

"그래."

"고모, 되는 말씀을 하세요."

"지금 하고 있다."

"그러면 그게 누군가요?"

깁스가 아니었더라면 나는 침대에서 굴러 떨어지고 말았을 것이다. 아니, 바닥으로 바닥으로 내 몸이 꺼지고 있는 것 같았다. 고모역시 비어버린 씨보릿자루처럼 까부라지면서 의자 위로 무너졌다.

"나도 모른다. 옛날 너희 집을 드나들던 질이 좋지 못한 '도비' 가 하나 있었다. 네 아버지를 따라다니면서 일을 배웠는데…… 그 소생이 아닌가 싶다."

"……."

"네 어머니는 눈물로 세월을 보내다가…… 내가 혼자 사니까 우리 집에 와서 동주를 낳았다…… 인생이 불쌍하다고…… 그러고는 동주를 낳은 뒤에 자진(自盡)했다. 불쌍한 인생이 아닌가…… 네 나이 다섯 살 때의 일이다."

"그 '도비' 라는 사람…… 어디 사람인가요?"

" '도비' 라는 게 원래 떠돌이들 아니냐?"

"나이는요?"

"모른다만 얼추 내 나이쯤 될까. 내가 스물다섯에 홀로 되었으니…… 너 알다시피, 내가 소생(所生)도 없이 청상(靑裳)을 입지 않았느냐? 동주를 내가 기르겠다고 사정사정했는데도 네 아버지 고집이 보통이냐? 바위에 대침 놓기더라."

"……아버지는 왜 그랬을까요?"

"네 아버지 원래 안 그러냐? 나보고 그러시더라. 계집질한 사내라고 손가락질 당하는 게 쉬우냐, 오쟁이 진 사내라고 비웃음 사는 게 쉬우냐고……."

"믿을 수가 없군요…… 고모, 믿을 수가 없어요."

"내 말 아직 안 끝났다…… 네 아버지 불구자 된 것도 공사판에서 그 젊은 것과 싸우다 그랬을 거다. 그놈이 높은 데서 밀어서 그렇게 되었다는 소문을 들었다…… 네 아버지는 한동안 찾아다니더라만…… 남의 집 쑥대밭 만들고 떠난 떠돌이를 어디에서 찾아?"

"고모도 그 사람 본 적 없어요?"

"없다. 이름도 모르고…… 별호가 있던데, '구렁이' 라던가, '이무기' 라던가…… 위인이 의뭉스러웠던 모양이다."

"그걸 왜 이제야 밝힙니까? 그것 때문에 집구석이 이렇게 된 줄이나 아세요? 도대체…… 고모가 하느님이에요?"

"네 아버지가, 내 입으로 발설하면 나 죽여버리고 자기도 죽겠다고 으름장을 여러 번 놓더라. 네 아버지 능히 그럴 수 있는 사람이라는 거, 너도 알지 않느냐? 내가 너희 집에 발을 끊은 것도, 네 아버지가, 발걸음하면 발목을 잘라버리겠다고 해서…… 그랬다."

"동주는, 알고 있어요?"

"불쌍해서, 불쌍해서 견딜 수가 있어야지…… 죽을 요량하고, 동

주 고등학교 다닐 때 넌즛 비치기만 했다만 그것이 영악하더라. 우
리 둘이 붙잡고…… 울기도 많이 울었다, 울기도 많이 울었다."

　나도 울었다. 울면서, 아버지의 입장에 처했다면 나는 어떻게 했
을 것인지 헤아려보았다. 아버지처럼 아내의 죄짐을 지고 평생을
절뚝거리며 살 수 있을 것 같지 않았다. '이기고 보면 더 괴로운 싸
움'을 싸울 수 있을 것 같지 않았다.

　내가 '성녀'라고 불렀던 우리 어머니는 세상에서 드물게 높고
진실한 사랑으로, 내가 '돌아오지 못한 탕자'로 여기던 아버지를
그 차가운 땅속으로 맞아들였을 것이다.

　현장 공사가 끝나면 비계는 헐려나간다. 아버지는 위대한 비계
(飛階)였다. 위대한 비계공이었다. 나는 이제 비계가 헐려나간 건
물, 이제부터는 홀로 서 있어야 하는 건물이 되었다. 아버지와 동주
는 위대한 승리자들이라는 생각이 들었다. 아버지와 동주가 승리자
들이라면…… 그러면 나는 패자여야 한다. 하지만 아니다. 나는 패
자가 아니다. 패자 부활전에서 승리한 또 하나의 승리자가 되었다.

　이제 나도 이 하드 화이버를 벗을 수 있을 것 같다. 아버지가 나
같은 인간에게 남긴 메시지가 이제 명약관화해진 것이다.

2부

나비 넥타이

나비 넥타이

초등학교부터 중고등학교를 거쳐 대학까지 줄곧 같이 들어가고 같이 나오는 줄동창은, 나라가 좁아서 학교가 두어 개밖에 없으면 모르겠지만, 나올 확률이 지극히 묽을 터인데도 불구하고 나에게는 박노수라고 하는 희귀한 줄동창이 하나 있다. 세상에는 학교 교육을 과대평가해서, 줄동창이니까 박노수나 나나 하는 짓이나 생각이 비슷하려니 여기는 사람들이 더러 있지만 그것은 그렇지가 않다. 사람은 혼자 서는 것이 아니다. 한 사람 안에는 넓게는 인류사가, 좁게는 일문(一門)의 가족사가 보편 무의식으로 자리잡고 있다고 나는 생각한다. 그래서 사람이 시대와 홀로 맞설 때 교육은 들러리 노릇밖에는 못하지 않나 싶다.

내가, 지금부터 점묘(點描)하고자 하는 내 친구 박노수와 줄동창이 된 것은 시대 탓이기가 쉽다. 어떤 시대 같으면 우연이라고밖에는 해석될 수 없는 사건도 그와 다른 시대에는 논증이 가능한 필연이 되기도 한다. 그래서 시대의 특수성이라고 하는 것은 우연과 필연을 자주 헛갈리게 한다. 우리가 학교에 다니던 시대는, 개인의 안팎 가치관이 일사불란하게 통일되는 것을 미덕으로 꼽던 시대, 따라서 사람들이 되도록이면 획일적인 가치관의 금 밖으로 잘 나서려고 하지 않던 시대였다. 이런 시대에는 공식이 하나 있었다.

잡생각을 말아라!

'잡생각이 많은 아이', 이런 소리를 한번 들으면 회복기가 길었다.

상상력은 위험한 물건이었다.

같은 마을에서 태어나 자라면 의무적으로 같은 초등학교를 들어가고 나온다. 시골 초등학교에서 공부를 잘하면 가깝고 만만한 도시의 일류 중학교에 기본적으로 들어간다. 일류 중학교에 들어가면 학년 석차가 세 자릿수가 되어도 같은 이름의 일류 고등학교에 노래 후렴처럼 따라붙는다. 공식이다. 우리는 이 공식에 따라 동창이 되었다. 이 대열에서 이탈하는 친구들에 대해 우리는 건방스럽게, 아까운 녀석인데, 이렇게 말하고는 했다.

서울에 있는 같은 대학으로 진학한 것도 시대 환경과 연관이 없지 않다. 우리는 고향의 석기시대적 산업구조에 맺힌 한도 있고, 본 것이 그것뿐이라서 자꾸 낯익어 보이고, 정부의 우정 어린 격려도 있고 해서 농과대학 중에서도 희귀한 잠사학과(蠶絲學科)에 나란히 진학했다. 그런데 여기서부터는 공식대로 되지 않았다.

자고로 전쟁 터지면 장군의 군마(軍馬) 노릇하는 데까지 뛰는 말 값도, 종전이 되면 뚝 떨어져 잔등에 잘 실으면 봉물짐이고 못 실으면 똥장군이다.

상상력에 가난했던 우리는, 일본이 특정한 농산물 수입부터 슬슬 거부하고 나서기 시작하고, 중국이 긴 하품 끝에 대나무숲을 헤치면서 출림(出林)을 시작하고, 정부가 미국의 농산물 수출 공세에 무릎을 꿇기 시작할 때, 얼김에 나란히 옆에서 무릎을 꿇어버린 재수 없는 세대에 속한다.

미국의 가발 시장에서 재미를 보던 한국인들도 하나씩 전업한다는 소식이 들렸다. 중국인들이 한 사람에 머리카락 하나씩만 뽑아서 수출해도 한국의 가발 수출은 두 손을 들 수밖에 없다는 소문이 나돌았다. 중국이 무슨 생각에서 그랬는지 모르지만 당시 이미 사양산업에 속하던 잠업에 손을 대자 일본과 한국은 품질로 버티어보자고 손을 잡고 맹세했다. 일본은 버티었다. 우리는 무릎을 꿇었다.

우리가 졸업할 무렵, 불도저가 뽕밭을 갈아엎기 시작했다.

일본 잡지 《잠사의 빛〔蠶絲の光〕》도 국내에서 자취를 감추기 시작했다.

노수에게 전공 바꾸는 재주가 있을 줄을 누가 알았으랴.

노수는 그런 재주도 있었구나 싶게 방향을 사회학 쪽으로 바꾸고, 벌어 먹어가면서 너끈하게 대학원을 마치고 미국으로 나가더니 5년 만에 학위 얻어들고 크게 변모한 모습으로 김포 공항으로 들어왔다. 그런데 그 변모라는 것이 어찌나 나의 상상력을 무참하게 짓밟아 놓는 것이었던지, 노수는 김포 공항 나올 때부터 이날 이때까지 나에게, 사람이라는 것이 도대체 뭣인가, 핏줄이라는 것이 도대체 뭣인가, 시내라는 것이 도대체 뭣인가 싶게 만든다.

탑승자 명단에서 박노수라는 이름을 끝내 발견하지 못한 것은 전연 나의 실수가 아니다. 말 배울 때부터 미국으로 떠나기까지 근 30년 동안이나 말더듬이 노릇을 하던, 언필칭 어눌하기 짝이 없던 위인이, 일반명사처럼 부드러운 '노오스 파아크(North Park)' 같이 새뜻하게 세련된 이름을 쓸 줄을 내가 어떻게 상상할 수 있었겠는가.

누가 어깨만 처도 얼굴을 귓불까지 붉히던 '뽈갱이' 박노수가,

중심이 무너질 만큼 사납게 내 어깨를 칠 줄을 내가 어떻게 상상할 수 있었겠는가. 나는 못한다.

박노수가 '노오스 파아크'라는 이름을 탑승객 명단에다 찍었다는 것은 여권이나 신용카드에도 그런 이름이 진작에 번듯하게 찍혔다는 뜻이다. 그렇다면 노수는 여권 신청할 때부터, 거기에 앞서 신용카드 신청할 때부터 영어로 쓰일, 영어 사용 국민이 부르기 쉽고 외기 쉬운 이름을 지어놓고 있었던 셈이 된다. 그럴 수도 있기는 하다.

단지 박노수에 관한 한 나는 그런 것을 상상할 수 없었을 뿐이다.

나는, 탑승자 명단에 이름이 없길래 안 오거나 못 오는 모양이라고 생각하다가 그래도 혹시나 하고 에멜무지 삼아 탑승구 쪽과, 탑승구 안쪽 통로를 비추는 폐쇄회로 모니터에 갈마들이로 눈길을 던지고 있었다. 그러고 있다가 그 어눌하던 골박이 샌님에게 어깨를 얻어맞은 것이다.

얻어맞고, 앞에 서 있는 일본인 쥐포수 같은 자를 박노수로 인지하는 순간에야, 그제서야 '노오스 파아크'가, 극장식당 사회자같이 매끄럽게 차리고 탑승구 나오던 자가 박노수였구나 싶었다.

"놀랄 거 없다. 오래 살면 못 보던 꼴도 본다."

'없어'면 '없어'지, 박노수가 나에게 '없다'같이 으시딱딱하게 단정적인 표현을 쓴 일이 '없다'. 노수는 콧수염 기르고 중절모 비슷한 모자까지 쓴 채로 내 앞에 서서, 있다, 없다라고 딱딱 부러지게 말했다.

콧수염 기른 거 하나 가지고 이러면 내가 좀 심하게 낯설어한다는 인상을 줄지도 모른다. 그러나 콧수염은 아무나 기르는 것이 아니다. 더구나 박노수의 콧수염은 지나치게 바쁜 사람이나, 같은 정도로 게으른 사람이 깎지 못하거나 깎지 않고 그냥 자라게 한 그런 것이 아니었다.

박노수의 콧수염은 도전적이었다. 내가 알기로, 콧수염이라는 것은 거기에 어울리는 어떤 정서가 마련되기 전에는 기르지 못하는 물건이다. 말하자면 남 안 기르는 콧수염, 남 안 쓰는 모자는 그것을 기르고 쓴 사람을 읽는 데 필요한 난수표 노릇을 할 수 있다는 것이다.

나는 박노수가 남 안 기르는 콧수염을 기를 수 있으리라고는, 남 안 쓰는 중절모 비슷한 모자를 쓸 수 있으리라고는 한번도 상상해 본 적이 없다.

상상력이 무엇인가?

쥐 들어가는 거 보고 빗자루 들고 쥐구멍 앞에 서 있을 때는, 나올 때도 들어갈 때와 엇비슷한 속도로 나올 것이라고 어림해서 헤아리게 되는 것이 상상력 아닌가. 사람의 상상력이, 쥐가 쥐구멍에서 직립한 채로 뒷짐 지고 나오는 것까지 상상할 수 있을 만큼 풍부해야 하는 것은 아니다. 그러므로, 김포 공항 출구를 통하여 에이브러햄 링컨 씨가 핫바지 저고리에 두루마기 차림으로 나오는 모습을 차마 상상할 수 없는 사람은 내 상상력의 가난을 비난하지 못한다. 골박이 샌님 박노수에서 콧수염 기르고 중절모자까지 쓴 '닥터 노오스 파아크' 까지의 거리는, 고향 읍내 육곳간 집 마누라 엉덩이에서《현상과 인식》이라는 잡지 이름까지의 거리만큼이나 까마득했다.

" '지인' 은 못 속이겠더라……."

지인은 못 속이겠더라? 내가 무슨 뜻인지 알아먹지 못하자 노수가 덧붙여서 설명해 주었다.

"……유전인자 말이다."

노수를 싣고 시내로 들어오자니 운전이 잘 안 될 만큼, 노수 할머니에다 아버지에다 노민이까지, 생각나는 사람들이 많았다.

노수와 내가 어린 시절을 보낸 고향의 두메 마을은, 기차나 자동차를 보려면 십 리를 걸어 나와야 했다. 그만큼 외진 산골이라 우리 마을 사람들은 휘발유나 경유나 윤활유 같은 석유 계통의 기름 냄새를 대체로 싫어했다. 평소에 맡지 못하던 냄새, 따라서 버릇 들어 있지 않은 냄새였기 때문일 것이다.

그래도 휘발유 냄새만은 좋다는 사람이 더러 있기는 했다. 그러나 어른들은, 아이가 휘발유 냄새를 좋아하는 것은 배 속에 회충이 많은 증거요, 여자가 휘발유 냄새를 콩콩거리는 것은 서방 버리고 떠날 생각이 많은 증거라고 주장하는 바람에 휘발유 냄새도 드러내어 놓고는 지망지망히 좋다고 할 게 못 되었다.

당시 노수는 아버지로부터 떨어져 백부 댁에서 초등학교에 다니고 있었다. 노수가 아버지로부터 떨어진 채 백부 댁에서 조모의 보살핌을 받고 자란 것은 아버지가 홀아비였기 때문일 것이다. 노수에게는 어머니가 없었다.

노수 할머니는 대구 나들이가 잦았다. 둘째 아들 박 교수, 그러니까 노수 아버지의 홀아비 뒷바라지도 하고, 밑반찬 같은 것도 물어 나르느라고 그러지 않았나 싶다. 당시 노수 아버지 박 교수는 딸 노민이만을 데리고 대구에서 살고 있었다. 대구 나들이라는 말은 요즘의 미국 나들이라는 말만큼이나 하기도 부드럽고 듣기도 부드러웠다.

"어디 가세요?"

"응, 대구 좀 갔다 오마."

이런 대화를 들을 때마다 나는, 나는 언제 저렇게 부드럽게 말해 보나, 싶었다.

그러나 노수 할머니의 대구 나들이는 그렇게 부드럽지 못했다.

마을에서 대구까지는 백여 리가 실하게 되는데도 불구하고 노수 할머니는 버스 타는 것이 죽기만큼이나 싫다면서 그 먼 길을 걸어서 다니고는 했다. 찻삯이 없어서 걸어다닌 것도 아니고 걷는 것이 좋아서 걸어다닌 것도 아니었다. 걷는 것을 좋아하는 사람이면 해볼 만도 하다. 그러나 할머니는 버스가 싫어서, 걷는 것도 싫지만 구처가 없어서 걷는다고 했다.

백 리 길은, 힘 좋은 장정도 아침과 저녁 식간(食間)에는 주파하기가 어려운 거리다. 아무리, 탈것에 의지하기보다는 두 다리에 의지해서 평생을 살아온 사람이라고 하더라도 사지가 떡갈나무같이 마른 할머니에게 그게 무리한 거리였음은 말할 나위도 없다.

지금은, 백 리 길 걸어본 사람들 수가 자꾸 줄어들어 가는 세월이라, 걸어서 목적지에 당도할 때 이 거리가 사람 몸에 안기는 보람과 고통을 경험으로 간직한 사람을 만나기가 나날이 어려워져 간다. 걸어본 내가 잘 알지만 백 리 길은, 떠날 때 걸으면서 흘릴 소금기 어린 땀방울만큼이나 비장하고 절실한 고별사를 필요로 한다. 백리 길을 잘 걸어내는 것은 다리 힘이 내는 주력이 아니다. 단조로움을 이겨내는 데 절대로 필요한 완벽한 체념 상태와, 남은 거리를 줄이기 위해서는 오로지 걷고 또 걷는 수밖에 없다는 처절한 확신에서 오는 절망감이다.

그러나 나는 노수 할머니가 백 리 길 떠나는 것을 몇 차례 보았거니와, 그 출발은 전혀 비장하지 않았다. 할머니는 백 리 길을 떠나는데도 산밭 올라가듯이, 질러가는 산길을 올라 숲 속으로 사라지고는 했다. 종신(終身)을 못해서 모르기는 하지만 할머니는 세상 떠날 때도 그렇게 씩씩하게 떠났을 것이다. 그러나 그 할머니의 체념과 절망이 내 눈에 보이지 않았던 것은 내 눈이 어두워서였을 것이다. 그것이 벌써 할머니 안에 육화되어 있어서 나 같은 애송이 눈에는 보이지 않았을 뿐일 것이다.

그즈음 이미 허리가 구부러지고 다리가 안짱다리처럼 휘기 시작하고 있었는데도 불구하고 노수 할머니에게는 땀 찬 고무신이 삐걱거리는 소리를 내리만치 힘 있게 땅바닥을 짓뭉개면서 걷는 버릇이 있었다. 그래서 마른땅에 찍혀도 노수 할머니의 발자국은 흡사 큼지막한 따옴표를 한 줄로 찍어놓은 것 같았다.

노수 할머니는 어찌 그렇게도, 힘이 펄펄 넘쳐흐르던지…….

자연이라고 따로 부를 필요도 없는 마을이나 산이나 들이나 길에서 만날 때면 할머니는 연세에 맞지 않게 그렇게 씩씩할 수 없었다. 할머니가 걷는 모양은, 어찌 보면 그 나이에 이르러서야 처음으로 보법의 비밀을 터득한 사람 같기도 하고, 또 어찌 보면 사람이 직립해서 걸을 수 있게 된 것에 대한 너무나도 당연한 권리를 오감스럽게 누리는 사람 같기도 했다. 나는 노수 할머니의 그 힘은, 땅에 대한 익숙함과 거기에 송두리째 기울이는 믿음에서 왔을 것이라고 생각한다.

그런데 그런 할머니가 자동차 앞에서는 그렇게 초라하고 허약했다.

마을 사람들 중에서 자동차를 싫어하지 않을 만큼 개명한 사람들은, 할매, 겁이 나서 그러지요, 하면서 할머니를 자주 놀려먹고는 했다. 그때마다 할머니는, 내 나이에 무엇이 무서워서 겁을 내겠노, 성인(聖人)도 시속(時俗)을 따르란다고…… 타고는 싶지만 기름 냄새만 맡으면 골이 아파서 못 탄다. 안 아픈 머리로 하루 걷는 게 낫다…… 이렇게 말끝을 감아붙여 버리고는 했다.

땅에 대해서는 그렇게 씩씩하던 그 할머니가, 자동차에 대해서 보이던 그 병적인 허약함의 까닭을 나는 당시에는 설명할 수 없었다. 우리는 자동차라면 보는 것도 좋았고, 타는 것도 좋았으며 내려서 만나는 낯선 풍물의 경험도 좋았다. 우리는 땅에 대한 익숙함과 믿음을 완전하게 확보하지 못해서 기계가 그렇게 좋았을까.

나는 노수 할머니가 버스를 싫어하는 것은 교통사고로 며느리를 잃어서 자동차라는 것을 아주 원수 삼기 때문이라고 생각했다. 노수는 내 생각이 옳다고도 그르다고도 하지 않았다. 그러나 할머니는 기름 냄새 때문이라고 했다. 기름 냄새 때문에 버스를 탈 수 없다고 했다. 나는 그 당시에는, 기름 냄새 참기가 백 리 길 견디기만큼이나 어려울까 싶었다.

나는 뒤에 할머니로부터, "사람이 걸으면 다쳐도 크게는 안 다친다. 그러나 차를 타면 다쳐도 크게 다치고 죽어도 몰죽음인데 뭣 하러 그 근처를 어르대느냐."는 말을 들은 적이 있다.

"할매는……. 자동차는 편리하잖아요?"

"내가 뭐 아쉽다고 그 쇳덩어리 앞에서 촌할마시 노릇을 하노?"

나는 그 말을 듣고서야 할머니가 자동차를 싫어하는 것이 아니라 여러 가지 이유에서 몹시 두려워한다는 것을 알았다. 할머니가 자동차 싫어하는 까닭으로 내세운 기름 냄새는 자동차에 대한 두려움을 은폐하기 위한 구실에 지나지 않았기가 쉽다. 자동차가 싫다고 한 우리 마을 사람들이 그랬듯이, 할머니에게는 자동차라고 하는 생소한 쇳덩어리를 만날 마음의 준비가 전혀 되어 있지 못했을 가능성이 매우 높다. 할머니는, 만나 사귈 마음의 준비가 전혀 되어 있지 않은 상태에서 자동차를 만나고 그 앞에서 허둥대는 꼴을 다른 사람들에게는 물론 자기 자신에게도 보여주고 싶지 않았을 것이다.

이런 사람 앞에서, 기름 냄새 참기가 백 리 길 견디기만큼이나 어려운가요, 하고 물을 수는 없다. 나는 뒷날 승강기가 싫다면서 7층까지 걸어서 오르내리는 사람을 본 적이 있다. 그 사람을 볼 때마다 노수 할머니가 생각났지만, 승강기 안에서 잠깐 견디기가 그 많은 계단을 오르는 만큼이나 어려운가요, 하고 묻지는 않았다.

　노수로부터 들은 할머니 이야기가 또 하나 있다. 노수가 대구에서 중학교 다닐 때 할머니는 설거지하던 손으로 전기 소켓을 만지다가 가벼운 감전 사고를 당한 일이 있었던 모양이다. 또 한번은 무슨 일 때문이었는지는 모르지만 노수가 마당으로 뽑아낸 전깃줄을 밟고 서 있으니까 할머니가, 전기 못 들어온다면서 어서 내려서라고 하더란다. 노수가, 전깃줄 밟는 것은 전기 들어오는 것하고 아무 상관이 없어요, 하니까, 할머니가 몹시 화를 내더란다. 그러고는 돌아가실 때까지 전깃줄 근처에는 얼씬도 않더란다.

　나는 여름 개 잡는 광경을 몇 차례 구경하고, 영화에서 맹수 사냥하는 광경을 여러 차례 구경하고부터, 역전의 가능성이 거의 없는 결정적인 궁지에 몰린 동물은 거기에서 오는 공포를 혐오로 위장하는 듯한 기이한 반응을 보인다는 것을 알았다. 말하자면 외부의 충격으로부터 자신을 방어하는 데 필요한 정신적인 울타리 같은 것을 치는 것이다. 짐승만 그렇게 반응하는 것이 아니다. 사람도 수용하기 어려운 바깥의 자극 앞에서는 마음의 울타리를 치고 체면을 잃지 않으려고 그 자극에 대한 공포를 혐오로 위장하는 경향이 있다. 이 경우 당사자에게 외부의 자극이 무서우냐고 물으면 싫을 뿐이라고 대답한다.
　우리 어린 시절에는 이런 사람들이 참 많았다. 그들에게, 눈부시게 돌아가는 세상은 휩쓸리기도 싫은 남의 세상이다.
　이것이 내가 노수 할머니를 이해하는 데 썼던 잣대이다.
　노민이를 이해하는 데는 이와는 반대되는 잣대가 필요했다.

노민이는 노수가 중학생이 되어서야 대구에서 합류하게 된 누이 동생이다. 노수와 동무하면서 내가 궁금했던 것은 박 교수가 왜 아들인 노수는 할머니에게 맡기고 딸인 노민이는 안 맡길까 하는 것이었다. 나는 그 궁금증을 풀지 못했다.

70년대 초, 노수의 부탁으로 노민이를 내가 일하던 여성 잡지사 편집실에 취직시킨 일이 있다. 지방대학 출신은 연줄 아니고는 서울에서 취직하기가 어렵던 시절이다.

나는 노민이가 입사해서 첫 출근할 때의 모습을 아련하게 기억한다. 하얀 깃이 달린, 길지도 짧지도 않은 검정 원피스 차림에, 화장기 없는 얼굴에, 생머리를 두 줄로 땋아내려서 흡사 영화에서 본 유럽의 사립 기숙학교 여고생 같았던 노민이는 대도시의 온갖 사물을 놀라워하는 솔직한 눈매와 그 독특하게 보수적인 차림으로 금세 편집실의 다소곳한 꽃이 되었다. 대체로 남자들은 자기와 다른 사투리를 쓰는 타향 처녀나, 전혀 다른 모국어를 쓰는 이국 처녀를 좋아하는 모양인가? 노민이는 고향 사투리 드러내는 것이 싫었던지 억양은 사정없이 무질러버리고 발음만은 시골 어린이 교과서 읽듯이 꼬박꼬박 표준말로 했는데, 서울 출신의 기자 한 사람은 그게 그렇게 자기 겨드랑에 기분 좋은 간지럼을 태우는 것 같더라고 했다.

노민이에 대한 내 기억은 여기까지만 아련하다. 아련한 것이 조금 더 계속되었더라면, 어차피 노수와의 질기고도 긴 인연을 예감하고 있었던 터이니, 노수는 절대로 그러면 안 된다고 했지만 노민이와 상당히 가까워졌을지도 모른다.

그런데 노민이는 살금살금 보이지 않게 내 곁을 떠났다.

노민이를 어긋나게 한 직접적인 원인은 잡지사 편집실에 산같이 쌓여 있던 외국의 패션 잡지였을 것이다. 외국 잡지의 저작권 사용료 지불은 어쩌하는지 몰라서도 못하고 돈이 없어서도 못하던 시절

이어서, 잡지사 편집실에는 아득히 철이 지난 것부터 외국 사는 사장 친척들이 때 맞추어 보내주는 《논노》니, 《아나》니, 《보그》니, 《패션》이니 하는 감각 교육용 또는 가위질용 외국 잡지가 많았다.

노민이 차림새의 혁명은 처음 발라본다면서 바르고 와서도 얼굴을 들지 못하던 색상이 연한 입술연지로부터 수줍게 수줍게 시작되었다. 기자들이 그 입술연지에 지나치게 관심을 보인 것이 화근이었는지도 모르겠다. 반년 사이에 생머리가 잘리고, 잘린 생머리가 둘둘 말리고, 둘둘 말린 머리고 볶이고, 볶인 머리가 '커트'를 당하고, 급기야는 여럿의 손에 사정없이 쥐어뜯긴 듯한, 가장자리가 들쑥날쑥한 상고머리가 되었으니, 나는 그것을 일일이 기억하지 못한다. 노민이 머리에 가발이 올라가기까지는 실로 한 해가 너무 길었다.

그동안 노민이의 아래윗도리 차림새에서 일어난 변화는 자그마치 뉴욕과 파리와 도쿄에서 근 1년 동안에 일어났던 차림새의 변화를 눈부시게 망라하는 것이었으니, 구두에서 벌어지는 천변만화는 허리 위 구경하기에 바빠서도 언감생심일 지경이었다.

노민이가 얼굴에서 펼치는 정교한 화장술의 묘기를 묘사하기는, 화장과 관련된 어휘를 습득하지 못한 나 같은 사람에게는 도무지 가능하지 않다. 그의 빈약한 입술에 개어발리는 색상은 실로 먼셀의 색상 견본을 무색하게 했다. 글 자리와 그림 자리를 균형 바르고 정확하게 앉혀주는 편집 대지작업(臺紙作業)에 관한 한 낙제점에 가까우리만치 손재주가 없는 그가 어떻게 그렇게 대칭이 되도록 정교하게 눈썹을 그리고, 윤곽선을 알아보지 못하게 아웃포커스로 볼연지를 바르고, 외국의 여배우와 아주 똑같게 입술선을 그려내는지 우리로서는 도무지 이해할 수 없었다. 노민이는 늘 그랬다. 좋아하면 잘하게 된다고.

노민이를 붙잡아 생맥줏집에다 앉히고 타일러준 일이 있다.

"처음에는 그렇게 다소곳하더니, 서울이 만만해졌냐?"

"오빠, 내가 어쩌는데요?"

"너는 지금 서울을 오해하고 있다."

"어떻게 해야 오해 안 하는 건데요?

"너 죽을 둥 살 둥 유행을 좇아야 서울 여자 노릇하는 거 아니다. 너는 촌처녀로 남아 있어야 서울에서도 예쁘다."

"오빠는 여자의 본능도 몰라요?"

"본능이 너무 야단스럽다. 잎이 아름다워서 꽃 대접 받는 풀이 얼마나 많으냐?"

"꽃으로는 가망 없나요?"

"그렇게 생각하면 꽃으로도 잎으로도 아름다울 수 있다는 말이다."

"오빠는 외국의 문학이나 철학이나 미술 사조 같은 거 모르고 있기가 불안하고 억울하지 않아요?"

"불안하거나 억울할 것까지는 없지만, 그 사람들이 어떤 생각을 하는지 궁금하기는 하다."

"그런 거라고요."

"너는 제동이 걸리지 않는 것 같아. 딱 알맞은 선이 있다. 거기에서 멈추어야 정상이다."

"그래요. 세동이 안 길리는 병이지만 고칠 생각 없어요."

노민이는, 처음에는 외국 잡지에 나오는, 제 말마따나 '패션'과 '헤어두'와 '코스메톨로지[化粧術]'를 좇는 일이 그저 재미있더니, 그게 한동안 버릇이 되니까 좇지 않으면 어쩐지 허전하고 불안해서 견딜 수 없어진다고 했다. 하루 종일 몸 꾸밀 생각밖에는 다른 생각은 머리에 들어오지 않는다고 했다. 그러면서, 사실은 다른 걸 생각하고자 무진 노력을 하는데 안 된다면서, 뭐 그렇게 깜짝 놀랄

만큼 나쁜 짓도 아니잖느냐고 했다.

"안 하면 되잖니……."

"담배 끊는 것과 같죠, 안 피우면 되는데도 오빠, 못 끊잖아요? 끊으면 되는데 그게 안 된다고요. 나도 설명이 안 된다고요."

"담배 정도가 아닌 것 같다."

"멘스 때 되면 자기도 모르게 좀도둑질하는 여자 있는 거, 알아요?"

"누가 듣겠다."

"좀도둑질하는 것보다는 나은 셈 치시고 공연히 노수 오빠한테 고자질해서 걱정 끼치게 하지 마세요."

그러자니 노민이에게는 많은 돈이 필요했을 것이다.

결국 입술연지의 색상 견본 노릇이나 하던 노민이의 입술을 무수한 광고업주들의 키스 시운전장 노릇을 하게 만든 것에 관한 한, 캐주얼 입을 거리를 풍성하게 제공하지 못하는 바람에 양장점의 맞춤옷 한 벌 값이 노민이 월급을 웃돌게 만든 그 시절 의상업계에도 책임이 있다. 그러나 노민이가 입술을 살짝살짝 임대하는 데 그치지 않고 온몸으로 그 시절 졸부들 수요에 공급으로 맞서다가 결국 어떻게 하든지 유행 사냥의 취미 생활만은 쾌적하게 계속하느라고 어느 아파트 임대업자의 후처가 된 것에 대해서는 시대에 책임을 물을 수 없다. 아무리 단정하지 못하던 시절이지만 잡지사 여기자 중에서 부동산업자의 승용차 뒷자리로 기어오르기를 좋아하는 여기자는 그리 흔하지 않았으므로.

아니다, 나는 이렇게 노민이를 비아냥거려서는 안 된다.

노민이 생각은 어쩌면 그렇게도 할머니 생각과 다르던지, 그게 안타까웠을 뿐이다.

나비 넥타이 집안에 콧수염이라.

우리 중고등학교 시절 대구 땅에는 나비 넥타이 아니면 안 매는 것으로 유명하던 신사가 한 분 있었다. 바로 박노수의 아버지 박 교수였다.

박 교수는 강의 때는 물론이고 공석에 나타날 때면 반드시 나비 넥타이를 매고 나와 별명이 '쪼타이 박'이었다. 그는 대학에서 교양 국어를 가르치는 엄연한 국문학 교수였는데도 불구하고 '박 교수'라는 점잖은 호칭보다는 '쪼타이 박'이라는 그다지 국문학스럽지 못한 이름으로 더 널리 불렸다. '쪼타이'는 나비 넥타이를 뜻하는 일본말인데, 동료 교수나 고등학교 동창들이 면전에서 '쪼타이 박'이라고 불러도, 당사자는 "왜 그러시는가." 하고 천연덕스럽게 반문하고는 했다.

노수 아버지에게는 나비 넥타이가 참 여러 개 있었던 것임에 분명하다. 내가 본 것만 해도 호랑나비, 붉은점모시나비, 배추흰나비, 물방울무늬, 까만 비로드 등 부지기수다. 나는 하얀 공단 나비 넥타이를 매고 결혼식장에 나타난 노수 아버지를 본 적도 있고, 까만 벨벳 나비 넥타이를 매고 상가 조문청에 모습을 드러낸 노수 아버지를 본 적도 있다. 뒷날 고향 친구 하나는, '요정'이라고 불리던 한식 요리집에서 우연히 노수 아버지를 만난 일이 있는데, 그때 노수 아버지가 매고 있던 분홍색 바탕에 검은 물방울무늬가 점점이 박힌 나비 넥타이는 여급(女給)의 웃음소리가 유난히 교태로운 그 요리집 분위기와 썩 잘 어울리더라고 했다. 여급들은 그 분홍색 바탕에 검은 물방울이 점점이 박힌 무늬를 '뗑가라〔點紋〕'라고 불렀는데, 술자리가 무르익으면 노수 아버지는 여급들 입에조차도 '뗑가라'라는 이름으로 오르내리더란다.

노수 아버지는 서양에서 오래 공부했거나 산 분이 아니고, 서양 문화를 으뜸으로 치고 섬기는 분이 아닌데도 불구하고 나비 넥타이

만을 고집했다. 그는 나비 넥타이를 고집하는 데 그치지 않고, 동료들 대부분이 평상복 차림으로 나타날 만한 자리에도 나비 넥타이를 맨 정장 차림으로 나타남으로써 야릇한 자리 풍경을 지어내고는 했다. 노수의 말에 따르면, 꼭두새벽 마을 뒷산의 약수터로도 더러는 나비 넥타이 정장 차림으로 오르신단다.

그렇다고 해서 노수 아버지가 해마다 똑같은 강의 노트만 들여다보면서 했던 소리만을 되풀이하는 이른바 무능한 교수였거나, 군인으로 말하자면 전투보다는 열병식을 더 좋아하는, 살짝 정치적인 교수였던 것도 아니다. 그는 시인이었으니 글에도 밝고, 시화전이라는 것도 곧잘 열었으니 그림에도 밝은 사람으로 알려져 있었다. 노수 아버지는 뭘 수집해서 자랑하는 것을 좋아하는 분도 아니었다. 노수 가르치기를 '사람이 물건을 너무 좋아하면 그 뜻이 상하느니라.[玩物喪志]' 하고 가르쳤다니, 나비 넥타이 수집벽이 있었던 것도 아니었던 모양이다. 술자리에서는 주흥이 올라 술꾼들이 진실 말하기와 버르장머리 없어지기를 혼동할 때쯤 되면 아래위에서 노수 아버지의 나비 넥타이를 비아냥거리는 농담이 더러 나오고는 했다. 그러나 노수 아버지가, 나비 넥타이를 고집하는 것을 변명하거나, 그 까닭을 주위 사람들에게 밝혔다는 이야기는 들어본 적이 없다. 비록 어울리지 않게 줄창 나비 넥타이를 차고 다니기는 했어도 노수 아버지는 그런 자리에서 빠질 수도 없고 빠져서도 안 되는 사람이었다는 이야기는 여러 차례 들은 적이 있다.

사귀는 동안이 길었던 주위의 많은 사람들은 노수 아버지의 나비 넥타이를 박 교수라는 사람의 옥에 티로 여기고는 했다. 그래서 가까이서 친교하거나 모시던 사람들은 노수 아버지에게 나비 넥타이 풀어줄 것을 진심으로 소원했다. 그럴 때마다 노수 아버지는, 나비 넥타이는 끈 넥타이와 다를 것이 하나도 없다면서 웃었다고 한다. 아닌 게 아니라 노수 아버지에게 나비 넥타이 풀어줄 것을 탄원한 주위 사람들의 양복 깃이나 와이셔츠 깃이나 넥타이나 바지통은 시속(時俗)에 따라 아코디언 바람통처럼 늘어났다 줄었다 했을 것이다. 노수 아버지는 양복 두 벌로 버틴 분이라고 한다.

세월이 흘러도 노수 아버지는 나비 넥타이에 관한 한 어떤 반성의 징후도 보여주지 않았다. 사람들은 이것을 나비 넥타이에 대한 노수 아버지의 집착이 나날이 강화되는 증거로 받아들였다. 결국 그들은 노수 아버지가 나비 넥타이에 대한 반성의 징후를 보여주지 않는 태도를 그의 집착이 강화되고 있는 증거로 해석함으로써 그것을 기정사실화하고 노수 아버지를 동아리에서 조금씩 조금씩 돌려나가기 시작했다. 노수 아버지는 나비 넥타이로써 동아리에게 어떤 피해를 안긴 일이 없는데도 불구하고 하루가 다르게 동아리에서 돌림쟁이가 되어갔다.

이때부터는 박 교수의 집으로, '끈 넥타이를 착용할 것' 이라는 '차림새 규정' 까지 명기된 다분히 비아냥이 담긴 술자리 초대장이 배달된 일이 있는가 하면, 주례를 부탁했던 제자 중 한 사람은 노수 아버지가 기어이 나비 넥타이를 매고 나갈 것을 고집하자 결혼식 하루 전에 주례를 바꾸어버린 일도 있었다. 전에 없이 학생들 사이로 이상한 비아냥이 유행하기 시작한 것도 이즈음부터였다. 교수들이 박 교수를 돌림쟁이로 만들기 전에는 없던 일이었다. 어떤 동료든 동아리가 묵시적으로 승인한 어떤 불문율의 문턱을 넘어서려 할 때마다 학생들은 그 동료를 이렇게 비아냥거렸다.

" '쪼타이 박' 앞에서 나비 넥타이 매고 앉았네."

'박 교수의 나비 넥타이' 는 치명적인 정도는 아니더라도 명백하게 사람을 불유쾌하게 만드는 어떤 것, 결정적인 정도는 아니더라도 상당히 부정적인 어떤 측면을 나타내는 상징어가 되어갔다고 한다. 정치학과 김 교수가 여당 국회의원들과 공치기도 자주 하고 지방신문을 통하여 정부 역성도 은근하게 드는 버릇, 철학과 한 교수가 다른 교수들 논문 알기를 동발서췌(東拔西萃)의 모자이크로 아는 버릇, 국문학과 이 교수가 여학생 보기를 모들뜨기 눈으로 전쟁미망인 보듯 하는 버릇을 두고 학생들은 각각 김 교수, 한 교수, 이 교수의 나비 넥타이라고 했다고 한다.

'박 교수의 나비 넥타이'가 유행하기 시작하면서 시민들에게는, 총장이든 학장이든, 시장이든 동장이든, 예비군 중대장이든 동사무소 방위병이든, 상인이든 예술가든, 서울에서 성공한 동창이든 지방에서 뭉기적거리는 동창이든 모두 한두 개씩의 나비 넥타이를 매고 있는 것으로 드러나기 시작하더란다.

박 교수의 제자인 내 친구는 박 교수 이야기 끝에, 노수 아버지 덕분에 사람을 만날 때마다 그 사람에게는 어떤 나비 넥타이가 있는지 살펴보게 되는 버릇이 생겼다면서 웃었다. 뿐만 아니라 자기 목에는 각각 어떤 나비 넥타이가 매달려 있는지 자주 쓰다듬어 확인해 보지 않으면 안 되겠더라면서 또 웃었다.

나는 그 뒤로도, 자신을 희화함으로써 마침내 하나의 양식화한 본보기가 된 노수 아버지를 자주 생각했다. 박 교수는 어머니를 닮은 것 같지도 않고, 노민이는 아버지를 닮은 것 같지도 않다. 기질로 보아 할머니와 노민이 사이에 위치하는 박 교수가, 실제로는 위로는 어머니, 아래로는 노민이를 복잡하게 아우르고 있어 보이는 것이 내게는 기이하게 느껴졌다.

이것이 내가 노수 아버지를 이해하는 데 써먹은 잣대이다.

"너 아까 좀 놀라는 것 같더라."

"글쎄다."

내가, 글쎄다, 하고 대답한 것에는 노수가 당혹해할 것에 대한 나의 염려가 담겨 있다. 노수에게는 상대의 확신 앞에서 몹시 당혹해하는 버릇이 있었다. 그러나 그것 역시 내 기우에 지나지 않았다.

노수에게는 말을 더듬지 않으려고 단어의 첫 음절을 길게 발음하는 버릇이 있었다. 첫 음절을 길게 발음함으로써 다음 음절을 더듬지 않고 정확하게 발음할 준비를 하는 셈이었다. 그러나 노수의 발음에서는 그 버릇조차 사라지고 없었다.

"수염 때문에?"

"어째 좀 그렇다."

"사람들 염두에 서서 사는 거 그거 부질없다."

"너는 내 시선을 염두에 두고 있는데도?"

"너 우리 아버지의 '보 타이' 수수께끼 풀었냐?"

타인인 나의 시선에서 자기 아버지의 나비 넥타이로……

나는 오랜만에 만났는데도 노수의 머릿속에서 이루어지는 생각의 비약을 읽어낼 수 있었다.

"풀 것이 있었어?"

"암, '루어' 더라고."

"가짜 미끼 말이냐?"

"조금 다르다. 미사일이 날아오면 전투기 조종사가 가짜 미끼 뿌리는 거 아냐?"

"몰라."

"멀었다, 멀었어."

일찍이 노수가 내게 이렇게 거친 말은 해본 적이 없다. 남자들 세계에는, 의식도 하지 못하는 순간에 거의 반자동적으로 정해지는 이른바 '페킹 오더'라는 것이 있다. 말하자면 모이 쪼는 순서 같은 것이다. 동기 동창이라고 해서 아무에게나 이놈 저놈 할 수 있는 게 아니다. 페킹 오더가 한번 뒤로 밀리면 앞으로 나서기가 여간 어려운 것이 아니다. 노수는 그 질서를, 내가 당혹스러워할 정도로 문란하게 만들고 있는 것이다.

"멀었다고 치고…… 그래서 너도 코밑에다 루어라는 걸 하나 찬 것이냐?"

"저만치 지나온 줄 알았는데 바로 우리 아버지 나비 넥타이 밑이더라고."

"그나저나 너 정신없이 변했다."

"사흘이면 괄목상대(刮目相對)하라더라고…… 5년인데."

"그래, 여기 자리는 잡았냐?"

"정치를 좀 해볼거나."

"네가? 정치를? 그것도 루어냐?"

나는 말을 해놓고서야, 아뿔싸, 했다.

"농담이다. 나 이제 말 안 더듬는다는 뜻이다. 훌륭한 웅변가 중에는 말더듬이 경험이 있는 사람이 많다. 말더듬이 중에 훌륭한 지도자 경험이 있는 말더듬이는 없지만서도……."

"……."

초등학교 때는 그러지 않았는데, 대구로 나오면서부터 노수는 말을 더듬기 시작하고, 수줍음을 심하게 타서 걸핏하면 얼굴을 붉혔다. 어찌나 얼굴을 잘 붉히고 어찌나 말을 심하게 다다거리면서 더듬었는지 중학교 시절의 노수 별명은 '뻘갱이', 고등학교 때의 노수 별명은 '다다이스트'였다. 말을 더듬고 얼굴 잘 붉히는 거야 노수만 그랬던 것은 아니니까 크게 문제될 것이 없는데, 문제는 노수가 그 수줍음과 낯 붉어지는 것 때문에 저에게 버릇 든 것이 아니면 절대로 가까이하지 않으려 했다는 데 있다.

노수는 수줍음을 타도 너무 탔다.

아버지가 나비 넥타이 차는 것으로 유명한 사람이어서 그랬을까? 노수는 자기 아버지 이야기가 나오는 것을 몹시 싫어했다. 노수는 우리들 급우 중 어떤 친구도 자기 집에 들여놓은 적이 없기로 유명했다. 대문 밖에서 노수를 만난 친구는 더러 있다. 그러나 어떤 친구들로부터도 노수네 집 안을 구경했다는 이야기를 나는 들은 적이 없다. 나도 고등학교 시절에 한두 차례 가보았을 뿐, 중학교 시절에는 노수의 집에 가본 적이 없다. 수줍음을 많이 타는 아이들은 대개 자기 가족을 남에게 드러내기를 몹시 꺼린다. 급우들 중에는 노수를 폐쇄주의의 대명사인 '대원군'이라고 부르는 아이들도 있었다.

중학교 시절 영어 교사는 어떻게 하든지 영어를 익히게 하려고 교실에서 쓰는 '차려', '경례', '쉬어', '저요', '고맙습니다' 같은 말은 영어 시간에만은 꼬박꼬박 영어로 쓰게 한 일이 있다.

교사가 들어와 교단에 서면 '차려, 경례, 쉬어' 구령을 붙이는 일은 실장(室長)의 고유 권한이다. 실장은 이 구령을 수업 시작할 때와 끝날 때 두 번 붙인다. 그러나 영어 교사는 영어 시간에만은 이 구령을 돌려가며 영어로 붙이게 함으로써 우리 입을 열어주려고 무던히도 애를 썼다. 나도, 조금 쭈글스럽기는 했지만 '어텐션', '바우', '이즈'를 그럭저럭 해내었다. 모르기는 하지만 이것이 내가 큰 소리로 말한 최초의 영어였을 것이다.

어느 영어 시간, 노수에게 수업이 끝날 때 영어로 구령을 붙일 차례가 왔다. 수업이 계속되는 동안 노수는 자주 얼굴을 붉혔다. 노수는 구령을 붙여야 한다는 것, 그것도 영어로 붙여야 한다는 생각만으로도 얼굴이 붉어졌던 모양이다. 노수를 잘 아는 나는 그의 심정을 충분히 이해했다. 나도 내 차례가 온 날 아침부터 그 생각에 사로잡혀 있었으니까…….

그러나 일단 시작만 해놓으면 1초밖에는 걸리지 않는다.

"노수 꽉!"

수업을 마치자 영어 교사가 출석부를 들여다보면서 박노수의 이름을 영어스럽게 불렀다.

노수는 얼굴을 귀밑까지 붉히며 천천히 일어났다. 급우들의 시선이 일제히 노수의 얼굴로 모였다.

노수는 이를 악물었다.

"어…….

노수의 '어텐션'은 '어'에서 들어가지도 나오지도 못했다. 급우들이 까르르 웃었다. 급우들의 부주의였다. 다른 급우에 대한 폭소와 노수에 대한 폭소는 뉘앙스가 다르다. 급우들의 폭소가 노수에게는 지울 수 없는 상처가 된다.

"어…….

노수는 다시 한번 이를 악물고 목을 뽑았다. 노수는 말이 제대로 안 나올 때면 자주 목을 뽑고, 그래도 안 나오면 목을 뽑은 채로 턱을 주억거리고는 했다. 그런데도 나오지 않았다. 급우들이 다시 까르르 웃었다.

"1초밖에는 안 걸린다."

내가 격려했으나 하릴없었다.

그것은 노수에게는 격려 아니었기가 쉽다. 노수는 "1초밖에 안 걸리는데 그것도 못하느냐, 이 병신아."로 들었을 가능성이 매우 크다. 수줍어하기와 얼굴 붉히기와 말더듬기는 노수의 내부에서 악순환을 거듭하면서 확대재생산되고 있었던 것으로 보인다.

폐쇄공포증(閉鎖恐怖症) 성향이 있는 사람은 폐쇄된 공간을 두려워하는데, 이때의 폐쇄공간은 외부의 공간이다. 적면공포증(赤面恐怖症) 성향이 있는 사람은 얼굴 붉어지는 것에 공포를 느끼는데, 이때의 붉힌 얼굴은 타인의 얼굴이 아니라 자기 자신의 얼굴이고 내면이다.

어린 시절부터 노수는 남 앞에 나서는 데 두려워할 필요가 없다는 것을 잘 알고 있었다. 그런데 기이하게도, 바로 이 안다는 사실이 노수에게는 부담이 되고 있었다. 안다는 사실이 창피를 당하는 과정과 결과를 예상하게 만들기 때문일 것이다.

노수는 결국 '어텐션'과 '바우'를 외치지 못함으로써 영어에 관한 경험은 내게 밀린 셈이 된다. 그러나 이 일은 거기에서 끝나지 않았다. 이 일은, 노수가 그날 수업이 끝날 때까지 한마디 말도 하지 못하는 사태에 이르기까지 악화되었다. 안 한 것이 아니었다. 나는 노수가 못했던 것이라고 확신한다. 그날 영어 수업 이후 노수의 목 근육이 심하게 경련하는 것을 나는 여러 차례 보았다.

영어 시간 다음의 역사 시간이었다. 역사 시간에는, 대원군이 쇄국 정치를 편 이유가 권력을 독식하기 위한 정치적인 의도에서였는가, 아니면 문화의 순수성을 지키자는 충정에서였는가, 그것도 아니면 문호를 개방할 자신도 없고 준비도 되어 있지 않아서였는가, 이런 문제를 두고 중학생의 감각과 언어로 '되도 않게' 토론했던 것으로 기억한다.

"그것은 뿔갱이에게 물어보자."

그런데 누군가 이런 신소리를 하는 바람에 교실은 웃음바다가 되었다.

모르기는 하지만 노수의 목을 잠그는 열쇠 노릇을 한 것은 영어 시간에는 내가 외친 "1초밖에는 안 걸린다."와 역사 시간에는 급우들의 웃음이었던 듯하다. 수업이 끝난 뒤 학교를 나오면서 노수가 내게 속삭인 말은 정확하게 "죽옥고 싶다."였다.

내가 알기로 '어텐션'은 노수가 영어로부터 받은 첫 번째 상처다. 물리적인 상처와는 다른 정신적인 상처여서 이 첫 번째 상처는 두 번째, 세 번째 상처의 직접적인 원인이 된다.

우리 영어 선생은, 당시의 교사들에게서는 보기 드물게 입말의 경험을 통하여 영어에 대한 껄끄러움과 쭈글스러움을 없애주려고 애를 많이 쓰던 분이었다. 그는 영어와의 스스럼없는 사귐을 '아이스 브레이킹(얼음 깨기)'이라고 불렀다.

인사하는 법을 배우는 시간이었다.

우리는 둘씩 교탁 앞으로 불려 나갔다. 그리고는 교사의 신호에 맞추어 인사를 주고받았다.

"하우 아 유, 미스터 딕슨?(딕슨 씨, 안녕하세요?)"

"아임 파인, 생큐, 앤드 유, 미스터 해리슨?(안녕하고말고요, 고맙습니다. 해리슨 씨도 안녕하시지요?)"

대부분의 급우들이 얼굴을 붉히기는 했지만 큰 실수들은 하지 않았다. 능청스럽게 잘하는 아이도 있었고, 필요 이상으로 혀를 꼬부려 온몸을 근지럽게 하는 아이도 있었다. 그때 노수가, 제 차례 맞기까지 경험했을 정신적 긴장은 상상하기 어렵지 않다.

노수의 차례가 왔다. 교탁 앞에서 노수와 상대가 마주 보고 섰다. 교사가 시작 신호를 내리자 노수가 말했다.

"하우……."

시작은 좋았다. 그러나 너무 좋아지고 말았다.

"……하우 아 유, 미스터 딕슨, 아임 파인, 생큐, 앤드 유, 미스터 해리슨?(딕슨 씨 안녕하세요, 안녕하고말고요, 고맙습니다, 해리슨 씨도 안녕하시지요?)"

"……!"

볼 만했던 것은 노수의 얼굴이 아니라 졸지에 뼈엉 뚫려버린 듯한 노수 상대의 얼굴이었다. 노수의 상대는, 무엇인가가 잘못된 줄은 아는 것 같았지만 정확하게 어떻게 잘못되었는가를 이해하기까지는 시간이 몇 초 걸리는 것 같았다.

교실이 웃음판이 되는 데도 짧으나마 다소 시간이 걸렸다. 영어 교사의 미소가 신호탄 노릇을 했다. 교사가 웃음을 참느라고 교탁 뒤로 몸을 숨기는 순간 교실은 걷잡을 수 없는 웃음판이 되었다. 아예 의자에서 내려와 마룻바닥을 데굴데굴 구르는 아이도 있었다.

이렇게 말하는 아이도 있었다.

"괜찮다, 노수야. 사람은 누구나 나비 넥타이를 하나씩 차고 사느니라."

이 이야기는 삽시간에 전 학년으로 퍼져나갔다. 지금도 동창들을 만나면 중학교 3년 내내 가장 우스웠던 사건은 단연코 '하우아유' 사건이었다는 동창이 더러 있다. 동창들에게 가장 높은 산이 노수에게는 가장 깊은 골짜기였을 것이다.

'하우아유' 사건은, 지금도 생각하면 웃음이 나지만 웅변대회 사건은 생각날 때마다 코끝이 아려오곤 했다.

고등학교 1학년 때의 일이다. 노수는 사람들 앞에 나서는 것과, 새로운 사물이나 사람 만나는 일을 여전히 두려워했다. 따라서 서투를 수밖에 없고 서투르니까 점점 더 기피했다.

학교 내의 웅변대회를 앞두고, 노수 아버지와 절친한 국어 선생 한 분이 노수를 집요하게 설득했다. 위협은 하지 않았다. 국어 선생은 노수가 그 위협을 어떻게 수용할지 잘 알 만큼 사려 깊은 분이었다. 그는 노수에게 오로지, 전교생 앞에서 멋지게 웅변을 토하는 경험을 안겨주고 싶었을 것이다. 노수는 처음에는 완강하게 저항했다. 노수를 설득하는 국어 선생의 논지는 이런 것이었던 것 같다.

"너는 말을 더듬는다, 그렇지?"

노수는 그렇다고 했다.

"너는 말더듬이라는 소리가 듣기 싫다, 그렇지?"

노수는, 그렇게 부르는 친구도 없지만 자기가 말더듬이라는 사실에 익숙해져서 들어서 반가울 리는 없겠지만 그렇다고 해서 싫을 것도 없다고 오랜만에 아주 정밀하게 대답했다.

"너는 웅변이 두렵다, 그렇지?"

노수는 두렵다고 했다. 웅변 자체가 두렵다기보다는 실수하는 것이 두렵다고 했다.

"우리가 무엇인가를 성취한다는 것은 실수할 가능성과 맞서는 것을 말한다. 체면이 깎일 가능성과 맞서는 것을 말한다. 헤엄치기를 배운다는 것은 가볍게는 코에 물이 들어가고 귀에 물이 들어갈 가능성, 무겁게는 익사할 가능성과 정면으로 맞서는 것을 말한다. 그러므로 그럴 가능성을 직면하지 않고는 결코 헤엄치기를 배울 수 없다.

연주가를 예로 들어보자. 연주가에게는 악기의 조율도 정밀하게 되어 있어야겠지만 연습도 완벽하게 되어 있어야 한다. 이윽고 연주가는 무대에 선다. 그 무대는 연주가의 체면은 사정없이 깎아버릴 수도 있고, 일류 연주가로의 길을 열어줄 수도 있다. 무대가 두렵다고 절대로 무대에 오르지 않는 연주가는 체면은 깎이지 않을지 모르나 제대로 된 연주가는 절대로 될 수 없다.

처음 이야기로 되돌아가자. 우리가 무엇인가를 성취한다는 것은 실수해서 체면이 깎일 가능성과 맞서는 것을 말한다. 성공을 거두면 좋겠지. 완전한 무대 경험이 될 테니까. 그러나 불완전한 무대 경험은 완벽한 준비보다 훨씬 귀할 때가, 인생을 살아가다 보면 아주 많다. 한번 해보자."

나와 노수가 공동 작업으로 웅변 원고의 초고를 만들었는데도 웅변의 주제가 무엇이었는지는 기억나지 않는다. 노수는 진땀을 흘리며 근 한 주일 동안이나 그 원고를 암기했다. 떨리는 입술과 자기도 모르는 사이에 쑤욱쑤욱 목이 빠지는 버릇과 싸우면서 암기했다. 어찌나 철저하게 암기하는지, 암기를 너무 믿은 나머지 만일의 경우 임기응변의 여지가 없어질까 봐 걱정스러울 정도였다. 암기를 믿고 시작했다가 만의 하나 막히는 대목이 있을 경우, 그때 노수에게 일어날 수 있는 사태를 나는 어렵지 않게 상상할 수 있었다.

나는 웅변 원고를 암기할 동안 노수를 여러 차례 만났다. 혼자 있을 때는 그렇게 긴장하고 있는 것 같지 않았지만, 나를 만나기만 하면 노수는 몸을 부르르 떨고는 했다. 나를 만나는 순간부터 웅변을 기정사실로 실감하게 되고 그래서 생기는 긴장을 그런 식으로 풀고 있음에 분명했다. 그러나 노수는, 깨어 있을 때는 진땀이고 잠들어 있을 때는 악몽이라면서도 웅변대회의 무대만은 기어이 밟겠다는 결연한 의지를 보여주고는 했다.

우리 학교 강당의 무대 대기실은 무대 뒤에 있는 것이 아니고 무대 밑에 있었다. 나는 그를 격려하기 위해 무대 밑에 있는 대기실로 들어가 보았다. 대기실의 분위기는 노수의 기를 꺾기에 충분했다. 오래된 강당이라 판자 틈새가 벌어져 있어서, 무대 밑에 서 있는데도 무대 위에 선 연사의 바짓자락이 보였다. 청중석에서는 대기실의 연사들이 보이지 않겠지만 대기실에서는 무대 정면의 틈새를 통하여 바닥에 앉은 무수한 알대가리들을 볼 수도 있었다. 위에서 들리

는 천둥 같은 연사의 포효, 앞에서 들리는 우레와 같은 청중의 함성
과 박수는 대기실에서 기다리는 연사의 기를 꺾어놓기 십상이었다.

"괜찮지?"

노수는 괜찮다고 했다. 긴장감 때문에 미칠 지경이라는 대답을
기다리던 나에게 날강날강해진 원고말이를 찌그러지게 그러쥐면서
노수가 한 대답은 바람직한 것으로 들리지 않았다. 노수는 성격상
긴장 상태를 인정하지 않음으로써 오히려 긴장을 심화시킬 수 있기
때문이었다.

"잘해 볼 테니까 나가 있어 줄래?

노수는 혼자서 맞서고 싶었는지, 손가락으로 연신 콧구멍을 쑤
셔대면서 말했다.

"콧구멍 그렇게 쑤시다가 인마, 코피 내겠다."

"걱정 끼쳐서 미안하다."

나는 대기실에서 일단 밖으로 나왔다가 다른 문을 통해 청중석
으로 들어가 노수의 차례를 기다렸다.

그러나 이날 노수는 웅변 무대에 데뷔하지 못했다. 손톱에 콧속
이 터져 노수는 제 차례 직전에 의무실로 실려갔다. 내가 의무실로
달려갔을 때 노수는 주먹만 한 코를 하고 침대에 누워 있었다. 부어
서 그런 것이 아니었다. 의무실을 지키던 양호 담당 체육 교사는 노
수의 콧속이 손톱에 어찌나 갈기갈기 찢어졌는지 솜을 두 봉지나
밀어넣었는데도 피가 멎지 않는다고 했다.

그 체육 교사는 일찍이 체육 시간에 얼굴을 심하게 붉힌 노수를
보고는 술 마신 것으로 알고 가혹하게 모욕한 적이 있다. 점심시간
에 담을 타 넘고 나가 배갈을 한잔씩 하고 들어오는 월장파(越墻派)
고교생이 있던 시절이었다.

체육 교사는 돌아서면서 중얼거렸다.

"부자(父子)가 왜 이렇게 웃기냐?"

노수는 돌아누워서 우느라고 나에게 아무 말도 하지 못했다.

"노민이도 너 오는 거 알고 있지?"

문득, 노수가 지난날의 '빨갱이'와 '다다이스트'를 콧수염으로 가리고 있는 것은 아닐까, 이런 생각이 들어 운전석 옆에 앉은 노수를 곁눈질하면서 지나가는 말로 물었다.

"무슨 인심이 그래, 인마?"

노수는 내 쪽으로 눈길도 돌리지 않은 채 나를 나무랐다. 의외로 퉁명스러웠다. 벼르고 있었던 것 같은 어조였다.

"인심이라니?"

"너는 서울에 있었고, 나는 미국에 있었다. 노민이가 서울에 있냐, 미국에 있냐? 무슨 인심이 그러냐고?"

"미안하다, 챙기지 못해서. 너 오는 거 알고 있겠지?"

"노민이 죽었다."

"아무리."

"죽었다니까."

"말 되는 소리를 해라."

"그럼 안 죽었냐?"

"농담 말고. 알고 있지?"

"네 알 바 아니다."

"어디에서 어떻게 사니?"

"네 알 바 아니다."

"너 옆모습이 철학자 니체 같다."

"말머리 틀지 마라."

나는, 미국으로 떠나기 전에는 노수로부터 이놈 저놈 소리를 들어본 적이 없다. 그러던 노수가 손바닥 뒤집듯이 태도를 바꾸어 내게 함부로 하는데도 섭섭하게는 여겨지지 않았다. 노수는 자기가 얼마나 변해서 딴사람이 되었는지 나에게 과시하고 싶은 모양이구나 싶었다. 어리광을 부리고 있는 것임에 분명하지 싶었다. 그래서 처음으로 나도 옛 말법을 한번 써보았다.

"뻘갱이, 너 이 새끼, 알아주지도 않는 미국 박사 땄다고 이렇게 으시딱딱하게 굴래."

초등학교 졸업하기까지 갈라져 살아서 그랬을까? 노수와 노민이는 여느 오누이처럼 살갑지가 못했다. 사춘기 소년에게는, 또래 친구들로부터 제 누이를 보호하려는 경향이 있기는 하다. 그러나 사춘기 청소년들에게는 제 동아리에 견주어 제 누이나 동생을 혹평하는 경향도 있다. 그러나 노수가 노민이에 대해서 보이는 태도는 이것도 저것도 아니었다.

나는 노수와는 줄동창에다 가장 가까운 친구 사이였다. 그런데도 고등학교 졸업할 때까지 노민이 얼굴을 본 것은 두어 번을 넘지 못한다. 중학교 시절에는 내 쪽에서 관심이 없어서 그랬고, 고등학교 시절에는 내 쪽에서 관심을 보였기 때문에 그렇게 된 것이 아닌가 싶다. 노수는, 노민이에게 관심을 보이는 친구에게 과민하게 반응했다.

오누이가 쌍둥이일 경우는 서로 상대의 이성에 대해 간혹 껍진껍진하게 반응하는 수도 있기는 있는 모양이다. 오누이가 쌍둥이라면 아닌 게 아니라 자궁 속은 암수 분화의 기나긴 진화론적 역사의 축소판일 테니까 더러 우리가 이해하기 어려운 무의식적인 갈등을 드러낼 수도 있기는 할 것이다. 그러나 노수와 노민이는 한 살 터울이니까 쌍둥이가 아니다. 이 오누이의 환경이 다른 오누이의 환경과 다르기는 하다. 어머니 없이, 홀아버지 밑에서 조모의 보살핌을 받고 자랐으니까.

고등학교 시절, 학교 파하고 나서 당연히 노수가 귀가해 있으려니 하고 노수네 집에 들른 적이 있다. 노수가 제집에 사람 오는 것을 좋아하지 않는다는 것을 알면서도 굳이 들렀던 것은 지금 내 기억에는 남아 있지 않지만 그만큼 요긴한 일이 있었기 때문일 것이다.

초인종 소리에 대답한 것은 노수가 아니라 노민이었다. 중학생 때 두어 번 본 모습과는 판이했다. 노민이는 대문에 뚫린 쪽문으로 밖을 내다보고 있었다. 쪽문을 통해 밖을 내다보자니 자연 허리를 구부릴 수밖에 없고, 허리를 구부렸으니 목과 옷깃 사이가 빌 수밖에 없었다. 나는 노민이의 젖가슴을 보고 억, 소리를 내지나 않았는지 모르겠다. 하얀 얼굴에 난 빨간 여드름 몇 개, 손을 대면 땀이 묻어날 것 같은 하얗고 촉촉해 보이는 목덜미가 어쩌면 그렇게 놀랍던지. 골이 드러난, 불룩한 젖가슴에서 내가 받은 충격은 아직도 내 뇌리에, 언어로는 표현하기 어려운 어떤 경험으로 선연하게 남아 있다. 그 경험은 새비릿하던 냄새와 묵근한 느낌과 야비한 충동을 아우른다.

그 경험의 육질 자체는 그때나 그 이후나 다름이 없다. 그러나 뒷날 한동안 함께 일한 일이 있어서 잘 알게 되었거니와, 고교 시절 노민이로부터 받은 그 인상은 실제의 노민이 모습과 많은 차이가 있었다. 노민이의 목이 다른 처녀들 목보다 특별히 흰 것도 아니고, 노민이의 젖가슴이 다른 처녀들 것보다 특별히 큰 것도 아니라는, 개운하지 못한 뒷맛을 경험한 뒤로 나는 기억이라는 것은 일단 의심하고 본다.

"많이 달라졌네요……."

어쨌거나 노민이가 한 말은 정확하게 내가 하고 싶던 말이었다.

"······오빠, 아직 안 왔는데요. 들어와서 기다릴래요?"

"밖에서 기다리지."

내 목소리는 갈증 난 사람 목소리처럼 꺼칠꺼칠했을 것이다.

"나도 밖에서 기다려줄게요."

노민이는 이러면서 쪽문을 나왔다.

남성은 이성의 몸을 교묘하게 훑어보는 기술을 익히고, 여성은 자기 몸을 교묘하게 드러내 보이는 기술을 익히게 될 때가 사춘기가 아닌가 싶다. 나는 이 말 할 때는 얼굴을 흘끔거리고 저 말 할 때는 가슴을 흘끔거리는 나 자신이 몹시 부끄러웠다. 모를 리 없을 텐데도 노민이가 몸을 사리지 않은 것도 좀, 요것 봐라 싶었다.

"오빠 왔네요."

노민이의 말에 뒤를 돌아다보니 노수가 내 뒤에 서 있었다. 내 얼굴도 그랬을까, 노수의 얼굴은 빨갛게 달아올라 있었다. 나는 노수에게 용건을 말했다.

"알았다."

알아들은 것 같지 않아서 나는 설명을 보태려고 했을 것이다.

"알았다."

노민이가 쪽문으로 들어가는 것을 보고 있는 노수의 귀에는 내 말이 들리지 않았던 모양인가.

무렵해서 돌아서는데 쪽문이 거칠게 닫히는 소리와 함께 노수가 노민이의 뺨을 때리는 것임에 분명한 소리, 두 번째 소리보다는 조금 둔탁한 소리가 밭게 들려왔다. 소리가 둔해졌던 것은 노민이가 두 팔로 제 머리를 싸안았기 때문일 것이다.

나는 돌아서서 쪽문을 걷어찼다.

"노수, 너 나와."

노수는 나오지 못했다.

화가 나서 되돌아서려다 보니 문득, 제 누이 붙여주려고 부러 김춘추의 옷고름을 뜯은 김유신 생각이 났다. 교활한 김유신이 부러 웠던 것은 아니지만 그래도 친구 간에 누이 붙여주려고 그랬다는 것은 그 친구를 인정했던 셈이 된다. 하지만, 내가 못나서 노수가 저러는구나, 하는 생각은 들지 않았다. 이 일로 노수를 몰아세우지도 않았다. 나에게 노수는 친구는 친구이되, 늘 내 쪽에서 접어주어야 하는 그런 친구였다.

노수도 그걸 잘 알고 있었다.

그러고 나서 노민이를 다시 본 것은 박 교수가 세상을 떠난 다음 날 새벽이니까 노민이 나이 스무 살 되었을 때일 것이다. 노수와 나는 서울에 있다가 부고 받고는 부랴부랴 밤차를 타고 대구로 내려갔는데, 가서 보니 병원 영안실 바닥에는 머리를 풀어 오른쪽 어깨에다 늘어뜨린 노민이만 당그랗게 앉아 있었다. 영안실 비닐 돗자리가 어찌나 보기 싫던지, 뒤에 노민이 볼 때마다 그 생각이 나서 마음이 아팠다.

"머리를 풀어도 딸은 왼쪽 어깨에다 늘어뜨리는 법이다."

내가 이러면서 노민이 머리채를 잡아 왼쪽으로 옮겨주었던 기억이 난다.

내 집에 여장을 풀면 좋겠거니 해서 방을 하나 비우고 준비까지 해두었는데도 노수는 부득부득 호텔에 들 것을 고집했다.

"폐 될 거 없다는데도 그런다."

"안다."

"너 미국 돈 벌러 갔다 온 거 아니잖아?"

"노민이가 작살을 내기는 했어도 나비 넥타이께서 여축하신 거, 아직은 만만치 않다."

"서울 호텔의 방 값, 알기는 아냐?"

"자유 값이려니 여겨야지."

"우리 집에도 자유는 있다."

"애인 불러들이는 자유도 있냐?"

"홀아비 재미가 뭔데?"

"그래도 싫다."

"애인이 있기는 있냐, 나이 마흔에, 수염이 가로 뻐드러졌는데? 그러고 보니 글자 그대로 수염이 가로 뻐드러졌구나."

"너 아직 나를 뽈갱이나 다다이스트로 보는 모양인데……."

"아니면? 귀국했으니 할머니 아버지 성묘가 최급선무일 테고, 선산 내려가면 큰집에서 하루 이틀 밤 안 잘 수가 없을 텐데, 내일이라도 당장 비울 방을 얻어들어?"

"참 그렇네."

노수는 하루만이라는 단서를 달고 우리 집에 여장을 풀었다. 노수는 술도 담배도 하지 않았다. 술은 마실 시간이 없다 보니 맛을 잊었고 담배는 미국 사람들 구박이 심해 더러워서 끊어버렸다고 했다. 노민이 연락할 길이 있으면 나도 오래 만나지 못했으니까 내 집으로 부르자고 했을 뿐인데 노수는 답지 않게 짜증스러워했다.

"보고 싶으면 네가 불러라."

"연락처를 몰라."

"언제부터?"

"잡지사 일할 때가 언제냐? 10년 세월이로구나."

건성으로 대답했는데, 언제부터 연락처를 모르느냐는 노수의 질문이 마음밭에 채였다. 노수는 나를 의심하고 있었던 모양인가. 노수의 속마음이 궁금했지만 묻지는 않았다. 노수는 내가 노민이의 뒤 거두어주었기를 바라는지, 노민이 주위에 얼씬도 하지 않았기를 바라는지 그것도 짐작이 되지 않았다. 노수가 내 인심 탓하는 것은 노민이를 종무소식인 채로 그냥 둔 것을 원망하는 것 같기도 하다. 그러나 나에게 노민이의 취직 부탁을 하면서 노수가 한 말은 오래오래 짐이 되었다.

"어렵겠지만 노민이 뒤를 네가 좀 봐다오. 오라비 노릇을 해달라는 것이 아니고 아버지 노릇을 해달라는 거다. 내 말 무슨 뜻인지 알겠지."

그때 노수의 누이 걱정 참 오래도 간다 싶었다. 누이를 거두어달라고 해도 생각할 여유를 좀 달라고 할 판인데 나를 어떻게 보고 이렇게 단속을 하나 싶기도 했다.

"야, 이 자식아, 손보라고 해도 안 본다, 그러니 볶아먹든지 삶아먹든지 네가 다 해먹어라."

노수 면전에다 대고 이런 소리는 할 수 없었다.

노민이가 내 관심 밖으로 벗어난 지 10년이나 되었다는 말도 그 오라비 앞이라서 하기가 어려웠다.

고등학교 3학년 때는 노수의 뽈갱이 버릇과 다다이즘이 현저한 호전을 보이는 것 같았다. 그러나 고등학교 3학년 때는 급우들 대부분이 대학 입시에 코가 빠져 옆 돌아볼 나위가 없을 때였고, 노수 자신도 남의 눈을 의식할 겨를이 없던 때였으니 노수의 말더듬기와 적면공포는 잠복기를 맞았다고 하는 것이 옳다.

서울에서 노수의 옛 버릇은 고스란히 되살아났다.

나는 예나 지금이나 사투리 쓰는 것을 자랑스럽게도 여기지 않지만 부끄럽게도 여기지 않는다. 한 영문학 교수로부터 언젠가, 자기 시절에 문화사 강의 들으러 들어갔다가 교수의 소위 문화사 강의라는 것이 '문화라 카는 거슨……' 으로 시작되는 데 절망하고 그 뒤로 그 시간에는 한번도 들어가지 않았다는 말을 들은 적이 있다. 영문과 교수의 주장에 따르면 문화사 강의는 사투리로 진행되어서는 안 되는 것이었다. 사투리로 시작되는 문화사 강의는 믿을 수 없다는 것이었다.

내 생각은 다르다.

나는 사람의 동아리라고 하는 것은 그 규모가 크건 작건 동아리가 공유하는 잠재력으로부터 특정한 요소를 선택하고, 이로써 단순하든 복잡하든 나름의 정교한 실존적 습관을 빚어내는데, 한 동아리의 이러한 습관이야말로 아무리 우수하다고 하더라도 다른 동아리에서는 결코 빚어지지 않을 만큼 독특하고 고유한 문화가 된다고 생각한다. 내가 그 영문과 교수의 주장에 동의할 수 없는 것은, 사투리야말로 자랑스럽게 내세워야 하는 것은 아니더라도 역시 그런 문화의 한 갈래가 아니겠느냐고 생각하기 때문이다.

그러나 노수는 서울 생활과 함께 사투리에 대한 극심한 열등감을 드러내기 시작했다. 사투리를 부끄러워하는 많은 지방 친구들은 빠른 속도로 서울의 억양이나 어법을 배워갔지만 노수에게는 그럴 숫기조차 없었다. 노수에게는 그것 또한 새로운 것과의 무서운 만남이었다. 뻘갱이 노수가 '언나수'라는 또 하나의 별명을 얻은 것은 상경한 지 한 달도 못 되어서였다.

노수와 나는 복모음(複母音)을 잘 발음하지 못했다. 그래서 '광화문'은 '강하문'이 되었고, '압권(壓卷)'은 서울 친구들 귀에 '악건'으로 들린다고 했다. 'ㅡ'와 'ㅓ'를 잘 구별해서 발음하지 못하는 데다, 자음(子音)을 접변(接變)시키는 발음법을 사투리로 익히는 바람에 '은하수'는 '언나수', '괄호'는 '갈로'로 읽어서 종종 웃음거리가 되기도 했는데, 서울 친구 중 하나가 이 가운데 '언나수'를 취하여 노수에게 별명으로 안긴 것이었다.

고향 사투리조차 더듬거리던 다다이스트 노수에게 '언나수'는 또 하나의 벗기 어려운 짐이었다. 그러나 노수가 그다음에 지게 된 또 하나의 짐에 견주면 '언나수'는 아무것도 아니다.

2학년 때던가. 학교 앞 술집으로 나를 불러낸 노수는 아무 말 없이 술만 들이키다가 예의 그 첫 음절을 길게 늘여 빼는 말투로 중얼거렸다.

"……주욱어버리고 싶다, 정말."

"이번에는 또 무엇이냐?"

노수가 미국인 영어 강사들 사이를 맴돈 것은 '하우아유' 사건 이후로 영어와 결연하게 정면 대결하기로 결심했기 때문일 것이다. 그는 열심히 영어 강사들을 쫓아다니고 학교의 어학 연구실에도 뻔질나게 드나드는 것 같았다.

"402호 앞 복도에서 다과회가 있었어. 술자리는 오늘 밤으로 미루고……. 하워드 강사가 내일 미국으로 떠난다고……. 하워드가 나한테 그러데. 한국이 좋아서 내년쯤 다시 오고 싶다고……. 그래서 내가 언제든지 환영한다고 했지."

"그런데?"

"옆에 있는 애들이 배를 잡고 웃는 거라."

"웃을 일이 없잖아?"

"내가 얼떨결에 '유 아 웰컴.' 했던 모양이야."

"한국이 좋아서 다시 오겠다는 사람에게 '천만에.'라고 했다는 거냐."

"그러게."

"옛날 국어 선생님 말마따나 헤엄치기 배우다가 코에 물 들어간 폭 잡아라. 뭐 그럴 수도 있는 거지 뭐. 야, 하워드는 아침 인사한다고 나보고 '안녕하십시오?' 하더라."

이 '유아웰컴' 사건이 노수를 얼마나 괴롭혔는가는 내가 며칠 뒤 영어에서 이와 비슷한 용법을 찾아내었을 때 노수가 어린애처럼 좋아한 것만 보아도 알 수 있다.

"봐라. 아테나 여신이 다시 한번 파르테논 산정을 방문하겠다고 하니까 아홉 뮤즈 중의 하나가 '유 아 웰컴드.' 라고 하지 않나? '환영을 받으실 것입니다.', 이런 뜻이지 뭐냐? 그러니까 너는 약간 고색창연한 영어를 쓴 것에 지나지 않는 것이다."

나는 정신이나 심리를 전문적으로 공부한 적도 없고 하고 있지도 않은 형편에 멀쩡한 사람에게 정신 질환의 혐의를 두는 것도 별로 좋아하지 않는다. 그러나 나는 전문가의 진단과 비전문가의 견해에 관한 한 한 가지 의견이 있다.

나는 자동차의 전문가들이 내 눈에는 멀쩡해 보이는 자동차의 부품을 점검하면서 갈았어야 할 것, 갈지 않으면 안 되는 것, 장차 갈아야 할 것을 읽어내는 것을 보고 놀란 적이 있다. 마찬가지로 정신과 의사들이, 우리 눈에는 멀쩡해 보이는 사람에게서도 정신의학에서 극도로 세분화된 병증 같은 것을 상당히 설득력이 있는 수준까지 읽어내는 것을 보고는, 과연 전문가는 다르구나, 하면서 감탄한 적이 있다.

그런데 그 시절의 노수를 생각하면 문외한이 내 눈에도 무슨무슨 '공포증', 무슨무슨 '기피증'을 여러 개 소지한 사람 같았다는 생각이 든다. 노수는 그 병적인 수줍음 때문에 새 친구 사귀는 것을 극도로 무서워하거나 기피했고, 말을 더듬었기 때문에, 사투리를 썼기 때문에 여학생 만나는 것을 극도로 무서워하거나 기피했다. 친구 중에는 노수의 여학생 기피증이 결혼 기피증으로 발전할까 봐 겁난다는 친구도 있었다. 친구끼리 만나면 우리는 이런 농담을 더러 하기도 했다.

"노수 저 자식, 여자에게 구혼하느라고 잔뜩 긴장해 있다가 '저와 이혼해 주십시오.', 이러는 거 아닌가 모르겠다?"

나는 노수의 귀국 직전에, 미국에서도 여자 친구를 사귀고 결혼하는 일이 일어나지 않았던 것을 확인하고는, "너 결혼 기피증 한 장 더 가지게 된 거 아니냐."고 전화에다 농담해 주었던 일이 있다.

그때 노수는 씩씩하게 반문했다.

"그러는 너는?"

"그나저나 놀랍다. 솔직하게 말해서 네가 입대할 때, 나는 조금 걱정했다. 군대라는 데가 사람에게 상처 입히는 데는 인정사정없는 곳이 아니냐? 대학원을 나온 숫기 없는 늦깎이 졸병……. 고문관 자격으로는 이만하면 거의 완벽한 수준이다."

"다다이스트라고 해도 괜찮다."

"미안한 말이지만 미국으로 떠날 때도 같은 걱정을 했다."

"일종의 자기 강화 프로그램이 필요했을 때다."

"어떤?"

"내 말 듣고 웃으려면 웃고 말려면 말아라.

나는 만화책에서 자기 강화 프로그램의 아이디어를 얻었다.

자기 강화 프로그램, 이거 하나만은 학교도 친구도 가르쳐줄 수 없는 것이더라.

제대한 직후의 일이었을 거다. 이발소에서 옛날 만화책 뒤적거리다가 정신이 번쩍 들었다. 우리는 초등학교와 중고등은 대구에서 나오고 대학은 서울에서 나왔다. 그런데 나는 그즈음 유학 갈 생각을 하고 있었다. 그동안 무대를 그렇게 자꾸 넓히면서도 내게는 넓어지는 무대에 대응할 만한 아무 준비도 없었다. 어떤 강력한 대처 방안이 있어야 하는데 거기에 대한 어떤 준비도 없었다. 그래서 자기 강화 프로그램이 필요했다.

만화 이야기다. 선문답을 하자는 게 아니다. 정말 만화 이야기다.

대학에서 연극부원을 선발하는데 말이다, 선발 '오디션 룸' 한 가운데 조그만 탁자 하나, 탁자 위에는 사과가 한 알 놓여 있다. 주위에는 상급학년 부원들이 주욱 둘러앉아 있고……. 신입생 지원자는 하나씩 그 방에 들어와 상급생 심사위원들이 보는 가운데 그 사과 앞에서 어떤 연극적인 반응, 어떤 예술적인 반응, 말하자면 어떤 창조적인 반응을 어떤 수준까지 보이는가에 따라 당락이 결정된다. 나는 그 만화 칸 속으로 들어가 심사위원의 자리에 앉는다.

한 남학생이 들어온다. 이 학생은 자신을 로미오, 사과를 줄리엣으로 상정하고 현란한 수사학이 곁들여진 사랑을 고백한다.

너는 아니고…….

또 한 학생이 들어온다. 이 학생은 자신을 낙원에서 추방당한 아담, 사과를 선악과로 가정하고 대사를 읊는다. 이 학생의 상상력은 사과에서 출발, 자기가 낙원에서 추방된 것이 과연 이브 때문이었는지, 아니면 사과와 이브는 신의 각본에 동원된 애꿎은 들러리에 지나지 않는지를 논증하는 데까지 비약한다.

너도 아니고…….

또 한 학생이 들어온다. 이 학생은 사과 앞에서 사과가 연상시키는 역사적인 사건을 두름으로 꿰어낸다. 에덴의 사과, 불화의 여신 이리스가, 미스 그리스라고 생각하는 여신이 집으라면서 아프로디테와 아테네와 헤라 앞으로 던진 사과, 이로써 트로이 전쟁의 도화선이 되고 만 그 '디스코드(불화)'의 사과, 윌리엄 텔이 아들의 머리 위에 올리고 활을 쏘아야 했던 '레지스탕스(저항)'의 사과, 만유인력 사유의 실마리를 제공했다는 뉴턴의 사과 타령을 줄줄이 이어낸다.

너도 아니고.

그 밖에도 많은 학생들이 들어온다. 너도 아니고, 너도 아니고…….

그런데 마지막으로 한 학생이 들어온다. 아니다. 사실은 마지막 학생이 아니다. 그러나 그 학생의 등장과 함께 내가 만화책을 덮어버렸으니까 마지막 학생이다. 그 학생은 천천히 걸어 들어와 가만히 사과를 보고 있다가 덥석 집어들고는 우적우적 베어먹기 시작한다.

바로 너다…….

웃기지?

나는 그 학생이 사과를 우적우적 베어먹는 것을 본 순간 내가 왜 그렇게 수줍어하는지, 내가 왜 그렇게 얼굴을 자주 붉히는지, 내가 왜 그렇게 말을 더듬는지, 내가 왜 그렇게 새로 만나는 것을 두려워하는지 알았다. 전광석화라는 말은 이럴 때 쓴다. 문자 그대로 한 생각이 전광석화같이 머릿속을 스쳐가더라. 아, 나는 남들이 껍데기로만 사는 것을 본받으려 했구나, 그걸 본받으려고 하다 잘 안 되니까 자꾸만 그거 드러나는 것을 숨기려 했구나, 그러느라고 그렇게 부끄러워하고, 그렇게 망설이고, 그렇게 더듬거렸던 것이구나…….

내 언어를 새로 만들었다. 배운 정의를 폐기하고 내 느낌으로 내 것으로 내가 만나는 단어를 다시 정의했다. 사랑? 조만간 끝날 미끄럼……. 믿음? 가역반응……. 공포? 무방비 도시……. 증오? 나비 넥타이……. 물? 죽음……. 불? 잠……. 비위? 존재론적 시한폭탄…….

처음부터 새로 시작했다. 내 앞에 있는 것이 무엇이든, 그 만화 주인공처럼 바로 붙어버리자. 현상이 어떠니 인식이 어떠니 하지 말고 내 눈에 본질로 여겨지는 것, 그것과 바로 붙어버리자…….

박사 공부?

해버리자.

미국?

가버리자…….

그런데 우연히, 우연히 말이다, 영어라고는 '영' 자도 모르는 우리 하숙집 아주머니를 앞에 놓고 내가 뭘 좀 물어보았다. 그 아주머니, 너도 기억할 거다. 된장찌개가 졸아들면 물 더 붓고, 덜 달여지면 국물 쏟아버리던 한심한 아주머니.

자, 아주머니 아주머니, 내가 말하는 다음의 두 영어 단어 중…….

내가 영어를 어찌 알아서?

아니, 영어 모르니까 묻는 거예요. 자, 하나는 짧다는 뜻이고 또 하나는 길다는 뜻입니다. '을롱' 과 '숏' …… 아주머니 듣기에는 어느 놈이 길다는 말인 것 같습니까?

뭔가는 모르겠지만 '을롱' 이라는 말이 길다는 것 같구먼…….

그래요? 자, 이번에 내가 말하는 두 영어 단어 중 하나는 넓다는 뜻이고 하나는 좁다는 뜻입니다. '와이드' 와 '내로우' …… 아주머니 듣기에 어느 놈이 좁다는 말인 것 같습니까?

글쎄, 뭔가는 모르겠지만 '내로우' 라고 했소, 그게 좁으장한 것 같구먼.

내가 얼마나 놀랐는지 알겠지?

아주머니를 보면서 나는, 이 아주머니도 사과를 깨물어 먹는구나, 이런 생각을 했다.

놀랍지?

며칠 뒤에는 말이다, 일본어를 전혀 모르는 내 친구 동생에게 물었다. 내 친구 동생은 중학교 3학년이었다.

야, 내가 말하는 다음의 두 일본어 단어 중 하나는 길다는 뜻을 지닌 형용사이고 하나는 짧다는 뜻을 지닌 형용사이다. 너 형용사가 무슨 뜻인지는 알지? 참, 몰라도 괜찮구나. 자, '나가이' 와 '미지카이' …… 네가 듣기에 '나가이' 와 '미지카이' 중 어느 단어가 길다는 뜻을 지닌 형용사 같으냐?

아무래도 '나가이'라는 말은 길다는 뜻이고 '미지카이'는 짧다는 뜻인 것 같은데요?

'미지카이'라는 말 자체는 '나가이'라는 말보다 긴데도?

길어도 내 느낌은 그래요.

자, 그러면 이번에 내가 말하는 두 일본어 단어 중 하나는 무겁다는 뜻을 지닌 형용사이고, 하나는 가볍다는 뜻을 지닌 형용사이다. 자, '오모이'와 '가루이'…… 네 듣기에 이 두 단어 중 어느 단어가 무겁다는 뜻을 지닌 형용사 같으냐?

'오모이'가 무거운 것 같은데요? '가루이'는 가벼운 것 같고…….

어째서 그렇게 생각하느냐?

'오모이'에는 '미음'이 들어가서 무거운 것 같고, '가루이'에는 '기역'이 들어가서 가벼운 것 같아요.

재미있지?

나는 하숙집 아주머니와 내 친구 동생을 상대로 대소(大小), 장단(長短), 고저(高低), 심천(深淺), 원근(遠近), 완급(緩急), 광협(廣狹), 경중(輕重), 농담(濃淡), 한랭(寒冷)을 나타내는 영어와 일본어 형용사를 한 쌍씩 차례로 나열하면서, 한 쌍의 영어와 일본어 형용사 중 거기에 상응하는 우리 것을 한 쌍의 우리 형용사 중에서 맞혀보라고 했다.

믿어지지 않겠지만, 맞히는 확률은 70퍼센트에 육박한다.

너는 이런 조사는 객관성이 하나도 없다고 하겠지만 이것이 내게는 큰 힘이 되었다. 그래, 겁을 내지 말고 나만의 감(感)으로 세상과 한번 붙어보고 나만의 감으로 영어와도 한판 붙어보자…….

믿어지지 않겠지만, 되더라. 되더라고.

미국?

미국에 가니까 나를 아는 사람이 없는 게 어쩌면 그렇게도 좋은지…… '해피니스 프롬 애너니미티(익명성의 행복)'……. 뭐 대단한 일을 하고 온 것은 아니지만, 나는 이 감으로 내 얼굴을 다시 만들었다. 나는 내가 새삼스러워하던 정서와 맞붙었다.

자전거 타는 법도 배우고, 자동차 운전하는 법도 배우고, 리프트를 타고 올라가는 것도 배우고, 스키를 타고 내려오다가 다리를 분지르는 것도 배웠다. 나는 컴퓨터도 배워 우리 학교 도서관은 물론이고 인근 수십 개 대학 도서관의 장서 목록도 뒤질 수 있고 인터넷으로 들어가 본국 신문도 읽을 수 있었다. 나 잘났지?

공정하게 말해 두자. 하지만 공정하자면 매정하게 된다. 너는 나를 도와주려고 애를 많이 썼다. 그러나 내가 모르는 내게는 너라고 하는 존재가 어마어마한 부담이 되었던 모양이라. 왜냐? 너는 나를 속속들이 알거든. 너는 나뿐만 아니라 우리 할머니까지, 우리 아버지까지, 노민이까지, 심지어는 우리 큰집 식구들까지, 우리 선산까지. 그래서 나는 나도 모르게 네가 두려웠던 모양이라. 너의 그 뭣이냐, 현상을 네 엉터리 논리로 설명하는 버릇, 설명이 가능하다고 보는 터무니없는 확신, 너의 그 뭣이냐, 부분으로 전체를 읽을 수 있다는 허장성세…… 이런 게 내게는 부담이 되었던 모양이라.

그런데 만세, 미국에는 네가 없었다.

박노수 독립 만세!

섭섭하냐?"

섭섭했다기보다는 허전했다는 편이 옳다.

나도 공정하게 말하자면 매정하게 된다.

나 역시 오랜 친구이기는 하지만 노수를 그리워한 적은 별로 없다. 노수의 말을 듣고 조금 허전했던 것은 오뉴월 모닥불에서 물러났을 때의 허전함 같은 것이지 배신당한 느낌 같은 것은 아니었다.

노수는 고향의 백부 댁으로 내려가면서도 내가 그렇게 조르는데도 불구하고 박노수의 나비 넥타이라면서 콧수염은 밀지 않았다. 노수는 김포 공항 나올 때의 그 모양 그대로 고향 선산도 다녀오고, 모교 인사도 다니고 친구들도 만나더니, 사회학자로서가 아니라 귀국 유학생을 대표하는 토론자가 되어 '국제화와 우리의 자세' 어쩌고 하는 텔레비전 프로에도 나왔다. 텔레비전에서 노수가 한 주장 중에 귀에 들어오는 대목이 있었다.

"……사람에게는 자기에게 익숙하지 않은 것을 두려워하고 기피하는 경향이 있지요. 인류학에서는 '미소니즘'이라고 부르는 이런 성향을 저는 일단, 새것을 기피한다는 뜻에서 '기신주의(忌新主義)'라고 불러봅니다. 이 말은 '미소스(기피)'와 '네오스(새것)'가 어우러진 말입니다. 하지만 사람에게는 이와는 달리 우리 헌것을 자꾸 버리고 새것을 섬기고 좇는 경향도 있지요. 심리학에서 '네오필리아'라고 부르는 이것을 저는 새것을 숭배한다는 뜻에서 '숭신주의(崇新主義)'라고 불러보겠습니다. 이 말 역시 '필로스(애호)'와 '네오스(새것)'의 합성어입니다. 이 기신주의 및 숭신주의는 보수주의 및 진보주의와 매우 비슷합니다만, 제가 보기에는 이 양자가 정확하게 대응하는 것은 아닌 것 같군요. 보수주의와 진보주의는 다소 집단적, 정치적인 느낌을 주는 반면에 기신주의와 숭신주의는 개인적, 심리적이라는 느낌을 줍니다.
집단적으로 보자면 진보주의가 지나치게 나아가려고 하면 보수주의가 다리를 걸고, 보수주의가 지나치게 주저앉아 있으려고만 하면 진보주의가 덜미를 잡아끌지요. 진지한 의미에서 새것을 좇는 진보주의자들은 같은 시대에 속해 있던 보수주의자들의 집단으로부터 모진 박해를 받거나 상처를 입는 수가 많습니다. 이 박해를 견디는 진보주의는 무리한 진보주의적 이데올로기가 되었다가 세월이 흐르면 더 새로운 진보주의 앞에서 보수주의 이데올로기로 전락하지요. 그러므로 역사는 이 두 강둑 사이를 흐른다고 할 수 있습니다.

개인적으로 보자면 한 개인 안에서 기신주의와 숭신주의가 같은 갈등을 일으킬 수가 있겠지요. 기신주의나 숭신주의는 사실 어느 개인이나 거의 비슷한 정도로 갖추고 있는 건강한 성향입니다.

그러나 기신주의 쪽으로 너무 가파르게 기울어도 '기신증(忌新症)'이 되고 숭신주의 쪽으로 너무 가파르게 기울어도 '숭신증(崇新症)'이 되는데, 이래서는 곤란하지요.

이제 우리도 이 점을 짚어내어야 할 때가 되었다고 봅니다. 개인의 경우나 사회의 경우나 마찬가지이겠습니다만 일단 이것을 점검·분석하고, 인정할 것은 인정할 수 있어야 한다고 봅니다. 그러고는 그다음 단계로 사회적으로는 보수주의가 지양되면서 진보주의 바람이 일어야겠고 개인적으로는 기신주의가 지양되면서 숭신주의가 살아나도록 격려해야 하겠지요……."

나는, 잡지 일과 맞물려 주말 두 차례를 제외하고는 노수와 일정을 함께하지 못했다. 그러다가 노수가 논문 출판이 남았다면서 미국으로 되돌아가기 전날에야 우리 집에서 저녁상을 함께 할 수 있었다.

세 차례 자리를 함께하면서 얻은 결론은, 근 30년 동안이나 나는 말하고 노수는 듣고 하던 우리들의 관계가, 노수는 말하고 나는 듣고 하는 새로운 관계로 완전히 역전되었다는 것이었다. 페킹 오더의 역전 자체는, 노수가 넓은 세상에서 끊임없이 공부를 쌓고 있을 때 나는 잡지 일에 코를 박고 있었던 만큼, 억울할 것이 없었다. 내가 억울하게 여기지 않을 수 없었던 것은, 내가 노수라는 사람에 대해 너무나도 무지했다는 것, 노수에 대한 나의 이해가 전혀 피상적인 데 머물러 있었다는 점이었다.

이제는 많이 익숙해져 있는 나라는 사람의 한계를 나는 그날 노수를 통하여 만났다.

나는 노수를 가차없이 몰아세운 적이 한번도 없는 데 견주어 노수는 나의 그런 점을 지적하는 데 가차가 없었다.

나는, 나의 강점이 나를 약화시키고 노수의 약점이 노수를 강화시켜 왔다는 것을 선선히 인정했다.

노수는 그 오랜 세월이 지나도록 나에게는 한번도 내비친 적이 없는, 여자와 관련된 자기의 개인사와 특정 여자 이야기를 우중충하게나마 펼칠 수 있을 만큼 강한 인간이 되어 있었다. 누구에겐들 비슷한 사연이 없을까만 나는 그것을 고백할 만큼 튼튼한 인간이 못 되었다. 그로부터 또 몇 년이라는 세월이 흘렀지만 나는 아직도 여자와 관련된 나의 개인사 얘기를 남에게 이야기할 의향도 용기도 없다. 그럴 필요를 느끼지 못하기 때문인데, 이것이 바로 내가, 나의 강점이 나 자신을 약화시켰다고 믿는 소이연이다.

노수는 참으로 노수답게도 이 이야기를 하는 동안만은 예전처럼 더러 얼굴도 붉히고 말도 더듬었다. 술병을 들고 자작까지 했다. 술맛 잊어버렸다면서도 술잔 잡는 손길이 잦아지면서 말마디도 자주 부리졌다.

"솔직하게 말하면, 너를 만나는 것이 두렵더라. 네가 오랫동안 나의 현실 노릇을 해왔기 때문에 두렵더라. 너를 만나면 다시 얼굴이 붉어지고 말을 더듬게 될 것 같더라……. 무슨 뜻인지 알겠지? 무정하다고 생각하지 말아라. 인간관계에도 천적이라는 것이 있다. 내 생각을 아주 정밀하게 말해 보자면 이렇다. 사람은 자신에 대한 정보를 가장 많이 가진 상대에게 '앰비벌런트〔兩價的〕'한 감정을 지니게 되지 않을까 싶다. 한편으로는 버릇 들인 세월과 정보의 자유로운 양방 소통 때문에, 만나면 평화를 느끼는가 하면, 다른 한편으로는 정보가 외부로 유출될 가능성에 대한 무의식적인 두려움 때문에 정보를 관리하기 위해 의식적으로 밀착하게 되는 것이 아닐까 싶은 것이다.

서울에 도착하던 날은 너 때문에 내가 30년 세월을 '뿔갱이' 아니면 '다다이스트'로 살아왔다고 공연한 심술을 부린 일이 있지만, 그건 일부만 사실이고 다는 사실이 아니다.

너는 언제나 나에게 단정적이었다. 그래서 나도 네 흉내를 한번 내어본 것에 지나지 않는다.

나는, 미안하다, 너를 극복하지 않고는 홀로 설 수 없을 것이라고 예감해 왔다. 그래서 나를 지키기 위해, 혹은 이제 홀로 설 수 있다는 상징적인 의사표시로 이 뿔갱이의 외뿔로 너를 한번 받아본 것이다.

너는 우리 식구들이 좀 별나다고 생각할 것이다.

맞다, 별나다, 이상하다.

너는 이 세상에서 나를 가장 잘 아는 사람이라고 생각할 것이다.

맞다. 너는 나를 잘 안다.

그러나 너는 모르는 것도 아주 많다.

내게 아주 어린 시절부터 내 여자라는 것이 있었다는 것을 너는 짐작도 못했을 것이다. 너는 어린 시절부터 여자가 있다는 것은 역사책에나 나오는 일인 줄 알고 있었을 것이다. 너는 참 합리적으로 생각하는 사람이었으니까 역사책에나 나오는 일들이 이따금씩 한 사람의 개인사를 복잡하게 만들 수 있다는 것을 믿지 않을 것이다. 따라서, 엉뚱하기로 유명한 우리 아버지가 내 몫으로 일찌감치 고아가 된 친구 딸을 하나 보고 정혼(定婚)이라는 것을 해놓았다는 것을 너는 모를 것이다.

　그래. 우리 아버지가 옛날 풍습 좋아서 그랬던 것은 아닐 것이다. 무골호인이신 우리 아버지, 불가항력이어서 이름을 그렇게 지었는지도 모르겠다. 어쨌든 무골호인이신 우리 아버지에게는 이상한 배짱이 있었던 모양이다. 나비 넥타이 차는 배짱만 있는 것은 아니었던 모양이다.

　너는 나를 잘 안다고 생각하겠지만 청소년 시절부터 나를 헛갈리게 만들어 결국은 나를 병신으로 만들어놓은 것, 그것은 바로 아버지 손에 의해 일방적으로 준비된 이 어처구니없는 약속, 이 마음짐이었다는 것까지는 모를 것이다. 이 약속이 내게는 수렁이더라.

　나는 그래, 뿔갱이와 다다이스트의 악몽 속에서 오래오래 병신노릇을 했다. 하자고 한 것이 아니다. 하지 않으려고 하지 않으려고 이를 악물었는데, 이것이 나한테는 수렁이더라. 그래, 수렁이라는 게 그렇다. 발버둥을 치면 칠수록 더 깊이 들어가는 것, 그것이 수렁이다. 올무가 무엇인가? 발버둥치면 칠수록 조여들게 만든 것이 올무 아니냐. 그럼 뭣이냐? 발버둥치지 않으면 수렁도 올무도 별것 아니라는 것이 아니냐? 이걸 어린 내가 어떻게 알았을 것이냐.

　나는 말이다, 망상이라는 말이 정확하게 무슨 뜻인지 알기도 전에 아버지가 정해 놓은 이 여자에 대한 망상에 시달렸다. 시달리다가 나중에 망상이라는 말을 배우고 보니 내가 시달리던 것과 똑같아서 나는 망상이라는 말을 익혔다. 눈물겨운 학습이었다.

　아버지는 경솔했다.

　나는 또래 친구들처럼 다른 여학생을 곁눈질하면 안 되었다. 나는 농담인 줄 알면서도 친구들의 음담패설에 가담하면 안 되었다. 나는 여자와 나누는 음란한 시간도 상상해서는 안 되었다.

　아버지가 그러면 안 된다고 한 것이 아니다.

내가 안 되는 것으로 정했던 것인데, 그것조차도 나에게는 수렁이었다.

뽈갱이 다다이스트에게 정혼한 여자가 있다는 소문이 퍼졌더라면, 그래서 우리 친구들이 나를 저희 화제에 올려 시시덕거리는 사태가 일어났더라면 나는 아마도 지금 이렇게 살아 있지 않을 것이다. 그래서 나는 어떻게 하든지 그것을 감추어야 했는데, 이것조차도 나에게는 수렁이었다. 나는 수렁에서 살았다.

나에게 그런 여자가 있었다는 것조차 모르는 너는, 내가 얼마나 그 여자로부터 미움을 사고 있었는지도 모를 것이다. 나는 내가 왜 미움의 대상이 되어야 하는지도 모르는 채 오래 그 미움에 시달렸다. 그래서 나도 미워할 수밖에 없었다.

우리가 왜 미워해야 하는지도 모르는 채 어색하니까 마구 미워했다.

우리는 사랑이라는 것은 서로를 원수 삼는 것인 줄 알고, 보이게도 증오하고 보이지 않게도 증오했다. 그것도 나에게는 수렁이었다.

너는, 우리 아버지 돌아가신 직후에 내가 이 여자에게 서로 제 갈 길을 가자고 한 일이 있다는 것은 모를 것이다. 나는 여자에게 그랬다. 우리가 짐승이 아닌 바에 어떻게 가슴 두근거리는 순간의 경험도 없이 함부로 부부의 인연을 맺을 수 있느냐고. 여자는 그랬다. 예상하지 못했던 일은 아니라고, 어렴풋이 그렇게 될 것임을 예감하고 있었다고……. 그랬다. 세상은, 우리가 서로를 만족하게 하기에는 너무 넓었다. 우리는 보이지 않는 족쇄를 풀었다.

나는 아버지를 묻어놓고 아버지를 한번 배신해 보았다. 어른이 된 줄 알았다. 아버지로부터 해방된 줄 알았다.

여자는 제 갈 길로 갔는데, 나는 내 갈 길로 가지지가 않더라. 내 갈 길로 가려고 죽을 힘을 다 쓰는데도 가지지가 않았다.

너는 이 세상에서 나를 가장 잘 아는 사람으로 확신하고 있겠지만, 여자를 보낸 뒤에 내가 미친 듯이 다른 여자를 찾아 헤매고 있었다는 것은 모를 것이다. 너 모르게 찾아 헤매고 있었다는 걸 까맣게 모를 것이다. 정말 오래, 그리고 미치게 찾아 헤맸다. 현실적인 필요 때문에 그랬던 것이 아니다. 홀로 설 수 있다는 것을 나 자신에게 확인시키기 위해서였다.

찾아내기는 했다.

그런데 참으로 이상한 일도 다 있지? 새 여자에게서 내가 확인한 것은 내 마음이 내 입술의 주인 노릇을 다하지 못해서 다다이스트였고, 내 얼굴의 주인 노릇을 다하지 못해서 뿔갱이였듯이, 급기야는 내가 내 몸의 주인 노릇도 전혀 할 수 없다는 것이었다. 육체의 발기부전만을 뜻하는 것이 아니다. 나는 이 참담한 경험을 통하여 정신과 육체가 정보를 얼마나 은밀하고 정밀하게 주고받는가를 알았다.

그래, 이 역시 나에게는 어떻게 해볼 도리가 없는 수렁이었다. 나는 군에서 제대한 뒤로 이런 수렁을 여러 차례 경험했다.

제대한 직후에 너에게 호언한 바 있거니와, 나는 더 이상 뿔갱이도 아니고 다다이스트도 아니었다. 생각해 봐라, 그때도 이렇게 이렇게 호언장담한 일이 있지 않나? 이렇게 일장 웅변을 토한 일이 있지 않나? 그것은 어디까지는 사실이다. 그러나 내 몸은 그 뿔갱이와 다다이스트에서 벗어나지 않았다. 나는 결코 거기에서 벗어날 수 없다는 것을 여러 차례 확인했다.

얼마나 이상한가? 여자에 대한 망상이 혀를 오그라들게 하더니, 이 망상에서 해방되자 몸이 오그라드는 것은 얼마나 이상한가. 옛 여자 앞에서는 혀가 오그라들고 새 여자 앞에서는 몸이 오그라드는 것은 얼마나 이상한가?

나는 귀국하자마자 옛 여자를 열심히 찾아다녔다. 아무래도 그 여자가 내 정신의 열쇠, 내 몸의 열쇠를 가지고 있는 것 같아서 너 모르게 열심히 찾아다녔다.

그러나 내가 찾은 것은 끊임없이 새 남자를 찾아다녔다는 그 여자에 대한 그림자 짙은 소리 소문뿐, 나는 결국 여자를 찾지 못했다. 나의 옛 여자는 끊임없이 새 남자를 찾아다녔고, 나는 끊임없이 옛 여자를 찾아다녔다. 얼마나 우스운 일이냐?

우리 학교에서 학위 마치고 귀국해 있는 친구들이 많다. 우리끼리 만나면 미국 이야기도 하고, 한국의 학계 이야기도 자주 하고 그런다. 그런데 어떤 친구가 내게 그러는 거라. 텔레비전을 통해 한국의 현실을 우리가 배운 사회학 이론으로 진단하는 프로그램을 방송국에 있는 동창들과 추진 중인데 출연해 주지 않겠느냐고? 상상할 수 있겠나? 이 뻘갱이 다다이스트가 텔레비전에 출연하는 것을? 상상할 수 없을 것이다.

처음에는, 겨우 제안을 받았을 뿐인데도 생각만 해도 얼굴이 붉어지고 혀가 오그라들더라. 그래서 거기에 생각이 미치면 잠이 들다가도 벌떡벌떡 일어나고는 했다.

그랬다. 미국에서의 나날은 진땀 나는 나날의 연속이었다. 오찬에 가도 자기소개를 하면서 한 말씀, 만찬에 가도 모임을 위한 뜻있는 한 말씀……. 넥타이 졸라매고, 무슨 말 어떻게 할까……. 테이블 스피치 궁리하면서 칼로 잘라 삼지창으로 먹는 식사, 그것은 식사가 아니라 숫제 재미없는 칼질 창질이었다.

하기 싫으면 못하겠다고 버티면 된다고? 그러면 학위는 누가 주나? 교수라도 한 사람 섞여 있는 자리에서의 곤혹스러움이라니……. 준비도 없는데 한마디를 요청받을 때의 난감함을 무엇이라고 해야 할지…….

'프리젠테이션(발표)' 준비 과정, 지금 생각해도 진땀이 난다. 원고를 만들되 재담 비슷한 것도 몇 마디 섞어서 만들고, 이것을 줄줄 외고, 만일의 경우에 대비해서 내용을 커닝 페이퍼 같은 데 요약해서 주머니 속에 숨기고, 외웠다는 표가 안 나게 적당한 표현을 고르는 척할 대목도 정하고……. 뛰다 죽을 노릇이 따로 없었다. 밥먹을 때도 그 생각만 하면 진땀이 흐르고, 잠을 이루다가도 실수할 경우를 생각하면 잠이 달아나고…… 눈뜨고 꾸는 악몽이었다.

참 어처구니없는 일도 다 있더라. 어느 날 말이다, 그동안 한국 텔레비전이 어떻게 변했는지 보자면서 아무 생각도 없이 토요일 하루 종일 텔레비전을 켜놓고 있었다. 권투 선수가 나와 사회자와 대담을 하는 거라. 그 권투 선수는, 처음 링에 오를 때의 심적 고통을 고백하는데, 가만히 들어보았더니 처음으로 텔레비전에 나가는 내 심정과 너무 비슷한 거라. 사회자가 묻더군, 그래서 어떻게 극복했느냐고?

권투 선수가 뭐라고 했는지 알아?

'다른 거 하는 것도 아니고, 맨날 하는 권투 아니냐…… 이렇게 생각했더니 아무렇지도 않은 거예요.'

그 순간은 나에게도 구원의 순간이었다. 바로 그거다!

'영어로 하는 것도 아니고, 맨날 하는 한국말이다. 얏호, 한국말이다!'

과장 아니다. 나는 한국 사람들과 나란히 앉아서, 한국 사람들을 상대로, 한국말로 토론한다는 생각을 하지 못했던 것이다. 그렇다. 마음과 몸이 오그라드니까 그런 생각의 여지도 생기지 않더라.

나갔다. 텔레비전, 그거 위력이 굉장하더라.

나는 텔레비전이 왜 기적을 일으켰는지 안다. 나는 그 권투 선수가 링에 올라 케이오승을 거두듯이 나도 텔레비전에 나가 데뷔전을 치렀다.

여자의 전화가 방송국 프로그램 감독을 통해 내 호텔로 걸려왔다. 많이 달라졌네요, 하더라. 잘 사느냐고 물었더니, 혼자 산다고 하더라.

네 행복의 코스트가 얼마나 비싸게 먹혔는지 알기는 아느냐고 했더니, 그런데도 불구하고 조금도 행복하지 못하다면서, 내 행복의 코스트는 또 얼마나 비싸게 먹혔는지 알기나 아느냐고 묻더라.

나도 행복하지 못하다고 했다.

날이 밝으면 돌아가야 한다만, 나는 조만간 다시 들어와 그 여자를 만나게 될지도 모른다. 피곤해진 사람들끼리 다시 만나면 어쩐지 잘될 것 같다는 생각이 든다. 결산이 좀 늦었지만, 어쩌냐? 내가 저질러놓은 일인걸?

그러나 그 여자와 다시 만나는 순간 나는 고자에서 해방될 것이다. 나는 이 점에 관해서만은 나를 잘 안다.

잃고 얻고 얻고 잃는다…….

인생이라는 거, 네 말마따나, 뭣이냐 싶다.

이것이 내 여자 이야기의 전부다.

네 여자 이야기도 좀 들어보자. 꼭 하기 싫으면 안 해도 되고…….”

노수 이야기 듣기 전에는 내게도 사연이 있을 것 같았는데 듣고 나서 생각해 보니 내게는 그런 것이 없었다. 나는 일거에 터뜨릴 황홀을 위해 그렇게 서성거리면서 준비할 일도 없었고, 한 차례의 뜨

거운 재회를 위해 그렇게 오래 감정의 내압을 높이면서 견딘 일도
없었다.

새벽녘에야 잠자리에 들면서 노수에게 지나가는 말로 물어보
았다.

"노민이는…… 노민이는 만났어?"

"노민이 같은 소리 하고 자빠졌네."

"이 자식, 듣고 있자니까 말버릇이 점점."

"우리 아버지의 나비 넥타이 수수께끼 풀었어?"

"푼 것 같기도 하고 못 푼 것 같기도 하고……."

"너는 뭘 '클리어' 하게 설명하려고 되게 애쓰더라만."

"그게 내 나비 넥타이인가……."

"네 목에도 하나 채워줄거나. 우리 아버지 나비 넥타이 말이다,
그거 그렇게 나쁜 것만은 아니더라. 나도 콧수염 하나 앞에다 척 앞
세우고 다니니까 다른 걸로는 시비하는 놈이 없더라."

우리 둘은 잠시 눈을 붙인 뒤에 늦은 아침 먹고 노수가 묵고 있던
호텔로 갔다. 노수는 자동차로 공항까지 실어다 주겠다는데도 부득
부득 호텔 들러서 짐 챙겨야 한다면서 딱 거기까지만 데려다 달라
고 했다.

나는 호텔 프런트의 당번이 노수에게, "노민 씨가 정오까지 들르
시기로 했다."는 메시지를 전하는 거 듣고는 잠깐 망연자실하다가
잘 다녀올 것을 당부하고 돌아섰다.

떠난 자리

　미국으로 떠나기 전날 밤, 보내고 헤어지는 자리는 길어도 너무 길어서 새벽 4시에야 그는 정겨운 친구들 손에서 놓여날 수 있었다.

　그런 자리가 대게 그렇듯이 겉으로는 친구들이 떠나야 할 사람 붙잡고 놓아주지 않는 것으로 보일 법하다. 그러나 멀리 그리고 오래 떠나는 자리일수록 친구들이 놓아주지 않도록 분위기 지어내는 장본인은 바로 그 자리의 주인공이기가 쉽다. 그렇다면 친구들은 짐짓 그 분위기를 좇아 새벽 4시까지 끌려다닌 셈이 된다.

　그런데도 불구하고 친구들은 놓아주지 않는다는 비난에 억울하다는 눈치 한번 보이지 않았으니 이번에는 그가 그 자리 마무리하기 쉽지 않았을 터이다.

　아버지 유품 불사르던 전날 기억이 너무 무겁게 그의 생각과 생각 사이를 무겁게 부유하고 있었기 때문일 것이다. 친구들과 술을 마시면서도 그는 내내, 시커먼 기름 덩어리가 되어 타고 또 타던, 원망스러우리만치 오래 타던 아버지의 화학 섬유제 옷가지를 생각했다. 아버지 유품이 이 땅 떠나기를 한사코 머뭇거렸듯이, 그 역시 그렇게 더 머뭇거리고 싶었는지도 모른다.

비행기 시간에 맞추려면 7시에는 일어나야 했는데 그가 눈을 뜬 것은 9시…… . 전에 없던 일이었다.

아버지 세대의 무계획과 무정견과 시간의 불경제를 비판하던 그에게 처음으로 그런 일이 일어난 것이다.

그는 항공사에 전화를 걸어 다음 항공편을 예약해야 했다.

직원이 말했다.

"오늘 김포에서 떠나 도쿄 경유하는 디트로이트 직행은 더 이상 없고요, 내일 도쿄에서 떠나는 항공편은 있습니다."

"그렇다면 오늘 밤 도쿄로 갔다가 내일 그 비행기를 타겠습니다."

"그럼 내일 도쿄에서 떠나는 그 항공편 자리 예약해 놓을까요?"

"그냥 열어두세요. 도쿄에서 마음 변하면 하루 이틀 더 자고 떠나죠."

"도쿄행 항공기 출발 두 시간 전에 공항으로 나와주십시오."

여기까지만 해도 그는 무엇이 잘못되고 있는지 알지 못했다. 그는 그러기로 하고 전화를 끊었다.

문을 열고 마당에 나서보았다. 아무도 없었다.

활동하는 시간대가 달라 전날 고모 댁 식구들과 작별 인사를 마무리 지어놓았으니 당연한 일이었다. 햇빛이 문득 그렇게 생소해 보일 수가 없었다. 그는 어린 시절 꾀병 핑계 대어 가까스로 결석하는 데 성공하고 혼자 집에서 보내던 날의 햇빛을 떠올렸다.

없어야 할 자리에 있던 날의 햇빛을 떠올렸다.

방으로 다시 들어와, 점심이라도 같이하고 싶어서 전날 밤을 밝힌 친구 중 하나에게 전화를 넣었다.

"이 시각 하늘에 떠 있어야 할 사람이 웬 점심? 약속 벌써 되어 있는데?"

또 한 친구는 말했다.

"미안하지만 혼자 먹어. 자네는 서울 떠난 것으로 간주된 사람이야. 약속이 더블로 되어 있는걸……."

망연자실, 수화기 내려놓는데 대문 소리와 함께 새벽 시장에 나갔다가 집 안으로 들어선 고모가 혀를 차면서 하는 혼잣말 소리가 들려왔다. 고모는 그가 떠난 것으로 알고 있는 것임에 분명했다. 하기야 고모로서는 7시에 떠나야 할 조카가, 그래서 전날 작별 인사까지 해둔 조카가 9시 넘도록 방 안에서 미적거리고 있으리라고 상상할 수 없을 터였다.

"아비는 죽고 아들은 떠나고……. 죽는 것도 떠나는 것, 떠나는 것도 죽는 것……. 오냐, 그래, 잘 죽었다, 잘 떠났다……. 어차피……."

"고모, 저 못 떠났어요."

그가 문을 열고 나섰을 때, 고모는 적지 않게 놀란 얼굴을 하고는, 친정 조카를 그 자리에 있지 말아야 할 사람 보듯 했다. 하기야 제대로 아침 비행기를 탔더라면 그 자리에 있지도 않을 사람이기는 했다.

"네 아버지 죽기 싫어하더니만, 너도 떠나기가 싫은 게다……."

"……."

그는 지구 반대쪽에 있는 자기 집에도 전화를 넣었다. 아이들 때문에 시아버지 장례식에도 참례하지 못한 그의 아내는 남의 말하듯 했다.

"어쩌나, 내일 저녁에 동네 사람들 모이기로 되어 있는데…… 상주 보아야 한다면서 모이기로 되어 있는데…… 있어야 할 사람이 없으면 어떻게 해요……."

장례 끝날 때까지 빌려 쓰고 있던 고모 댁 사랑채에서 보내어야 하는 낮 시간은 무엇을 하기에도 마땅치 않았다. 무소속인 채로 붕 뜬 상태에서 보내어야 하는 긴긴 시간이었다. 그런데도 아버지 무덤을 한번 더 보고 가기에는 턱없이 모자라는 시간이었다. 그는 49제 이전이니 아버지 역시 그렇게 붕 뜬 중음신으로 중천을 떠돌고 있을 것이라고 생각했다.

그날 늦은 오후 그는 고모와 또 한 차례 작별 인사를 해야 했다.

"네가 아무리 아니라고 해도, 네 아버지 세상 버렸으니 우리 집 발걸음 쉽지 않을 게다. 어디에서든 잘 살아라."

고모는 긴 이별을 예감하고 눈물을 찍었다.

"오지 말라는 말씀 같잖아요."

그는 이렇게 말마중했을 뿐, 아니라고는 하지 않았다.

그러나 그는 공항에 닿았지만 도쿄행 항공기에도 탑승할 수 없었다.

여권을 본 항공사 직원이 그에게, 일본 입국 비자가 만료되었다고 했다.

그가 항변했다.

"비자 만료되었다면 통과 여객으로 입국하면 되지요. 72시간은 괜찮습니다. 전에도 여러 차례 그랬어요."

"통과 여객은 다음 목적지로 가는 항공기의 탑승이 예약되어 있을 경우에만 가능합니다. 오늘 아침에 손님께서는 다음 목적지 탑승 시각을 예약하지 않았어요."

"아뿔싸……."

그는 그제서야 자기가 크게 실수한 것을 알았다.

"그러면 지금 예약해 주시면 되지 않습니까?"

"만석입니다. 아침에 예약하셨어야죠."

"그러면 내일이나 모레나…… 입국하고 나서 72시간 경과하기

이전에 도쿄에서 다음 목적지로 떠나는 항공편의 자리를 지금 예약해 주세요. 그러면 입국에 지장이 없을 게 아닙니까?"

"도쿄에서 손님 목적지로 가는 항공기는 한 주일에 두 번밖에 없습니다. 따라서 72시간 전에는 떠나는 항공기가 없습니다. 따라서 손님은 사흘 뒤 여기에서 떠나는 직행을 타셔야 합니다. 미안합니다."

"……"

그는 거대한 조직이 만든 복잡한 규약으로부터 훼방을 당하고 있다는 근거 없는 느낌에 시달렸다. 그러나 그의 느낌은 옳지 않았다. 거대한 조직이 그의 부주의함을 방조하지 않고 있을 뿐이었다. 그는 긴장이 풀어지는 바람에 조직과의 약속에 부주의했던 것을 후회했다.

사흘 뒤의 직행 항공편을 다시 예약하고 돌아선 그는 망설였다. 여관에는 들고 싶지 않았다. 뜨거운 숨을 할딱거리는 사람들로 붐비는 여관 분위기는 그를 지배하는 분위기에 어울리지 않았다. 더구나 혼자 있고 싶지도 않았다. 아버지가 남긴 적막을 홀로 지내면서 혼자 수습해야 하는데, 그에게는 여관방에서 혼자 우는 울음을 견뎌낼 만한 용기가 없었다.

그는 큰 옷가방은 화물 보관소에 맡기고 조그만 손가방 하나만 들고 공항을 나섰다. 기왕지사 그렇게 된 것, 떠나기 전에 아버지 무덤에 다시 한번 다녀오고 싶었다. 그러자면 여관에 묵는 것보다는 아무래도 고모 댁으로 다시 들어가 거기에서 지내는 편이 여러모로 나을 것 같았다. 그래서 늦은 오후에 떠나온 고모 댁으로 어둠에 묻어서 올라갔다.

그러나 그는 그 집으로 들어가지 못했다.

밖에서 살며시 엿본 그 집안 풍경이 그를 그렇게 만들었다.

학교에서 돌아온 그의 고종 사촌 동생 둘이, 큰 짐이라도 벗은 듯한 얼굴을 하고 연신 깔깔거리면서 그가 쓰던 방을 털고 쓸고 닦고 있었다. 그가 며칠 동안 쓰던 이불과 요와 베개는 안채 마루로 옮겨져 있었다. 그냥 옮겨진 것이 아니었다. 호청과 베갯잇이 벗겨진 채로 옮겨져 있었다.

고모는 마당 한켠의 빨래터에서 요 홑청과 베갯잇을 빨고 있었다. 이불 홑청은 벌써, 마당에 쳐진 빨랫줄에 널린 채로 허연 장막이 되어 그의 눈앞에서 일렁거렸다.

그는 전날 아버지 유품 불사르던 것을 생각했다.

그러고는, 반드시 그래야 할 것 같아서, 돌아섰다.

구멍

"일본 공항 입국장에서는 줄을 잘 서야 한다. 젊은 여자들 많이 섞여 있는 줄은 피하는 것이 상책……."

"피하지 않으면?"

"입국에 시간이 걸리지."

"뭔 소리여?"

"젊은 한국 여자들 중에는, 불법체류하면서 노란 아르바이트를 즐기는 그렇고 그런 여자들이 적지 않게 섞여 있는 것이 보통. 입국 심사관들은 이런 쪽으로 빠질 가능성이 있는 여자들에게 까다롭게 굴 수밖에 없는 것이고 따라서 상륙 허가 도장 받는 데 시간이 많이 걸린다는 것인데……."

"그렇게 많아?"

"반듯이 굴면 구경시켜 주마."

나리타 공항 입국장 들어서면서 그가 뒤꼭지로 들은 소리였다. 일본 땅이라서 더욱 부주의하게 들리는 농담이었다.

어떻게 생겨먹은 새끼들이야……

그는 뒤를 돌아다보려다가 공연히 껴드는 인상을 주고 싶지 않아서 가만히 한쪽으로 비켜섰다. 짐이 간편해서 일본 나들이 자주 하는 듯한 청년 하나와, 큼지막한 손가방을 끌며 사방 두리번거리는 품으로 보아 초행인 듯한 청년 하나가 지나가는데, 두 청년의 입가에 묻은 비굴한 미소가 보는 그의 마음에 좋지 않았다.

인마, 무슨 자랑이야?

"손님 여러분, 내국인이 이용하실 입국 심사장은 1번에서 5번까지, 외국인은 5번에서 8번까지, 통과 여객은 13번……."

녹음된, 여자 목소리가 말했다.

그렇고 그런 여자들이 많았던지, 그가 서 있던 줄은 입국 수속이 유난히 더뎠다. 그래서 그는, "손님 여러분"을 여러 차례 들어야 했다.

그가 상륙 허가 도장 받고, 짐 나오는 '배기지 컨베이어(자동 운반대)' 쪽으로 내려섰을 때는 그의 트렁크 하나만 벨트를 탄 채 외로이 돌고 있었다.

세관 지나 입국 게이트를 나서는데 중년 여자가 앞을 막고 허리 꺾어 절하면서 말을 걸었다.

"실례합니다. 저희들은……."

"……."

여자가 종이쪽지 한 장을 내밀면서 빠른 일본말로 지껄이는데, 그로서는 무슨 말인지 얼른 알아들을 수 없었다.

"……미안하지만 일본말, 잘은 못합니다."

그의 일본어 발음을 듣고서야 여자는 다시 한번 허리 꺾어 절을 했다. 그러자 여자의 얼굴 있던 자리에 선배의 얼굴이 나타났다. 여자는 그와 선배의 만남을 방해하지 않으려는 듯이 허리를 구부린 채 조심스럽게 두 사람 사이를 비켜섰다.

선배의, 예정에 없던 마중이었다.

"아니, 저녁에 '긴자〔銀座〕'에서 만나기로 되어 있잖아요?"

"조금 있으면 저녁때가 되지 않나? 피치 못할 약속이 껴드는 바람에…… 밤 비행기로 서울 가야 하게 생겼다. 그러니까 같이 밥이나 먹자고……."

"하기야 워낙 물가가 비싼 도시이니, 후배 데리고 '풀코스' 뛰기보다는 서울로 튀는 쪽이 경비 절감에 유리하겠네요. 더구나 그 후배라는 것이 관리비가 수월찮게 드는 물건이니……."

"그렇게 나올 줄 알았어……. 그나저나 해주지 그랬나?"

선배가 복잡하게 웃었다.

"뭘 해줘요?"

"조금 전의 그 아주머니……."

"벌건 대낮에 공항 대합실에서요?"

"사람이 말이야, 꼭 말을 해도……. 앙케트 말이야."

"앙케트 받으러 나온 아주머니였나요?"

"'종군위안부 문제를 다시 생각하는 모임'이 돌리는 앙케트 같던데, 몰랐어?"

"말이 너무 빨라서……. 외국어는 원래 너무 빠른 물건인가? 앙케트가 겨냥하는 게 뭔가요? 앙케트가 강화시키려 드는 게 우익의 입장인가요, 좌익의 입장인가요?"

"일본의 보수주의자들이 저 아주머니를 별로 안 좋아할 터이니, 우익은 어림도 없이 아닐 테지."

"그런데도 안 잡아가요?"

"이른바 민주주의 국가라는 것을 보증하는 훌륭한 '데코레이숑〔裝飾〕'인데 왜 잡아가? 일본 사회의 정치 디자인, 그거 만만하지 않다고."

"한국말 중국말도 할 줄 아는 아주머니 하나 세워놓으면 국제도시의 관문이니까 국제적인 앙케트가 될 텐데……."

"일본인들이, 한국인 중국인에게 이른바 '객관성'이 있을 거라고 믿겠어? 입장이 만장일치로 정리될 텐데. 그나저나 갑작스러운 걸음인데?"

"……."

"회의는 핑계일 테고……."

"어쩐 일로 왔느냐……. 우리도 이제 이만하니, 왜놈들 기생 관광의 '리턴매치' 한판쯤 벌일 때가 되지 않았겠어요?"

"'리턴매치' 좋아하네. 조심해, 이 사람아. 까딱 잘못하면 소경 제 닭 잡아먹는 데가 도쿄야."

"그것도 나쁘잖고……."

"아직도 혼자?"

"……."

"소식 여전히 없으시고?"

"……."

"그러게 내 뭐랬어?"

"……."

리무진 버스 정거장에 이르러서야 그는 주머니를 차례로 선드려본 다음 낭패한 얼굴을 하고 투덜거렸다.

"이런 제기…… 형이 자꾸 말 시키는 바람에 환전하는 거 까먹고 나와버렸잖아요?"

"리무진 버스표는 아까 내가 사뒀어. 환전은 호텔 가서 해도 되는 거고."

"호텔에서 원화(圓貨)로도 바꿔줘요? 옛날에는 달러밖에는 안 됐는데?"

"요즘은 돼."

"그럼 일본 아가씨들도 원화 받겠네요?"

"하여튼 이 친구는 대화를 허리 아래로 끌고 내려가는 데 뭐 있어. 언제 그 버릇 버릴 거야? 부러진 팔십이 넬모레인데……."

"넬모레까지는 시간이 있잖아요."

"아직도 혼자냐고?"

"……."

"소식도 없으시고?"

"재미없는 소리 마시고……."

"하기야 남의 사생활이니……."

리무진 버스에 오를 때까지도 그는 선배의 질문에 대답하지 않았다. 자로 잰 듯이 움직이며 버스 화물칸에 짐을 집어넣던 리무진 버스 회사 직원들이 버스가 떠나려 하자 일렬횡대로 도열해서 손님들을 향해 공손하게 절을 했다.

"좌우지간 허리 근육 한번 부드러운 족속이야……."

화제를 돌리려고 그가 턱으로 버스 회사 직원들을 가리키면서 한 말이었다.

"자네 허리도 일본인들 못지않게 부드럽잖은가?"

"그런 뜻이 아닙니다."

선배는 더 이상 대꾸하지 않았다. 고속도로에 진입하기까지는 버스 달리는 것이 그랬듯이 대화도 단속적이었다.

버스가 고속도로에 진입한 뒤에야 선배가 느긋이 의자 등받이에 기대면서 입을 열었다.

"……환경경제학은, 환경을 경제적으로 보호하고 이용하는 방법을 연구하는 학문이야, 아니면 경제학은 경제학인데 환경을 중요한 변수로 치고 연구하는 경제학이야?"

"시집살이 십 년 하고도 시어미 성 모른다더니…… 정치경제학이 어디 정치학입디까?"

"어쨌거나 공교롭게 되었다."

"뭐가요?"

"서울 사는 자네는 회의 때문에 도쿄 오고, 도쿄 사는 나는 회의 때문에 서울 가게 생겼으니……."

"형은 무슨 회원데요?"

"회의라기보다는 무슨 환경 문제 세미나 같은 것인데…… 대형 쓰레기를 처리하는 일본의 행정 현황이나 관행 같은 걸 좀 조사해서 보고해 달라는 것인데……."

"외무 공무원에게요?"

"그 방면 전문가와는 얼른 연락이 닿지 않는 모양이야. '짱〔長〕'의 아우가 세미나를 '오거나이즈〔組織〕'한 모양인데…… 말하자면 만만한 졸병이 대타(代打)로 징발되고 만 것이지."

"오나가나……."

"자네도 환경 회의에 참석하지 않나?"

"제가 참석하는 건 환경 회의가 아니라니까 자꾸 이러시네."

"하여튼 내 말 한마디 들어보라고……. 우리 어릴 때 말이지…… 오줌 가지고 못된 장난 많이 하지 않았나? 여름에는 개구리 잡아 오줌을 먹이기도 하고, 겨울에는 오줌발로 눈 위에다 낙서도 하고…… 먹 감을 때는 오래 누기를 겨루었는가 하면, 높이 쏘아올리기, 멀리 쏘아보내기도 겨루지 않았나? 하지만 자네도 잘 알다시피 우리에게도 한 가지 금기가 있었다. 흐르는 물에는, 설사 그것이 타관의 시내라고 하더라도 절대로 오줌을 누어서는 안 된다는 것이었다. 어른들은, 물에다 오줌을 누면 고자가 된다고 했다. 고자라는 말이 정확하게 무슨 뜻인지 모르면서도 우리는 어떻게 하든지 고자는 안 되어야겠다고 생각했던 것임에 분명하다. 그래서 한사코, 흐르는 물에만은 오줌을 누지 않으려 했다……."

"좋은 말씀이기는 한데…… 설사 그것이 타관의 시내라고 하더라도…… 이 구절이 턱 걸리네요? 설교가 시작되는 것 같아서……."

"들어봐, 이 사람아…… 일석이조라고……. 자네가 하도 아슬아슬하게 구니까 일본에서는 조심하라고 하는 소리야."

"제가 뭘 그렇게 아슬아슬하게 굴었어요?"

"서울 가면 서울 여자 걸터들고, 부산 가면 부산 아가씨 보듬고…… 미국 가면 백마, 중국 가면 쿠냥…… 하여튼."

"인도주의 정신의 발로라니까 이러시네. 더불어 사는 사회에서는 인도주의적인 정신이 필요하다니까 이러시네. 하기야 자기 입에 들어가는 것에만 관심하는 분들이 알아들을 턱이 없지만……."

"자기 입에 들어가는 것에만 관심하지 않으면?"

"나눠 써야 될 거 아니냐고요?"

"좋아, 좋아. 나도 인도주의적으로 말해 줄 테니 들어보라고……. 중학 시절이던가? 심술부리느라고 시험 삼아 맑은 물에 오줌을 누려고 해봤는데 오줌이 안 나오더라고……. 연습이 이래서 무서운 거라고……. 덕분에 많은 사람들은 그 맑은 물 길어다 허드렛물로는 물론이고 식수로도 쓸 수 있었을 거라……. 아무 데나 오줌 누고 다니는 거 아니야. 내가 곁에 있어야 하는 건데……. 하여튼 도쿄에서 물 휘정거릴 생각 말게."

"도대체 왜 이래요?"

"나는 그래서, 흐르는 물에는 오줌을 누려고 해도 안 나와."

"좋으시겠다."

"웃음 파는 여자들 생계 걱정을 유난히 많이 하는 자네와는 달라서 돈도 안 들고…… 양심의 부채도 안 생기고…….”

“대단히 죄송스러운 말씀이지만 그걸 보고, 덜떨어졌다고 하는 겁니다.”

“이 친구가……. 사실은 서울 가서 할 말 생각하다 보니 어린 시절 생각이 난 것이네.”

“……웃음 파는 여자라니까 생각나는데, 아까 입국장 들어오면서 고약한 농담을 들었는데요. 입국 심사관들이 젊은 한국 여자들에게만은 유난히 까다롭게 군다는 소린데…… 제가 생계 걱정해야 하는 한국 여자들이 유흥가에는 정말 그렇게 많은가요?”

“많지.”

“체감할 수 있을 정도로요?”

“70년대에는 일본 사내들이 한국으로 찾아 들어가더니만 요즘은 한국 여자들이 일본으로 찾아 들어오니……. 민간단체가 정신대 문제를 거론하자면 일본인들 매춘 문화의 도덕성을 물고 늘어져야 하는데 철없는 여자들 때문에 이런 단체의 입장이 난감해질 때가 한두 번이 아니라고 하더구면. 보자고…… 정신대의 피눈물을 매춘으로 더럽히는 이 한심한 세태. 매춘의 목적이 무엇인가? 호사를 위한 매춘이다. ‘브랜드스키’의 매춘이다.”

“그 전문 용어는 또 뭐요?”

“브랜드가 번듯한 물건으로 사치하기 위한 매춘이다, 그 말이다. 그러니까 자네만이라도 조신하게 지내다 가라고…….”

“조신하게 지내다 가면?”

“수요가 끊기면 공급도 중단되겠지.”

“저를 무슨 상습범으로 보시는 모양인데…….”

“자네 전과를 자네만 모르나?”

“글쎄요, 그놈의 전과 때문에 팔자에 없는 홀아비 신세이니 조만간 개과천선의 눈치는 보여야겠지만 혼자 노력한다고 될지…….”

 “되고말고. 이 대목에서 자네의 그 인도주의적인 더불어 살기의
정신을 논파하고 말거나? 내가 서울에서 보신탕 먹으러 다니니까
우리 집사람이 그러더라고…… 먹지 말라고……. 수요가 끊기면 공
급도 중단될 테니까 악순환의 고리를 끊어보라고……. 내가 그때
자네와 똑같은 대응 논리로 맞섰다. 나 혼자 안 먹는다고 개가 안
맞아죽겠느냐고…… 나 혼자 그런다고 악순환의 고리가 끊어지겠
느냐고……. 그래서 그 뒤로도 별생각 없이 서울 들어가면 친구들
과 어울려 다니고는 했다. 그런데 말이다, 대구 내려갔더니 우리 어
머니 왈, 나라 밖 떠도느라고 몸이 많이 축났을 터이니 개소주 한 마
리 내려 먹고 가거라, 그러시는 거라. 그럴까요, 하고 가만히 생각해
보니, 꺼림칙해. 그렇지 않고? 한 마리분의 개소주를 나 혼자서 먹
으면, 이건 개 한 마리가 맞아 죽는 책임을 나 혼자서 송두리째 지게
되는 셈이야. 어 뜨거라, 싶어서 서울로 도망쳤다. 그 뒤로는 그런
집 앞 얼씬도 않아. 주범은 안 되고 종범은 괜찮다…… 이건 말장난
에 지나지 않는 거라고. 그러니까 조신하게 지내다 가거라.”

 그러나 그는 조신하게 그날 밤의 여독을 다스리지 못했다. 그 자
신의 기질 탓이었다.

 선배는 저녁 자리가 파한 즉시, 서울 다녀와야 한다면서 선 김에
‘나리타’ 공항으로 갔다. 오래간만에 나라 밖으로 나선 그에게는
호텔에서 죽치기에는 너무 이르고 도쿄에 터 잡고 사는 다른 친구
불러내기에는 너무 늦은 시각이기는 했다. 그러나 불러낼 마땅한
친구가 있었다고 하더라도 그는 불러내지 않았을 터였다. 혼자 마
시기를 좋아하는 그를 두고 친구들은 단독 범행의 명수라고 부르고
는 했다. 그는 호텔방에 가방 놓고 나와, 로비에서 돈만 바꾸어 넣
고는 다시 번잡한 거리로 나섰다.

문제의 사내가 접근한 것은, 그가 '야타이'라고 불리는, 서울의 실내 포장마차와 비슷한 술집에서 혼자 술을 마시고 있을 때였다. 그는 매춘 조직의 바람잡이들이, 야타이에서 혼자 술을 마시면서 심상치 않은 분위기를 지어내는 사내를 그냥 두지 않는다는 것을 오랜 직간접 경험으로 잘 알고 있었다. 그는, 친구들이 자신을 호색한이라고 부를 때마다 이런 주장을 앞세워 받아치고는 했다.

"나는 산이라면 오르고 물이라면 건넌다. 나는 알프스가 아니라서 가만히 붙박힌 채로 나그네를 기다릴 수가 없기도 하려니와 알프스가 되기보다는 나그네가 되는 편이 좋다. 나는 문진(問診)보다도 청진(聽診)보다도 촉진(觸診)하기를 좋아한다. 나는 하나의 풍경을 통해서 여행 중인 나라 혹은 사회 정의하기를 좋아한다. 부분을 통해서 전체를 읽는 것이다. 그러자면 혼자 다니는 것이 좋다. 단독 범행에도 물론 유리하다. 그러나 오해하지 말기 바란다. 나는 호색한이 아니다. 사람의 현상에 유난히 관심이 많은 사람일 뿐……. 그런데 부분을 통한 전체 읽기로는 여자만 한 것이 흔하지 않다. 과거가 복잡한 타향 여자, 이국의 여자와 자보지 못한 사내는 인생의 참맛을 모른다……."

그가 마시고 있던 곳은 유난히 정장(正裝)한 술꾼이 많은 도쿄 중심가 뒷골목의 야타이였다. 그는 야타이 창가에 앉아 골목길에다 눈을 댄 채 술을 마시면서 그날의 운을 시험해 보고자 했다.

그가 앉아 있는 야타이의 맞은편 술집에서, 정장한 젊은이 하나가 달려 나와 하수구에 머리를 박고, 마신 것을 토하기 시작했다. 비슷한 또래의 젊은이가 뒤따라 나왔다. 뒤에 나온 젊은이는 토하고 있는 젊은이의 등을 두드려주었다. 실내 포장마차 비슷한 야타이의 문은 활짝 열려 있어서 두 사람의 대화가 그의 귀에까지 들려왔다.

"더 이상은 못 마시겠다. 나 먼저 갈 테니까 부장에게 말해 줘."

토하고 있던 젊은이가 핼쑥한 얼굴을 들고 고개를 저었다. 그러자 등을 두드려주던 젊은이가 말했다.

"안 돼. 아무 일도 없었던 것처럼 들어가야 해. 그러지 않으면 부장이 앞으로도 너를 우습게 볼 거야. 알았지?"

토하던 젊은이는 잠시 생각해 보는 눈치를 보이더니, 등 두드려주던 젊은이 뒤에 묻어 술집으로 비트적거리며 따라 들어갔다.

그는, 일본 월급쟁이들이 연출하는, 산뜻한 풍속도 한편이 될 듯한 풍경을 내려다보면서 잔을 비웠다.

30대 후반으로 보이는 사내가 모들뜨기 눈으로 핼금핼금 좌우의 눈치를 살피며 그에게 다가와 속살거린 것은 바로 그 직후였다.

사내가 쓴 말은 물론 일본말이었다.

"'달링'이 필요하다고 생각하지 않으세요?"

그는 웃기만 했다. 웃으면서도, 우습게 보이지 않으려고 조금 긴장했다.

사내는 안주머니에서 장부 같아 보이는 길쭉한 수첩을 꺼내어 그의 앞에다 펼쳤다. 첫 페이지에 굵은 글씨로 박힌 것은 광고 문안이었다.

옆자리의 일본인들이 소리 나지 않게, 음흉하게 웃기 시작했다.

그들은 벌써 사내의 정체를 파악하고 있음에 분명해 보였다.

2회전 可

체인징 파트너 무료 봉사 可(단체)

여고생 교복, 간호사 제복 可

도내(都內) 출장 可

영수증 발행 可

각종 카드 可

여기까지는 그도 무슨 뜻인지 알아먹을 수 있었다. 그러나 그 방면의 선수로 불리는 그에게도 '속박 전문 可'는 요령부득이었다. 문득 호기심이 동했던 그는 서툰 일본말로, '속박 전문'이 무슨 뜻인가요, 하고 물어보았다.

"아, 한국인이셨군요."

그의 일본어 발음을 듣고서야 사내가 활짝 웃었다. 그가 일본어에 능숙했다면 그 역시 사내의 일본어 발음만 듣고도 한국인인 줄 알 수 있었을 터였다. 그러나 그의 일본어는 땅밥도 채 떨어지지 못한 토막 일본어, 따라서 발음상의 미묘한 차이를 알아들을 수 있는 정도에는 어림도 없이 못 미쳤다.

"그렇다면?"

그가 한국어로 물었다.

"네…… 미안합니다. 배운 도둑질이라고…… 나라 밖으로 나와서까지 이 짓입니다."

"……이거 말인데요……."

그가 '속박 전문 可'를 손가락질했다.

"아, 그거요? 일본에는 희한한 사람이 워낙 많아서요. 가죽끈이나 사슬로 여자 묶어놓고, 그걸 보고 즐기는 사람들이 유난히 많답니다. 그래서 전문 선수들을 구비하고 있는 거지요. 속박 전문 선수를 찾으시는군요?"

"천만에요."

사내는 장부 같아 보이는 길쭉한 수첩을 그의 눈앞에다 펼치고 한 장씩 넘겨주었다. 수영복 차림의 젊은 여자들 사진이었다. 다리를 길고 곧게 보이게 하려고 모델과 사진사가 애쓴 흔적이 역력했다.

마지막 장이 넘어가자 그가 고개를 가로저었다.

사나이가 목소리를 낮추었다.

"'엔조고사이[援助交際]'는 어떨까요?"

"'엔조고사이'라뇨?"

"아르바이트하는 학생들이 선수로 나옵니다. 손님께서 그 학생들
의 학비를 원조해 주시는 겁니다. 물론 학생들은 손님께 육탄원조를
아끼지 않을 것이고요. 말하자면 누이 좋고 매부 좋자는 것이지요.
어떤 경우든 제 차로 현장까지 모셔다 드리는 것도 가합니다."

그는 여전히 고개를 가로저었다.

사내가 속삭였다.

"일본 선수가 싫으시면, 한국 선수도 있습니다. 증거 남기면 곤
란해지니까 앨범은 만들지 않습니다만……. 동경도내(東京都內)면
어디든 출장이 가능합니다. 제 차로 가시는 것도 물론 가하고요."

"가한 것이 많군요."

"한국 선수의 경우는 일본 선수의 반액입니다. 여고생 교복이나
간호사 제복을 착용할 경우 20퍼센트의 가산금이 붙지만요……."

"……."

"고국보다 쌉니다."

"글쎄요, 나는 시세를 몰라서……."

사내는 목소리를 더 낮추었다.

"북쪽 선수도 있습니다. 함경도 사투리, 평안도 사투리를 원단으
로 끝내주게 씁니다. 한국 선수가 연습해서 쓰는 것이 아닙니다. 따
라서 손님께서는 통일에 앞서 북쪽 여자들과 즐기는 행운을 앞당겨
누리시는 것도 가합니다."

"……."

"러시아 출신의 고려족 선수도 있습니다. 방학 중에 건너온 아르
바이트 학생들이 대부분입니다. 일본 물가가 비싸서 보따리 장사가
안 되니까 아르바이트 틈틈이 관광으로 여가를 쾌적하게 선용하면

서 이렇게들 한철을 보내다 가지요. 하지만 바야흐로 찬바람이 부는 계절이 오면서 값이 폭락세를 보이는 만큼 흥정도 가합니다."

"……."

"연변 조선족 선수도 있습니다. 일본 손님에게는 비쌉니다만 한국 손님에게는 쌉니다. 한국 선수의 반액이면 되니까요. 도쿄에서 이런 가격, 흔하지 않습니다."

"……."

"이것도 아니고 저것도 아니라면 어디 주문을 한번 해보시지요. 저는 상당수의 '클럽 바' 선수들을 확보하고 있습니다. 아르바이트 선수는 전화번호만 가지고 있지만요……. 따라서 웬만한 입맛이라면, 어느 정도 맞추어드리는 것도 가합니다."

"……."

"……여자들을 욕하지 마십시오. 모두, 알고 보면 사연도 있고 눈물도 있는 여자들입니다."

"그럴 테지요."

"사연도 있고 눈물도 있는 한국 선수들의 생활비 보태주시는 셈 치시고……."

"내 코가 석 자…… 올시다."

웃음을 파는 여자들의 생활비 걱정한 경험이 풍부한 그도 사내의 말에는 기가 죽은 채, 기어 들어가는 소리로 대꾸했다.

"이 짓으로 벌이가 안 되면 선수들은 '헤리꿈타'로 빠집니다. 막 가는 '구찌'지요. '유에프오'도 '유에프오'지만 '라이브'로 빠졌다 하면……."

"'유에프오'?"

"'헤아 누도〔淫毛露出〕'가 안 되니까 모자이크 화면으로 '헤아'를 가려주잖아요? 그러니까 실연(實演) 안 해도 되거든요……."

'라이브'는 물어볼 것도 없었다.

"어떻습니까?"

"오래전에 헤어졌던 동포와 이 도쿄 바닥에서 감동적인 해후를 경험한다? 에이, 사양하겠어요."

"비용으로 말씀드리면 시간제 '게이샤' 구경하면서 마시는 비용에도 못 미칩니다. 게이샤도 게이샤 나름이겠지만 웬만한 급수도 오래 마시다 보면 할증료가 누진으로 붙어서……."

"그럴 형편이 못 되어서 이렇게 야타이에 쭈그리고 앉아 청승 떠는 줄 알아주시오."

"그러면…… 전화를 걸어서, 함께 마실 용의가 있는 선수를 찾아볼까요? 저에게 약간의 사례만 약속하시면 됩니다. 물론 함께 마시다 '애프터'를 가는 것도 가합니다. 그것은 두 분이 알아서 하시면되는 일이고……."

"그만둡시다."

"솔직하게 말씀드리면…… 프로야구 결승 때문에 우리가 요 며칠 죽을 쑤고 있습니다. 개점휴업인 것이지요."

"과연 은근과 끈기가 대단하군요. 좋아요, 그렇다면 함께 마실 사람으로 불러주겠소? 말 상대가 되어줄 한국 여자면 족하겠어요. 조선 여자, 조선족 여자, 고려족 여자는 다 그만두시고요."

"그래도 객지인데 기왕이면……."

"좀 피곤해서요. 과부하(過負荷)는 싫소."

"과부하라니요?"

"심정적 과부하 말이오."

"……."

"못 알아들으시네. 해외 동포와 해후할 마음의 준비까지는 안 되어 있다, 그 말이오."

"알겠습니다. 잠깐만 기다려주시겠습니까? 금방 연락이 가하니까……."

사내는 선수 사진첩을 안주머니에 넣는가 싶더니 같은 주머니에서 핸드폰을 꺼내 들고 밖으로 나갔다.

첫 번째 선수와의 접선은 실패로 돌아가는 눈치였다. 사내의 표정이 잠깐 어두워졌다. 그러나 곧 표정이 밝아지는 것으로 보아 두 번째 선수와의 접선은 성공한 모양이었다.

물 토하던 젊은이와 그 젊은이의 등 두드려주던 또 한 젊은이 말소리와는 달리 사내의 목소리는 너무 작아서 그의 귀에 들리지 않았다. 통화 상대는 그 근방 지리에 밝은 선수임에 분명했다. 사내는 짤막하게 네댓 마디 나누는 것 같더니 곧 핸드폰을 접어 주머니에 넣으면서 야타이 안으로 들어왔다.

"20분이면 바로 이 야타이로 들어설 겁니다. 자, 어떻게 할까요? 저를 믿어주시겠습니까? 믿지 못하시겠다면 저는 선수가 들어올 때까지 기다리겠습니다만, 믿어주신다면 오천 엔이라는 아름다운 사례금으로 지금 사라지겠습니다. 저를 믿어주시겠습니까?"

"믿기로 하지요."

"문제의 선수는 손님을 '김 선생님'이라고 부를 겁니다."

"내 성은 김가가 아닌데요?"

"오늘 밤만은 김씨가 되는 겁니다."

"암호인 모양인데…… 그렇다면 어쩔 수 없지요."

"그럼 좋은 밤 되시기를 빌면서 저는……."

그는 사내에게 돈을 건네주었다.

사내는 더 이상 얼굴 보이기가 싫었던지 각도가 깊숙하게 절을 하고는 얼굴 내리깐 채로 돌아섰다. 돌아서면서 야타이 주인에게 눈인사를 했던 모양이었다. 주인이 한쪽 눈을 찡긋해 보였다. 사내는 핸드폰을 꺼내 눈 가리는 시늉을 하면서 밖으로 나갔다.

"'사이상[崔氏]'이 신났군요."

야타이 주인이 그에게 말을 건넸다.

"객고를 풀자는 것이 아니랍니다. 어떻게들 사는지 그저 궁금할 뿐……."

그는, 주인 보기에 민망해서 말꼬리를 흐렸다.

20분이 길게 느껴졌지만 그는 시계를 보지는 않았다. 술잔 잡는 손질이 잦아졌을 뿐이었다. 그는 야타이 바깥을 내다보고 있다가 주방 쪽으로 돌아앉았다.

주인에게, 여자 기다리고 있다는 인상을 주기가 민망했던 탓이었다.

"안녕하세요, 김 선생님……."

"……."

맑은 음성이 들리면서 어깨로 올라오는 손이 있었다. 그러나 그는 얼른 고개를 돌리지 못했다.

미간이 좁으장하게 오므라들면서 그의 몸이 팽팽하게 긴장했다. 들어본 적이 있는 듯한 음성이었기 때문이었다. 그는 뒤를 돌아다보지 못했다. 고개를 돌리면 뻣뻣하게 긴장한 목이 뚝 부러질 것이라고 생각했는지도 모른다.

"안녕하세요, 김 선생님이시죠……."

"!"

그러던 그가 고개를 돌렸다. 목이 부러질 때 부러질 값에라도 고개를 돌렸다. 그러나 그의 목은, 굳어져 있지 않아서 부러지지도 않았다.

정작 그의 몸이 굳어진 것은, 부름을 받고 달려온 선수의 모습을 본 순간이었다.

달려온 선수는 다른 여자가 아니었다.

지아비의 외박 잦은 것을, 여자들과의 교제 문란한 것을 부부 싸움의 제목으로 삼고 줄기차게 투쟁하다 6개월 전에 집을 나가 소식을 끊었던 그 자신의 아내였다.

그는, 아내가 지아비인 자신을 알아보는 순간, 그 자신과 아내는 물론, 자신과 아내를 '삥 둘러싸고 있는' 온 세상이 고자가 되어가고 있다는 것을 알았다. 그는, 밤 비행기 타고 서울로 떠나면서 선배가 남기고 간 말을 떠올렸다.

"……문제는 배 밑구멍이다. 이 한심한 친구…… 배 밑구멍이라니까 딴생각하고 있어. 서울 가서 한마디 할 궁리를 하다가 얼김에 하게 된 생각인데…… 환경이 무엇이냐? 우리를 삥 둘러싸고 있는 것, 그것이 환경이다. 환경은 배와 같은 것이 아닐까 싶다. 우리는 모두 한 배를 탄 뱃사람들이다. 제 자리 밑이라고 해서 함부로 배 밑에 구멍을 뚫을 수는 없는 것이다. 배 밑에 구멍…… 이것이 이번 세미나에서 나의 논지 노릇을 할지도 모르겠다. 몸조심해, 이 사람아."

뱃놀이

늦장가 든 신랑이, 나이 지긋한 신부와 함께 나선 첫나들이였다.

신랑은 등산복 차림인데 신부는 화사한 분홍빛 원피스 차림이었다. 늦장가 든 신랑은 신랑 티 내지 않으려고 부러 그런 차림을 한 것 같고, 나이 지긋한 신부는 그렇게 차려입어 볼 기회가 많지 않을 것으로 생각하고 그랬던 것일까?

차림이 그래서 어쩐지 집에서 함께 나선 신혼부부 같아 보이지 않았다.

실로 감개가 무량해서 그랬을 것이다.

신랑이 신부 손잡고 연지 저수지 순환도로에서 보트 계류장으로 내려서면서 중얼거리는데 소리 끝이 갈라지면서 가볍게 떨렸다.

"연지 얼굴 마주하고 연지에서 뱃놀이할 날…… 나는 이렇게 올 줄 알고 있었지."

"기다렸지, 하면 될 걸 가지고, 늘상 뚝뚝 부러지게, 알고 있었지, 그러시더라."

역시 나이가 한참 들어서야 그의 차지로 돌아온 신부 심연지가 보기 싫지 않게 실눈 바라기를 했다. 사범대학 부속 중고등 동기 동창이어서 어릴 때부터 서로 하대하던 사이인데도 재회 이후로는 말씨가 서로 정중했다. 신부의 말씨는 예대로 바뀌어 있었다. 신부는 두 사람 사이를 흐른 세월의 골 앞에서 눈물겨우리만치 조심스러웠다.

"마냥 기다리는 것과 알고 기다리는 것은 다르지……. 연지 얼굴 마주하고 연지에서 뱃놀이할 날…… 나는 이렇게 올 줄 알고 있었다고."

"……."

"부르고 대답하는 것처럼……."

"옆도 안 돌아보고 내닫는 저 성미……."

"우연이 아니고 필연이거든."

"확신 또 확신?"

"그것은 병이기도 하고 약이기도 하지요."

연지에는 벌써 여남은 대의 보트가 띄엄띄엄 떠 있었다.

신혼부부가 보트 타고 늦여름 휴일 오후를 느긋하게 즐기게 될 터인 연지는 술모산 자락에 펼쳐져 있는 거대한 저수지의 별명이다. 실용성을 앞세운 정식 명칭은 술모산 담수 저수지이지만, 이 긴 본명은 관청 사람들 입에나 오르내릴 뿐, 시민들 사이에서는 거의 쓰이지 않는다.

그 까닭은, 연지 방축을 걸어보면 누구나 알게 된다. 연지라는 별명으로 불러야 그 소리 울림과 함께 저수지 남쪽 방축에 면해 펼쳐져 있는, 아름답다 못해 종교적이기까지 한 연밭 모습이 떠오른다. 소나기 온 뒤 연지 방축 거닐어본 사람은 소나기조차도 연잎이나 연꽃에는 그 흔적을 남기지 못한다는 것을 잘 안다.

억수에는 견디어도 가랑비는 새어 들어가는 데가 연밭이라던가. 그에게는 연지 방축을 걸은 경험이 풍부하다. 비 온 뒤 연지 연밭의 선명한 초록색 연잎은 가슴이 철렁 내려앉게 할 만큼 아름답다. 무지개 구경이라도 얻어걸리는 날에는 어른 아이 할 것 없이 낯색이 연꽃빛 될 만큼 행복해지곤 하는 곳이 바로 비 갠 다음의 연지 방축이다. 연지는, 실용적인 이름으로 불리지 않을 때 성큼, 그 지방 사람들 마음의 고향 자리로 오른다.

신랑 신부에게 연지는 여느 호수나 저수지가 아니다.

그 연지 수리조합장 일을 맡고 있던 양반이 딸을 낳자 '연지'로 딸 이름을 삼은 것은 그로부터 40여 년 전 일이다. 그로부터 긴 세월이 흐른 그날, 신랑이 신부 심연지와 얼굴 마주하고 연지에서 뱃놀이를 할 수 있게 되었으니 신부에게 연지는 벌써 여느 호수나 저수지일 수 없다.

신랑에겐들 여느 호수, 여느 저수지일까.

우연이 아닌 필연…….

신랑의 이 한마디가 신부 귀에는 그렇게 든든하게 들릴 수 없었다.

"……오시게 되어 있는 비, 기우제로 맞은 것은 아니고요?"

신부는 뽑을까 말까 망설이면서, 악력이 심술궂은 신랑 손 안에서 작고 여린 손을 꼼지락거렸다. 손을 뽑을까 말까 망설인 것은 그의 손에 땀이 배기 시작했기 때문이다. 손에 땀이 배는 것은 그가 모종의 격정적인 회상에 휘둘리고 있다는 증거였다.

그에게는 신부가 된 연지 곁을 떠돌면서 끝없이 그리워하고 저리게 가슴앓이하던 세월이 있고, 연지에게는 남의 아내 되고 딸 낳아 기르며 살다가 갈라설 때까지의 쓰라린 세월이 있다. 이것이, 재회와 관련된 회상이 그에게는 격정이 되고 연지에게는 죄의식이 되는 까닭이다. 신랑 신부 주위에는, 이혼녀 맞아들인 신랑과 노총각 맞아들인 신부를 두고 전자와 후자의 손익을 따지는 심정적 기류가 있었는데, 이 또한 신랑에게는 몰라도 신부에게는 부담이 되었다.

"천만에⋯⋯. 전에도 그러지 않던가요? 나는 에멜무지 삼아 기우제 지내는 사람이 아니라고⋯⋯. 기우제 지내러 갈 때는 우산 가지고 가는 사람이라고⋯⋯."

"부담⋯⋯ 스럽네요⋯⋯."

보트 계류장으로 내려서자마자 그는 보트를 하나하나 훑어보면서 꼼꼼하게 바닥을 내려다보았다. 신부의 차림이 뱃놀이에는 어울리지 않게 분홍 원피스 차림이었던 만큼 바닥에 물이 괸 보트는 피해야 했기 때문이었다.

예사스럽지 않게도 보트에는 번호 대신 이름이 붙어 있었다. '금강', '설악', '백두', '한라', '낙동', '백마'⋯⋯. 산 이름도 있고 강 이름도 있었다. '1호', '2호', '3호'⋯⋯ 이렇게 번호를 붙이면 관리가 편할 텐데도 산 이름 강 이름 붙인 것은 연꽃 가까이서 오래 살았을 터인 보트 주인의 풍류 아는 보람이지 싶었다.

"어럽쇼, '술모'도 있고 '연지'도 있네?"

보트 이름 샅샅이 읽어보느라고 벌써 신발 신은 채로 발을 물에 잠근 그가 계류장에서 끝에 묶여 있던 보트를 손가락질하며 신부에게 와서 보라고 손짓했다. 그러나 신부는 물에다 발 넣기를 주저했다. 구두 벗고 양말 벗고 그래야 하는데, 마땅하게 앉을 데도 없었다.

저수지 연지가 있는 곳이 술모산 기슭이니, 보트 빌려주는 일 생업으로 삼은 사람이 그 직업의 특권을 빌려 큰 산 이름 큰 강 이름 사이에다 슬그머니, 산 축에 들기에도 민망한 술모산 이름과 저수지 이름인 연지를 끼워넣은 모양이었다.

그런 이름의 보트가 없다면 모르지만 있는 바에야⋯⋯ 신혼부부가 그날 탈 배는 당연히 '연지'이지 다른 보트일 수 없었다.

　연지에서 심연지와 함께 '연지'를 탄다…….

　그는 박자가 척척 맞아 들어가는 그 우연의 일치가 무슨 계시이겠거니 싶었던지 문득 숙연해진 얼굴을 하고는 사방의 하늘을 둘러보았다. 그에게는 연지 방축에서, 술모산 위로 떠오른 쌍무지개를 보고 막연한 그리움으로 가슴 두근거리던 경험이 몇 차례 있었다. 그는 무지개 보던 생각을 하고 있었던 것임에 분명하다.

　"세상에…… 보트 이름에 '연지'가 다 있어. 그럴 수도 있겠거니 싶지만 그대가 이렇게 나와 함께 온 날인 만큼 뜻 깊은 우연의 일치라고 하지 않을 수가 없네?"

　"저 건너편에는 '연지'가 붙은 음식점도 있고 찻집도 있으니 뭐 그럴 일도 아니네요."

　그는 방축을 한 차례 둘러보고는 잠깐, 참 그렇네, 하는 듯한 얼굴을 하고는 계류대에서 '연지'를 풀어내려고 했다.

　"저러신다니까……."

　신부가 물가에서 웃으면서 혀를 찼다.

　"뭘?"

　"급하시기는…… 안 그런 것 같은데……."

　신부는 이러면서 손가락으로 가게를 가리켰다.

　"여보시오, 여보시오……."

　키가 작달막한 주인 노인이 벌써 가게 앞에 나와 두 손을 허리에다 개미 허리가 되게 붙이고 서서 고함을 지르고 있었다.

　"아, 아직까지도……."

　그의 입술 사이에서 탄성 같기도 하고 신음 같기도 한 소리가 새어 나왔다. 낯익은 노인을 바라보고 잠깐 서 있던 그가, 나 말이오, 하는 듯이 손가락으로 자기 가슴을 가리켰다.

"……그럼 손님 말고 다른 손님이 또 있어요? 돈 먼저 치르셔야 순서가 맞지."

"참 그렇네요……."

그는 물가로 나서다 말고 신부에게 소리쳤다.

"그대가 가서 값 좀 치르고 와요."

"싫은데요?"

"왜?"

"빌려본 적은커녕 타본 적도 없는걸요."

"고등학교 시절 그대를 본 적이 있는데? 이 연지 방축에서?"

"그랬군요. 하지만 보트는 안 탔어요."

"에이, 거짓말 같다. 하이드로포비아[恐水症]?"

"그게 뭔데요?"

"맥주통?"

"……은 뜨기나 하지……."

"겨울에도 만난 적이 있는데? 저 연밭이 겨울에는 스케이트장이 되지 않았어요? 스케이트는 잘 탔어요?"

"그냥 왔었어요. 아버지 손길이 곳곳에 남은 데라서……."

그가 보트 대여점을 겸하는 가게 안으로 들어섰다. 볕 아래 있다가 들어가서 그랬을 테지만 그에게는 가게 안이 몹시 어두웠다.

"근력이 참 좋으시네요? 20여 년 전에 몇 차례 뵈었어요. 기억 못하시겠지만……."

"그래요? 아마 그럴 거라. 이 자리 지킨 지 50년이 넘었으니……."

"부인도 계셨는데요? 키가 크신……."

노인은 그의 시선을 피하면서 중얼거렸다.

"……전봇대? 젊은 친구들이 우리를 '전봇대와 매미'라고 부르고는 했지. 2년 전에 먼저 갔어요."

"……."

"연지 방축에 날 남겨놓고……."

그가 두 시간 빌리는 요금을 치렀다.

"신분증 좀 주시우."

노인이, 떡갈나무 같은 손을 내밀었다.

"신분증은 왜요?"

"몇 차례 오셨다면서 연지 풍습 모르시네?"

"객지 생활을 좀 했어도, 순환도로 생기기 전부터 연지 낯을 익혀온 토박이라고요."

"잘 아실 텐데…… 아니, 그 뒤에 생긴 규칙인가? 한 시간 요금으로 두세 시간 타고는 방축에 보트 붙여놓고 달아나는 손님들이 하도 많아서 아예 신분증 받아두지요. 주로 학생 녀석들이 그런 짓을 잘해."

"에이, 그런 짓 하기에 저는 키가 너무 커요."

"이 양반이 농담도……."

키가 유난히 작은 노인이, 바지 뒷주머니로 손을 가져가는 그에게, 됐어요, 했다.

그는 손잡이가 적당하게 닳은 노 두 개를 골라 들고 가게 천막을 나섰다. 가게 나서면서 터진 웃음이 계류장에 이르기까지 멎지 않았다.

"왜요?"

신부가 물었다.

"그럴 일이 좀 있어서."

노인이 나와, 그가 손가락으로 가리킨 '연지'를 풀어주었다. 다행히도 '연지'는 바닥에 물이 고여 있지 않은 유일한 보트였다. 물이 고여 있기는커녕 보트 바닥은 보송보송하게 말라 있었다.

"어서 올라가서 앉아요. 뒷자리 한가운데……."

신부가, 들고 있던 음식 배낭을 그에게 넘겨주고는 조심스럽게 계류대에서 보트의 덕판으로 내려섰다. 신랑의 부축이 있기는 했지만 워낙 중심을 잘 잡아서 덕판에서 창막이를 지나 이물 쪽 간사리에 가 앉는데도 보트는 잠깐 좌우로 되똑거렸을 뿐 이내 균형을 되찾았다.

"에이, 균형 잡는 솜씨 보니 처음이 아닌데……."

"보트라는 게 생각보다 크네요?"

"이 간식 배낭, 받을 수 있을까?"

"……아무 정신도 없어요."

"그럼 그대로 가만히 있어요."

그는 먼저 보트 바닥에다 자기 배낭과 노를 차례로 내려놓고 살며시 옮겨타고는 노를 들어 계류대 기둥을 밀었다. 보트는 연지 한복판으로 소리 없이 미끄러져 갔다. 하기야 소리가 날 턱이 없지.

"아까 왜 그렇게 맞나게 웃었어요?"

노 고리에다 노를 걸고 있던 그에게 신부가 물었다.

"옛날에 우리가 자주 골려먹던 할아버지…… 돈 달라고 해서 돈 줬더니 신분증까지 맡기라는 거예요."

"신분증은 왜요?"

"도망칠까 봐."

"물길이 있는 것도 아닌데 연지 한복판에서 어디로 도망쳐요? 바이킹처럼 배를 둘러메고요?"

"아니, 한 시간 삯만 내고 두세 시간 타고 놀다가는 방축에다 보트 대어놓고 도망치는 애들이 있대요."

"그래서…… 줬어요?"

"아니……."

"하나도 안 우습잖아요?"

"우리 고등학교 시절에는 신분증 안 맡겨도 잘 빌려주었거든."

"그런데요?"

"반 시간 삯으로 두세 시간 타고 논 뒤 방축에다 보트 대어놓고 도망치는 장난…… 아무래도 내가 발명한 것 같거든……. 그렇다면 우리 같은 악동이 법을 복잡하게 만들고 있다는 얘긴데…… 내가 이 연지에서 발명한 놀이…… 많아요."

"그래서 노를 이렇게 잘 젓는구나. 잘 젓는 거죠? 바람둥이들이 맨손으로 사과 잘 쪼개고 보트 잘 젓는다던데……."

"고등학교 시절부터 연지에 와서 보트 타는 게 내 취미 중 하나. 그리운 사람을 그리워하면서……."

"누굴 그렇게?"

"연지는 심연지 품…… 연지 품에 안기셨어…… 애들이 이러면서 날 얼마나 놀려먹었는데?"

"순정파인 줄만 알았는데 악동스러운 데도 있었나요."

"우리가 3학년 올라가던 해에 연지에서 수영이 전면 금지된 거 알아요? 방축 개축 공사하고 바닥 준설해서 저수량을 엄청나게 늘린 다음일 거라……."

"그랬어요?"

"물에 들어가는 사람이 있으면 완장 찬 경비들이 호루라기를 삑 삑 불고 그랬지. 그렇게 삼엄했던 시절에도 이 연지 한복판에서 수백 미터를 유유히 헤엄친 사람이 있었어. 합법적으로…… 그것도 완장 찬 경비들의 격려와 응원까지 받으면서……."

"누군데요?"

"나……."

"어떻게요?"

"지헌이와 보트 타러 왔어요. 지헌이 알지? 도청 댕기는 박지헌. 지헌이에게 여기 이 연지에서 합법적으로 수영을 해보겠다고 큰소리를 쳤지. 지헌이는 당연히 어림도 없는 소리라고 했고. 하면 어쩔 테냐? 내가 그랬지. 흐린 술이 되었든 맑은 술이 되었든 코가 비뚤어지게 마시도록 사주마, 그런데?"

"모범생들인 줄 알았더니……."

"어떻게 했느냐…… 일부러 노 한 짝을 놓쳤어요. 노가 없어도 보트는 관성으로 한동안 미끄러져 가거든. 관성으로 미끄러지는 도중에 부러 한 짝을 마저 놓쳤어. 그러고는 보트가 바람에 멀찍이 밀려가기까지 기다렸지. 한동안 그러고 있다가…… 경비를 향해 지헌이와 둘이서 고함을 질렀어. 아저씨, 큰일 났어요, 어떻게 해요, 노를 놓쳤어요……. 기다려라, 모터보트 타고 들어가서 집어다 주마……. 언제까지 기다려요? 헤엄쳐 가서 주워오면 안 돼요? 헤엄 잘 치냐? 우리 학교 수영 선수라고요……. 좋을 대로 해라, 나는 못 본 거다……. 이렇게 해서 노 건져온다는 핑계로 유유히 수영을 즐겼지. 그것도 근 30여 분을……. 경비들이 왜 안 나오느냐고 물으면, 노를 찾고 있어요, 찾아야 나가든지 말든지 하지요…… 이러면서."

"수영 선수였어요?"

"알면서……. 우리 학교에 수영부가 어디 있고 수영장이 어디 있어서?"

그는 양쪽 노의 노뻗지를 물속에 살며시 박아넣고는 손잡이를 힘껏 당겼다. 보트는 꽁무니를 떠밀린 것처럼 미끄러져 나아갔다. 보트의 속도를 가늠하지 못하는 미숙한 노잡이는 이어지는 곁노질에서 노뻗지로 물을 튀겨 앞에 앉은 사람의 옷을 적시게 마련이다. 속도 가늠에 미숙해서 뻗지가 물로 들어가고 나오는 포인트를 정확하게 맞추어내지 못하기 때문이다. 그러나 그는 이어지는 곁노질에도 물 한 방울 튀기지 않았다.

"연밭 쪽으로는 안 가는 게 좋아. 그러니까 방향을 연지 한복판으로 잡아줘요. 그대는 지금부터 조타수…… 나는 뒤를 못 보니까."

"연밭은 왜 피해요?"

"부근은 물이 더러우니까."

"꽃은 무지 아름다운데……."

"연밭만 해도 얼굴이 둘."

"맑은 물에서는 연이 살지 못하나요?"

"연뿌리 봤지? 잎이 크고 꽃이 고운 건 걸쭉한 진흙에 내린 그 튼실한 뿌리 덕분. 썩은 진흙은 꽃이 되고 꽃은 썩어서 진흙이 되는 것이지. 중국에는 일찍이 이 이치 터득한 현자가 있었어요."

"?"

"점쟁이였어. 이름이 '새'였던 것을 보면 북방 요새 근방에 살던 노인이었던 모양이지? 이 양반이 기르던 암말이 오랑캐 땅으로 도망치고 말았어. 마을 사람들이 찾아와 노인을 위로했지만 노인은 별로 걱정하는 눈치를 보이지 않더래. 말을 잃은 것은 말을 가지고 있어서 잃는 것이니 그럴 수도 있는 거지 뭘 그러느냐면서……. 그로부터 몇 달이 지나자, 도망쳤던 암말이 오랑캐 땅의 굉장히 훌륭한 수말 한 필을 데리고 돌아왔대. 마을 사람들이 또 찾아와, 암말 돌아온 것은 물론 훌륭한 수말까지 덤으로 얻게 되어서 얼마나 기쁘겠느냐고 치하했지만 노인은 별로 반가워하는 기색을 보이지 않더래. 암말을 잃지 않았으면 어떻게 수말을 얻을 수 있었겠느냐면서……."

"에이, '새옹지마' 고사잖아요? 나는 또……."

"나는 이 고사가 참 좋아요. 그다음 이야기 알아요?"

"글쎄요…… 배운 지 하도 오래되어서……."

"거봐요. 이 고사 씹는 맛을 알자면 우리 나이는 되어야 해. 새옹의 아들이 그 수말을 타고 놀다가 잔등에서 떨어져 다리를 부러뜨리지. 마을 사람들이 찾아와 노인을 위로했지만 노인은 별로 걱정하는 눈치를 보이지 않지. 수말을 얻지 않았으면 내 아들의 다리가 어떻게 부러질 수 있었겠느냐면서……. 그런데 그로부터 며칠 뒤 전쟁이 터져요. 많은 젊은이들이 전쟁터로 징발되어 목숨을 잃게 되지만 새옹의 아들은 다리 부러진 덕분에 병영의 의무를 면제받고 목숨을 건지게 돼. 사람들이 와서 아들이 온전해서 얼마나 기쁘냐고 치하했지만 새옹은 그러지. 아들의 다리가 부러지지 않았더라면 어떻게 면역(免役)의 특혜를 누렸겠느냐고……. 새옹은 점쟁이였던 것으로 알려져 있지만 내가 보기에는 점쟁이였다기보다는 자연의 이치, 세상의 이치, 사람 사는 이치를 잘 아는 사람이 아니었을까 싶어."

계류장에서 사오백 미터 저어 갔을 뿐인데도 방축 뒤의 순환도로를 지나는 자동차 소리가 들려오지 않았다. 연지 한복판에서 느껴지는 분위기를 설명하는 데 '고즈넉하다' 보다 나은 말은 없을 성싶었다.

"노 놓쳐도 걱정은 없겠네요? 거짓말도 잘하고 수영도 잘하는 분이 이렇게 앞에 앉아 있어서……."

"그래요, 내가 있어요……."

"……."

"내가 있으니까 좋아요?"

"……참 좋아요."

"그 한마디 듣고 싶어서……."

"이 역시 부담……."

"또 하고 싶던 한마디……. 참 힘들었지요?"

연지 한복판의 그 견딜 수 없을 만큼의 고즈넉함이 그에게 힘든 질문을 하게 했는지도 모른다.

"새옹 말씀이 대답 대신이 되겠네요."

그는 노를 당겨 가로장에 엇비슷하게 기대어놓은 다음 신부에게 던지고 있는 시선을 거두어 먼바라기를 했다. 한동안 그러다가, 겨냥 없이 던지는 듯이 말했다.

"하루 일 망치는 것은 아침에 마신 술, 한 달 일 망치는 것은 발에 안 맞는 신발, 평생 일 망치는 것은 마음 안 맞는 배우자라는 옛말이 있습디다⋯⋯."

"⋯⋯힘⋯⋯들었지만 다행히도 망친 것은 아니죠⋯⋯."

"거봐요. 나랑 살자고 했을 때 냉큼 살았으면 그렇게 힘들지 않았을걸."

"대학 1학년 때였어요. 그러기만 했을까요?"

"괜한 고집으로 남의 세월 20년이나 축냈지 뭐⋯⋯."

"누구 세월을요?"

"그대 세월일 수도 있고, 내 세월일 수도 있고⋯⋯ 또⋯⋯."

"이 평화가 그 보람이라면서요? 힘들었던 보람, 기다렸던 보람이라면서요⋯⋯."

"그냥 해보는 소리⋯⋯. 보트라는 거 이상하네? 예나 지금이나 보트 타고 호수 한복판에 이르면 무인도에 온 기분이 되고는 해. 하도 막막해서 눈길 두기에 마땅한 데가 없고, 하도 많아서 화젯거리 고르기에도 마땅한 것이 없고."

신부를 바라보던 그가, 신부 시선의 초점이 자꾸 흩어지는 것 같아서 등을 돌려 뱃전 쪽을 보려고 가만히 엉덩이를 들었다.

"돌아앉지 말아요."

신부가 그의 손을 잡아끌었다.

"왜?"

"입맞추고 있어요. 저 앞에서……."

"불구경에 못잖은 구경거린데……."

그가 보트의 중심이 무너지지 않게 살며시 돌아앉았다.

보트 위에 엉거주춤하게 마주 앉은 남녀가 어색한 자세로 입술을 맞대고 있었다.

'지리' 호 보트였다.

'지리'는 '연지'가 소리 없이 접근하고 있는 것을 눈치 채지 못했던 모양이었다.

그러나 두 사람은 부끄러워 오래 보고 있을 수가 없었다. 오래 볼 거리가 아니기도 했다.

"안 풀리는 수수께끼가 있는데요……."

"아직도?"

"원래 저기다 싶으면 옆 돌아보지 않고 똑바로 가는 스타일 아니었나요?"

"누가?"

"누가, 하는 사람요."

"그런 데가 있었지."

"그것도 오버페이스로……."

"그런다고 빨리 가게 되는 게 아니더라고. 그래서 오버페이스하는 버르장머리 고치려고 하는데 그게 또 오버페이스가 되고는 해."

"면목 없는 말이지만, 그렇게 공격적인 분이 일구월심 날 기다렸다는 게 믿어지지 않는 거죠."

"옆 돌아보지 않고 똑바로 가는 스타일이라며? 그래서 당도한 곳이 여기인 만큼 믿어지지 않을 거 없지. 세상만 두 얼굴을 하고 있는 것이 아니고 나 역시 두 얼굴을 하고 있는 모양."

"이 얼굴 뒤에는 저 얼굴, 저 얼굴 뒤에는 또 이 얼굴……. 이런 거 좀 반듯하게 알고 살 수 없나요?"

"쉽지 않을걸. 내가 보기에 옳은 것 그른 것, 바른 것 왼 것은 따로 있는 것 같지 않아. 선한 것 악한 것도 그렇고……. 옳은 것의 그늘은 그른 것이 되고, 그른 것의 그늘은 옳은 것이 되고…… 바른 것의 그늘은 왼 것이 되고 왼 것의 그늘은 바른 것이 되고……."

"천사와 악마가 따로 없다는 뜻?"

"이것은 저것의 한 상태가 아닐까…… 그대 만나고 나서부터 자주 하는 생각."

"평화를 느낀다고 했지요?"

"했지. 그대는?"

"난생처음으로……."

"고맙군."

"이런 평화도 깨어질 수 있나요?"

"있지."

"……."

"내가 알기로, 세상의 모든 것은 죽음의 씨앗을 제 가슴에다 품고 있어. 그렇지만 죽음 또한 끝은 아니에요. 죽음은 죽음대로 재생의 씨앗을 이미 제 가슴에 품고 있으니."

"우리의 평화…… 라고 불러도 되겠죠? 이 평화는 어떤 씨앗을 가슴에 품고 있나요?"

"모르지. 알면 좋을 텐데……. 모든 평화를 무너뜨리는 씨앗은 바로 그 평화를 일으킨 것 속에 들어 있지 않을까, 이런 생각은 종종 해요."

"그러면 사람에게는 희망이 없나요? 확신에 기대어서 살 희망?"

"눈밝은 사람들은, 확신하는 순간 그것이 벌써 하나의 우상이 된답니다."

"유감스럽게도 별로 희망차지 못하군요."

"그래도 희망은 있어요. 희망이 없다는 것을 알고 살면……."

"어렵다."

"그 어려운 틈새에서 솟아오르는 것이 바로 사람의 향기가 아닐까 싶어요. 그런 의미에서 그대는 향기로운 사람이오."

"어째서 향기로운가요?"

"그대는 전부터 맹한 데가 있는 사람이었으니까."

"……."

"오해 말아요. 거기에서만 꽃이 피고 향기가 나는 것이니."

크고 육중한 물체가 물위로 떨어지는 소리와 함께 여자의 비명이 들려오지 않았다면 신부는 장년의 신랑 앞에서 그 향기를 더 오래 피울 수 있었을 것이고 그는 그 향기를 더 오래 맡을 수 있었을 것이다.

그는 소리 난 쪽으로 고개를 돌렸다.

문제의 보트는 남녀가 입맞춤을 나누던 바로 그 보트였다. 50여 미터 떨어진 곳에서 여자는 보트에 앉은 채로 얼굴을 가리면서 비명을 지르고 있었고 남자는 물에 빠진 채 수면을 오르내리며 허우적거리고 있었다. 노 한 짝이 남자 옆에서, 남자가 일으키는 물결에 실린 채 함께 오르내리고 있었다. 입맞추는 데 정신이 팔린 남자가 노를 놓치자 물로 뛰어들었거나, 거리가 가까워 노를 집으려고 몸을 구부리다가 보트의 균형이 무너지는 바람에 물에 빠졌을 가능성이 있었다.

그래서 그는 신부를 보고 소리 내어 웃었고, 신부도 그의 웃음을 따뜻하게 마중해서 웃었다.

잘코사니다…… 부부는 이런 말을 참으면서 웃었을 터였다.

여자는 하나 남은 노를 뽑아들고 남자 쪽으로 저어가려고 했다.

그러나 물과 보트에 무지한 탓에 보트는 남자에게서 점점 멀어지고 있었다. 그가 보고 있는 중에도 보트는 계속해서 물위로 느린 속도로나마 미끄러지고 있었으니 시간이 흐르면 더 멀어질 터였다. 그 정도의 사소한 사고는 자주 있는 만큼 남자나 여자가 개헤엄만 칠 수 있다면 연지 한복판의 고즈넉함을 깨뜨릴 정도는 아닐 터였다.

그러나 물위에서 허우적거리면서 남자가 내뱉은 한마디에 연지는 순식간에 폭풍우 몰아치는 대양이 되었다.

"도와…… 줘요!"

스물네댓 되어 보이는 여자의 나이에 걸맞아 보이는 청년이었다. 숨이 턱 끝에 차 있는 것으로 보아 그냥 해보는 소리가 아니었다.

거기에 덧붙여 여자가 내지른 비단폭 찢는 듯한 소리에 폭풍우 몰아치는 대양은 일순 저승의 문이 되었다.

"저이는 헤엄을 못 쳐요!"

여자 말은 사실일 가능성이 매우 컸다. 청년이 시시각각 물위로 고개를 내밀기는 하나 물위에서 허우적거리는 동안이, 시간이 흐를수록 짧아지고 있었다.

"장난이 아니구나……."

그는 신부에게 눈인사를 건네고 신발과 겉옷을 차례로, 그러나 아주 빠른 동작으로 벗어부쳤다. 사색이 된 신부는, 조심하세요, 이 한마디도 하지 못했다.

그는 보트 바닥을 박차고 솟구쳤다가 물속으로 뛰어들었다.

그러고는 청년을 향해 전속력으로 헤어갔다. 물위에서 50미터로 목측한 물길은, 그가 아무리 수영에 능하다고 해도 간단하게 좁혀지는 거리가 아니었다. 그는 물속에다 머리를 처넣은 채, 오직 청년이 허우적거리던 방향만 가늠해서 물을 갈라나갔다.

그가 현장에 이르렀을 때 청년의 몸은 이미 늘어진 채 물밑으로

가라앉고 있었다. 그는 두어 길 깊이에서 오른팔로, 뒤에서 청년의 목을 감았다. 물에 빠져 허우적거리는 사람은 손발로 있는 힘을 다해 구조자의 목에 매달린다지만 청년에게는 이미 그럴 힘이 남아 있지 않았다.

그는 오른팔을 청년의 목에 돌려 감은 채 현장에서 가장 가까운 물가를 찾아보았다. 가장 가깝기로는 여자가 앉은 채로 떨고 있는 문제의 보트일 테지만 그에게는 축 늘어진 청년을 그 보트에 올려 실을 자신이 없었다. 잘못하면 문제의 보트까지 뒤집을 가능성도 없지 않았다.

그는 연밭 앞으로 보이는 조그만 섬을 겨냥했다. 섬이라고 해봐야 거룻배 두어 척 엎어놓은 듯한 크기에 지니지 못하는 섬, 수양버드나무 한 그루의 그늘을 받기에도 모자라는 섬, 그런데도 보트놀이꾼들이 이따금씩 보트를 대고 상륙하는 섬이었다.

그는 청년을 끌고 그 섬으로 헤어 갔다. 섬 가장자리에 이르러, 이미 시체가 되어버린 듯한 청년을 껴안은 채 한동안 숨을 고른 다음에야 그는 섬에 올라설 수 있었다. 그는 청년을 섬으로 끌어올렸다.

그러고는 시체 같은 청년의 몸을 가슴이 땅에 닿게 엎으면서 보트 쪽으로 눈길을 돌렸다.

먼저 눈에 들어온 것은 문제의 남녀가 타고 있던 '지리'였다. 여자도 보였다.

'연지'는 보이지 않았다.

'연지'는 있어야 할 자리에 없었다. 있어야 할 자리에는 그가 벗어놓고 온 옷가지가 떠 있을 뿐이었다. 옷가지 옆에는 뒤집힌 보트 같기도 하고 거대한 물고기의 잔등 같기도 한 거뭇한 물체가 하나 뜬 채로 물결에 일렁거리고 있었다.

그러나 그것은 물고기의 잔등이 아니었다.

그제서야 그의 귀에 모터보트 소리가 들려왔다.

구조용 모터보트는 접근하기 전에 속력을 줄이려고 뒤집힌 보트를 한 바퀴 돌았는데, 그 항적(航跡)이 일으킨 물결에 밀리면서 보트의 뱃전이 솟아올랐다. 그는 노 앞에 거꾸로 씌어 있는 보트 이름 읽고서야, 다급하게 물속으로 뛰어드느라고 보트의 균형을 무너뜨리고 이로써 보트를 신부째 뒤집어버린 것을 알았다.

신부가 입고 있던 연꽃빛 원피스는 보이는 것 같기도 하고 보이지 않는 것 같기도 했다.

갈매기

'……바닷가에 한 사람이 살고 있었다. 그 사람은 갈매기를 좋아해서 날마다 바닷가로 나가 갈매기와 같이 놀았다. 갈매기는 그를 도무지 사람으로 여기지 않고 날아와 함께 놀아주었다. 하루는 그의 아버지가 이웃 사람들로부터 그 소문을 듣고는 아들에게, 내 들으니 너는 매양 바닷가로 나가 갈매기를 벗 삼아 논다고 하니, 나도 갈매기와 놀고 싶다, 그러니 몇 마리 잡아와서 나도 재미있게 놀게 해다오, 하고 말했다. 그는 의로운 사람이라 아버지의 명을 거역하지 않고, 그리하겠다고 하고는 바다로 나갔다. 그러나 갈매기는 그의 마음을 어찌 알았는지 더 이상 날아오지 않았다. 그는, 백구야, 날지를 마라, 너 잡을 내 아니다, 이런 노래를 불렀지만 갈매기는 끝내 그의 곁으로 날아오지 않았다.'

이것은 그가 지어낸 말이 아니다.

'마음에는 늘 중심을 오로지하여 변하지 않는 마음이 있으니 이를 항심(恒心)이라고 하거니와, 기회를 엿보아 사특하게 움직이는 교사(巧詐)한 마음이 있으니 이를 기심(機心)이라고 한다. 네가 어떤 마음으로 어찌 사는지, 그것은 갈매기에게 물을 일이다.'

이것은 그가 취중에 지어낸 말이다.

이것은 그가 술을 마시는 까닭이 되기도 한다.

그는 오피스텔에 산다.

주차장에는 소형차, 대형차, 외국제 스포츠카가 뒤섞여 있어서 입주자들의 살림 규모를 도무지 짐작할 수 없게 하는 오피스텔, 지하는 음식점과 술집이, 옥상은 스카이라운지가 점령하고 있는데도 불구하고 술 취한 사람 구경하기가 쉽지 않은 오피스텔, 지하와 옥상의 영업이 끝날 즈음 승강기가 가장 붐비게 되는데도 불구하고 밤새 불이 켜져 있는 방이 아파트보다 훨씬 많은 그런 오피스텔이다. 결혼한 친구들은 그 오피스텔에서 혼자 사는 그를 찾아올 때면, 야, 이놈의 오피스텔에만 들어서면 타락이 하고 싶어서 온몸이 다 근질거린다, 하면서 부러워한다.

그런 그가 갈매기를 기다린다.

그는 아파트 삼아 살고 있는 오피스텔 510호에서 술상을 사이에 두고 갈매기와 마주 앉는 순간을 꿈꾼다. 갈매기가 초대에 응하면 좋은 일이 일어날지도 모른다는 예감이 하루 종일 그를 들뜨게 한다. 그는, 갈매기 역시 들떠 있을 것이라고 생각한다. 초대에 응하기만 한다면 갈매기는 옥상 라운지가 배달한 생일 만찬 대접에다 생일 선물까지 받을 수 있을 터이다.

갈매기는 과연 올 것인가.

종일 그의 뇌리를 맴도는 질문이다.

그의 방 510호는 오피스텔 5층 복도 맨 끝에 있다. 승강기에서 가장 멀리 떨어진 곳이다. 복도 위아래는 천장과 바닥, 좌우는 벽 아니면 철문이어서 발자국 소리 울림이 늘 카랑카랑하게 들린다.

그는 발자국 소리 식별에 일가견이 있다. 승강기 근처에 있는 방 임자의 발자국 소리까지는 몰라도 비교적 가까이 있는 6, 7, 8, 9호 임자의 발자국 소리는 어지간히 식별할 정도가 되어 있다.

6호 입주자들은 발자국 소리를 들을 필요도 없다. 자정 가까운 시각에 복도가 왁자지껄해지면 영락없이, 지하 카페에서 돈 받고 손님들과 술 같이 마셔주고 돌아오는 6호 트리오다. 술 얻어먹고 돈 받은 것이 무안해서 그러는지, 그들의 입은 문 딸 동안도 쉬는 법이 없다.

평일 오후 7시경에 들려오는 뾰족구두 소리 주인은 평일에는 캐주얼 구두를 신는 법이 없는 옷가게 여주인 7호, 일요일 밤늦어서 들려오는 투박한 구두 소리 주인은 하산주(下山酒) 어울려 마시는 재미로 일요 산행 다닌다는 홀아비 화가 8호, 타박거리는 소리를 부록으로 달고 다니는 가죽 슬리퍼 소리는 시집 식구들 들이닥칠까 봐 아이 떼어놓고 다니는 법이 없는 이혼녀 9호, 9호 앞에서도 멎지 않고 계속해서 나다가 문 앞에서 딱 멎는 소리가 있으면 영락없는 10호, 바로 그가 사는 510호 내방객이다.

발자국 소리가 방 앞에서 멎을 경우, 문 앞에 선 사람을 어림짐작 하는 수도 있다. 발자국 소리 멎기가 무섭게 초인종 소리가 나면 가까운 친구, 발자국 소리 멎고 나서도 초인종 소리가 나기까지 숨 한 두 번 내쉬고 들이쉴 여유가 있으면 초행 손님 아니면 외판원인 것이 보통이다.

지하 음식점 배달원들의 발자국 소리에는 그릇 달각거리는 소리, 철가방 삐걱거리는 소리가 섞인다.

그가 기다리는 소리는, 8호 앞에서도 9호 앞에서도 멎지 않고 10

에 앞까지 이어질, 간격이 일정하게 긴 하이힐 소리, 그리고 그 소리 멎고 나서도 숨 서너 번 내쉴 동안이 지난 다음에 들려올 수동식 배꼽 초인종 소리다. 갈매기는 다리가 길고 걷는 훈련을 특별하게 받았을 터이니 발자국 소리의 간격이 일정하게 길 것이고, 문 앞에서 옷매무시를 바로잡을 터이니, 그 틈이 조금 더 길 것이라고 그는 생각한다.

특정한 일에 대해 흥분해 있는 사람은 그 일에 대한 기대와 불안을 동시에 예감하는 법이다. '호사다마' 라는 말이 사람의 마음을 놓을 수 없게 하는 것이다. 번번이 복도 중간중간에서 끊어져 버리고는 하지만, 그는 그다음 발자국 소리가 들릴 때마다, 심장 위로 뜨거운 물이 한 방울씩 뚝뚝 듣는 듯한 느낌과 비슷한, 기대와 불안이 반반씩 섞인 착잡한 느낌에 시달린다. 갈매기가 초대에 응하면 둘의 사이는 급속도로 가까워지게 될지도 모른다.

……갈매기야, 훨훨 날지를 마라, 너 잡을 내 아니다.

……갈매기여, 푸른 물에 그림자 드리우는, 기미 아는 새여.

그에게 갈매기는 기심과 항심의 리트머스 시험지다.

'갈매기' 와 처음 만난 것은 반년 전 오피스텔의 승강기 안에서다.

그가 미국으로 출장 떠나는 날이었다. 비행기 떠나는 시각은 오전 10시, 적어도 8시까지 공항에 도착하자면 7시에, 도중에 있을지도 모르는 교통 체증을 감안한다면 그 전에 오피스텔을 나서야 했다.

그는 가방을 끌고 나와 승강기 앞에 섰다. 그러나 짝수층 승강기는 오르내리는데 그가 타야 할 홀수층 승강기는 먹통이었다. 한쪽 승강기에 이상이 생기면 다른 승강기를 전층 운행 체계로 바꾸는 것이 오피스텔의 관례다. 그날은 아침 이른 시각이라 관리자들이 미처 손을 쓰지 못했던 모양인가. 그는 가방을 끌고 4층으로 내려가 짝수층 승강기를 기다리지 않으면 안 되었다.

승강기 안으로 들어서면서도 그는 전날 밤 혼자 마신 술의 숙취 때문에 제대로 눈을 들 수 없었다. 눈이 빨갛게 충혈되어 있을 것 같아서 그랬다. 위층에서 승강기를 타고 내려온, 쭉 뻗은 다리로 보아 젊은 숙녀임에 분명할 터인 앞사람에게 눈인사 건네기가 망설여졌던 것도 눈 때문이다. 그래서 눈을 내리깔고 있는데 문득 그의 눈에 여자 옆에 서 있는 가방이 낯익어 보였다. 무리지어 다니는 것이 보통인, 항공기 여승무원들이 끌고 다니는, 조그만 화장 가방이 매달린 검은 옷가방이었다.

그는 천천히 고개를 들었다.

맨 먼저 그의 눈에 들어온 것은 하얀 날개를 편, 갈매기 같기도 하고 독수리 같기도 한 항공사의 하얀 휘장, 그리고 그다음 눈에 들어온 것이 항공사 제복 위로 솟은 불룩한 젖가슴이었다. 자신이 일본을 경유해서 미국까지 타고 갈 항공기의 소속 항공사 휘장이 아니었다면 그는 인사를 건네지도 못했을 것이다. 그는 술기운이 남아 있을 동안은 수줍음을 몹시 타는 자칭 특이체질의 소유자이다.

그는, 주머니에서 탑승권의 봉투 노릇을 하는, 항공사 수송 약관이 찍힌 팸플릿을 꺼내어 하얀 휘장이 팔랑거릴 만큼 흔들어 보였다. 건네도 자연스러웠을 터인, 우연의 일치를 반가워하는 인사는 수줍어서 건네지 못했다. 여자는 그가 보내는 무언의 인사를 곧 알아먹었다.

"10시 비행기죠? 네, 같은 비행기예요, 안녕하세요?"

여자가 웃었다. 그가 항공기 안에서 흔히 보던, 연습이 잘된 함박꽃 같은 웃음이었다. 여자가 웃자 수박 껍질이나 지우초 잎에서 나는 것과 비슷한 향수 냄새에 섞여 달콤한 술 냄새가 났다. 지우초는 오이풀과에 속하는 식물이어서 그 잎에서는, 정확하게 말하면,

깎아놓은 오이 냄새가 난다. 그것은 그의 입에서 날지도 모르는 역한 냄새와는 달라도 많이 다를 터였다.

같은 택시로 갑시다, 성질 급한 사람이 택시 요금 내고요…….

그는 이렇게 말하고 싶었다. 그러나 이 아이디어는, 여자가 같은 오피스텔에 사는 남자와 얼굴 익히게 되는 것을 부담스러워할지도 모른다는 생각에 걸려 말이 되지 못했다.

여자가 승강기를 나서자마자 뒤도 안 돌아보고 오피스텔을 나서서 길을 건너갔다. 그는 짐이 만만치 않아서 길 건널 엄두를 내지 못하고 오피스텔 앞에서 택시를 잡아야 했다.

그는, 항공기가 동해상으로 빠지기까지는 여자를 떠올리지 못했다. 까다로운 출국 수속과, 이륙하고 급상승해서 순항고도에 이르기까지 항공기 자체가 주는 긴장감 때문이었을 것이다.

기내 승무원들이 일본 입국 신고서를 나누어주고 있을 즈음이었으니 아마 동해를 거의 건넌 시각이었을 것이다. 그는, 신문을 읽고 있다가 문득 코끝을 스치는 수박 껍질이나 지우초 잎에서 나는 냄새와 비슷한, 시원하게 향긋한 향수 냄새를 맡고는 고개를 들었다.

역시 맨 먼저 갈매기 날개 같기도 하고 독수리 날개 같기도 한 하얀 휘장이 눈에 들어오고 이어서 불룩한 젖가슴이 눈에 들어왔다.

"일본 입국 신고서 필요하지 않으세요?"

오피스텔 승강기에서 만났던, 가슴에 하얀 날개 휘장을 단 여자였다.

날개 휘장을 단 여자는 그가, 아항, 갈매기로구나, 하는 순간에 '갈매기'가 되었다.

"아, 역시 그랬군요. 내 목적지는 일본이 아니고 미국인걸요. 그런데, 택시비 절약하고 싶지 않던가요? 나는 성질이 급한데……."

그가 긴 문장을 써서 말한다는 것은 숙취에서 완전히 깨어났다는

292

뜻이다. 그에게는 취중에 참고 있던 말을 성시(醒時)에 쏟아내는 버릇이 있다. 그래서 친구들은 그로부터 엉뚱한 채근을 자주 받고는 한다. 그가, 하지 않은 말을 한 말로 오해하는 일이 잦기 때문이다.

"늦잠 자는 바람에 분초(分秒)가 급한 판이었어요. 외국 항공사, 느슨해 보여도 규칙이 되게 엄하거든요. 늘 저희 항공사 이용하세요?"

'갈매기'는 상대의 시선을 의식했던지 부채처럼 펼쳐 쥔 입국 신고서 용지로, 움직일 때마다 그의 눈높이에서 출렁거리는 가슴을 가리면서 물었다.

"거의 그런 셈입니다. 좋은 점이 있거든요."

"고맙군요. 어떤 점이 좋으세요?"

"한국과 일본 구간을 담당하는 스튜어디스들은 꽃다운 아가씨들이지만, 일본과 미국 구간을 담당하는 스튜어디스들은 연세들이 지긋한 아주머니들이거든요."

"세상에…… 젊은 한국 스튜어디스보다 지긋한 미국 아주머니들을 더 좋아하시는 분도 다 있네요?"

"연세 지긋한 스튜어디스의 서비스를 받으면 마음이 한없이 편안해지거든요."

"누님들 같아서요?"

"그것은 아니고요, 지긋한 아주머니들이 그 나이 될 때까지 줄기차게 뛰고 있다는 것이야말로 이 회사 항공기가 안전하다는 증거 아니겠어요? 늙수그레한 기내 승무원만큼 내 마음을 편하게 해주는 것은 없답니다. 수호이 기(機)가 미사일을 달고 오기까지는……."

"……적절한 농담은 아니네요, 일본 입국 안 하신다고 했죠?"

그는, 일본 입국 신고서 용지를 거두어들고 다음 좌석으로 돌아서면서 '갈매기'가 살짝 찌그러뜨리는 곱지 않은 눈꼬리를 보고서야 비로소, 아뿔싸, 했다. 아닌 게 아니라 4만 피트 상공에서, 그것도 젊디젊은 스튜어디스를 상대로 한 농담으로는 적절하지 못했구나 싶었다.

그에게는, 취해 있을 때는 얌전하다가도 술에서 깨어나면 하는 짓이나 말이 턱없이 활달해지는 버릇이 있었다.

그것뿐이었다. '갈매기'는 서울과 도쿄 구간의 탑승 근무를 마치고는 인사도 없이 나리타 공항에서 내렸고 그는 두어 시간 나리타 대합실에서 자투리 시간을 죽이다가, 스튜어디스만 미국인으로 바뀐 같은 항공기 편으로 미국으로 갔다.

미국 출장에서 돌아온 뒤로 그는 '갈매기'의 안부를 궁금해한 적이 두어 번 있고 어디에 산다는 것을 어렴풋이 알게 되었을 뿐, 더불어 어울릴 상대라고는 생각해 본 적이 없다. 이때까지만 해도 '갈매기'는 리트머스 시험지가 아니었다.

그로부터 근 한 달 뒤인 어느 일요일의 느지막한 아침, 그가 '갈매기'를 우연히 다시 만난 곳은 여자의 분위기에 어울리지 않게도 오피스텔에서 좀 떨어진 곳에 있는 복국집이었다. 오피스텔 바로 뒤에 있는 복국집은 정기 휴일이어서 그가 물어물어 찾아간 데가 바로 그 집이었다.

그가 복국집으로 들어섰을 때 '갈매기'는 마악 계산대를 돌아나오고 있었다. 그는 식사를 끝내고 나오는 것이거니 했는데 그게 아니었다.

우연히 만나게 되는 것에 부여되는 의미는, 의미를 부여하는 사람에 따라 우연성의 희소가치에 따라 차이가 있기는 하지만 대개의 경우 그 횟수에 비례하는 경향이 있다. 이러한 경향은, 그는 얼굴이 붉어질 만큼 반가워했는데도 불구하고 '갈매기' 쪽에서는 전혀 그런 눈치를 보이지 않은 것에서도 잘 드러난다. '갈매기'는, 여자가 지니는 경계 본능으로 반가운 마음을 가린 것인지도 모르는 일이기는 하다.

제복 차림이 아닌 '갈매기'는 큰 키가 조금 돋보일 뿐, 수더분한 것이 여느 처녀와 크게 다를 바가 없어서, 그로서는 스튜어디스라는 직업이 주는 선입견과 의상이 과연 날개는 날개로구나 싶었다.

'갈매기'가 뜻밖의 질문을 했다.

"혼자신가요……."

그는 '갈매기' 만난 것을 너무 반가워한 것이 무안했다. 그래서 말하는 대신 고개를 끄덕였다.

'갈매기'가 웃으면서 말을 이었다.

"……혼자 오는 사람에게는 팔지 않는대요. 재료 값이 워낙 비싸서 1인분은 팔지 못한다면서 이렇게 쫓아내네요……."

그 역시, 그렇구나, 싶어서 돌아서려는데 안주인이, 아시는 사이면 두 분이 합석하시면 되잖아요, 하면서 구석 자리를 가리켰다. 웬만한 여자 같으면 발끈했을 텐데도 '갈매기'는 전혀 불쾌해하는 기색을 보이지 않았다. 그의 눈에, 얼굴 화장이 지워진 '갈매기'는 수더분한 외모에 어울리면서도 나이답지 않게 속도 무던한 여자 같아 보였다.

그는, '갈매기'를 자리로 안내하는 시늉을 하면서 안주인을 나무랐다.

"아니, 머리가 그렇게 좋은 분이 이렇게 아름다운 손님을 쫓아내요? 오피스텔 근처 음식점이 혼자 오는 사람 쫓아내면 누구 데리고 장사하자는 건가요?"

"미안해요, 황복이 워낙 비싸서……."

안주인이 벽에 붙여놓은 황복 송장(送狀)을 가리키면서 중얼거렸다. 진짜 황복이라는 걸 증명한답시고 송장을 벽에 붙여놓은 모양이었다.

"비싼 황복 매운탕 먹어봅시다. 아가씨 매운탕 좋아요?"

"형편이, 메뉴 보게 안 생겼어요."

"황복 매운탕 2인분 주세요, 아주머니…… 건강에 안 좋다니까 알은 빼고요……."

"농담, 늘 그렇게 무시무시하게 하세요?"

'갈매기'가 의자를 뽑아 앉으면서 혼잣말하듯이 물었다.

"늘 그런 것은 아니고요, 농담의 페이스 조절에 서툴러……. 그래서 맨정신일 때는 오버액션투성이랍니다."

"취해 있을 때는요?"

"액션이 영 없어지지요."

"왜요?"

"못하는 거죠."

"그건 또 왜 그렇죠?"

"소화가 안 되니까……."

"술이, 말인가요?"

"아뇨, 액션이……."

"복잡하네요."

"……하지요. 6층 살지요?"

"어떻게……."

"지난번 승강기 타는 걸 보고 알았지요. 짝수층 전용 승강기에서 만나지 않았어요?"

"짝수층에 6층만 있는 것은 아니죠."

"우리가 처음 만나던 날 아침, 같은 승강기 타고 내려오던 날, 승강기는 6층에서만 멎었는걸요."

"우리…… 처음…… 근사하네요."

"610호라는 것도 아는데?"

"어떻게요? 뒷조사하셨어요?"

"아뇨, 6층의 김 아무개가 몇 호에 사느냐…… 우편함에 꽂힌 전화 요금 청구서 한 차례 훑어보면 간단하게 알아낼 수 있는 거 아닌가요?"

"제 이름은 또?"

"기내 근무할 때 명찰 안 달았어요?"

"……무섭네요. 오늘 그럼, 미행당한 건가요?"

"천만에……. 그런 능력 있으면 이 나이까지 이러고 있겠어요? 사실은 608호의, 출장 중인 내 친구의 우편물 정리를 대신 해주고 있어요. 내가 출장 중일 때는 그 친구가 내 것을 정리해 주거든요. 우편함 몇 개 훑어봤더니 바로 답이 나옵디다. 경계할 것은 없어요. 나잇값은 하는 사람이니까."

"……."

"나는 510호 살아요…… 무슨 뜻인지 아시겠어요?"

"……."

"한밤중에 610호가 좌변기 물 내리는 소리를 들으면서 산다는 뜻이에요. 이만하면 다정한 이웃 아닌가요?"

"농담의 페이스 조절, 정말 잘 안 되는 모양이군요?"

"승강기에서 만나고, 비행기에서 만나고, 좌변기 플러싱하는 소리 듣다가 복국집에서 또 이렇게 또 만나고……. 우연의 일치가 세 번씩이나 겹친다……. 인연이 있어서 이런 것이 아닌가 몰라……."

"우연의 일치는 한 번뿐이죠. 나머지는 필연적인 반복에 지나지 않는 것일 뿐이고요."

"한 번뿐이다……. 그러면 그것은요?"

"오피스텔……. 나머지는 오피스텔을 중심으로 되풀이해서 일어나는 유사한 반복에 지나지 않는다, 이런 거 아닐까 싶네요?"

"톡톡 쏘지 마세요, 나 좋은 사람이에요."

"미안해요. 버릇이 되었나 봐요."

"……결국은 이 땅에 함께 사는 것부터가 우연의 일치이다, 나머지는 유사한 반복에 지나지 않는다, 이런 뜻인 모양인데……. 그러면 이래도 되겠네요? 우연의 일치 같은 것을 두고 호들갑 떨 것은 없다?"

"호들갑 떤다고까지는 안 했는데……."

복국집 나설 때, 계산은 그가 치렀다.

"신세졌어요…… 이런 자리 또 생기면 한번 갚을게요."

'갈매기'의, 빈말 같지 않게 푸근한 인사에 그는, 만들면 되잖아요…… 하고 싶었다. 그러나, 필경은 해장하느라고 마신 몇 잔의 술 때문이겠지만, 그는 자기 말이 일으킬 파장을 이리 재고 저리 재면서 머뭇거리느라고 끝내 이 말을 입 밖으로 내지 못했다.

자연이 매우 자연스럽지 못하게 된 이 시대에도, 혼자 사는 남자와 혼자 사는 여자가 서로를 기웃거리는 것은 여전히 자연스럽다. 그 사는 데가, 이런 것을 부추기는 곳이기도 하다.

혼자 여행을 떠나본 사람은 잘 알 것이다. 여행자는 모처럼 일상에서 벗어난 자신을 위해 타향이 혹은 타국이 어쩌면 달콤한 드라마 한 편을 마련하고 있을 것이라는 착각 같기도 하고 환상 같기도 한 것에 빠지고는 한다. 무엇인가가 기다릴 것이라는 들뜬 예감이 이런 착각을 부추기기도 한다. 여행자 중에는 실제로는 존재하지 않는 이 드라마를 무리하게 연출하려는 여행자가 있는가 하면, 이 착각과 환상의 실체를 꿰뚫어 보고 마음의 고삐를 다잡는 여행자도 있다. 그 사는 데가, 그런 여행지와 비슷한 곳이다. 그리고 그는, 여행자로 말하자면 후자에 속하는 사람이다.

　그가 '갈매기'를 만나고 싶다고 생각한 적은 여러 번 있다. 그러나 만나는 데 필요한 어떤 노력도 기울인 적이 없고, 어떤 행동도 시도한 적이 없다. 전화번호를 물어본 적도 없고, 610호 우편함에다 메모를 남긴 적도 없다. 그런데도 불구하고 인연이 닿아서 된 것이든, 비슷한 우연이 단순하게 되풀이되는 작용을 통해서 된 것이든 두 사람이 이런 식으로 만난 것은 그 뒤로도 여러 차례가 된다. 그는 처음에는 두 사람이 자주 만나게 되는 것은 식성이 비슷하고, 동선(動線)이 비슷하기 때문일 것이라고 생각했다. 그러나 그것이 아닌 것으로 드러나는 날, 그에게 갈매기는 여느 여자가 아니게 되었다.

　그러나 그는 갈매기를 부를 수 없었다.

　막연한 것이나마 드라마에 대한 예감이라면 그에게도 없었을 리 없다. 그러나 드라마는 연출을 통해서 진행된다. 연출이 무엇인가? 연출은 책략인데, 그는 책략을 쓰지 못한다. 바닷가 사람이 더 이상 갈매기를 부를 수 없게 된 사연이 그의 정신에는 맹독(猛毒)처럼 퍼져 있다. 명저라고 불리는 책 한 권, 명구라고 불리는 옛말 한 토막은, 그것을 완화시키는 끊임없는 공부가 뒤따르지 않을 때는 사람에게 해를 끼치는 경우가 더러 있다. 거기에 걸려 있는 고압의 전하(電荷)가 그것을 대한 사람에게는 끝없는 부담으로 작용하기 때문이다.

　그는 원래 바닷가에서 갈매기와 놀던 사람이다. 그는 아버지의 명을 받고 갈매기를 잡으러 바닷가로 나갔던 사람이다. 그러나 그의 기심을 읽은 갈매기가 오지 않아서 더 이상은 갈매기를 잡을 수도, 더 이상은 갈매기와 놀 수도 없게 된 사람이다. 그는 아버지에게 돌아갈 수도 없고 바닷가로 나갈 수도 없어서 술집으로 간 사람이다. 그는 자신의 술집에서 술을 마실 때에만 갈매기와 놀던 꿈에 잠길 수 있는 사람이다. 그가 갈매기와의 드라마를 한 장면도 연출할 수 없는 까닭, 그가 끊임없이 술을 마시는 까닭이 여기에 있다.

그가 이러지도 저러지도 못하게 된 바닷가 사람 이야기를 했을 때 갈매기는 말했다.

"저도 비번일 때면 밤마다 취하도록 술을 마셔요."

"설마……."

"왜 안 되나요?"

"되지만 왜요?"

그는 그제서야 승강기에서 만나던 날 아침 '갈매기'의 입에서 향긋한 술 냄새가 나던 까닭, 복국집에서, 연쇄점 주류 코너에서, 해장국집에서 갈매기와 자주 만나게 되는 까닭을 이해했다.

"바닷가의 착한 사람들이 이제는 보이지 않아서…… 는 아니고요. 저는 술을 마시지 않으면 그 까닭을 설명할 수 없어요."

"왜요?"

"설명할 수 없는 까닭까지 설명해야 하나요?"

"그럽시다. 하지만 나는 다른 사람과 술집에 가는 것을 싫어하는 사람이에요."

"왜요?"

"나는 술을 마시지 않아야 그 까닭을 설명할 수 있는데, 취하면, 아버지 명에 못 이겨 갈매기를 잡으러 나가는 바닷가 사람이 되고 말아요. 가야 하는데 갈매기가 오지 않아서 갈 수도 없고, 가지 말아야 하는데 아버지의 명을 거절할 수 없어서 가지 않을 수도 없는 사람이 되고 말지요. 이 짓을 해도 이게 아닌 것 같고 저 짓을 해도

저게 아닌 것 같고…… 그래서 내 몸은 굳어지고 말지요. 이 말을
해도 이게 아닌 것 같고, 저 말을 해도 저게 아닌 것 같고…… 그래
서 내 혀가 굳어지고 말지요. 이렇게 떠들어대는 내가 싫어서 마시
고, 마시면 몸과 마음이 굳어지는 게 싫어서 끊고…… 술을 안 마시
면 술 마시는 내가 덤벼들고, 술을 마시면 술 안 마시는 내가 덤벼
들고…….”

“저 같으면 마시겠어요.”

두 사람의 술집 동행은 이 대화 직후가 처음이다.

두 사람이 두 번째로 술을 마신 날은, 그가 날짜까지 기억하는,
그해 9월 1일이었다. 그 자신 이외에는 아무도 기억하는 사람이 없
는 그의 생일이기도 했다. 연쇄점에서 혼자 마실거리 먹을거리를
준비해 가지고 들어오는데 경비실에서 메모가 남아 있다고 했다.
밤에 함께 술을 마시지 않겠느냐는 갈매기의 메모와 직장의 전화번
호였다. 갈매기가 자신의 생일을 기억하거나 추적할 수 없을 터이
니, 우연의 일치이거니 했다.

좋은 친구 노릇이 좋은 의사를 겸하는 경우가 종종 있는데 술자
리에 어울린 갈매기가 그랬다. 갈매기는 자신의 상처를 드러내었을
뿐, 그에게 무장해제를 요구하지는 않았다.

갈매기는 호텔 찻집에 먼저 날아와 있었다.

그가 먼저 수작을 걸었다.

“어떻게 알았어요, 오늘이 기념할 만한 날이라는 것을?”

“뭘요?”

갈매기는 그의 말을 알아듣지 못했다. 표정이 밝지 않아서 여느
때의 갈매기 같아 보이지 않았다.

“같이 마시자는 사람 끊어진 지도 오래되었는데도 불구하고 유

난히 부르는 사람이 기다려지는 날이었답니다."

"그래요?"

"부르는 사람이 없으면 혼자서라도 기어이 마시는 날이고요."

"저도요."

차 마시고 거리로 나서기까지 두 사람이 나눈 말은 이것이 전부였다. 두 사람은 서로, 왜 마시는 날이냐고 묻지 않았다. 그는 술을 마시면 말수가 줄어드니까 당연하다고 하더라도 갈매기는 말수가 많아지는데도 그 화제만은 한사코 비켜가고는 했다.

근 서너 시간 동안 독주 한 병을 비우고 자리에서 일어서기 직전에야 갈매기가 말했다.

"기념이 되었어요……."

"무슨 기념이오?"

"밖에서 이렇게 기념하기는 하나…… 부모님 제삿날이에요."

"제삿날 밖에서 술 마시는 사람도 있네요?"

"너무 어마어마한 제삿날이라서…… 오빠와 막냇동생 제삿날이기도 하거든요……. 저는 초등학교 6학년, 다리를 다쳐 입원해 있는 바람에 식구들 따라 언니 결혼식에 가지 못했어요. 부모형제는 오는 길에 변을 당했고요."

"교통사고…… 였나요?"

"오래되었으니 벌써 잊어버릴 만도 하죠…… 소련 전투기에 추락한 대한항공 007기에 우리 식구들이 타고 있었어요. 나와 맏언니만 빼고……. 벌써 13년이나 되었네요?"

"……."

"……."

"……비행기에서 농담한 거, 사과해요."

"페이스 조절이 워낙 잘 안 되는 분이시니까……."

두 사람은 아무 말 없이 오피스텔 앞까지 걸었다. 헤어질 때가 되어서야 그가 말했다.

"나도 오늘 기념이 되었어요."

"……."

"생일이었거든요."

"그랬군요……. 늦었지만 축하합니다."

"축하받기에는 적절하지 않네요."

"산 사람들은 산 사람들 풍습을 좇아야죠."

"나는 풍습이라 하지 않고 문법이라고 하겠어요."

"재미있네요."

"산 사람의 문법을 좇읍시다. 11월 11일은 비번인가요?"

"어떻게 아셨어요?"

"내 방으로 초대하겠어요. 오늘의 이 슬픈 초대를 완화시킬 필요가 있겠어요."

"방이라고 하셨나요?"

"네."

"제가 응하리라고 생각하나요?"

"갈매기니까."

"제 생일, 어떻게 알아내셨는지 궁금하군요?"

"나는, 술 쥐하면 바보가 되지만 깨어 있을 때는 꽤 똑똑하답니다. 우리 사이에는 수습해야 할 우연의 일치가 너무 많아요. 오피스텔 임대료 내면서 고액권 수표를 내었더니 10만 원짜리 수표로 거슬러주는데, 공교롭게도 거기에 당신이 낸 수표가 섞여 있습니다. 배서(背書)한 주민등록번호를 읽었지요. 711111, 맞지요?"

"맞아요. 제 생일. '비 포인트'를 잡은 기분이겠군요?"

"그건 또 뭐?"

"조종사가 항공기를 이륙시킬 것인지, 이륙을 포기할 것인지를 결정하는 포인트……. 정비가 완벽하지 않은 상황이면 이륙해도 큰일이니까 이 포인트에서 활주 속도를 줄여야 해요."

"그 포인트를 넘겼는데도 이륙을 결정하지 못하면?"

"활주로는 끝없이 이어지는 고속도로가 아니죠. 활주 속도를 줄이지 않으면, 활주로 끝에는 펜스가 기다려요."

"내가 '비 포인트'를 제대로 잡은 것 같나요?"

"선생님의 비 포인트인지는 모르지만 제 것은 아니에요. 전에도 방으로 여자를 초대한 적 있나요?"

"있어요."

"갈매기가 날아오던가요?"

"물론이오."

"붙잡지 않았겠군요?"

"물론이오."

"약속할 수는 없어요. 거절하는 것도 아니고요."

"두 달이나 남았어요. 8시가 좋겠어요. 그동안 나는 마음을 닦으리다."

복도를 걷는 발자국 소리는 승강기 앞에서 시작되어 방방으로 스며들고는 한다. 7시에는, 평일에 캐주얼 구두를 신는 법이 없는 옷가게 여주인의 뾰족구두 소리가 들리더니 7호로 사라진다. 타박거리는 소리를 부록으로 달고 다니는 이혼녀의 가죽 슬리퍼 소리에는 아이가 칭얼거리는 소리가 섞여 있다. 그날따라 유난히 출입이 잦은 이혼녀 모자가 그의 귀를 성가시게 한다.

8시가 되었는데도 그가 기다리던 발자국 소리는 들리지 않는다.

그는 인터폰을 들고는 경비에게 물어본다.

"510호입니다. 내게 온 메모 없어요?"

"스튜디어스 아가씨, 꽃다발 들고 방금 올라가셨는데요?"

갈매기의 메모를 두 차례 전해 준 적이 있는 경비, 두 사람이 같은 승강기 앞에서 헤어지는 것을 몇 차례 보아온 경비는 얼김에 신이 났던 모양이다.

"스튜디어스가 아니고 스튜어디스랍니다."

그는 인터폰을 놓고는 눈을 감고 귀를 기울인다.

낯익은 봄

　예나 지금이나, 고향 선산에 오를 때면 흰옷 입은 사람이 무시로 눈앞에서 어른거리는 듯한 환시(幻視)를 경험하고는 한다. 흰옷 입은 사람이 다급하게 선산 도래솔 뒤로 숨는 듯한 모습이 설핏 보이는 듯할 때도 있다. 혼자 오를 때 그런 일이 잘 일어난다. 그래서 혼자 오르는 날은 무엇을 보든지 얼핏설핏 보지 않고 일삼아 눈 부릅뜨고 보아버리기로 한다. 빨랫줄을 떠난 허연 저고리 한 장이 바람에 날리면서 온갖 조화를 다 부리던 데가 고향 선산이었다. 마음과 눈이 어리석어서, 보이는 것이 이매망량(魑魅魍魎) 아닌 것이 없는 데가 고향의 한밤중이었으니 고향 땅을 만신전(萬神殿)이라고 할밖에.

　그 까닭 설명하기는 어렵지 않다. 지금이야 읍내 예배당 다니는 사람도 있고 초파일에 연등 다는 사람도 있다지만 반세기 전까지만 해도 문화인류학 교과서에나 나오는 '애니미즘[萬神靈崇拜]' 이 내 고향의 종교였으니.

　한식(寒食)을 달포 남겨놓고 고향 마을에 나타난 나를 보고 초등학교 동기 동창인 이장은 이랬다.

"한식에 삽 한 자루 덜렁 둘러메고 선산 오르는 거, 그거 잘하는 짓 못 되네. 암, 우수 경칩 어름에 둘러봐 두어야 한식에 규모 있게 손댈 수 있을 터이니, 잘하는 짓이고말고."

한식이 아니면 선산 묘역에는 손을 대지 못한다. 한식에 손을 대자면 어디에 어떻게 손을 대어야 할지 미리 보아두어야 하지 않겠느냐는 고향지기 고종형의 전화를 받고 3·1절 연휴 날 받아 내려간 나에게 동갑내기가 산 귀신처럼 사람 속 다 들여다본 듯이 말하는 데가 고향이다. 고향의 입말[口語]은 늘 떠돌며 산 세월의 길이를 돌아보게 한다.

고향 선산 오르면 늘 느끼는 갈등 하나. 부모님 산소를 먼저 뵙고 싶다는 유혹이 그것이다. 하지만 성묘에도 차례가 있으니, 늘 부모님 산소는 못 본 척하고 먼저 조부모님 산소로 오른다.

먼저 조부모 산소 앞에다 조촐한 제수 진설하고 절을 하려는데 문득, 희끗한 것이 눈꼬리를 스치면서 물소리 같은 도래솔 바람 소리로 사람의 소리 기척이 묻어드는 것 같았다.

돌아서서 둘러볼까 했다.

하지만 예의 그 환시 아니면 환청이려니 싶기도 하고 술이 덜 찬 종이 술잔이 봄바람에 금방이라도 뒤집힐 것 같아서 그럴 겨를이 없었다. 그래서 부지런히 술을 채워 가벼운 종이 술잔을 앉히고는 절하고 돌아서는데 이번에는 킁, 하는 마른기침 소리가 들려왔다.

비디오카메라 돌리듯이 고개를 피잉 돌리는데, 풍경이 휘청거리면서 흰 그림자가 하나 시야에 들어왔다. 나를 내려다보고 있었을 터인, 흰옷 입은 노인이었다. 봄비를 맞아 섬뜩하도록 푸른 다복솔을 배경으로 봄산에 우뚝 선 흰옷 입은 노인.

"……"

마른기침으로 노인의 소리 기척에 답을 하려는데 온몸에 소름이 돋으면서 그 마른기침조차 제대로 나오지 않는다.

눈에 힘을 주고 다시 보니, 밝은 회색 양복이지 흰옷은 아니었다. 밝은 회색 양복 위로 조금 두꺼운 오리털 반코트를 껴입은 노인은 뭉툭한 지팡이에 몸을 의지한 채로 한 손을 들어보였다. 손을 들어보인다……. 우리 고향 사람들에게서는 좀체 찾아볼 수 없는, 개명(開明)이 되어도 한참 된 인사법이었다.

노인이 서 있는 곳으로 올라가 보았다.

노인이 들고 서 있는 것은 지팡이가 아니라 놀랍게도 전문 산악인들이나 들고 다님직한 프랑스제 고급 피켈이었다. 피켈 끝에는 흙이 묻어 있었다. 노인의 발치로 노인이 피켈 끝으로 흙을 판 자국이 두어 군데 보였다. 노인의 손가락 끝에도 진흙이 묻어 있었다.

나는 산주(山主)에 속하는 사람인 만큼 무단 입산자에게, 그것도 선산 한자락을 파헤친 사람에게는 위세할 권리가 있었다. 그 권리 반듯하게 행사하는 것은, 당하는 사람도 부당한 대접으로 받아들이지 않는 내 고향의 미풍양속이기도 했다. 하지만 노인의 모습이 하도 낯설고 또 어딘지 모르지만 기이한 품격이 느껴지게 하는 데가 있어서 나는 위세하는 모양이 되지 않도록 애를 쓰면서, 뭐 하세요, 하고 물어보았다.

"말리는 분이시오?"

노인이 되물었다.

'말리는 분'?

산의 관리자, 혹은 산주인을 이르는 내 고향 사투리였다.

살갗을 보면 일흔 살 이쪽저쪽으로 보여도 목주름의 연륜으로 보면 아무래도 여든을 넘긴 것 같았다. 시골 햇살에 시달린 피부가 아니었다. 흙이 묻었어도 손가락 끝이 고왔다.

"네."

"미안하오. 지나다 보니 '작두'가 있길래, 하도 반가워서 한두 뿌리 캐봤어요."

"그 피켈로요?"

"'피케루'를 아시는 걸 보니 젊은이도 산을 아시는갑네?"

'아시는갑네' …… 내 고향에서만 쓰는 종결형 어미였다.

"어르신, 이 근동에 사십니까?"

"아니오."

"그럼 옛날에는 이 근동 사셨군요?"

"아니오, 아니오……. 산역하오?"

"아닙니다, 그냥 둘러뵈러 왔습니다. 한식에는 아무래도 산역이 필요할 것 같아서요."

"부럽소. 위로 두 대(代) 자리가 이렇듯이 좋고, 다음 대 자리까지 내리닫이로 벌써 쭐루레미 마련되어 있는 것이……."

"제가 마련한 것은 아닙니다만 송구스럽습니다. 시퍼렇게 젊은 사람들이……."

"그러면 조금 전에 절하신 자리는 조부님 자리인가요?"

"그렇습니다."

"아래는 그러면 부모님 자리겠고…… 형제들 자리가 아직 빈 산 밭인 것이 보기에 좋소……."

"내려가시지요. 약주 하시는지요? 제물과 제주가 좀 있습니다."

"고맙소. 산도 나이를 먹으니……."

"네?"

"세 겹 축대가 나이테 같다는 소리……."

노인은 나를 따라 조부모 산소로 내려왔다. 나는 노인을 조부모 상석(床石) 앞에 신문지를 깔아 앉게 하고는 상석에 놓았던 술잔을 권했다. 노인이 손을 가로저었다.

"그 술 음복은 제주만 하는 것인데 당찮아요."

"드셔도 됩니다. 보시다시피, 바람에 종이 술잔이 쓰러질 것 같아서 술을 가뿍가뿍 따랐습니다. 부모님 산소도 뵈어야 하는데······ 이렇게 가뿍가뿍 따른 술 다 마셨다가 초장부터 갑신거리게요?"

나는 조모님 술잔은 내 앞으로 당기고 조부님 술잔은 노인에게로 밀었다. 노인은 그 술잔을 받더니 산소에서 몸을 틀어 삼가는 모습을 보이고는 가만히 잔을 비웠다. 나도 조부모님 산소와 노인에게서 몸을 틀고는 잔을 비웠다.

"어르신, 이 근동 사신 분이 아니라고 하시지만, 이 근동 분 아니시면 '작두'를 모르실 텐데요?"

"왜······ 나도 살기는 도회지에서 살았어도 나기는 촌에서 난 사람인데······."

"······."

말은 하지 않았지만, 글쎄, 싫었다.

어린 시절 우리가 산에서 '도라지', '잔대'와 함께 가장 자주 캐어 먹던 풀뿌리, 가장 맛있게 먹던 풀뿌리가 바로 '작두'다. '작두'는 맛이나 향이나 모양이 더덕과 아주 흡사하다. 중동을 잘라놓으면 단면에 점액질의 유백색 진이 배어나오는 것까지 비슷하다. 하지만 나는 어린 시절 고향을 떠난 이후 타향에서는 작두를 본 적이 없다. 심지어는 내 고향에서 남쪽으로 겨우 백 리 거리에 있는 대구어름의 산야에서도 나는 작두를 본 적이 없다. 부르는 이름이 달라서 그랬던 것일까?

나에게는 타향 사람들에게 '작두'를 설명하는 데 애를 먹은 적이 몇 차례 있다. 내가 작두를 애써 설명하면 타향 사람들은 시큰둥하게, 에이, 더덕을 가지고 뭘 그래, 했다.

그러나 아니다. 작두는 더덕이 아니다. 표준말로는 '향부자'라고 불리는 작두는 방동사닛과 식물이지만 더덕은 초롱꽃과 식물이다. 게다가 작두는 더덕만큼 굵지 않다. 작두는 더덕만큼 흔하지도 않다. 큰 산도 큰 물도 없는 내 고향의 작두는 산천만큼이나 작고 초라하다. 더덕은 고급 찬거리가 되는 모양이지만 작두는 '초근목피로 연명했다'고 할 때의 '초근'에 해당하는 우리 어린 시절의 새 먹거리였다.

지금도, 작두, 하면, 반짝이는 팽잇날로 어설프게 깎아 먹던 손가락만 하던 작두의 그 싸아하던 맛이 혀끝을 스치고는 한다. 그 시절의 팽잇날 호밋날은 어찌 그리도 반짝거렸던지.

아항, 작두를 아는 어른이시구나 싶었다. 작두를 보면 왈칵 반가워지는, 프랑스제 피켈을 든 노인이구나 싶었다.

"어르신…… 마른 풀대 사이에서 작두 대궁이 알아보시기가 쉽지 않으셨을 텐데요?"

"……."

내가 고향 선산에서 그와 마주 앉은 것은 경칩도 지나지 않은 2월 말일이다. 따라서 산야에 푸른 기가 돌자면 한 달은 좋이 기다려야 하는 시점이다. 그런 산야의 마른 풀대 사이에서 말라 죽은 채로 겨울을 난, 겨울바람에 슬켜 갈가리 찢긴 작두 대궁이를 알아보는 것은 나같이 그 마을에서 곤궁한 채집 경제 시절을 보낸 사람만이 획득할 수 있는, 희귀한 초본학적 재능이다.

작두 대궁이는 아래쪽은 둥글지만 윗부분은 삼각기둥처럼 각져 있는 것이 보통이다. 마른 풀 사이에 길이가 두어 뼘 되는 허연 대궁이가 서 있고, 갸름한 잎이 마른 채로 줄기 밑동을 별 꼴로 둘러싸고 있어야 그게 작두다. 마른 대궁이를 쥐면 씨앗이 손가락을 찌르는데, 뿌리 위치를 가늠하고 팽이로 흙을 찍어서 뒤집은 다음 대

궁이를 살며시 당기면, 쑥 뽑혀나오는 것이 길이나 굵기가 손가락
만 한 작두다.

"염치없이 귀한 술 얻어 마셨어요."

노인은 손으로 입술을 닦으면서 종이 술잔을 가만히 잔디 위에
내려놓았다. 봄이 다 오지 않아서 봄바람은 여전히 차가웠다. 그 여
전히 차가운 봄바람에 날려, 빈 종이 술잔이 쓰러지면서 조그만 원
을 그리며 맴돌았다.

"날씨가 이만큼이나 풀려서 다행입니다. 여기 잠시 앉아 계시면
제가 저 아래 있는 부모님 산소 찾아뵙고 올라오겠습니다. 보시다
시피 안주도 넉넉합니다."

"고맙소……."

"요기하시자면 읍내까지 나가셔야 하는데, 잘 아시겠지만 여기
에서는 십 리 길이 좋이 됩니다."

"요량도 없이 들어선 산길인데…… 하여튼 고맙소이다."

노인은 이러면서 상석 앞의 명각(銘刻)을 한 차례 쓰다듬어보고
는 눈길을 상석 왼쪽의 명문(銘文)으로 옮겼다. 상석 왼귀에는 사자
(嗣子)인 아버지 함자, 그 밑으로는 사손(嗣孫)인 우리 형제 이름이
새겨져 있었다.

노인은 음각된 아버지 함자를 손가락으로 짚으면서 물었다.

"요 아래가 부모님 산소라면…… 아버님은 대 자(大字) 함 자(函
字) 어른이시겠군요……."

"그렇습니다. 저는 그 어른의 유복자가 되고요."

"아하, 유복자라, 아하, 유복자라……. 그래요, 얼른 내려가서 뵙
지 않고……."

"돼지고기가 괜찮습니다. 서울에서는 껍질을 몽땅 벗겨버리고
팔아서 재미없게 생각했는데, 읍내로 들어오니 마침 껍질이 제대로

붙은 삼겹살이 있더군요. 덩어리째 사가지고 와서 요 아래 있는 고종형 댁에서 삶아 왔습니다. 썰어놓을 테니 드십시오, 아직 식지 않았습니다. 옛맛이 날 겁니다. 그럼, 부모님 뵙고 올라오겠습니다."

나는 조부모님 산소에서 제물로 쓴 제수와 술은 노인 앞에 차려주고, 따로 마련한 제수를 챙겨들고 부모님 산소로 내려섰다. 조성한 지 이태가 안 되는 아버지 산소의 띠는 착근(着根)이 부실하고 어머니 산소 봉분의 띠는 허옇게 말라 죽어 있었다. 읍내 단위조합장 회의 때문에 함께 산을 오르지 못한 고종형의 말은, 도래솔 그림자 때문에 봉분에 서릿발이 생기고 그 서릿발 때문에 겨우내 잔디 뿌리가 솟아 봄이면 하얗게 말라 죽는다고 했다.

"한식에는 도래솔을 좀 베어낼까요?"

"조성하는 데 걸린 세월이 아까워서 그럴 수가 있나. 소금 뿌리면 서릿발이 안 생긴다더라만 그렇다고 조상 산소에다 소금 뿌릴 수는 없는 일……."

"그러면 한식에는 대구에서 잔디 한 차 사들여 오기로 할까요?"

"그게 참 이상해. 대구 잔디는 우리 마을에서는 못 살아. 땅이 척박해서 그런가, 난데 잔디는 우리 마을 산에서는 못 살아내."

"그럴 리가 있어요?"

"그게 그래…… 대구에서 잔디 사다 심은 사람 봤는데 판판이 실패라……. 사람이 고향 땅 흙에서 나왔다는 밀 진직(眞的)하지 싶어."

"돌아가는 데가 거기 아닙니까."

"암."

"그런데 이곳 잔디는 어떻습니까? 난데 나가서도 잘 살겠지요?"

"그럴 테지. 필경은 돌아오겠지만 자네도 잘 살고 있지 않은가?"

"그렇네요."

부모님 산소에 절하고 혼자서 제주 음복하면서 가만히 올려다보니 노인 역시 손가락은 여전히 상석 윈귀에 댄 채 나를 내려다보고 있었다. 모실 자손이 없는 분이신가……. 노인이 지어내는 분위기가 어쩐지 고적해 보였다.

제수 거두어 다시 조부모 산소로 올라갔을 때 노인이 술 한잔을 자작하면서 지나가는 말처럼 물었다.

"이상도 하지요? 젊은이는 저 아래 계시는 '대 자 함 자' 어른의 유복자라고 하지 않았소?"

"그렇습니다."

"내가 젊은이라고 부르기는 하오만, 몇이시오?"

"을유생입니다."

"에이, 그러면 나는 모르오. 공부가 부실해서."

"쉰셋이 되었습니다."

"쉰셋…… 그렇다면 선고장께서 세상 떠나신 지 52년이 되었다는 얘긴데……."

"그렇습니다."

"그런데 산소가 어찌 저리 젊소? 띠가 아직 착근을 못한 듯한데…… 조성한 지 한두 해밖에 안 된 산소 같지 않소?"

"사연이 있습니다. 아주 긴긴 사연이요……."

"……."

"일제시대, 아버님 형제분은 일본에 계셨는데요……."

"죠요〔徵用〕 가셨던 것이구면."

"징용이 아니고, 자유노동자이셨답니다. 자진 입국하셨던 것이지요."

"……."

"아버님은 해방되던 해, 그러니까 제가 태어나던 해 일본에서 돌아가셨지요…… 오사카와 교토 사이에 있는 우메다[梅田]라는 마을에 묻히셨는데, 제가 지지난해가 되어서야 일본 가서 모시고 와서 어머니 옆에 모셨습니다. 그러니 돌아가신 지는 오래되셨어도 산소는 젊을 수밖에요."

"저런……."

"한잔 더 드시지요."

"과한데……."

"숙부님께서 일찍 깨신 분이셨던가 봅니다. 먼저 일본 건너가 자리잡으시고 아버님을 부르셨다니까요."

"숙부님? 삼촌이 계시다는 말이오?"

"네."

"여기 이 상석에는 외아들로 되어 있는데……. 숙부의 함자가 없지 않소?"

"……사연이 길어서 책이 한 권 될 만합니다. 아버님 돌아가시던 해, 그러니까 45년에 숙부님은 총련[在日本朝鮮人總聯合會]의 전신인 조련[在日本朝鮮人聯盟] 결성에 깊숙이 가담하셨던 모양입니다. 그러다 10년 뒤 이 단체가 조총련으로 재편된 뒤로는 오사카 지역의 재일 교포 북송에도 주도적인 역할을 하신 것으로 알려져 있고요……."

"일찍 깨신 분이라더니 헛깨신 것이구먼……."

"숙부님 알선으로 일제시대에 이미 자유노동자로 일본 건너간 이 마을 사람들이 많습니다. 그분들 중에는 북송된 분들도 적지 않고요……. 자유당 시절 이후부터 이 마을 출신의 재일 교포들은 조총련에 가담했다는 한 가지 전력만으로도 귀국을 금지당하지 않았습니까? 이 마을에 남아 계시던 부모님과, 일본으로 건너간 아들은 이로써 생이별을 하고 만 것이지요. 숙부님 함자가 '대 자(大字) 복자(福字)'이셨는데, 이렇게 자식을 생이별한 부모들 중에는 저희 집을 원수 삼은 분들이 한두 분이 아니었습니다. 아들 손자 생이별한 부모들은 집안에 큰일이 생길 때마다 저희 집으로 몰려와, 숙부님 함자 부르면서 '이놈아, 이놈아, 내 자식 내놔라, 전생에 무슨 원수를 졌다고 내 자식 빨갱이로 만들었느냐.', 이렇게 자반뒤집기를 하고는 했지요. 할머니께서는 그런 부모들의 원망받이로 어렵게, 힘들게 사시다 돌아가셨답니다, 오래전에……."

"맏이 잃으시고 둘째는 빨갱이가 되었으니……."

"제가 유복자이듯이, 그 숙부님 또한 유복자이셨으니 기가 막히는 일입니다. 지금은 저희 집안 선산이 된 이 산, 그 숙부님이 해방 전에 잠깐 귀국하셨을 때, 할아버지 산소 이장하면서 사놓으신 산이랍니다. 쌀 다섯 가마니 값이었다니 그 당시로는 큰돈이었지요. 유복자이시던 숙부님께서 조부님 이장하셨듯이, 유복자인 제가 또 아버님 유골을 일본에서 이곳으로 이장했으니까요. 하지만 더 기가 막히는 일은, 숙부님께서는 당신 손으로 사신 이 산에 묻히지 못하시게 된 일입니다."

"……."

"숙부님이 사놓으신 이 산에다 조부모님 모시고, 상석을 놓으면서도 상석에 숙부님 함자를 새길 수는 없었지요."

"빨갱이라서……."

"빨갱이라도 저희들에게야 여전히 숙부님이시지요. 하지만 숙부님 때문에 자식과 생이별한 부모들이 조건을 달았답니다. 상석 놓는 것은 좋다, 하지만 대복이 이름은 못 새긴다……. 결국 숙부님 함자를 새기지 않는다는 조건으로 상석 놓는 것을 양해했답니다. 나중에 보고 숙부님 함자가 새겨져 있으면 상석 둘러엎겠다고 으름장들을 놓으면서요. 그래서 세보(世譜)에는 함자를 올려도 상석에는 새기지 못한 것입니다."

"……본 듯하오."

"하지만 이제는, 그런 부모들도 다 세상을 떴습니다. 이제는 숙부님의 함자 기억하는 사람도 거의 없습니다. 나라의 품이 넓어졌는지 까다롭던 규제가 풀리면서, 당시 조총련 쪽으로 넘어갔던 분들이 더러 고향을 찾는 일도 있습니다만, 이제는 그분들 얼굴 기억하기는커녕 이름 기억하는 사람들도 드물어졌습니다."

"하면 그 숙부님은 아직 살아 계시는 모양 아니오? 산소 자리가 비어 있으니 말이오……."

"2년 전에 제가 일본으로 갔습니다. 숙부님과 종형님 찾아내고 아버님 유골을 수습하러 제가 일본으로 갔습니다."

"어디에 어떻게 살고 있는지 어찌 아시고?"

"일본 드나드시는 분들 말은, 오사카에 군민회(郡民會)가 있다고 하더군요. 숙부님은 오사카 근처의 '후세'라는 마을에 사셨답니다. 그래서 저희들은 지금도 그 숙부님을 '후세 숙부'라고 부른답니다. 저희들은 어린 시절 어머니로부터 숙부님 사시는 곳이 '후세시 아라카와 산초메'라는 말씀을 들으면서 자랐습니다. 아라카와 산초메……「가거라 삼팔선」같은 유행가 가사처럼 외면서 자랐지요. 아라카와 산초메…… 아라카와 산초메……."

"허허, 유행가 가사 같은 아라카와 산초메라……."

"일본 가서 오사카 총영사관에 가서 통사정을 해보았지만 조총련 쪽 사람 찾기는 쉬운 일이 아니라고 하더군요. 설사 오사카 근방에 살고 있다고 하더라도 조총련 쪽 사람과 접촉하자면 당국의 허가를 받아야 했고요……. 군민회를 찾아 문의를 넣었더니 '귀국'한 것으로 안다고 하는데…… 제가, '오시지 않았습니다.' 했더니 그쪽에서 하는 말, '이북으로 귀국했을 거라는 말이오.'……."

"그 사람들 조국은 거기니까⋯⋯."

"어쩌면 종형이 오사카 근방에 살고 있을지도 모른다는 생각에서 '후세 시〔布施市〕'라는 곳으로 가보았습니다. 숙부님 사시던 곳이자 아버님 세상 떠나신 곳이기도 하지요. 세상에⋯⋯ 가보았더니, 전설로 듣던 '아라카와 산초메〔荒川三町目〕'가 정말로 있는 겁니다. 유난히 김 이 박(金李朴) 문패가 많은 동네였지요."

"⋯⋯."

"경찰서 찾아가 심인(尋人) 의뢰를 했더니 여경(女警) 한 분이 연세 많은 사회주의자들에게 물어서 찾아보겠다고 하더군요. 하지만 숙부님 그 마을 떠나신 지가 하도 오래되어 또한 허탕⋯⋯. 우리나라 구청에 해당하는 '구야쿠쇼〔區役所〕'를 찾아갔더니, 조총련에 속하면 그런 사람 있어도 가르쳐줄 수도 없고 가르쳐주어서도 안 된다면서⋯⋯."

"그랬을 것이오."

"총련이 민단〔在日本韓國人居留民團〕에 사정없이 밀리고 있는 형편이었지요. 그쪽에서는, 이쪽 사람들이 사람 빼어갈까 봐 신경을 곤두세우고 있을 즈음이기도 합니다. 일본 정부로서는 이 두 단체의 움직임에 어떤 영향력도 행사할 수 없다면서, 적십자사는 완전 중립인 단체이고 또 중재도 가능하니까 오사카 주오구〔大板中央區〕에 있는 일본 적십자사 오사카 지부에다 심인 의뢰 신청서를 내고 기다리라고 하더군요."

"숙부나 종형을 찾아야 아버님 유골을 찾을 수 있었을 테니⋯⋯. 전쟁 전부터 그 마을에서 살아온 일본인을 찾아서 물어보지 그랬소?"

"!"

"늙은 쥐가 독을 뚫는다지 않소?"

"……그렇게 했습니다. 일본 적십자사 오사카 지부에다 신청서를 접수시키고 다시 후세 시 아라카와 산초메로 갔습니다. 마을 한 가운데 조총련 히가시오사카 지부[東大板支部] 건물이 우뚝 서 있는데, 마음 같아서는 뛰어들어가, 이놈들아, 내 숙부 '나가이 마사오[永井正雄]' 내놔라 하고 싶었지만……. 참, 숙부님의 일본명이 나가이 마사오였습니다. 하지만 그럴 수는 없었지요. 에멜무지 삼아, 근 60여 년 동안이나 그 마을에서 쌀가게를 내고 있다는 노인을 찾아가 보았습니다. 이름까지 생생하게 기억납니다. 이케가미 사부로[池上三郞] 노인이라고요. 아, 그런데, 이 노인이 50년 전에 돌아가신 아버님을 기억하고 있는 것이 아니겠습니까? 그 당시에 함께 사회주의 운동 했다면서 숙부님도 기억하고 있었고요. 하지만 숙부님은 종형 데리고 그 마을 떠난 지가 오래되었다더군요."

"……."

"이분이, 아버님과 친분이 있었을 것이라면서 쿠니모토 히로요시[國本弘吉]라는 분을 소개해 주는데…… 뵈니까 이홍길(李弘吉)이라는 한국 노인이십디다. 이분의 도움으로 결국 50년 전에 숙부님께서 매장하신 아버님 유골을 수습해 올 수가 있었지요."

"아하, 큰일 하셨소."

"아버님께서 도우셨지요."

"그 젊은 연세에 돌아가셨다…… 전쟁 끝났을 때이니 폭격은 아닐 테고……."

"그 사연이 더욱 기가 막힙니다. 전쟁 직후 귀국선을 타셨는데……."

"아, 그 일이었나요? 징용자 귀국선 '우키지마마루[浮島丸]'가 '바쿠친[爆沈]' 된 일이 그즈음에 있었지요."

"잘 아시는군요. 이홍길 노인께서는 아버님과 함께 그 배로 귀국하시던 중이었던 모양입니다. 아버님과 이홍길 노인은 그 배를 탈출하셨지만 결국 그 배에서 흘러나온 중유(重油) 중독과 패혈증으로 돌아가셨다고 하더군요. 후세의 숙부님 댁에서……."

"그래, 숙부님과 종형은 찾으셨소?"

"찾지 못했습니다. 숙부님은 재일 교포 북송을 지휘하면서 이북 몇 차례 다녀오셨다니, 어쩌면 이북에 살아 계시거나, 거기에서 세상 뜨셨는지도 모르는 일입니다. 주위 분들 말씀도 그렇고요. 종형은 어릴 때부터 다리를 심하게 절었다는데 일본에서 어찌 사시는지……. 저는 나라 밖을 떠돌면서 살아온 사람이라서 집안일은 잘 챙기지 못합니다만 제 위로 한 분 계시는 형님은 어찌하든지, 아버님 옆자리에다 숙부님 모시는 것이 소원인 분입니다. 숙부님 자리, 이 깔끄막에다 축대 쌓고 저희 형제 자리는 물론 그 종형 산소 자리까지 저렇게 마련해 놓은 분도 저의 형님인 것이지요."

"지성을 다하시니 나란히 자리하는 날이 오겠지요."

"제가 이홍길 노인을 뵈러 교토로 가느라고 후세 시를 떠나던 날 쌀집 '이케가미 오고메야〔池上米屋〕'의 이케가미 사부로 노인이 제게 하시던 말씀이 잊혀지지 않습니다. 제가 은혜를 잊지 못하겠다고 했더니 그분이, '구원(舊怨)과 함께 잊으시오, 나도 이 작은 보람으로 우리 일본인들이 조선인들에게 진 빚의 탕감을 빌리다.', 이러시는데……."

"빚의 탕감을 빌 사람이 어찌 이케가미 노인뿐이겠소?"

"……."

"고종형이 마을에 산다고 했는데…… 하면 고모님도 계셨던 모양이오그려."

"두 분 계셨는데 두 분 모두, 아우님 한 분은 일찍 돌아가시고 또 한 분은 저쪽으로 넘어가 발길 끊은 것을 애돌애돌해하면서 사시다가 모두 돌아가셨습니다. 40년 전 저희 집이 대구로 나앉은 뒤부터는 고종형님이 고모님 한이라도 풀어드리는 듯이 이 외가 선산을 손바닥 들여다보듯이 살펴주시고요."

"그래…… 아들딸이 장성했겠군요?"

"삼 남매 두셨는데, 다 취성(聚成)시키고……."

"두셨다니…… 아니, 고종형 말고 젊은이 말이오."

"남매를 두었는데, 아들은 미국에서 딸은 서울에서 대학에 다니고 있습니다."

"……미국이라."

"네……."

"떠나고 돌아오고 하는 세월이 되었어요. 험한 세상 산 보람이 어찌 이리 더디 오는지……."

"네?"

"아이고, 염치없이 얻어 마셨더니 취기도 취기려니와 한기가 드네요. 읍내까지는 십여 리 길이라고 했지요?"

"마을에 전화가 있습니다. 택시를 부르면 오는데, 한 오천 원쯤 달라고 할 것입니다만……."

"걷기에 마치 좋은 날씨예요."

"그렇기는 합니다만……."

"이렇게 걷기 좋은 날이 있었던가 싶소."

노인은 프랑스제 피켈을 지게 작대기처럼 짚으면서 자리에서 일어섰다. 오금이 저렸던지 잠깐 몸을 비틀거렸지만 부축해야 할 정도는 아니었다. 노인은 마을로 내려가지 않고 바로 읍내로 통하는 길로 접어들어 피켈을 흔들면서 연세에 어울리지 않게 활기차게 걸었다.

나는 문득 취기와 한기가 동시에 느껴졌다. 제수를 나누어주려고 주위를 둘러보았다. 그러나 사람의 그림자 하나 없었다. 그래서, 어쩔까 하다가, 손대지 않은 제수는 고종형 집에서 빌려 올라간 바구니에다 담고, 노인과 내가 나누다 만 돼지고기, 오징어, 북어포는 잘게 찢어 산에다 사방으로 뿌리고는 일어섰다.

오토바이 소리가 마을로 들어서고 있었다.

읍내에서 만났던 고종형의 오토바이였다. 고종형은 오토바이에 탄 채, 길가로 비켜선 노인에게 모자를 벗어 가볍게 예를 올렸다. 그러고는 오토바이를 몰아 다시 마을로 들어서려니 했는데 그게 아니었다. 고종형은 오토바이에 앉은 채로 고개를 돌리고, 멀어져 가는 노인의 뒤를 바라볼 뿐, 꼼짝도 하지 않았다. 한동안 그러고 있던 고종형의 오토바이가 다시 움직였다. 오토바이는 마을로 들어서는 대신 내가 서 있는 선산 산길로 들어서고 있었다.

참 잘되었구나 싶었다. 산으로 가지고 올라간 제수는 집으로 되가지고 가지 않는 것 또한, 가난하던 내 고향 마을의 미풍양속이었으니.

산소까지 올라온 고종형이 고개를 갸웃거리며 하던 말을 나는 평생 잊을 수 없을 것이다.

"그거참 이상하다…… 저기 가는 노인을 보고 내가 깜짝 놀랐다. 우리 '위아제〔外叔〕'인 줄 알았다. 자네 아버님 말이다. 입매무새는 영락없는 어머니와 이모의 입매무새고……. 아이고, 이 사람아, 이러고 있을 일이 아니다."

322

직선과 곡선
—— 숨은 그림 찾기 1

찾아본 데 있는 것은 어쩌나?

잃어버린 것을 찾아 뒤짐질할 때마다 마음에 묻어드는 이 섬뜩한 두려움.

권투 선수는 링 위에서 싸우다가, 3분이 흐르면 세컨드가 기다리는 구석 자리의 코니 스툴로 돌아간다. 그는 거기에서 1분 동안 피도 뱉고 물도 마시고 사타구니에 바람도 넣고 세컨드의 훈수도 듣고 하다가는 공이 울리면 한결 가벼워진 걸음걸이로 다시 싸움터로 나선다. 구석 자리의 코너 스툴이 없으면 권투 선수는 얼마나 고단할 것인가. 미국 네바다 주의 황량한 열사(熱砂) 지대에는 '오아시스' 라는 말이 들어간 상호(商號)가 유난히 많다.

권투 선수가 아닌 나에게도 구석 자리가 있다. 그래서 나도 그 구석 자리로 돌아가 보고는 한다. 삶은 싸움이 아닐 것인데도 어쩐지 자꾸만 싸움 같아 보일 때면, 그 싸움을 싸우다 지쳤다 싶을 때면 돌아가 보고는 한다. 대구 근교의 소도시 경산(慶山)에 있는 기이한 은자(隱者)의 과수원으로 돌아가 보고는 한다.

내가 '도회(都會)의 은자'라고 부르기도 하는 은사 일모 선생의 과수원을 나는 번잡한 세상 한가운데 자리잡은 고요한 중심, 소용돌이 한중간의 부동의 중심이라고 부른다. 바퀴로 말하자면, 바퀴테에서 가장 멀고, 굴대에서 가장 가까운 곳이다. 굴대도 돌기는 돈다. 하지만 그 회전은 오르내림이 극심한 가장자리의 회전과는 사뭇 다르다.

일모 선생의 과수원을 세상의 중심으로 여기는데도 불구하고, 그 자리는 역설적이게도 주변인으로 사는 내 삶의 구석 자리이기도 하다. 그의 과수원에는, 내가 안고 가는 많은 문제의 해법이 있다. 하지만 그의 해법은 빌려도 좋고 안 빌려도 좋다. 거기에만 가 있으면 해법이 내 안에서 술술 풀려나올 때가 많아서 그렇다. 그가 본보이는 삶의 태도가 내 몸과 마음의 항상성(恒常性)을 회복시키기 때문일 것이다. 그래. 항상성이다. 일모 선생 과수원에는 과실나무도 있고 잡목도 있으며 채소도 있고 잡초도 있다. 그는, 세상을 원망하는 제자들에게 입버릇처럼 들려주는 금언이 있다.

사람은 무영등(無影燈) 아래서 사는 것이 아니다, 사람의 모듬살이는 무균실(無菌室)이 아니다.

일모 선생은 이미 오래전에 정년퇴직하고, 나와는 동기 동창인 외아들과 함께 과수원 걸우면서 말년을 보내시는 분이다. 그의 외아들이 나와는 중고등학교 동기 동창이기는 하지만 이 동기 동창 만나기가 과수원 방문의 목적이 된 적은 한 번도 없다. 나는 이것을 별로 미안하게 여기지도 않거니와 친구도 이런 태도로 저를 대하는 나를 원망하는 법이 없다.

제자들이 찾아뵙고 절할 거조를 차리면, "절은 무슨 절……. 야, 등 시린 절은 안 받으란다." 하면서도 옷매무시와 자세 바로잡는 것은 언제 보아도 똑같다. 등 시린 절 안 받겠다고 하시는 것은 자주 찾아뵙지 못한 것에 대한 꾸짖음이다. 그는 부러 이러면서 언제나 그러듯이 떡갈나무 몽둥이 같은 손을 내밀면서 시커멓게 그을린 눈꼬리로 기가 막히도록 아름답게 웃고는 한다.

"자네가 오면 이 일모의 입장은 매우 난처해지고 말아."

"죄송합니다."

내가 이따금씩 찾아뵙고는 절하고 물러앉으면 그는 웃으면서 이러시고는 한다. 아호 같은 것이 있었던 것은 아닌데, 지독한 대머리였던 그는 10여 년 전부터 제자들 사이에 '일모 선생(一毛先生)'으로 불렸다. 이 애칭은, 대머리의 인기가 바닥을 훑던 1980년 이후에도 계속해서 더없이 따뜻한 울림을 지어내고는 했다.

어느 제자가 이런 말을 한 적이 있다고 한다.

"선생님께는 아직도 빠질 머리카락이 많습니다. 마지막 한 올 남을 때까지, 아니올시다, 그 마지막 한 올이 빠진 뒤로도 저희들이 줄기차게 모시겠습니다."

이 별호는 그러니까, 그 버르장머리없는 제자의 말에 그가 이렇게 응수한 데서 유래한다.

"선현의 지혜에 견주면 비록 구우일모(九牛一毛) 아니면 창해일속(滄海一粟)이기는 할 것이다만, 나무 없는 이 독산(禿山) 속 광맥에는 자네들에게 나누어줄 게 꽤 있을 것이다……."

동창생 여럿 모인 자리에서 이 일화를 전해 듣고 내가 주동이 되어 만장일치로 정한 선생의 별호가 바로 '일모 선생'이다.

뒤에 이것을 아신 그는 나를 나무랐다.

"자고로 선비 풍신은 자호(自號)를 삼갈 줄 아는 법이다. 그래서 가만히 있었더니, 네놈들이 버르장머리없이 선생에게 호 지어 바치니 이게 망신 아니고 무엇이냐."

중학교 시절 2년을 내리 우리 반을 담임했던 그는 중학교 시절 국사와 세계사를 가르친 분이다. 당시 그가 세계사 시간에, "나는 역사 기행 한번 해보지 못하고 이렇게 가르치지만 너희들은 장차 가르치지 않더라도 세상을 두루 돌아다니는 사람이 되라." 하던 말씀이 내 기억에 사무치고는 한다. 그는 국사 시간에, "나는 아직 서울에도 가보지 못했다."고 실토하기도 했다.

그런데 그는 언제부터인지 근 40년 동안 당신이 가르친 제자의 '명함을 수집하는 취미'를 몸에 붙이게 된다. 물론 명함을 수집한다는 그의 말은 글자 그대로 명함을 수집한다는 뜻은 아니다. 그는 제자들 사는 꼴을 상당히 자세하게 파악하고 있는데 이것을 스스로 밝혀 말하기가 뭣하니까 '명함을 수집한다'로 표현한 데 지나지 않는다. 그는 세계사에서 국사로, 국사에서 드디어 개인사로 그 방향을 바꾸었던 것일까?

근 30여 년 동안 한 해에 한두 차례씩 찾아뵈면서 그때마다 확인한 바 있거니와 그에게는 수백 장에 이르는 명함과, 명함 가진 제자든 명함 가질 처지가 못 되는 제자든 그 신상을 기록한 여러 권의 노트가 있었다. 무용가가 도약을 통하여 중력의 법칙에 도전하듯이 그는 깨알 같은 메모를 돋보기로 좇으면서 노년의 건망증에 도전한다고 했다. 바로 이 메모 덕분이겠지만 그는 위세를 부리는 제자들의 형편에도 밝고, 이름 없이, 또는 곤고하게 사는 제자들 형편도 놀라우리만치 잘 기억한다.

우리는 이따금씩 노인의 이 기이한 재능과 덕목을 두고, 호기심과 인내와 기억력의 기가 막히는 조화라고 정의한 적이 있다.

제자들 읽는 이 일을 그는 '늙발에 시작한 사람 공부'라고 불렀다. 그런데 그 공부는 뜻이 참 깊어 보였다.

그의 명함철과 제자들 신상을 기록한 노트는, 수백 명에 이르는 제자들이 살아온 자취, 사는 모습이 가로로 세로로 짜인, 실로 정교하면서도 그 규모가 만만하지 않은 대하소설의 원광을 방불케 한다. 내가 그를 여기에다 길게 소개하는 까닭도 여기에 있다. 그의 과수원에 머물면 삶의 숨은 그림이 얼핏 보이는 듯할 때가 자주 있다. 평생 사람의 역사를 다루어온 그의 곁에서 보내는 시간은, 나에게는 숨은 그림 찾기를 배우는 시간이다.

정년퇴직하기 4~5년 전에, 그러니까 근 20여 년 전에 그로부터 들은 이야기를 나는 아직도 생생하게 기억하고 있다. 잡지사 기자 노릇 하던 나의 명함을 받아 가만히 들여다보면서 그는 이랬다.

"내가 명함 수집가라는 걸 어찌 아는가……? 그래, 나는 한평생 역사 선생 명색으로 자네들에게 역사를 가르치면서 사람의 역사를 좀 아는 척해 왔는데, 아니야, 내게는 아는 것이 없었어……. 왼 것은 좀 있었는지 모르지만 그것은 목숨 끊어진 편년사일지언정 피가 통하는 사람의 역사는 아니었네. 그런데 말일세, 10여 년 전부터 제자들 학교 다닐 때의 모습을 그리면서 그 사는 모습을 좇기 시작하고부터 참 좋고도 놀라운 것을 발견했네. 사람 한살이의 성패를, 그 사람 죽기 전에 어떻게 평가하겠는가만, 나는 청소년 시절에 드러내는 특정한 제자의 특정한 기질이 장차 그 사람이 이루게 되는 어떤 성취와 무관하지 않다는 것을 알았네. 반드시 어린 시절의 기질만 그렇다고 할 수는 없네. 이따금씩 내 앞에 나타나 보여주는 언행을 점선 잇듯이 이어보면 그것이 곧 그 제자의 얼굴이 되고는 했네.

이러니 제자가 어찌 제자겠나? 내 스승이지……. 따라서 나는 졸업
한 제자들의 발자취를 뒤쫓으면서 비로소 사람의 역사 공부를 시작
한 것이니, 그동안 내가 한 일은 자네들을 가르친 것이 아니고 시간
이나 죽이면서 봉급을 타먹은 것에 지나지 못해. 그러니까 뭣인가,
자네들은 헛배웠고 나는 헛가르친 것이지. 하여간에 제자들의 사는
모양 뒤쫓는 놀이를 나는 늙발에 배우게 되었네. 그런데 말일세, 내
가 저희들 사는 것을 궁금하게 여기니 이번에는 저희들이 잦아서
나에게 근황을 꼬박꼬박 알려오는 것이 아니겠나? 바야흐로 내 공
부는 이렇게 살아서 꿈틀꿈틀할 모양이네. 그 결과 어떻게 되었나?
나는 내 제자들에 관한 한 자타가 인정하는 가장 확실한 중앙정보
부가 된 셈이네. 아니까 보이고, 보이니까 더 알게 되고, 이렇게 해
서 이제 무엇이 좀 보이는 것 같아…… 이제 제대로 뭘 좀 가르칠
수 있을 것 같은데, 몇 년 뒤면 학교에서 쫓겨나니 억울하기 짝이
없네."

"책으로 써서 남기시지요?"

"써서 남겨봐야, 내 나이가 되지 않은 교사들은 무슨 뜻인지 알
아먹지 못할 것이고, 알아먹을 만한 교사들은 나처럼 학교를 떠난
뒤일 것이니, 이거야말로……. 자네, 윤편(輪片)을 아는가?"

"몇 회 졸업생인데요?"

"제(濟)나라 환공(桓公)과 같은 시대 사람이면 몇 회 졸업생인가?"

"죄송합니다."

"공부한다는 사람들이 말이야……. 윤편의 수레바퀴 굴대 구멍
깎기가 아니겠느냐, 이 말이야……."

"무슨 말씀이신지 잘 모르겠습니다."

"윤편은, 수레바퀴 굴대 구멍을 깎을 줄은 아는데 그걸 가르칠
방도는 모르겠다고 제 환공(濟桓公)에게 하소연한 사람이다. 자기

자식에게도 가르칠 수가 없어서 일흔 나이에도 손수 그 짓을 하고 있다고 한 사람이다. 이것이 그렇다. 아슴아슴 알 것 같기는 한데 가르칠 수는 없다, 이 말이라……. 하여간에 나는 이런 식으로 죽을 때까지 사람의 역사 공부나 좀 할 요량이다."

이것이 벌써 20여 년 전의 일이다.

그가 가진, 제자들에 대한 정보는 풍부하고도 정확하다.

그를 뵈러 가는 제자들은 예외 없이, 은사가 자기 이름은 물론 그간의 동정도 상당한 수준까지 '귀신같이' 기억하고 계시는 데 놀라고 만다.

당해 보지 못한 사람에게는 상상이 잘 안 될 것이다.

고등학교 졸업한 지 15년, 혹은 20년 만에, 가까운 친구 손에 이끌려 은사를 찾아뵈었는데, 그 은사로부터, 자네 박 아무개 아닌가, 도청 댕긴다며, 이런 말을 듣게 되는 상황을 어떻게 상상할 수 있겠는가? 졸업한 지 20년 만에 은사를 처음 찾아뵌 어느 동창생은 나에게, "선생님께서 내 이름은 물론 내 사는 모양까지 아시는데, 흡사 활자로 인쇄된 내 이름을 처음 보았을 때의 느낌과 비스무레하더라."고 말한 적이 있다. 인쇄된 자기 이름을 보는 것은 가슴 두근거리는 노릇이다. 이것이 바로 전화번호부가 최다 인쇄 부수 자리를 빼앗기지 않는 소이연이기도 할 것이다.

"그래, 어찌 지내시는가, 정치학 교수 노릇 하는 재미는 여전하신가."

"자네 올봄에 뽕밭 뒤집었다며?"

"늙도 젊도 않은 것이 비뇨기과 출입이 왜 그리 잦아?"

그의 이런 물음에는 늘, 스승이 지닌 제자에 대한 정보가 담긴다.

"국회의원을 좀 해볼까 합니다. 선생님께서 좀 시켜주십시오."

그의 앞에서는 새카만 제자들도 곧잘 농지거리를 한다.

"에이, 영농 후계자인 내 아들을 시키지, 국회의원들과 공이나 치러 다니는 정치학 교수를 시킬까."

진 반 농 반으로 오가는 말이지만, 실제로 그의 영향력이라면 제 자 하나 찍어 국회에 보내는 것도 어렵지 않을지도 모른다. 그는, 옛 제자 찾아오면, "그래, 어찌 지내시는가." 하고 물어 제자의 근 황을 듣는데, 사리(私利)에 치우치는 부탁은 반드시 내치고, 이치에 합당한 청탁은 반드시 거두어 살길을 열어주시는 것으로 알려져 있 다. 따라서 "그래, 어찌 지내시는가.", 이 한마디에 적절하게 대답 하면 스승의 처방은 곧 활법(活法)의 묘수가 되고는 하는 것이다. 추상적이고 포괄적인 훈수에 그치는 것이 아니다. 그는 구체적이고 세부적인 대책까지 마련해 내는 것으로 알려져 있다. 그가 움직이 면 수백 명의 제자들이 소리 없이 움직인다는 소문이 있을 정도다.

은사의 아들이 과수원 한가운데 있는 살림집 옆에 따로 지어진 별채 사랑방을 가리키면서 한 말에 따르면 그 집에 오는 손님은, 지 역의 분위기를 읽으러 오는 정치가, 은행 간부를 소개받고 싶어 하 는 중소기업가, 대학 총장을 소개받으려는 해외 유학파 소장학자, 아들딸 주례 부탁하러 오는 늙은 제자, 제 주례 부탁하러 오는 젊은 제자, 맏물 과일을 짊어지고 오는 농부, 냉동 횟감을 들고 오는 외 항 선원, 졸업 30주년을 맞아 서울에서 단체로 내려오는 모교 방문 단을 아우른다.

스승의 아들인 내 친구는, 손님 때문에 추석이 든 양력 9월에는 쌀 세 가마가 모자란다면서 웃었다. 그분 과수원의 별채 사랑방이 가장 붐빌 때는 명절 뒤끝, 특히 추석 뒤끝이다. 추석 뒤끝에는 서 울에서 귀향한 성묘객이 몰려들기 때문이다.

"우리 동창만 해도 좀 많은가? 하지만 우리 동창의 수는 아버님 제자들의 십분지 일에 지나지 않는다. 대구에 내려오면 저희 집 할 애비 산소에는 못 올라가는 한이 있어도 우리 집에서는 묵어간다. 국회에서 대가리가 터지게 싸우는 여야의 국회의원, 사이가 껄끄러울 수밖에 없는 환경 단체 사무총장과 과학부 장관도 우리 집에서는 못 싸운다. 장차관과 재벌 총수로부터 경산 장거리의 개장수, 동두천 기지촌의 포주까지 공평하게 재우는 방은 세상천지에 아마 우리 사랑방뿐일 걸세. 목사와 스님이 동숙(同宿)한 적이 있는 우리 집 사랑방이야말로 세계에서 가장 사람 차별을 않는 객사(客舍) 아닌가. 그러니 자네도 자고 가게."

이것은 과장이 아니다.

일모 선생은 은행가와 기업가, 정치가와 사업가, 구직자와 구인자, 모자라는 사람과 남는 사람 사이에 위치한다. 그가 시혜자와 수혜자가 철저하게 베일에 가려진 장학 기금 '운담 프로그램'의 실질적인 단독 집행자라는 사실은 잘 알려져 있지 않다. 국외일 경우에는 주로 중국 삼성(三省)에 거주하는 재중 동포(在中同胞), 국내일 경우에는 출신 학교나 출신 지방에 상관없이 극비리에 학자금이나 생활비를 지원하는 이 프로그램에 관한 한 그는 중앙정보부장직까지 틀어쥔 철인(哲人) 독재자다. 그런데도 그를 험담하는 제자를 나는 한번도 본 적이 없다. 이 프로그램의 집행에 관한 한 그에게는 하나의 원칙이 있다. 프로그램의 지원 금액은 인색하기로 소문나 있다. 그의 지론에 따르면 운담 프로그램은, 과실(果實)을 나누어 곤궁한 사람을 지원하는 프로그램일지언정 가난뱅이를 부자로 만드는 프로그램은 아니라는 것이다.

대구를 중심 도시로 하는 내 고향 일각에서 그 은사는 많은 사람들에게 불가사의하게, 혹은 기이하게 느껴지는 존재다. 40여 년간 여남은 개 중고등학교를 옮겨다니면서 제자를 길러낸 교사는 얼마든지 있다. 그러나 직접 길러낸 제자는 물론이고 그 제자의 친구까지도, 심지어는 친구의 친구까지도 뵙는 것을 기쁨으로 자랑으로 혹은 영광으로 아는 분은 아마 그분밖에 없지 않을까 싶다.

그의 과수원으로 성공한 제자가 자랑하러 와도 좋고, 실패한 제자가 위로를 구하러 와도 좋다. 그의 말을 빌리면, 봄보리 자라듯 하는 놈도 오고, 된서리에 까부라진 풋것 같은 놈도 온다. 부자가 나란히 오는 경우도 있으니 모녀가 나란히 오는 경우가 없을 리 없다. '세계화'라는 것이 되고부터는 아메리카에서도 오고 유럽에서도 오고 중국에서도 오고 러시아에서도 온다. 그분은 그것을 '온 세계가 다 온다.'고 한다. 유럽 사는 제자로부터, 알프스 산을 구경하실 겸 한번 다녀가시라는 전화를 받고 그분은 짐짓 이렇게 호통을 친 적도 있다고 한다.

"알프스가 어디 가는 걸 보았느냐?"

내가 타관 사람들에게 그분 얘기를 하면 공자님 같은 도덕군자를 더러 떠올리는 사람도 있다. 아니다. 그는 공자님처럼 완벽한, 혹은 완벽에 가까운 분이 아니다.

그분 과수원에는 금기가 몇 가지 있다. 마시고 취하되 미취(微醉)해야지 만취해서는 안 되는 것도 그중의 하나다. 과수원은 혼자서 만취하도록 마시는 데가 아니라 여럿이서 미취하는 데라는 것이 그의 생각이다.

그러나 나는 만취한 꼴을 보이고도 꾸중받이를 면한 적이 있다.

10여 년 전, 만취한 채 아름드리 감나무 밑으로 숨어들어 감나무 껴안고 소피보다가, 그 감나무 뒤에 몸을 숨기고 있던 그에게 들키고 만 것이다. 하지만, 오줌 방울이 그분 옷에 튀었을 텐데도 나는 꾸중을 듣지 않았다. 그가 마침 감나무를 등지고 우리 몰래 담배를 한 대 피던 중이었기 때문이다. 이것은 그와 나만 아는 비밀이다. 그와 나 사이에는 이런 종류의 비밀이 꽤 있다. 그는 나뿐만 아니라 다른 동창과도 이 비슷한 비밀을 공유하고 있을 것이라고 나는 믿는다.

그는 모순이다. 그러나 그 모순은 추하지 않다. 그 모순에서 내가 일모 선생이라고 부르는 사람의 향기가 피어오른다.

그는 도둑 담배를 피운 것이니, 담배에 관한 한, 사제간의 처하는 입장이 그렇게 공교롭게 뒤바뀌기도 참 어려울 게다. 그는 반세기 동안이나 피우던 담배를 하루아침에 끊은 것으로 유명한 분, 끊었다가는 다시 피우고 버릇될 만하면 다시 끊어버리기로 유녕한 분이다. 끊을 때는 끊는 이유가 있다.

"애연 없는 데 금연 없고 집착 없는 데 해탈 없다."

다시 피울 때는 다시 피우는 이유가 있다.

"사나이에게는, 담배라도 피우고 있지 않으면 안 될 때도 있는 법이다. 내 말이 아니다. 한 왜인(倭人)의 말인데, 쓸 만하지 않은가."

그분을 두고 말로써 장난을 친다고 하는 사람도 있을 법하다. 그러면 그분은 이렇게 응수하실 것 같다.

"인간이라는 게 원래 그렇게 생겨먹었어. 뜨거운 국 마실 때도 후후 불고, 시려서 손 곱을 때도 호호 불고 하잖는가?"

경산 다녀온 것은 손가락으로 이루 셀 수 없지만 최근에 이루어진 나의 경산 방문은 내 일생일대의 사건에 속한다.

나는 지금 그 일을 얘기하고자 한다.

일모 선생은 과수원 일을 하다가, 빤질빤질한 정수리에 물 묻은 사과나무 잎 한 장을 붙인 채로 나를 맞아주었다. '빤질빤질한 정수리'라고 썼는데, 스승을 묘사하는 말로는 부적절하다는 것을 알지만, 그의 정수리는 빤질빤질했다. 내 손으로 정수리의 사과나무 잎을 떼고 그를 모셔들인 객사 사랑방은, 초록 일색인 화창한 과수원 풍경에 견주어져서 그럴 테지만 내게는 유난히 어둡고 답답하게 느껴졌다.

절해서 뵙고 물러앉으니, 편히 앉으라는 말도 없이 불쑥 이랬다.

"그래, 이 복중에 미국에서 날아 들어와 똥서방〔糞書房〕을 차렸다며?"

"……."

"나의 불찰이다. 내가 진작에 알았어야 하는 것인데……."

"걱정 끼쳐드리게 되어서 여러 가지로 송구스럽습니다."

나는 얼굴에 표정으로 떠올랐을 터인, 내가 받은 상처의 아픔을 숨기지 않았다. 성인군자 흉내를 내기에 내 상처는 너무 깊었다. 내 안에서 가시 돋친 무수한 말들이 벌떼처럼 붕붕거리며 이따금씩 내 가슴 안쪽을 쏘아대면서 토해 내어줄 것을 요구하는 것 같았다. 그러나 나는 그 흉측한 말들을 생짜로 쏟아내지 않으려고 무진 애를 썼다.

"술이 필요한가?"

"선생님 일하시는데……."

"큰 공부가 되었을 것이다. 어디 조금만 들어보자, 사연을 들어보면 내게도 좋은 공부가 될 테지."

"아직도 방 안에서 구린내가 등천(登天)을 합니다."

"우상화해서도 안 되지만 똥뒷간에다 처박아 둘 물건도 아닌 것이 책이기는 하다. 이 시대의 풍속도를 보는 것 같아서 나도 가슴이 아프다만 사람이 어찌 다 같을 수 있을까. 세상에는 그런 사람도 사는 것이거니, 여겨라. 내가 바란다."

"선생님, 저도 선비 축에 들겠습니까?"

"'찡[證]'이 없어서 크게 쓰이지 못하니 선비 자격은 고루 갖추었다고 봐야지."

"그렇다면 선비가 많이 다쳤습니다."

"그것은 자네의 이기심 때문이기가 쉽다. 미투리방망이 그 사람에게 책은 그냥 물건일 뿐이다. 우리에게는 책을 우상화하는 버릇이 있고……."

일모 선생은 당신의 애제자인 하 사장을 미투리방망이라고 부른다. 그의 설명에 따르면 미투리는 삼 껍질을 꼬아 짚신처럼 삼은 마혜(麻鞋), 또는 승혜(繩鞋)이고, 미투리방망이는 여섯 개의 날에다 삼실을 걸어 육날 미투리를 삼을 때 걸이 조곤조곤해지도록 두드리는 데 쓰이는 조그만 대추나무 방망이다. 그가 애제자 하 사장을 빤질빤질하게 닳은 단단한 미투리방망이라고 부르는 것은 하 사장이 경제에 관한 한 사람이 더없이 야물기 때문이다. 그에게 하 사장은, 우리 시대에 필요한 사람이라는, 긍정적인 의미에서의 미투리방망이었다. 그 말 처음 듣는 날 나는, 미투리방망이가 제아무리 단단한들 기껏해야 짚신밖에 더 만듭니까, 하고 대들었던 적이 있다.

"그러면 그 양반에게 무엇이 여느 물건 아닙니까?"

"돈일 테지. 섭섭한 심정, 나도 알기는 하겠다만 자네 섭섭한 심정의 토로가 그 사람에게 또한 상처가 될 수 있다. 우리가 알고 살자."

"……."

내가 일모 선생으로부터 하 사장을 소개받은 것은 1년 전, 미국에서 일시 귀국해서 두 달 계획으로 서울에서 머물면서 책을 쓰고 있을 때의 일이다. 서울로 돌아와 있지 않을 수 없었던 것은, 책을 쓰는 데 필요한 자료가 서울의 내 서고에만 있었기 때문이다.

5년간 머물 계획을 세우고 미국으로 떠나면서 전세금을 받고 내가 살던 아파트를 남에게 빌려준 것은 그로부터 3년 전의 일이다. 아파트 전부를 빌려줄 수는 없었다. 요긴하지 않은 살림은 주위 사람들에게 나누어주었지만 근 30년 동안 모아들인 책은 그럴 수가 없었기 때문이다. 그래서 전세금을 받고 빌려주되, 방 한 칸은 서고로 쓴다는 조건을 내걸었다. 세 개의 방 중에서 가장 작은 방이라서 서재로는 쓸 수가 없었다. 다행히도 책을 좋아하는 입주자가 있었다. 입주자는 세 칸의 방 중에서 방 하나를 서고로 쓴다는 것을 양해했고 나는 내 책에 대한 그들의 무제한적 접근을 양해했다. 나는 나 자신을 행운아라고 생각했고 내 집을 빌린 사람은 졸지에 오천 여 권에 이르는 장서를 확보했으니 자기야말로 행운아라고 했다.

서울에 들어와 있을 당시, 당연한 일이지만 서울에는 내가 머물 데가 없었다. 출간일자에 쫓기고 있던 나는 내 서고에서 필요한 자료를 뽑아다 서울 변두리의, 숙박비가 싼 호텔에 머물면서 책을 쓰지 않을 수 없었다.

선영 성묘와 과수원 방문은 나의 귀국 스케줄에서 빠지는 법이 없다. 그해에도 잠깐 뵈러 내려간 나에게 일모 선생은 호텔 생활이 불편하지 않느냐면서 마음을 써주시었다. 그때 나는 호텔 생활의 어려움을 버르장머리 없이 약간 과장해서 털어놓았던 것 같다.

"마구니〔魔群〕 사이에서 뭘 쓴다고 밤을 밝히고 있자니, 이런 공부가 다시 없습니다. 어떻게 만들어진 호텔인지 세상에, 옆방의 샤워 물소리, 좌변기 물 내리는 소리까지 들리는 것은 물론, 새벽녘이 되면 심지어 성냥 긋는 소리까지도 들립니다."

"자네가 말을 많이 참네그려."

"네……"

"자네가 늙도 젊도 않은 사람이기는 하나 그거참 많이 민망하고 고단하겠구나. 글쓰는 시간대를 바꾸어보지 않고?"

"저에게는, 낮에는 한 줄도 쓰지 못하는 못된 버릇이 있습니다."

"음악가들은 듣기 싫은 소리 안 듣고 싶으면 소련제 귀마개를 쓴다더라만……."

"한번 견뎌볼 작정을 했습니다만, 하루는 프런트에 내려가 옆방의 교성 안 들리는 방이 없느냐고 물었더니 벨보이라는 녀석이, 필요하면 언제든지 말을 하라는 것입니다."

"잘되지 않았나? 그러면 방을 옮기지 않고?"

"방이 아니고요, 여자가 필요하면 말을 하라는 것이지요. 가까이 있는 음식점 주인 말에 따르면, 유녀가 상주하지 않는다뿐이지, 유곽이나 다를 바가 없는 호텔이라는 깃입니다. 더욱 놀라운 것은, 저 같은 뜨내기가 들면 비어 있는 옆방에서 녹음기를 틀어 뜨내기 귀에 교성이 들리게 한다는 것입니다."

"그것참 해괴하네."

"그러니까 부러 옆방까지 그 소리를 들리게 함으로써 나그네 심사를 뒤틀고 이로써 유녀를 판촉(販促)한다는 것입니다. 덕분에 공부 단단히 하고 있는 셈입니다. 이 도화원(桃花園)에서 책 한 권 써내는 데 성공하면, 선생님, 칭찬 좀 해주시겠지요."

"자네가 한창나이는 아니지만 장히 걱정스럽네."

"『보왕삼매론(寶王三昧論)』은 공부하는 데 장애물 없기를 바라지 말라고 했습니다만, 참 힘이 많이 듭니다."

점심을 그 댁에서 먹었는데 일모 선생은 뭔가를 골똘히 생각하는 눈치를 보이더니, 작별 인사를 드릴 때가 되자 불쑥 이런 말씀을 내어놓으셨다.

"자네가 시방 하고 있는 일, 경주에서도 할 수 있는가?"

"자료 준비가 끝난 만큼 국내라면 어디든 괜찮습니다만……."

"공부하는 김에 공부 같은 공부 한번 해보겠는가?"

"무슨 말씀이신지······."

"경주에 말일세, 조그만 호텔 하는 내 제자가 있네. 내 제자라고는 하나 젊은 시절의 제자라서 사실은 환갑을 지낸 중늙은이이기는 하지만······. 하 사장이라고······ 내가 조금 전에 전화를 걸어서 의향을 물어보았더니 방을 하나 내어주겠다고 하네."

"고맙습니다. 그렇지만 그냥은 싫습니다."

"하 사장, 이자의 별명이 무엇인고 하면 미투리방망이야. 대추나무 방망이 같은 친구인데······ 좋게 말하면 야문 사람이고 아주 싸가지 없게 말하면 수전노라고 해도 안 미안해. 그러니 그냥은 안 빌려줄 터······ 그러니까 이렇게 하세. 내가 말했으니 싼값에 빌려주기는 할 거라. 우리 운담 프로그램이 자네의 숙박비를 지원하기로 하지. 자네는 재외 학자에 속하는 만큼 자격은 충분하네. 그 대신, 자네가 나에게 지원 액수를 물어보아서는 안 되네. 이 일은 자네와 나 사이의 비밀로 해야 하고······."

망설여지기는 했다. 하지만 장학금이라고 하는 것은 제 손으로 신청해서 타내기도 하는 물건 아니던가? 형편이 많이 구차했던 것은 아니지만 그래도 서울에서의 호텔 장기 투숙과 매식에 들어가는 비용은 실로 만만하지 않았다.

"공부 같은 공부라고 하셨는데, 그것은 또 무슨 뜻입니까?"

"아, 그거? 이런 말, 내가 미리 해서 어떨지 모르지만 하 사장이라는 친구, 위인이 야문 데다 이 또한 만만치 않은 외눈박이라······."

"외눈박이라면요? 물리적인 외눈박이라고 하시는 것은 아니시겠고요? 외통배기라는 말씀은 아니시지요?"

"무엇에 외눈박이인지 자네가 어디 한번 가서 확인해 보게만 내가 한마디만 귀띔해 주지. 옛날에 어떤 사람이 병든 아버지 약 지으러 약방에 들어갔다가는 빈손으로 그냥 왔더라네. 그 아내가 어찌 그냥 왔느냐고 물으니 그 사람이, '의원이라는 자가 상복을 입고 있더라. 필시 어미 아니면 아비가 세상을 떠난 모양인데, 그자가 용한 의원이라면 어찌 제 부모를 잃고 상복을 입고 있을 것인가.' 하더라네. 마침내 그 아버지가 세상을 떠났으니 이번에는 묏자리를 보아야 하지 않겠는가? 그 사람이 이번에는 지관(地官)을 찾아갔는데, 물어보지도 않고 또 빈손으로 나왔더라네. 그 아내는 어찌 그냥 왔느냐고 물었더니 그 사람은, '지관이라는 자가 다 쓰러져가는 오두막에 사는데 끼니도 제대로 챙기는 것 같지 않더라. 제놈이 제대로 된 지관이 못 되니까 제 조상 무덤 자리를 제대로 쓰지 못했을 것이고, 그래서 당대발복(當代發福)의 은덕을 입지 못했을 것이 아닌가, 그래서 그냥 왔다.' 하더라네. 어찌 보면 하 사장이라는 위인, 이 사람과 비슷한 데가 있지. 그래서 내가 외눈박이라고 한 걸세."

"정보를 외통으로만 받아들인다는 말씀이신지요?"

"조금 차이가 있기는 하네만……."

"프로그램의 지원금은 귀국한 뒤에 특별 출연으로 변제하겠습니다."

"더욱 좋고."

그로부터 사흘 뒤에 나는 서울의 호텔에서 경주의 호텔로 당장 필요한 책 백여 권만 책짐을 꾸려 보냈다.

하 사장의 호텔 '에스페랑스'는 경주의 많은 공공건물과 비슷한, 기와를 얹은 순 한식 2층 건물이다. 투숙객의 대부분은, 김포로 들어와 서울에서 내려오는 서양의 배낭 여행객, 페리 호에서 상륙해서 부산에서 올라오는 일본의 배낭 여행객들이다. 따라서 숙박비는 서울의 쓸 만한 여관 수준에 지나지 않는다.

외국인을 자주 대하는 대부분의 한국인들이 그렇듯이 내국인에 대한 하 사장의 평가는 절망적이었다. 하 사장은 프런트에서 가장 멀리 떨어져 있는 방을 내게 배정해 주었다. 앞을 지나다니는 손님들의 발자국 소리를 거의 들을 수 없는 방이었다. 나는 운담 프로그램에서 얼마나 지원하느냐고 물었지만 하 사장은 빙그레 웃을 뿐 끝내 가르쳐주지 않았다.

출입구에 매달려 있는, '시간 손님 사절'이라는 퍽 도덕적인 표지가 인상적이었다.

꽤 많은 종류의 위인전을 읽은 보람으로 이 세상에는 좋은 의미에서의 기인편객(奇人偏客)이 얼마나 많은지 나는 잘 알고 있다. 그러나 내가 알고 있는 무수한 기인편객들은 글을 통해서 읽어서 알게 된 사람들이지 내가 직접 접해 본 사람들은 아니다. 내가 접해 본 이들 중에서 그 품성이 가장 기이했던 두 분을 꼽는다면 일모 선생과 에스페랑스의 하 사장이 아닐까 싶다. 전자는 전폭적으로 긍정하는 의미에서, 후자는 부분적으로 부정하는 의미에서 그렇다.

하 사장이 20년째 경영하고 있다는 호텔 에스페랑스에서의 생활은 경이로움의 연속이었다.

나를 가장 놀라게 한 것은 하 사장의 외국어 구사 능력이었다.

해방되던 당시 소학교 2학년이었다니까 일제시대의 교육을 집중적으로 받은 사람이라고는 할 수 없는데도 불구하고 하 사장의 일본말은, 일본말에 능하지 못한 내 귀에는 거의 일본인이 하는 일본말로 들렸다. 하지만 소학교 2학년까지 일본어가 상용 언어였다는 것을 감안하면 일본어의 경우는 어느 정도 이해가 가능했다. 이해가 가지 않는 것은 그의 영어 구사 능력이었다. 그는 미국 유학은커녕, 고등교육도 받지 못했다는데도 불구하고, 미군이나 미국과 관련이 있는 업종에 종사한 경험이 전혀 없는데도 불구하고, 영어가 그렇게 부드러울 수가 없었다.

그는 20년 전 부산에서 사업에 실패한 뒤 경주에 있는 '희망 여관'을 인수, 이것을 일류 호텔스럽게 '호텔 에스페랑스'로 신장개업한 뒤부터는 영어 회화 테이프가 든 녹음기의 리시버를 귀에 꽂은 채로 산다고 설명하기는 했다. 하지만 그가 구사하는 정확한 발음과 풍부한 어휘는 마흔 살이 넘어서 시작한 영어가 아니었다. 더욱 놀라운 것은 간단한 일상 회화나 수사(數詞)일 경우, 불어, 독어, 이태리어까지 구사한다는 점이었다. 문법이 다소 수상스러워 보이기는 해도 그의 실력은 독일어로, 호텔에서 몇 번 버스를 타야 터미널까지 갈 수 있는지, 몇 번 창구 앞에 서야 대구행 차표를 끊을 수 있는지 설명할 수 있을 정도였다. 중국에서 오는 중국인 여행자는 거의 없지만 본격적으로 오게 되는 날에는 중국어 회화도 시작하겠다는 그의 말에 나는 아연실색할 수밖에 없었다.

경주의 기차역에서 내려 호텔 에스페랑스를 찾아 들어가던 날, 나는 빈손으로 들어갈 수 없어서 정육점에 들러 고기나 몇 근 사가지고 들어가기로 했다. '정육점'은 없고 '식육점'만 있었다. 경주에서는 그렇게 부른다고 했다.

나는 '식육점' 간판이 걸린 고깃간으로 들어가 가장 부드러운 고기를 주문했다. 내가 찾아 들어간 식육점 안주인은, 시골 사람들이 이 경우 거의 그러듯이, 어느 집 찾아가는 손님이냐고 물었다.

내가 에스페랑스 호텔의 하 사장을 찾아간다고 대답하자 안주인이 칼질하면서 중얼거렸다.

"자린곱쟁이 하 영감, 오늘 고기 먹겠네."

내가 하 사장이 구두쇠냐고 묻자, 안주인은 하 사장과는 어떻게 되느냐고 물었다. 친척은 아니고 소개받고 찾아가는 사람이라고 대답하자, 안주인은 고개를 절레절레 흔들면서 이런 말을 했다.

"말도 마시이소. 지난 20년 세월을, 손님들이 버리고 간 운동화만 빨아 신고 살았다 카더. 외국 손님들이 놓고 간 우산을 모아두었다가 정기적으로 팔아서 정기적금 드는 사람이라 카더. 고기사먹을 돈이 아까우니까, 소 돼지 같은 짐승이 죽으면서 독을 얼마나 품고 죽는데 그 독이 배어 있는 고기를 먹느냐고 떠들어댄다 카더. 20년 동안 우리 식육점에 두 번 왔니더."

"다른 단골이 있는 게지요?"

"지난 20년 동안 그 집에서 일한 여자가 내 재종 동생일시더."

나는 호텔 뒤에 있는 살림채에서 하 사장과 인사를 나누는 자리에서 서울에서부터 미리 준비해 간 고급 위스키 한 병과 식육점에서 산 쇠고기를 내어놓았다. 나는 물론 쇠고기 굽고 위스키 곁들이는 훌륭한 저녁 식사를 생각했다. 그러나 그것이 얼마나 순진한 생각이었는가를 확인하기까지는 별로 긴 시간이 걸리지 않았다.

하 사장은 캐비닛을 열고 내가 선사한 위스키를 그 안에 넣고는 문을 닫았다. 캐비닛 안에는 고급 술이 박스째로 여러 병 들어 있었다.

"나는 십만 원짜리로 백만 원 만드는 데 소질이 있는 사람이오. 이 촌동네에서 고급 위스키만 한 특효약은 또 없지요. 나는 고급 술 한 병을 제대로 이용하는 법을 알고 있는 사람이랍니다."

하 사장의 이 한마디부터가 내 귀에 고깝게 들렸다. 고급 술 한 병을 제대로 이용하는 법이라면 나도 알고 있는 사람이었다. 내가 아는 한, 화기애애한 분위기를 지어내면서 그것을 함께 마시는 것, 이것이 고급 술 한 병을 제대로 이용하는 법이었다.

"술 좋아해요?"

"네, 좋아합니다."

"환영하는 의미에서 내 술을 한 잔 드리지요. 나는 손님과 술을 나누되 딱 한 잔 이상은 나누지 않는 주의랍니다."

일모 선생 덕분에 융숭한 대접이라도 받을 줄 알고 있던 나에게 '손님'이라는 말이 다소 귀에 설게 들리기는 했다. 그는 캐비닛을 열고는 생체 표본 저장하는 데 쓰일 법한 커다란 유리병을 들어내었다. 유리병 속에는 식물의 허연 뿌리가 가득 들어 있었다. 하 사장이 그 유리병 뚜껑을 열자 인삼주 냄새가 났다. 그는 작은 유리잔을 집어넣어 딱 두 잔을 따라내면서 설명했다.

"미삼(尾蔘)이오. 인삼 드링크 만드는 공장 사람으로부터 공짜로 얻어오다시피 한 물건이에요. 공장에서는 한 번 우려낸 것이라고 버리다시피 하는 물건이고……. 소주를 부어 한 5년 우려낸 것인데, 외국인들은 동양의 신비 어쩌고 하면서 감질들을 내지요."

나는 눈알만 한 잔으로 그 가짜 인삼주 한 잔을 얻어먹고는 살림채에서 쫓겨나다시피 했다. 밤이 되어도 살림채에서는 쇠고기 냄새가 풍겨나오지 않았다. 그날 밤에 나는 국산 위스키 한 병 사들고 들어와 혼자서 조촐한 입주 기념식을 했다.

내가 이 세상에 아직도 15촉짜리 전구가 있다는 것을 안 것도 호텔 에스페랑스에서다. 방에 딸려 있는 화장실 조명이 너무 어두워 변기에 앉은 채로 책 읽는 것은 언감생심이고 면도조차 제대로 할 수가 없었다. 이상하다 싶어서 전구를 뽑아보니 15와트짜리였다. 나는, 당연히 그래도 되는 줄 알고 상점에서 100와트짜리를 사다 갈아끼웠다. 하지만 청소부가 보고했던 모양인지, 하 사장은 특별히 봐준다면서 손수 30와트를 가져다 끼워주었다. 60와트로 절충을 시도하자 하 사장은 나에게 고향이 어디냐고 물었다. 그것은 왜요, 하고 내가 물었다. 그는, 호롱불 켜놓고 살던 시절을 생각하자고 했다.

외국인 전용이다시피 한 객실 20개짜리 호텔의 상근 직원이 하 사장 자신과 청소부 한 사람뿐이라는 것도 내게는 믿어지지 않았 다. 아니다. 정확하게 말하자면 둘뿐이었던 것은 아니다. 호텔에는 자원 봉사자들이면서도 제복 차림으로 일을 거드는 대학생 둘이 더 있었다. 하 사장은, 외국인 투숙객의 심부름도 하고 가이드도 하면 서 외국어 익히는 재미로 호텔에서 무료 봉사하는 두 대학생을 하 인처럼 부려먹으면서도, 다음부터는 영어 회화 연습료로 한달에 30 만 원씩 낼 수 있는 대학생만 자원 봉사자로 뽑겠다고 생색을 냄으 로써 무료 봉사하는 대학생들을 매우 초조하게 만들고는 했다. 하 사장은 무료 봉사하는 대학생들에게, 일본어과 학생 하나가 일본에 서 온 여대생의 경주 관광 가이드를 하다가 정이 들어 결혼에 성공 함으로써 효고켄[兵庫縣] 지주의 사위가 된 사건을 간간이 들려주 는 것도 게을리하지 않았다. 하 사장이 나를 뭐라고 소개했는지 밤 이면 외국인 손님들이 맥주를 사들고 내 방을 기웃거리고는 했다. 내 방은 오래지 않아 호텔 에스페랑스의 홍보실이 되었다. 외국인 전용 호텔을 기웃거리는 외사계(外査係) 형사들은 내가 산 맥주를 마시면서도 나에 대한 직업적인 호기심은 굳이 숨기려 하지 않았다.

하 사장은 무서운 환경보호주의자, 철저한 재활용주의자였다. 식육점 안주인의 말 그대로였다. 호텔의 창고에는 외국 손님들이 유기했거나 잊어버리고 간 무수한 우산, 운동화, 슬리퍼, 옷가지, 모자 등속이 연도별로, 월별로 정리되어 있었다. 그는 2년간 보관 했다가 주인이 나타나지 않으면 깨끗이 손질해서 팔거나 다른 사람 에게 넘겨준다고 했다.

안채 살림집에 사는 그의 아내는 남편의 엄명에 따라 냅킨, 키친 타월 같은 일회용품은 쓸 수 없었다. 반드시 젖은 행주나 마른행주만 써야 했다. 손님들이 버리고 간 종이 잔이나 종이 접시는 몇 번이 되었든, 부서질 때까지 씻어서 쓰기를 되풀이하지 않으면 안 되었다.

객실의 침대보를 걷어와 세탁기에다 넣고 돌리는 사람은 그의 아내나 청소부지만, 세탁기 옆에 있는 상자의 자물쇠를 따고 세제(洗劑)를 정확하게 계량해서 퍼내어 주는 사람은 하 사장이었다. 과연 그는 미투리방망이였다. 부엌 세제도 허용되어 있지 않았다. 그의 아내는 밀가루를 풀었는지 석회를 풀었는지 희뿌연 자가 제조 세제로 그릇을 닦으면서 나에게, 강물은 맑아질지 몰라도 마누라는 죽어난다고 푸념하고는 했다.

객실의 양변기 물통 속에는, 하 사장의 철거 현장에서 주워온 벽돌이 두 개씩 들어 있었다. 호텔 에스페랑스는 이로써 하루에만 60리터의 물을 절약하고 있다고 했지만, 식육점 안주인의 재종 동생이라는 청소부는 이 때문에 변기 청소하기가 힘들다고 죽는소리를 했다.

대학생 자원 봉사자 하나는 하 사장을 좋게 말하지 않았다. 한 일주일가량 낯을 익히게 되었을 때 그 대학생은 나에게 이런 얘기를 들려주었다.

"우리 하 사장님과 함께 일본인 관광객 둘 데리고 안압지에 놀러 갔을 때의 일입니다. 제가 왜 따라갔느냐고요? 짐이 무거웠거든요. 하 사장님은 절대로 매식(買食) 안 해요. 그런데 그날은 어쩐 일인지 안압지에 있는 매점 앞으로 가더라고요. 하 사장은 매점 앞 의자에다 우리를 앉혀두고는 매점 안으로 들어가십디다. 제가 속으로, 저 어른이 오늘은 웬일인가 싶어서 가만히 보고 있노라니, 하 사장님이 매점에서 빈손으로 다시 나오시는 거예요. 점원이 매점 안에 없었던 모양이에요. 하 사장이 손짓하는 쪽을 보니까 점원이 매점에서 한 삼백 미터 있는 곳에서 자전거를 손보고 있다가 매점 쪽으로 막 뛰어오는 겁니다. 점원이 숨을 고르면서 하 사장님께, 뭘 드릴까요, 하더군요. 하 사장님이 뭐라고 했는지 아세요?"

"……."

"'야야, 병따개 좀 빌려도고. 콜라는 가지고 왔는데 병따개 가져오는 걸 잊었구나.'"

하 사장의 하루 일과를 보면 그가 얼마나 정확한 사람인지 알 수 있다.

그가 잠자리에서 일어나는 시각은, 환갑노인으로는 조금 늦은 아침 7시다. 밤늦게까지 자기 호텔을 찾아 들어오는 외국인 손님들을 받고, 새벽 1시에 아크릴 간판의 불을 끈 뒤에야 잠자리에 들기 때문이다.

그는 아침에 네 가지 운동을 한다.

맨 먼저 하는 죽도 휘두르기는 혹 호텔에 침입할지도 모르는 강도의 머리를, 항상 그의 곁에 있는 40센티미터 길이의 미국제 맥클라이트 손전등으로 정확하게 가격하기 위한 운동이다.

노인에게 전혀 어울리지 않는 샌드백 치기는 근접거리에서 맞닥뜨린 강도를, 라이트 잽과 레프트 잽에 이어 라이트 훅으로 때려눕히기 위한 운동이다.

또 하나 그가 자주 하는 운동은 이른바 '맥 짚기'다.

호텔 뒤뜰에 있는 커다란 은행나무 둥치에는 50여 개의 흰 점이 찍혀 있다. 그는 이 은행나무를 등지고 서서 한동안 숨을 고르고 기를 모은다. 그러다가 휙 돌아서면서 손가락 끝으로 서너 개의 흰 페인트 자국을 팍팍팍 차례로 찍는데 그 세기와 정확도가 상당해 보였다. 나는 한동안 설명을 듣고서야 그가 말하는 '맥 짚기'가 급소 누르기라는 것을 알았다. 손전등도 가까이 없고, 라이트 훅으로도 제압이 안 되는 적은 바로 이 맥 짚기로 무력화시킬 수 있다고 그는 주장했다.

그는 엎드려 팔굽혀펴기를 자그마치 60회나 할 수 있었다. 그냥 굽히고 펴기가 심심했던지, 이따금씩은 팔을 폈다가 다시 굽히기 전에 손뼉을 한 차례씩 치는 묘기도 보여주고는 했다. 하 사장의 체력이나 그 체력을 단련하는 끈기가 부럽기는 했지만, 주위 사람들을 모두 도둑이나 강도로 일단 간주하고 보는 태도는 조금 언짢았다.

운동이 끝나면 20년 동안 한번도 걸러본 적이 없다는 냉수욕을 하고 조반을 드는데, 조반은 늘 두 쪽의 떡과 한 접시의 과일이다. 그는, 전날 술을 마심으로써 위장을 혹사한 사람만이 아침에 시원한 국을 찾는다고 했다. 그는 이렇게 간단한 조반을 들고 나서는 청소부와 함께 객실 청소를 시작하는데, 객실이 비는 순서대로 청소를 마치면 정오가 된다. 진공청소기 같은 것은 '없다'. 청소부는 이 점이 불편해서 몇 년 동안이나 청소기를 요구하지만 하 사장은 꿈쩍도 않는다. 빗자루와 쓰레받기와 먼지떨이……. 이천 원이면 뒤집어쓴다는 이유에서다.

점심상에 오르는 것은 이른바 정규 식단과 건강식이다. 이 건강식은 유행에 지극히 민감하다. 매스컴이, 콩이 좋다고 할 때는 콩, 케일이 좋다고 할 때는 케일이 오른다. 알로에가 좋다고 할 때는 알로에가 오르고 북어가 공해에 대한 면역성을 강화한다고 할 때는 황태국이 오른다.

프런트 바로 뒤에 있는 그의 집무실에는 그만을 위한 소형 냉장고가 따로 있다. 냉장고 안에는 생콩가루, 송홧가루, 들깻가루 등속의 건강식이 든 병이 깔끔하게 정돈되어 있다. 신문과 방송이, 적포도주가 심장병 예방에 도움이 된다고 보도한 뒤부터는 술을 멀리하던 그도 포도주를 반주로 한잔씩 들고는 한다.

그는, 공해 식품을 생산한다는 단 한 가지 이유에서 농부들을 증오한다. 그는 공해 식품을 판매한다는 단 한 가지 이유에서 시장의 장사치들을 증오한다. 그가 아는 한, 그의 채마밭에서 생산되지 않은 모든 식품, 그의 소형 냉장고 밖에 있는 이 세상의 모든 식품은 공해 식품이다. 이것이 그가 절대로 외식을 하지 않는 소이다.

나는 딱 두 번 그를 데리고 나가 정말 공해 식품은 입에 대지 않는지 시험해 보았다. 결과는 희망적이었다. 그에게는 공해 식품이라도 자기 주머니에서 값을 치르지 않으면 좋은 공해 식품으로 평가하는 경향이 있는 것처럼 보였다.

오후 3시가 되면 뜀박질을 나선다. 1분의 오차도 없다. 미리 준비하고 시계를 보고 있다가 시침과 분침이 직각이 되면 뛰기 시작하기 때문이다.

뜀박질에 나설 때마다 그는 목걸이를 하나 찬다. 목걸이에는 다음과 같은 글귀가 씌어 있다.

'이 사람이 교통사고를 당하면 다음 순서대로 열락을 취해주시압.

첫째, 호텔 에스페랑스, 전화 경주 72-34××, 이 번호에 사람이 업슬 시에는 내 아우 하순호, 경주 72-56××, 그래도 통화가 안 될 시에는 내 아들 하정섭, 대구, 지역번호 (053) 734-45××. 그러면 후사하겠읍니다.'

그에게 호텔 바깥은, 뺑소니 운전자가 난무하는 지옥이다. 그런데도 불구하고 그는 뜀박질에 나설 때마다 이어폰을 귀에다 꽂고 뛴다. 말하자면 뛰면서도 외국어 듣기 연습을 하는 것이다. 나는 몇 번이고 이어폰을 귀에다 꽂고 뛰지 않도록 만류했지만 그는 시간이 아깝다면서 듣지 않았다. 시간과 돈의 절약에 대한 그의 병적인 집착은 종종 나를 안타깝게 만들고는 했다.

그가 삶을 참 어렵게 산다는 생각이 들기도 했다.

뜀박질, 외국어 듣기 연습, 교통지옥 헤쳐가기는 상호 모순 관계로 복잡하게 얽혀 있는데도 불구하고 그는 이 세 가지 중 어느 것도 그만두려 하지 않았다. 굳이 말하자면 그가 교통사고의 위험보다 더 무서워하는 것은 비만인 것 같았다. 하지만 그것 또한 상호 모순되어 보였다. 그는 연세가 많은 데다가 섭취하는 동물성 단백질이 거의 없어서 비만을 걱정할 필요가 없는데도 불구하고 귀에는 이어폰을 꽂고 목에는 만약의 사태에 대비해서 목걸이를 걸고 차도로 나섰으니, 이것을 어떻게 설명해야 할 것인가.

나는 언젠가 그 전투적인 6킬로미터 뜀박질을 그만두라고 충고한 적이 있다. 체중과, 뛸 때의 일시적인 충격을 이기지 못해 60년 동안이나 써온 그의 정강이가 바깥쪽으로 심하게 휘어지고 있었기 때문이다.

그를 알아보는 많은 사람들은 그가 지나가면 시계를 본다. 그가 정확하게 3시에 호텔을 떠나는 것은 그런 사람들을 실망시키지 않기 위해서인 것으로 보였다. 뜀박질에서 돌아오는 시각은 정확하게 4시 30분. 다시 한번 냉수욕을 한다. 그가 심한 건성 습진에 시달리는 것은 지나치게 잦은 목욕과 무관하지 않을 것 같았다.

5시에는, 집 안에서 하는 외국어 공부가 시작된다. 병적인 절약가인 그도 외국어 공부에는 꽤 많은 돈을 쓰는 것 같다. 그에게는 외국어 공부에 전용되는 VCR과 모니터, 녹음기, CD 플레이어 등속이 마련되어 있다. 그의 아내가 녹화해 둔 교육방송의 외국어 프로그램을 시청하는 것도 이때다. 그의 집무실에는 영어, 불어, 독어 테이프가 서가 하나를 채우고 있다. 최근에 들어서는 중국어 테이프가 보이기 시작했어요, 하고 온몸으로 자원 봉사하는 대학생은 말했다.

7시 40분에는 소형 야마하 전자오르간 연주를 시작한다. 왼손을 쓸 줄 몰라서 오른쪽 손으로만 연주한다. 그의 연주 곡목에는 흘러간 옛노래와 일본의 유행가가 포함되어 있다. 박자 같은 것은 쥐뿔이다. 쉼표 들어가 있는 부분에서는 같은 키를 4분의 1박자 속도로 연속으로 누른다.

8시가 가까워지면 그의 아내가 저녁상을 집무실로 들고 들어간다. 그의 아내는 시간 요량을 잘하지 못해 7시 50분에 저녁상을 들고 들어갈 경우에는, 남편의 뒷모습을 바라보면서 정확하게 10분을 기다려야 한다. 8시 정각이 되기 전에 그가 오르간 연습을 마치는 법은 절대로 없다. 그는, 침을 삼키며 기다리는 아내를 위해 1분쯤 당겨서 연습을 끝내어주는 인심 같은 것은 절대로 베풀어주지 않는다. 환갑이 다 된 그의 아내는 아미(蛾眉)를 나직이 한 채 밥상 앞에 앉아 기다리면서 눈물을 보일 때도 있다.

식사 후에는 본격적으로 손님 받기가 시작된다. 헛짓하러 들어오는 '시간 손님'이 싸개를 맞거나 문전 박대를 당하는 것은 물론이다. 스무 개의 객실은 외국인에게 우선 배정된다. 대개의 경우, 내국인 손님들은 퇴짜를 맞는다. 내국인들은 방을 지저분하게 쓰고, 걸핏하면 술을 마시고, 시끄럽게 굴고, 이것저것 심부름이나 시키려 들고, 물과 전기를 아낄 줄 모르기 때문이다.

하지만 외국인 손님이 뜸할 경우 방을 비워둘 수는 없다. 그래서 9시부터 하 사장의 신경은 날카로워진다. 되도록 많은 외국인으로 채우되, 빈방이 생길 경우에는 10시부터 내국인도 슬슬 받기 시작하는, 말하자면 내국인으로 빈방을 채우는 타이밍을 절묘하게 잡아야 하기 때문이다. 그 타이밍을 잡는 노하우는 하 사장의 경영 비법

이다. 하지만 이 경영 비법은 새벽 1시까지만 유효하다. 새벽 1시
가 되면 하 사장은 문을 잠그고 잠자리에 든다. 이 시각이 지나면
'경주 시장이 와도 텍도 없다'.

하루는, 국문과 교수인 내 친구 하나가 경주에 세미나 참석차 서
울에서 내려왔다가 나에게 연락을 취한 적이 있다. 친구는 나와 밖
에서 함께 저녁을 먹고는 혼자 밤차로 상경했다.

친구와 함께 술 한잔 마시고 들어온 나에게 하 사장이 물었다.

그는, 머리카락이 희끗희끗한 것만 보고는 나에게 예대하다가
내 나이를 알고부터는 칼로 자르듯이 이 서방, 이 서방 해가면서 하
세를 했다. 이 서방이라는 말이 비칭(卑稱)에 가깝기는 하지만 경상
도에서는 이물 없는 호칭으로 자주 쓰이고는 했다. 옛날식으로 족
보를 따지자면 그와 나는 한 스승을 모신 사이, 따라서 내가 그의
사제가 되는 만큼 그런 것으로 기분 상해할 일은 아니었다.

"친구분, 어떤 분이신가?"

"공부를 참 많이 한 분이지요. 지금도 공부를 계속하고 있고요.
직업이 교수이기는 합니다만 저 나이 되기까지 줄기차게 공부하고
있는 사람은 많지 않지요."

"어느 대학을 나왔는데?"

나는 아무 생각 없이, 그 친구가 졸업한, 서울에서는 일류 축에
들지 못하는 아무개 대학의 이름을 대었다.

"에이, 머리가 나쁜 사람이구면."

"네?"

"머리가 나쁜 양반이라고……."

"머리가 나쁜 사람이 아닌데요?"

"에이, 머리가 좋은 사람이라면 서울대학을 나왔지 그 대학을 나

왔을 턱이 있나? 머리 나쁜 양반이 공부한다고 고생을 많이 했겠
어."

"머리가 나쁜 게 아니고, 고등학교 다닐 때 친구들끼리 어울려
다니느라고, 아니면 대학 입학시험과는 무관한 소설책 같은 걸 읽
느라고 공부를 많이 못했기 때문일 수도 있지 않겠어요?"

"지금은 어느 대학 교수인가?"

"모교에 남았는데, 왜요?"

"거보게. 머리가 좋은 사람이었다면 대학은 비록 삼류 대학을 나
와도 교수질은 일류 대학에서 할 것 아니겠느냐고?"

여기서부터는 나도 슬슬 약이 오르기 시작했다. 당신은 그럼 어
느 대학 나왔소, 하는 소리가 입가를 맴돌았지만 꾹 참았다. 하 사
장 성미 건드려 득될 것이 없다 싶어서였다.

"아니, 하 사장님. 삼류 대학 나온 사람은 머리가 나쁜 사람인가
요? 삼류 대학 교수는 모두 머리가 나쁜 사람인가요?"

"나는 그렇다고 봐."

"그렇지가 않지요. 세상에는 문리가 일찍 트이는 사람이 있고 늦
게 트이는 사람이 있지 않겠어요? 대학은 4년 동안만 가르치고
내보내는 데 아닌가요? 하지만 공부는 평생을 하는 것이지요. 서울
대학을 나와도 공부에 게으르면 성취가 없을 수도 있고, 삼류 대학
을 나와도 공부 열심히 하면 큰 것을 성취할 수도 있는 것 아닌가
요? 제 친구는 비록 그 대학을 나와 그 대학 강단에 서 있지만 제가
보기에는 대학을 졸업하고도 근 30년간 피를 말리면서 공부한 사람
이라고요."

"나는 통념을 말했을 뿐인데, 되게 섭섭해하네?"

"굉장히 섭섭한 통념이네요? 섭섭하지 않고요? 저도 서울대학을
나온 사람이 아닙니다. 하 사장님도 서울대학 나온 분이 아니지요?

그렇다면 우리 둘 다 머리가 나쁜 사람들인가요?"

"우리 때는 아무나 대학 가는 때가 아니었다네. 나는, 모르기는 하지만, 대학에 갈 수 있었다면 서울대학 갔을 거라. 그리고 자네도 서울대학을 나오지 못했다고는 하지만 미국 대학에서 일하는 걸 보면 머리가 안 돌아가는 사람이라고는 못하지. 내가 영어 공부를 해 봐서 알지만, 영어, 그거 아무나 하는 게 아니더라고."

"……."

이것이 그의 견줄 데 없이 명쾌한 결론이었다. 그에게 서울대학을 나오지 못한 사람은 머리 나쁜 사람, 외국에 유학하지 못한 사람은 머리가 안 돌아가는 사람이었다.

바야흐로 일모 선생께서 말씀하시던 '공부 같은 공부'가 시작될 모양이었다.

해남 대흥사에 있던 내 친구 지명 스님이 경주로 전화를 걸었던 일이 있다. 지명 스님으로부터 어째 미국 있을 때보다 얼굴 보기 어려우냐는 푸념을 듣고 돌아서는데 뒤에 하 사장이 있었다. 내 말에 절집 사투리가 섞여 있는 것에 호기심이 생겨 통화 내용에 귀를 기울이고 있었던 모양이다.

"이 서방에게 스님 친구도 있었나?"

"스님뿐만 아니고요, 목사 친구도 있고 신부 친구도 있답니다. 종교에 귀의한 사람들, 참 용기 있는 사람들이에요. 특히 우리 지명 스님, 참 공부를 착실히 쌓아가는 사람이랍니다."

"공부를 많이 한 사람이 어째 해남 대흥사에 있나? 서울 조계사에 있어야지……."

"에이, 대흥사도 대찰(大刹)이에요."

"그래도 중들의 중앙청은 역시 조계사 아닌가?"

"스님들에게 중앙청이 어디 있어요? 그거 싫다고 떠난 사람들 인데."

"그래서 가짜가 많다고……."

"네?"

"책은 많이 썼는가?"

"책이라뇨?"

"스님들이 책 많이 쓰지 않나, 요즘?"

"에이, 지명 스님은 그런 거 안 써요."

"그러면 테레비에는 나와?"

"테레비에도 안 나와요. 지명 스님, 그런 거 할 사람이 아니에요."

"그러면 라디오에는? 요새는 불교방송이라는 라디오방송도 생 겼다는데?"

"나대는 스님이 아니라니까요."

"에이, 그러면 공부 많이 한 스님이 아니야."

"네?"

그는 내 인내를 시험해 보기로 작정했던 모양인가? 이유 없이 따 귀를 한 대 맞은 느낌이었다. 나는 숨결을 가다듬었다.

"……여보게, 이 서방. 감천선갈(甘泉先渴)이라는 옛말 아는가? 물 좋은 샘이 먼저 마른다……."

"그것과는 다르죠."

"뭐가 달라? 그렇게 공부를 많이 한 스님이면 신문과 테레비와 라디오가 그냥 두었을 리 없지 않겠나?"

나는, 정말이지 가만히 있을 수가 없었다.

"이 세상에는 학생을 가르치는 교수도 있고, 더 잘 가르칠 수 있 도록 그런 교수를 가르치는 교수도 있어요. 이 세상에는 중생을 제 도하는 스님도 있고 더 잘 제도할 수 있도록 그런 스님을 가르치는 스님도 있어요. 텔레비전 시청자나 라디오 청취자에게 적합한 지식을 가진 사람도 있고, 텔레비전이나 라디오에 나갈 사람을 가르치는 사람도 있어요."

"에이, 그것은 못 나간 사람들이 만들어낸 변명이야."

"저 같은 사람들이 말인가요?"

"그렇다면 테레비에 나오는 사람들이 한 수 아래라는 말인가?"

"그렇게는 말하지 않았어요……."

내가 열자(列子) 이야기로 설명을 시도한 것이 불찰이었다.

"……열자라는 사람이 있었는데 말이지요, 이 양반이 산에서 백혼무인이라는 스승을 모시고 공부하다가 공부가 좀 된 것 같아서 산을 내려왔답니다. 마을로 내려와 주막에 들어서서 술과 밥을 시켰는데, 주모가 기다리는 손님이 많은데도 불구하고 열자에게 먼저 술과 밥을 내어오더랍니다. 그래서 열자가 물었지요.

'기다리는 사람이 많은데, 왜 내게 먼저 가져다주는 것이오?'

그러자 주모가 이러더랍니다.

'아무래도 공부를 많이 한 어른 같아서 특별히 먼저 가져다드리는 겁니다…….'

공부한 것이 얼굴에 비치는 것을 보니 아직 공부가 덜된 모양이다.

주모의 말을 들은 열자는 이렇게 생각하고는 다시 산을 오르지요. 이런 공부를 쌓아가는 사람도 있는 법입니다."

"에이, 이 사람이 하나만 알고 둘은 모르시는군……. 열자 얘기 마침 잘했네. 열자는 자네만 배운 것이 아닐세. 나도 일모 선생님으로부터 귀에 딱지가 앉게 들어서 배웠네. 내가 배운 열자는 그렇게 훌륭한 사람이 아니더라고. 열자의 선생은 열자 집 앞까지 왔다가 섬돌에 신발이 여러 켤레 놓인 것을 보고는 돌아갔네. 기어이 제 재주를 드러내고 말았구나, 하면서……. 이 사람, 자네는 지금 테레비

나 라디오에서 인기 있는 교수나 스님을 전혀 인정할 수 없다는 말
본새인데, 열자를 보게. 그렇게 공부했어도 결국은 그 공부한 것을
드러내게 되었고, 그래서 마을 사람들이 그 집에 모인 것이 아니겠
느냐고? 자네, 열자 아는 것을 보니 '주머니 속의 송곳〔囊中之錐〕'
이라는 말도 알겠구먼. 어서 공부해서 자네 주머니의 송곳도 어디
한번 비어져 나오게 해보게. 그러면 테레비에서 라디오에서 부를
테니까……."

"……."

"내가 아주 솔직하게 말하지. 나는 한때 절에 다닌 적이 있네. 죽
어서 지옥에 가는 것이 무서워서 한동안 다닌 적이 있네. 그러다가
중들이 밥버러지들이라는 것을 알고부터는 그만두고 말았어. 시주
밥값을 해야 할 것이 아니겠느냐고? 자네 친구라는 그 중도 전라도
에 처박혀 있지 말고 테레비나 라디오에 나와서 중생제도 좀 해봐
야 할 것이 아니겠느냐고? 밥값을 좀 해봐야 할 것이 아니겠느냐
고……."

"……."

마주 앉아서 이물 없이 이야기를 나누는 시간이 나에게는 늘 '공
부다운 공부'를 하는 시간이었다.

평소에 존경하던 국무총리가 골초라는 신문 가십을 읽고 하 사
장이 혼란에 빠지는 걸 옆에서 지켜본 적이 있다. 철저한 금연주의
자인 하 사장에게는, 담배를 피우는 사람은 무조건 의지가 박약한
자라고 정의하는 습관이 있었다. 그런 그에게 담배도 끊지 못하는
의지박약한 인간이 국무총리가 되는 사태는 얼마나 황당했을 것인
가? 그런 그에게, 일모 선생이 담배를 끊었다고 선언하고도 이따금
씩 한 대씩 몰래 피운다는 말은 할 수가 없었다. 틀림없이 심한 소

화불량 증세를 보일 터이기 때문이었다.

내가 쓰던 방은 1층에 있는 10개의 객실 중 프런트에서 가장 멀리 떨어져 있었다. 작업은 주로 야간에 하는 버릇 때문에, 한밤중에 밖으로 나가야 할 일이 심심찮게 생기고는 했다. 경주는 관광도시여서 자정을 넘긴 시각에도 문을 열어두는 가게가 많았다. 나는 일이 제대로 풀려나가지 않을 때면 밖으로 나가 포장집도 기웃거려 보고, '소주창고'라는 이름이 다소 무지막지한 실내 포장집도 기웃거리고는 했다.

하지만 새벽 1시가 되면 하 사장이 정문을 잠가버리는 통에 이러기가 쉽지 않았다. 따라서 밤나들이는 늦어도 새벽 1시에는 끝나야 했다.

다행히도 내 방 뒤에는 쪽문이 하나 있었다. 나는 하 사장에게 사정을 말하고 쪽문 열쇠를 넘겨줄 수 없겠느냐고 청을 넣어보았다. 그는 좋을 대로 하라면서 열쇠를 내게 넘겨주었다.

덕분에 나는 새벽 1시 이후에도 밤나들이 하는 자유를 누릴 수 있었다.

그러나 이 밤나들이는 하 사장이 새벽 2시에 내 방을 급습하는 사건과 함께 끝났다.

문제의 사건이 터진 밤, 포장마차에서 조금 길게 마신 술의 취기가 견디기 어려워서 나는 일찍 잠자리에 들었다. 설핏 잠이 드는 중인데 누군가가 주먹으로 문을 치는 소리가 들렸다. 다른 방문을 두드리는 소리이겠거니 하고 돌아눕는 찰나, 문이 열렸다. 일어나 불을 켜지 않을 수 없었다. 하 사장이 신발을 신은 채로 뛰어 들어와 있었다. 내 방은 온돌방이어서 신발을 신은 채로 뛰어 들어오는 데가 아니었다.

하 사장은 휘둥그레진 눈으로 내 방 안을 두리번거렸다.

"왜 그러세요?"

"……."

"왜 그러시냐니까? 도둑이 들었어요?"

"아무것도 아닐세. 미안하네, 어서 자게."

나는 조금 난폭한 순찰에 걸려든 모양이라고 생각했다.

다음 날 나는 청소하는 아주머니에게 지나가는 말로, 하 사장이 간밤에 '마스터 키'로 내 문을 따고 들어왔는데, 더러 그러느냐고 물어보았다.

청소부는 싱긋이 웃으면서 이런 말을 했다.

"불심검문이죠, 뭐."

"불심검문이라니? 주인이?"

"장기 투숙자들은 다 한 번씩 당해요."

"세상에……."

"사장님이 실적을 올릴 때도 있대요."

"……."

"쪽문 열쇠 넘겨달라는 부탁, 하시는 게 아닌데 그랬어요. 한밤중에 살그머니 여자 데리고 들어와 자려고 그러는 줄 알았을 거예요."

그와 내가 사사건건 정면으로 부딪친 예는 이루 다 헤아리기 어렵다.

신문 기사나 방송 보도에 대한 것만 해도 그렇다.

한번은 조기 유학생의 탈선 상황을 보도한 신문을 들고 나를 찾아와 시퍼렇게 화를 낸 적이 있다. 나는 신문 기획 기사의 방향이 그렇게 잡혔을 것이고 기자의 시각이 그랬던 것일 뿐 실제와는 많이 다르다고 설명했다.

그의 논리는 단순 명쾌했다.

"그러면 신문이 거짓말을 한다는 말인가?"

"신문이 거짓말을 할 리는 없겠지만 기획 기사의 방향이 이따금씩 사실과 다를 때가 있기는 합니다. 실제로 많은 조기 유학생들이 탈선하는 사례가 있기는 합니다만, 그것은 특정 지역의 특수 사정인 경우가 많습니다."

"방송도 비슷한 보도를 하던데, 그러면 방송이 거짓말을 한다는 말인가?"

"거짓말을 한다는 것이 아니고……."

"사법고시, 행정고시, 외무고시, 언론고시라는 말도 못 들어보았는가? 언론사 들어가기가 판검사 되기보다 어렵다고 하는데 그렇게 어렵사리 언론사 들어가서 그러면 거짓 기사나 쓰고 있다는 말인가? 중앙 일간지는 서울대학 안 나오면 들어가기 어렵다고 하는데, 그럼 서울대학 나와 신문기자 된 사람들이 겨우 거짓말이나 하고 있다는 말인가? 그렇다면 이것은 중대한 문제가 아닌……."

신문이나 방송에 대한 그의 믿음은 거의 맹신적이었다.

나는 어느 신문기자로부터, 신문사 간의 경쟁이 극심해지고부터는 매일같이 다소 선정성이 있는 추측 기사를 쓰고 싶다는 유혹을 느끼게 되고, 실제로 몇 번은 그 유혹에 넘어간 적이 있다는 고백을 들은 적이 있다. 뿐만 아니다. 정론을 지향해야 한다는 것을 알면서도 경쟁사와의 관계와 자사(自社)의 형편 때문에 때로는 추측 기사로 이해 당사자를 견제해야 할 때도 있다는 고백도 들은 적이 있다. 하지만 나는 그에게 그 신문기자의 고뇌에 찬 고백을 전해 줄 수가 없었다.

그는 사물을 그만의 독특한 방법을 통해서만 읽는 사람으로 보였다. 그는 설명을 길게 하는 법이 없었다. 그는 어떤 사물로부터 뼈를 취하는 것도 살을 취하는 것도 골수를 취하는 것도 아닌, 그저 그 사물에서 받은 자기의 인상만을 취해서 간직하는 사람 같았다.

내가 되지 못하게도 사람이 살면서 하게 되는 생각에 민감해서 그랬던 것일까?

그와의 대화는 시작되기가 무섭게 나에게는 하나씩의 상처가 되고는 했다.

돈에 관한 한, 천민 졸부가 극성을 부리는 이 시대를 위하여 검박한 삶의 본을 보이는, 희귀한 미덕의 소유자. 하지만 정신의 경우, 어쩐지 단 하나의 잣대로만 세계의 모습을 해석하는 듯한 모노코드 난수표의 소유자. 인식의 지평 넓히기를 한사코 거절하는 사람, 자기의 인식 너머 새로운 세계가 있음을 용인하기를 끝까지 거절하는 사람……. 당시의 내 메모에는, 하 사장에 대한 이런 인물평이 적혀 있다.

탈고가 되어갈 즈음 나는 서울의 내 아파트에서 4년째 살고 있던 사람으로부터 전화를 받았다. 아들딸이 자라 초등학교 상급 학년이 되어 더 이상 한방에다 재울 수 없는 형편인 만큼 서고를 다른 데로 옮겨 방을 비워주지 않으면 부득이 방이 세 개인 집으로 이사가지 않을 수 없다는 것이었다.

내게는 미국에서의 스케줄 때문에 그 사람을 내보내고, 내 조건에 맞는 다른 사람을 구해 입주시킬 시간이 없었다. 나는 나름대로 계산을 놓아보았다. 1년에 한두 차례씩 서울로 들어와 호텔에서 두어 달씩 묵는 비용의 곱절이면 하 사장 호텔의 방 하나를 1년쯤 장기 임대하는 것도 가능할 것 같았다. 서울에 있는 책을 모조리 실어 내려와 호텔에다 서재라도 하나 꾸며놓으면 특정한 책이 책 더미에 들어 있는 것을 뻔히 알면서도 꺼낼 수가 없어서 다시 사는 불필요한 낭비도 줄일 수 있을 터였다.

내가 하 사장을 천박한 수전노, 구제 불능의 외눈박이로 보았던 것은 사실이다. 그와의 대화에서 무수한 상처를 경험했던 것도 사실이다. 하지만 그에게 그런 약점을 덮어줄 만한 강점 또한 있다고 생각한 것도 사실이다. 하 사장은 일모 선생의 애제자가 아니었어도, 검소하고 질박하게 사는 이치를 터득한 사람이라는 것은 부정하기 어려웠다. 그가 지닌 부정적인 측면은 내 쪽의 부정적인 시각 때문에 실제 이상으로 과장되어 보였을 것이라는 생각도 들었다.

나는 하 사장에게 나의 계획을 털어놓았다.

그는 내가 제안한 것보다 훨씬 합리적인 절충안을 내어놓았다.

"자네가 서재를 꾸며놓으면 1년 중 10개월은 빈방으로 있을 텐데, 이건 국가적인 낭비야, 낭비. 그러니까 이렇게 하세. 내가 제일 큰 한식 방을 내어줄 테니까 거기에다 서재를 만들게. 대신, 두 가지 조건이 있네. 자네가 와 있지 않을 동안, 성수기에 손님이 넘치면 그 방에도 손님을 들이기로 하겠네. 내국인은 절대 들이지 않겠다고 약속하겠네. 내국인은, 이물 없게 여겨서 그런지 남의 물건에 손대는 것을 별로 두렵게 생각하지 않거든. 내가 오랜 경험을 통해서 알게 된 것인데, 유럽인과 유태인은 절대로 남의 물건에 손을 대지 않아. 그러니까 그런 사람만 들이기로 약속하지. 그리고 또 하나의 조건, 이것은 자네에게도 이익이 될 것이네만, 우리 호텔방 사용료는 자네가 제안한 액수의 3분의 2만 받겠네."

1년 전의 초여름 나는 서울에 있는 책을 경주로 실어내려 하 사장이 내어준 널찍한 방에다 서재를 꾸몄다. 20~30년 동안 낯익었던 내 책의 알락달락한 책등을 5년 만에 재회하는 기분은 썩 괜찮은 것이었다. 나는 여러 권 가지런히 꽂힌 책의 책등을 보면 마음이 푸근해지고는 한다. 모르기는 하지만 책에 대한 나의 이러한 심적 태도에는 책에 의존하고 싶어 하는, 말하자면 애정의 거품 같은 것 또한 없지 않을 것이다.

오랜 세월 공을 들인 문제의 책이 출간된 것은 작년 8월 중순이다. 개학 날짜인 9월 1일까지 나는 미국으로 돌아가지 않으면 안 되었다. 새로 나온 책 싸들고 다니면서 그동안 지게 된 책빚을 갚는 자리는 거의 예외 없이 밤 술자리로 이어지는 법이다. 몇 차례의 신문 및 잡지의 인터뷰에도 응해야 했다. 나는 등을 떠밀리며 참석한 내 책 출판기념회 술자리의 숙취에 시달리면서 비행기에 오르지 않으면 안 되었다. 한 신문이 '배반낭자(杯盤狼藉)의 자리'라는 설명을 붙여 그 출판기념회를 보도한 것이 화근일 것이라고 나는 생각한다.

애초의 계획과는 달리 나는 작년 가을과 겨울에도 올봄에도 귀국할 짬을 낼 수 없었다. 가을과 겨울에는 학술회의와 일련의 세미나 때문에 틈을 내기가 어려웠고 올봄에는 경주에 서재를 마련하면서 쓴 비용이 계속해서 부담이 되는 바람에 여유를 무질러내기가 힘들었기 때문이다. 가을에는 아주 영구 귀국하도록 짜여진 일정도 내 마음을 느긋하게 만들었기가 쉽다.

그렇게 느긋하게 영구 귀국을 준비하는 중에 뜻밖의 전화를 받았다.

일모 선생의 아들인 내 동기 동창생이었다.

"……내가 얼마 전에 무슨 모임이 있어서 경주 보문 관광단지에 다녀왔다. 아버님 당부하신 말씀도 있고 해서 호텔 에스페랑스에 들러 하 사장도 만나뵈었다. 그런데 나는 호텔에 자네 서재가 있는 줄 알았는데 그런 것이 없어. 내가 하 사장에게 물어보았더니, 아무래도 방 그렇게 비우는 것은 낭비인 것 같아 박스에다 책을 넣어서 창고에다 보관하고 있다고 하더라. 자네와의 약속은 그게 아닌 것 같은데…… 무슨 일이 있었나? 어느 창고에 어떻게 보관되어 있는 지는 확인하지 못했다. 하 사장 분위기가 워낙 심상찮아서……"

나는 그제서야 그동안 하 사장에게 전화로나마 안부 한번 여쭙지 못한 것을 깨달았다. 그래서 서둘러 하 사장에게 전화를 걸까 하다가 공연히 그의 불편한 심사만 들쑤셔 놓을 것 같아서 그만두기로 했다.

어디에다 보관하고 있을지 궁금했다.

내가 아는 한 호텔 창고에는, 오천 권이 넘는 내 책을 넣어둘 만한 공간이 없었다. 한 군데 짚이는 데가 있기는 했다. 하지만 나는 하 사장에 대한 희망을 버리지 않으려고 했다. 그렇다고 해서 귀국 날짜까지 기다리고 있을 수는 없었다. 나는 영구 귀국을 석 달 앞두고 서둘러 일시 귀국하기 위해 비행기표를 끊지 않으면 안 되었다.

서울에 도착하는 대로 조그만 오피스텔을 하나 빌렸다.

내 아파트는 돌려받을 때가 되지 않았을 뿐더러 내 쪽에서 준비도 되어 있지 않았다. 여행 가방 하나밖에는 아무것도, 정말 아무것도 없는 오피스텔 바닥에다 수건 한 장을 깔고 누워 나는 하 사장에게 전화를 걸었다.

호텔 뒤의 살림채 옆에는 재래식 화장실이 하나 있었다. 들어가면 수도꼭지가 고장나는 바람에 오줌버캐가 더께더께 앉은 누런 소변기가 하나 벽에 붙어 있고, 문을 열면 수세 시설이 되어 있지 않은 일본식 좌변기가 하나 있는 화장실이었다. 살림채에서 하 사장이나 외사계 형사들과 술을 마시다가 살림채 화장실이 내실(內室)과 너무 가까워서 부러 그 화장실을 이용한 적이 몇 번 있었다.

늦여름에는 귀뚜라미가 바닥에 시커멓게 기어다니는 화장실이었다.

나는 그 화장실 냄새를 잊지 못한다.

지금도 내 곁에 있어서 잊을 수가 없는 것이다.

내 책을 넣은 상자는 그 화장실에 아무렇게나 쌓여 있었다. 종이 상자에 손을 대어보았다. 눅눅했다.

이삿짐센터에 전화를 걸어 트럭과 인부들을 불렀다. 화장실의 습기를 빨아들인 종이 상자가 책의 무게를 견디지 못해 운반 도중에 자주 터지고는 했다. 나는 책짐 싣는 시간을 줄이기 위해, 땅바닥에 떨어진 책을 트럭의 적재함 위로 던졌다. 눅눅해진 책에서 잘 썩은 똥구린내가 났다. 청소부가 내 곁으로 다가와 귀띔해 주었다.

"작년에 서울에서 무슨 기념회가 열렸다면서요? 거기 부르지 않았다고 화가 난 거래요."

오랫동안 화장실 습기를 빨아들인 내 책 중에서 판형이 큰 책 몇 권은 책꽂이에 꽂아도 흐물거리는 바람에 홀로 서지도 못했다. 고급 아트 도판본은 책장이 서로 맞붙는 바람에 제대로 넘길 수도 없었다.

홀로는 서지도 못할 정도로 습기를 빨아들인 몇 권의 책, 오줌버캐에 절여진 듯 심하게 얼룩이 간 몇 권의 책은 내가 살아온 삶을 뒤돌아보게 했다.

나는 잠깐 링에서 싸우던 싸움을 중지하고 구석 자리로 돌아가 보아야 했다. 구석 자리에 놓인 코너 스툴로 돌아가 앉아 입 안에 고인 피도 좀 뱉고 물도 좀 마시고 싶었다. 그러고 있노라면 내 싸움터의 치프 세컨드 일모 선생은 스툴에다 나를 앉히고 내 얼굴에 묻은 피를 닦아주고, 트렁크 고무줄을 당겨 내 사타구니에 바람도 넣어주고, 훈수도 해줄 터였다.

그래, 하 사장은 나쁜 놈이다. 자네가 드디어 하 사장 같은 인간의 정체를 읽어내었구나, 또 하나의 숨은 그림을 찾아내었구나…….

나는 선생의 위로를 받고 싶었다.

"그래, 이 복중에 미국에서 날아 들어와 똥서방을 차렸다며? 똥서방에겐 아무래도 술이 한잔 필요하겠다."

잘 익은 똥구린내가 등천을 하는 서울의 오피스텔에서 하룻밤을 새우고 바로 경산으로 내려간 나에게 일모 선생이 하신 말씀이다. 그분 외아들인 내 동기 동창이 술을 내어왔다.

"똥서방이 화가 몹시 난 모양이다. 우리도 오늘 일 작파하고 이 똥서방을 위로하자……. 능금 농사가 사람 농사만 할까……."

일모 선생이, 모자를 집어들고 일어서려는 아들을 눌러앉히면서 말을 이었다.

"……공부 같은 공부가 안 된 모양이네? 공부가 잘된 사람 눈에서 눈물이 비칠 리 없지 않은가?"

"죄송합니다."

"자네는 선비 대접을 이렇게 하는 세상을 원망하고 싶을 것이다. 그런가?"

"좀 그렇습니다."

"나는 자네가 하 사장을 이겨먹을 줄 알았다. 느물느물하게 다루어낼 수 있을 것으로 생각했다. 자네는 하 사장을 어떻게 생각하나?"

"천박한 수전노, 병적인 양생주의자, 대롱으로 세상을 보는 대롱 눈[管見]이라고 생각합니다."

"장강(長江)이 구부러지지 않을 수 없다는 옛말이 있다. 그래, 하 사장에게 그런 흠절이 있기는 하다. 그렇다면 그러는 자네는 하 사장 눈에 어떻게 비쳤을까?"

"……."

"자네 책을 화장실에 처넣은 것이 그 대답이라고는 할 수 없을까?"

"……."

"자네는 하 사장 찾아갈 때 고급 위스키도 사고, 요릿감 쇠고기도 사가지고 갔는가?"

"그렇게 했습니다."

"술도 많이 사다 마셨는가? 이따금씩은 양주도 사다 마셨는가?"

"원래 제가 일을 집중적으로 할 때는 틈틈이 술을 좀 많이 먹습니다."

"맥주를 상자째 사다 놓고 외국 손님들과도 나누어 마시고 하 사장과도 나누어 마셨는가?"

"……."

"사람에게는 동물성 단백질도 필요하다면서 하 사장을 데리고 나가 한 상 떡 벌어지게 잘 대접한 일도 있는가?"

"네. 하도 깨죽거려서 제가 본을 좀 보여주었습니다."

"그래서 자네 책을 화장실에 처넣었다는 것은 아닐 것이다만 그렇게 생각할 수도 있는 것이 아니겠느냐, 이 말이다."

"저는 어린아이가 아닙니다. 하 사장 같은 사람으로부터 돈 쓰는 법을 배울 나이는 지났습니다."

"배울 나이가 지났다는 데 문제가 있다. 배울 나이가 지났는데도 배우기를 거절했다는 데 문제가 있다. 자네는 너무 고상한 일을 하느라고 발밑 분별을 제대로 하지 못한 셈인가. 자네는 하 사장 호텔에서 자네 주머니의 돈을 쓴 것이 아니다."

"……."

"우리가 자네의 한국 체재를 지원하지 않았는가?"

"……."

"흥청망청 쓰지는 않았겠지만 만일에 자네에게 그 정도 지출할 여유가 있었다면 우리 프로그램의 지원은 안 받는 것이 옳지 않았겠는가?"

"……."

"사람이란, 이렇게 보기로 작정하면 이렇게 보이고 저렇게 보려고 작정하면 저렇게도 보이는 것이다. 자네가 화를 내고 있는 것은 이해한다. 하지만 자네가 화를 내고 있는 상황에는 하 사장에 대한 고려가 송두리째 빠져 있다. 자네는 하 사장을 지금과 같은 시각으로 보기로 작정한 것이다. 그래서 다른 쪽은 하나도 보이지 않았던 것이다. 자네는 말이야, 어떨 때 보면 공부를 좀 한 사람 같아도 어떨 때 보면 철부지도 그런 철부지……."

"……."

"우리가 직선이라고 여기는 것이 과연 직선이겠는가? 혹시 곡선의 한 부분을 우리가, 자네 말마따나 대롱 시각으로 보고는 직선이라고 하는 것은 아닐 것인가? 자네는 혹시 큰 곡선을 작은 직선으로 본 것은 아닐 것인가."

전화기가 울린 것은 그때였다. 내 동기 동창이 수화기를 들고는, 네, 안녕하셨습니까, 하고는 잠깐 망설이는 눈치를 보이면서 수화기를 선생께 내밀었다.

일모 선생이 수화기를 받아들었다.

"응, 자넨가…… 그래…… 내 그렇지 않아도…… 여보게 운담…… 그렇지 않아도 야단치고 있네……. 그게 누구 불찰이겠는가, 다 나의 불찰 아니겠는가……."

나는 너무 놀랐던 나머지 일모 선생의 나머지 말씀이 들리지 않왔다.

나는 그날 그 순간보다 더 참담했던 순간은 없어서 기억해 내지 못하겠다.

무서운 일이다.

잃어버린 물건이 내가 이미 뒤짐질해 본 곳에 있을 수도 있다는 것은.

사람의 성분
──숨은 그림 찾기 2

생각난다.

강지우, 우리가 미숙했던 시절의 소란스러운 세상이 안긴 적막을 참느라고 너는 퍽 고단했겠다. 알고 있거라. 그 시절 그 까마귀는 지금 썩은 쥐를 포식하고 있다. 앞서가는 네가 이렇게 나타나 서울에다 먼 나라 화단의 생소한 소문을 뿌리고 다니면 그 까마귀는 네가 썩은 쥐를 빼앗으러 온 줄 알고 무시로 까악거릴 터이나 괘념치 말 일이다.

"현대미술관에서 설명회라는 걸 기획한 모양이고 나는 거기에 나가 관람객들에게 설명이라는 것을 해야 할 모양인데……. 보고 느끼면 되는 것을, 굳이 설명하란다. 하지만 하라니까 해야지. 미국에서도 프랑스에서도 벌어지지 않는 일이 여기에서는 이렇게 벌어진다. 굉장히 심심한 설명회가 될 것 같은데……. 내일, 그러니까 토요일 오후 3시다."

사무실로 전화를 건 강지우가 그답지 않게 길게 말했다. 그는, 사람들이 많이 모일 가능성이 매우 희박한 설명회라는 것에 나를 초대하고 있음에 분명했다.

"너무 늦게 연락한 감이 없지 않다만, 가마, 알려줘서 고맙다."

의례적으로 고맙다고 한 것이 아니었다. 강지우가 나에게 그런 전화를 건 것은 매우 이례적이었다. 치사하게도 저 아는 시(詩) 한 수 아는 척했다고 이러는 것인가 싶었는데도 불구하고 오랜 응어리가 녹아내리는 것 같아서 기분이 참 좋았다.

그런데 그런 기분으로 퇴근하려는데 직원이 봉투 한 장을 불쑥 내밀었다.

"뭐예요?"

"다른 직원이 받아만 놓았지 마음이 바빠 전해 드리는 걸 깜박 잊고 휴가 떠난 모양입니다."

배달된 지 근 한 주일이 된 그 봉투를 열어보고 나는 두 번 놀라고 말았다.

또 하나의 동기 동창 한국화가 이장환의 화려한 개인전 개막 리셉션에 초대받는다는 것은 비교적 자주 있는 일인 만큼 그리 놀라운 일이 아니었다. 나를 놀라게 한 것은 토요일 오후 3시라는 그 공교롭게도 겹치는 날짜와 시각이었다. 현대미술관에서 열리는 강지우의 설명회와 정확하게 겹치고 있는 것이었다.

그런데 두 번째로 나를 놀라게 한 것은 우리들의 은사 안영세 선생의 격려사 순서가 그 초대장에 번듯하게 찍혀 있었다는 점이다. 우리가 '재벌 화가'라고 부르는 이장환의 리셉션 현장은, 대구 근교의 소도시 경산에 은거하고 있는 것이나 다름없는 안영세 선생에게는 도무지 어울리는 자리가 아니었다. 우리가 두루 아는 한, 안 선생은 그런 일로 상경할 분이 아니었다.

나는 회사를 나서려다 말고 선생 댁에 시외전화를 넣었다.

마침 은사께서 전화를 받으셨다.

정말로 상경하느냐고 묻는 나에게 그는 이렇게 설명했다.

"새벽 기차로 상경한다. 결혼식 주례하러 상경하는 일은 없을 줄 알았더니, 우리 은상이 장가들 때 경산에까지 내려와서 주례 서준 양반이 빚 갚으라고 성화를 부리는 바람에 내가 졌다."

"이장환 개인전 개막식에서 격려사를 하시기 위해 상경하시는 게 아니고요?"

"그 녀석은 내가 격려하지 않아도 그림 잘 그리고 그림 잘 팔고 돈 잘 벌고 있지 않은가?"

"초대장에 선생님 함자를 찍었던걸요?"

"그랬어? 그 녀석답게 염치가 홍등네 뭐짝이로구나. 내가 말매듭을 지어 약속한 것은 아니다만 결혼식장으로 차 가지고 와서 실어가면 그 또한 어쩔 수 없는 일⋯⋯. 우리 은상이 말로는 내 상경 계획을 미리 알아내어 일정을 짜맞춘 모양⋯⋯."

"선생님, 이장환이가 먹고 있는 마음이 곱게 안 보입니다. 선생님 가시는 걸 빌미로 손님 모으려는 것이 아니겠습니까. 가시면 동기 동창 선후배들이 구름처럼 모이기는 할 것입니다만 선생님께는 참 잘 안 어울리시는 자리가 될 것 같습니다만⋯⋯."

"가다니⋯⋯ 자네는 거기에 참석하지 않겠다는 소리 아닌가?"

"저에게는 다른 사정이 좀 있습니다. 선생님 가시기에도 적당한 자리가 아닌 것 같아서 전화드렸습니다."

"그것이 그렇게 되나?"

"저 혼자서 한 생각이 아닙니다. 이장환이는 어쩌면 선생님 안면을 앞세우고 정부 기관이나 금융 기관 같은 데 초대형 진경산수를 넘기려고 들지도 모릅니다."

"우리 집 바람벽에도 걸려 있는 것, 돈장사로 떼돈 번 금융 기관에 못 걸릴 것 없지 않나?"

"선생님께 아무래도 누가 될 것 같아서지요."

"무슨 말인지 알고는 있다만 노구(老軀)가 이미 남루한데, 까짓 것, 내가 살면 얼마나 살겠느냐? 내가 속으면 몇 번 더 속겠느냐?"

나는, 선생님 상경하셔도 가서 뵙지 못할 것입니다, 하고는 그 까닭을 간단하게 설명했다.

그러고는 전화를 끊었다.

설명회라는 것이 열리기 한 주일 전의 일이다.

느지막이 출근하니 내 방에 묵향이 진동했다.

강지우는 내 방의 보조 책상 앞에 앉아 붓으로 연신 그림을 그리고 있었다. '에이포' 용지 크기로 자른 화선지 한 장에 붓질을 한두 번씩만 하는, 꽤 단조로워 보이는 작업이었다. 보조 책상은 물론이고 내 책상 위에도 그가 한두 번의 붓질로 그려낸 그림이 무수히 널린 채로 먹물이 마르기를 기다리고 있었다.

연(蓮)이었다.

잎을 그린 것, 꽃봉오리를 그린 것, 돌돌 말린 잎을, 채 퍼지지 못한 잎자루를 그린 것, 연실을 그린 것도 있었다. 단 한 번의 붓질로 소시지 같은 연근을 그린 것이 있는가 하면, 연잎에서 금방이라도 굴러 떨어질 듯한 물방울을 그린 것도 있었다. 단 한 차례의 붓질로 동그라미를 그렸는데도 붓질이 성긴 부분이 물방울의 하이라이트를 이루게 하는 솜씨가 절묘했다.

다만 활짝 핀 연꽃만 보이지 않았다.

"아이고, 냄새야……. 묵향이라는 것이 정말 있네?"

사람을 쌀쌀맞게 대하는 그의 성미를 알고 내가 다소 호들갑스럽게 굴었다.

"······."

"나는 이렇게 센 줄 몰랐다."

"옛날 사람들이 없는 걸 있다고 했겠어?"

"싫지 않은데?"

"향이 강한 묵즙(墨汁)에 좋은 묵즙 없다."

"서양화가도 이런 그림 그리네?"

"······."

그는 웃음으로 대답을 대신했다.

"뉴욕에도 이런 연꽃이 있어?"

"못 그릴 거 없지."

두 번째 질문을 받고서야 첫 번째 질문에 대꾸하는 묘한 버릇은
여전했다. 그는 질문에 대한 반응이 몹시 더뎠다.

"미국에도 연꽃이 있느냐고?"

"서울에도 선인장이 있는데······."

그는 이러면서, 먹물이 다 마른 그림을 한 장씩 거두어들여 귀를
대충 맞추면서 차례로 포갰다. 포개 쌓은 것을 보니 높이가 한 자가
실히 될 것 같았다. 그는 무거운 국어사전을 두 손으로 들어 포갠
그림 뭉치 위에다 가만히 올려놓았다. 먹물이 마르면서 쭈글쭈글해
졌던 화선지 더미는 묵직한 사전에 눌리면서 부피가 줄어들었다.
그런데도 이백여 장은 되지 싶었다.

"몇 시에 왔는데 이렇게 많이?"

"그리고 보니 묵즙이 너무 진해."

"몇 시에 왔느냐니까?"

"서너 시간 했나······."

나와 이런 이야기를 주고받으면서도 그는 내게 눈길을 주지 않

왔다. 나에 대한 자신의 감정 처리를 어떻게 해야 할 것인지 결정하지 못하고 있음에 분명했다.

"이건 또 뭐냐?"

연꽃 그림 대신 한시가 쓰인 화선지 한 장 역시 먹물 마르기를 기다리고 있었다. 진한 먹으로 어찌나 힘을 주어 썼던지 한 자 한 자가 마르면서 화선지 결을 제 쪽으로 끌어당기는 바람에 종이가 형편없이 쭈그러져 있었다.

"한번 써봤다……."

"별일이네? 서양 화가께서 유심필(有心筆)로 연꽃을 안 그리시나, 한시를 안 쓰시나……."

"유심필이 아니라 무심필인데…… 너, 붓을 아나?"

그는 나를, 붓이 무엇인지도 모르는 사람인 줄 알고 있었던 모양인가?

"읽어봐도 돼?"

그는 아무 대꾸도 하지 않았다.

나는 한시가 씌어 있는 화선지를 집어들었다.

다행히도 어려운 한자가 들어가 있지 않은, 낯이 익은 한시였다.

　　공산불견인(空山不見人)
　　단문인어향(但聞人語響)
　　반경입심림(返景入深林)
　　부조청태상(復照靑苔上)

　　빈산에 사람은 안 보이고
　　두런두런 말소리만 들리는구나
　　석양은 짙은 숲을 뚫고 들어오더니

다시 파란 이끼를 비추는구나

"참 고요하고도 아늑하구나. 자네가 지은 거?"

"에이, 내가 무슨 수로?"

"누가 쓴 것인지는 모르겠지만 왕유(王維)의 냄새가 좀 나는구나."

"……."

"글자 스무 자 안에 참 많이도 들어 있다. 보이는 것과 들리는 것, 빛과 소리가 고루 들어 있으니……."

눈길을 그 한시 씌어진 화선지에다 박고 있는데 문득 그의 심상치 않은 눈빛이 느껴졌다. 바로 눈길을 그에게로 돌리려다 어쩌는가 보려고 잠시 모르는 체하고 있다가 오래 그러고 있을 일이 아니어서 그에게로 고개를 돌렸다. 그는 재빨리 눈길을 거두면서 중얼거렸다.

"…… '녹채(鹿柴)' 라는 신데, 좋지?"

"좋다."

"왕유, 맞다."

나는 『당시전집(唐詩全集)』 교정 보면서 왕유의 시를 알게 되었다는 말은 하지 못했다. 처음으로 그의 앞에서 어깨가 으쓱거려지는 기분이었다.

"다 그린 셈인가?"

내가 물었다.

"웅…… 그런데 조금 미안해지네?"

"뭐가?"

"이백만 원을 너무 빨리 벌어서…… 쓱싹쓱싹……."

"타국살이 20년이다. 원가를 생각해 봐라, 그게 너무 빨리 버는 것인가……."

"너 오래간만에 말을 좀 되게 하는구나."

기분이 좋았다. 그가 나를 이런 식으로나마 칭찬해 준 것은 지극히 이례적인 일이어서 그렇다.

당시 한 수가 부린 조화라고 할 수밖에. 앎을 나눔으로써 지기(知己)가 되는 것은 천박한 일이다 싶었는데도 그랬다.

설명회 있기 두 주일 전의 일이다. 전람회 일로 귀국했다는 소식 듣고, 그가 묵는 여관을 내가 찾아내었다.

나는 그에게 제안했다. 우리는 오랜 친구 사이인데도 길고 깊은 이야기를 자주 나누는 사이가 아니었다. 그는 가난한 예술가, 나는 가난하지 않은 편집자여서 그랬을 것이다.

"우리는 지금 꽤 공을 들여가면서 어느 시인의 산문집 한 권을 만들고 있다. 시원시원한 볼거리가 좀 들어갔으면 싶은데, 마침 자네가 이렇게 귀국했다. 자네가 좀 도와주었으면 한다. 그림이 몇 장이 되었든 우리는 이백만 원쯤 사례비로 지불할 수 있을 것 같다."

"와우…… 많이? 그런데 그럴 만한 책이냐?"

"우리는 그렇게 생각한다만……."

"번번이 폐를 끼쳐서 미안하구나. 나는 네가 책을 잘 꾸미고 싶어서 이러는 게 아니라는 것을 잘 안다. 신경 써주어서 고맙다."

그것은 그랬다.

나는 그가 묵고 있는 여관방을 둘러보았다. 그 흔하디흔한, 바퀴 달린 '샘소나이트' 여행 가방 하나 없었다. 머리맡에 놓여 있는 것은 구형 카메라 가방 하나뿐, 그는 그 가방에다 여벌 바지 하나, 속옷 두어 장, 티셔츠 한 장, 양말 한 켤레, 자동카메라 하나까지 빵빵하게 넣어 어깨에 메고 온 세상을 돌아다닌다고 했다.

그가 차지하는 여관방에는 전날 밤에 그가 빨아서 말리고 있는 중인 속옷 등속이 널려 있는 것이 보통이었다.

그의 말이 옳았다. 좋은 그림이 좀 들어가면 좋겠다고 생각한 것은 사실이다. 그러나 좋겠다고 생각했을 뿐, 회사가 이백만 원을 지불해야 할 만큼 절박한 것은 아니었다. 그는 내가 그림을 빌미로 편집자의 특권을 빌려 사사로이 자기의 서울 나들이를 재정적으로 지원한다는 것을 잘 알고 있었다. 그가 니에게 먼저 연락을 취하는 일은 없었지만 그래도 그가 귀국할 때면 이런 일이 자주 이루어지고는 했다. 그는 나의 제안을 대체로 거절하지 않았다. 그러나 흔쾌하게 주고받는 처지는 아니었다. 그가 나를 다소 거칠게 다루는 것은 배려에 대한 미안풀이일 가능성이 없지 않았다. 그가 그러는 것은 그 배려를 거절할 수 없는 자신의 처지에 약간 화가 나 있었기 때문인지도 모르겠다.

"그리기는 하겠다만 조건이 하나 있는데……."

"뭔데?"

"우리 지금 교지(校誌) 만들고 있는 거 아니지?"

"아무려면 자네 같은 화가에게 컷 그려넣으라고 할까 봐?"

"그리기는 그리겠지만 내 그림이 들어갈 책의 내용은 읽지 않겠다. 삽화를 그리지는 않겠다는 뜻이다. 내 마음대로 일련의 이미지를 만들어내겠다. 그 이미지가 글의 내용과 충돌해서 새로운 긴장을 조성해 주었으면 좋겠지만……."

"……좋겠지만."

"솔직하게 말하마. 틀림없이 새로운 어떤 긴장을 조성하기는 할 것이다. 문제는 너에게 그걸 보는 눈이 있는가 없는가 하는 것이다. 너의 편집자적 안목에는 약간 한심한 구석이 없지 않으니까."

"빌어먹을…… 내게도 그걸 알아보는 눈이 있었으면 좋겠다만, 좋을 대로 하자."

이것이 그가 내 방에서 무수한 연꽃을 그리고 있게 된 경위다.

설명회가 있기 20년 전의 일이다.

강지우의 도미전(渡美展)이 열리고 있던 서울 인사동 어느 화랑에서 받았던 충격을 나는 잊지 못하겠다. 서양화가로만 알려져 있던 그가 엉뚱하게도 사진전을 열고 있었기 때문에 놀랐던 것은 아니다.

작품으로 내걸린 그의 사진 대부분은 잔디 위에, 차도의 중앙선 위에, 보도의 네모난 블록 위에다 유리판을 깔고, 카메라의 각도를 바꾸어가면서 찍은 것들이었다. 그늘진 계단, 그늘진 창고, 유리 창문, 잘려버린 나무의 그루터기에 거울로 반사광을 비추고 그것을 찍은 사진도 있었다.

그의 작품 해설이 담긴 팸플릿은 아직도 내가 이따금씩 들추어 보는 소중한 기념품인데, 강지우의 대학교 선배 화가가 쓴 해설 중에는 이런 인상적인 대목이 있다.

"……유리판 시리즈는 지각 공간을, 거울 반사 시리즈는 사물의 지각 대상화 차원을 각각 다루고 있는 듯하다. 그것은 우리의 의식 속에서 매몰되어 가는 세계의 실상을 그 본연의 모습으로 되돌리기 위한 작업, 다시 말해서 '세계를 있는 그대로 표현함으로써 그 세계를 되돌려 받기 위한 작업'인 것으로 보인다……."

여러 작품 중에서도 내가 깊은 인상을 받았던 것은 도로의 중앙선 위에다 유리판을 여러 장 한 줄이 되게 깔고 시각을 바꾸어가면서 찍은 일련의 사진이다.

도로의 중앙선은, 유리판이 깔리지 않았을 때는 여느 중앙선에 불과하다. 거기에는 중앙선을 그린 페인트가 존재하고 있을 뿐, 다른 것은 아무것도 없다. 그러나 그가 깔아놓고 촬영한 사진의 유리판 위로는 가로수, 하늘, 구름 같은 사물이 비치고 있었다. 말하자면 우리가 중앙선 위에는 존재하지 않는다고 암묵적으로 승인하던 가로수, 하늘, 구름이 유리판이나 거울의 개입을 통해 새롭게 그 존재를 드러낸 것이다.

뿐만 아니었다. 그의 작품을 통해서 나는 카메라를 대는 각도에 따라, 즉 우리의 시각이 바뀌는 데 따라 유리판이나 거울에 비치는 이미지가 얼마든지 다양해질 수 있다는 사실을 알게 되었는데 이 발견은 적어도 내게는 엄청난 세계의 발견에 속했다.

전시회가 열리고 있을 당시 나는 주부를 독자층으로 하는 잡지를 위해 일하고 있었다. 어린 시절부터 그를 훌륭한 예술가라고 생각하고 있었던 만큼 열등감 같은 것은 별로 느껴지지 않았다. 사진기자를 대동하고 전시회장으로 갔던 나는 강지우에게 이런 말을 했던 것 같다.

"뭣이냐? 그러니까 존재하지 않는 것으로 보이는 것도 우리가 시각을 바꾸면 얼마든지 존재하게 된다, 혹은 존재하는 것으로 보일 수도 있다, 이런 것인가?"

잡지기자 동창생에게, 도미를 앞둔 예술가는 친절하지 못했다.

"그렇게 무책임하게 확대해석할 일은 아니다. 나는 철학자가 아니다. 간추리자면 이렇다. 나는 사진을 찍었을 뿐이다. 사진이 무엇이냐? 사진은 빛을 떠나서는 존재할 수 없는 또 하나의 시각(視覺)이다. 하지만 우리가 잊지 말아야 하는 것은 절대 암흑 속에서는 사진이 존재할 수 없다는 점이다. 이거, 역설 아니냐. 빛을 떠나서는 존재할 수 없는 사진이 어둠을 떠나서도 존재할 수 없다는 것은……. 빛의 환경은 인공환경과 자연환경으로 구분할 수 있는데 전자는 일정하지만 후자는 시시각각으로 변한다. 문제는 자연환경에 대한 우리의 시력이 감퇴되고 있는 현상이다. 햇빛, 달빛, 별빛,

번개 같은 빛의 자연환경이 문학의 어휘로만 설명되고 있지 않은가? 우리는 이런 빛을, 더위나 추위처럼 피부감각을 통해서 인지한다. 말하자면 우리의 시각은 인공조명을 향해서만 열려져 있는 셈인 것이다. 그런데 문제는 고정불변하는 빛으로만 열려 있는 시각은 사물화(事物化)의 위험을 안고 있다는 점이다. 글쎄, 될까? 너희 잡지의 주부 독자들은 네가 설명해도 이해를 잘 못할는지도 모른다."

나는 손을 내밀었다가 따귀라도 맞은 심정으로 돌아섰다.

그러나 내가 이로써 그를 미워하게 된 것은 아니다.

전람회의 감동은 내게 오래 머물렀다. 그가 미국으로 떠난 뒤에도 나는 하숙집 마당에다 거울을 놓고는 위치를 바꾸어가면서 그 거울에 비치는 사물을 관찰하는 놀이를 해본 적도 있다. 그의 이 사진전에서 경험한 놀라움은 한동안 사물을 대하는 나의 태도 전반으로 파급되고 있었으니 대단했다고 할 수밖에 없다. 나는 '반조(返照)'라는 제목을 달아 그가 한 일련의 작업을 주부 독자들에게 설명하려고 무진 애를 썼던 것 같다.

강지우가 우연한 기회에 미국에서, 그 잡지에다 내가 쓴 해설을 읽었던 모양이다.

그해의 어느 날 미국에서 엽서 한 장이 날아들었다. 매우 투박하고 조잡한 해설이지만 고맙다는 내용이었다.

이것이 설명회 있기 한 주일 전 그가 붓으로 낙서한 왕유의 시에 '반조', 이 두 자(字)가 들어 있는 것을 보고 내가 몹시 놀랐던 소이연이다.

강지우가 도미와 함께 20년간에 걸치게 되는 대장정에 나서기 직전에, 벌써 이장환은 일찌감치 진경산수로 국전(國展)을 거치고 첫 개인전을 열었다. 동기들이 대학과 군대살이를 마치고 앞서거니

뒤서거니 하면서 청첩장을 돌리던 시절이었다. 생활 기반이 반듯하게 닦일 나이가 아니어서 한자리에 모이기가 쉽지 않았던 시절이었는데도 불구하고 그 개인전 리셉션 자리는 모교의 재경 동창회(在京同窓會) 자리와 다를 것이 없었다. 같은 대학의 미대(美大) 동기 동창이었는데도 불구하고, 따라서 그 자리에 나왔어야 자연스러울 터인데도 불구하고, 강지우는 그 자리에 나타나지 않았다.

나는 이장환의 산수화에 대한 강지우의 단칼 촌평을 들은 적이 있다.

"이장환의 산수화는 머리가 지독하게 나쁜 대학교수의 논문 같다. 대고 덕지덕지 칠하기만 하면 그림이 되는 줄 알고 그린 그림과, 여기서 베끼고 저기서 인용해서 짜맞추면 되는 줄 알고 쓴 엉터리 논문은 별로 다를 것이 없다. 그런 작품이나 논문은 미적 감각이나 이성적인 논리가 제작하는 것이 아니다. 시간이 제작하는 것이다."

그는 작품에 관한 한 인정사정이 없었다.

이장환이 개인전을 끝냈을 때, 나는 아무래도 그렇게 서먹서먹하게 끝낼 일이 아니어서 이장환이 낀 저녁 술자리에 강지우를 부른 적이 있다. 그는 이장환이에게는 눈길 한번 주지 않고 나의 면전에다 대고 이렇게 말하고는 자리를 떴다.

"너는 30년 전부터 편집자였다. 네가 어떤 편집자냐? 책의 편집은 네가 만든 책을 보지 않아서 모르겠지만, 술자리의 편집으로 말하자면 너는 최악의 편집자다. 너는 내가 도둑맞는 현장을 방조했고 지금도 하고 있다. 작품을 도둑맞는 것을 방조했고 시간을 도둑맞는 것을 방조하고 있다."

그의 말이 옳다.

30년 전부터 나는 편집자였다. 중학교 2학년 때부터 고등학교를 졸업할 때까지 나는 우리 학교의 교지 편집 책임자였다. 강지우와 이장환은 각각 서양화풍의 삽화와 동양화풍의 삽화로 나의 허술한 편집 화면을 메꾸어준 꼬마 화가들이었다.

우리들의 이상한 인연이 시작된 것은 그 여름, 그러니까 중학교 2학년 때의 일이다.

미술 시간이면 우리는 교정으로 뿔뿔이 흩어진 채 한 시간 동안 수채화를 그리고는 했다. 파스텔로도 그리고 구아슈로도 그렸는데 내 기억에는 수채화 그리던 일만 선명하게 남아 있다. 두 화가와 밀접한 관계가 있어서 그럴 것이다.

새로 부임한 미술 교사를 처음 만나던, 2학년 2학기의 첫 미술 시간이었던 것 같다.

그날 강지우는 내 옆에서 수채화를 그리고 있었는데 바라보고 있노라니 그 그리는 방법이 매우 독특하고 재미있었다. 물감 다루는 데 서툴렀던 우리는 모두 스케치북을 땅바닥에다 펴놓고 밑그림에다 붓질을 했다. 스케치북을 세워놓고 붓질하면 물감이 주루룩 흘러내리고는 했기 때문이었다. 그런데 강지우는 스케치북을 수직으로 세워놓고 붓질을 했다. 놀랍고 재미있는 것은 그 붓질의 효과였다.

강지우에게는 밑그림을 약간 진하게 그리는 버릇이 있었다. 그는 스케치북을 반듯이 세운 채 붓에다 묽게 갠 물감을 찍어 위에서 아래로 긋고는 했는데, 절묘한 것은 밑그림이 진하게 그려진 자리에 못 미쳐 가만히 붓을 멈추었다가는 살며시 떼었다는 점이다. 물감은 그의 붓질을 따라 밑그림이 진하게 그려진 자리까지 흘러 내려갔다가는 그 자리에 방울진 채 맺힐 뿐 더 이상 흘러내리지 않았다.

그 효과는 나무를 그릴 때 아주 돋보였다.

우리는 나뭇가지 아래의 어둡게 그늘진 부분에는 덧칠을 했다.

그러나 강지우는 덧칠하는 대신 물감이 흘러내리다가 바로 그 어두운 부분에 방울진 채로 머물게 했다. 물감은 그의 붓 끝에 묻어 정확하게 그가 의도하는 부분에서 맺힐 뿐 아래로 더 이상은 흘러내리지 않았다. 그는 이로써 굵기가 거의 같은 세로 선만으로 수채화를 그려내었다. 이렇게 그려진 그림이 좋아 보였던 것은, 가까이서 보면 위에서 아래로 붓질한 무수한 세로 선의 집합으로 보여도 조금만 떨어져서 보면 각 세로 선의 경계가 사라지면서 무수한 붓자국이 굉장히 사실적인 화면을 만들고는 했기 때문이다.

옆에서 나도 몇 차례 흉내를 내어보았다. 하지만 붓에다 물감을 적게 찍어서 선을 그리면 방울이 생기지 않았고 조금 많이 찍어 그리면 쪼르르 흘러내려 버리고는 했다. 그래서 나는 스케치북을 여러 장 넘기면서 번번이 새로 시도하지 않으면 안 되었다.

그러나 강지우의 화면에서는 그런 일이 일어나지 않았다. 그가 붓에다 묻히는 물감의 양은 거의 일정하기도 했으려니와 물감이 조금 과하게 묻어 흘러내리겠다 싶으면 수직으로 세웠던 스케치북을 뒤로 조금 기울여 물감이 원하던 자리에서 흘러내리는 것을 막았기 때문이었다. 그의 양손 움직임은 믿어지지 않을 만큼 부드러우면서도 기민했다.

우리는 미술 시간이 끝나자 스케치북을 미술 교사에게 제출했다. 스케치북을 되돌려 받은 것은 그다음 미술 시간이었다. 전 시간에 그린 그림에 대한 평가의 결과는 그림 위쪽의 오른쪽 귀에 '수우미양가'로 씌어 있는 것이 보통이었다.

내가 '미'를 받은 것은, 그것이 나의 평균 미술 성적이었던 만큼 조금도 이상할 것이 없었다. 이장환이 '수'를 받은 것도 같은 이유에서 조금도 이상할 것이 없었다.

이상한 것은 강지우가 '미'를 받았다는 점, 이장환의 그림이 강지우의 그림과 복사라도 한 듯이 아주 똑같았다는 점이다. 이장환은 강지우 옆에서 그림을 그리고 있었던 것일까? 그것은 기억나지 않는다. 하여튼 이장환이 그린 화면은 무수한 세로 선으로 이루어져 있는 것이나, 개개의 선 끝에 물감이 방울진 채 말라 있는 것이나 강지우의 것과는 아주 똑같았다.

미술 교사는, 강지우가 항의하지 않았는데도 이렇게 말했다.

"내가 너희들의 그림에서 취하는 것은 독창성이다. 모방하는 행위는, 특히 친구의 독창적인 붓질을 모방하는 행위는 도둑질과 같은 것이다. 강지우가 누구냐, 앞으로 나와!"

새로 부임한 교사가 이장환에게는 '수'를, 강지우에게는 '미'를 준 근거가 무엇이었는지, 그가 강지우가 이장환을 모방했다고 단정한 근거가 무엇이었는지는, 당시에는 분명히 제시되었는지는 모르지만 지금의 내 기억에는 탈색되어 버리고 남아 있지 않다. 분명한 것은 그날, 미술부의 총아 노릇 하던 강지우가 새로 부임한 미술 교사로부터 참혹하고도 가혹한 비판을 받았다는 것이다.

내가 강지우를 변호하지 못했던 것을 생각해 보면 지금도 부끄럽다. 당시는 어느 하나를 변호하면 다른 하나가 다친다는 생각 때문에 우물쭈물하고 있지 않았나 싶다.

이 사건은 오래지 않아 이장환이 미술부의 중심인물로 떠오르고 강지우가 문예부로 옮겨오는 또 하나의 사건으로 발전했다. 강지우가 나의 교지 편집에 본격적으로 참여하게 된 것은 바로 이때부터다.

이장환의 개인전 개막 리셉션이 열리는 토요일, 강지우의 설명회가 열리는 바로 그 토요일 오후 2시에 나는 집을 나섰다. 지하에 갤러리를 거느리고 있는 특급 호텔의 레스토랑으로 향하는 대신 현대미술관이 있는 과천으로 향한 것은 스무 해째 타향살이하는 강지우의, 보나 마나 썰렁할 터인 그 설명회가 안쓰러웠기 때문은 아니다. 나는 그의 작품이 어떤 변모의 과정을 겪었을 것인지 몹시 궁금했다.

그가 사진가가 아니었던 만큼 여느 사진을 볼 것이라고 기대했던 것은 처음부터 아니다. 20년 전에 이미 눈의 확장으로서의 카메라 기능을 저만치 뛰어넘고 인식의 확장이라는 새로운 기능을 카메라에 부여하던 그가 아니던가? 나는 긴장한 채로 미술관 계단을 올랐다.

인화된 천연색 사진을 띠 모양으로 잘라 일정한 간격으로 이어 붙인 작품이 대부분이었다. 부채꼴, 물결 모양으로 이어붙인 것도 있고, 뫼비우스의 띠 모양, 바늘귀 모양으로 이어붙인 것도 있었다. 나는 그가 사진의 평면성에 도전하고 있다는 인상밖에는 어떤 인상도 받을 수가 없었다.

작품을 둘러보고 있자니 곤혹스러웠다. 당혹스러워서 얼굴이 달아오를 지경이었다. 그것은 그의 작품 자체에서 느낀 당혹감이라기보다는 벌써 그의 작품을 이해할 수 없게 된 나 자신의 감각에 대한 당혹감이었다. 내가 즐길 수 없는 작품이라면 물러서면 그만이지만, 나는 그럴 수가 없었다. 20년 전 그의 도미 사진전에서 받았던 감동의 여신(餘燼)이 그 자리에서 물러설 수 없게 했다.

그가 우리 인식의 지평이나 시지각(視知覺)의 세계를 확장시킨 것이 사실이라면 그가 확장시킨 세계는 이미 나의 인식이나 시지각은 닿을 수 없는 까마득한 세계로 보였다. 나는, 20년 전의 감동을 배반할 수 없어서도 그가 그런 세계에 이른 것을 의심할 수 없었다. 시집인 줄 알고 게송집(揭頌集)을 편 그런 참담한 기분이었다.

내가 어렴풋이나마 감지할 수 있었던 것은 그가 다룬 사진의 상당 부분이 연꽃이나 사찰이나 탑이나 부도(浮屠)의 사진에 할애되고 있다는 점이었다. 나는, 그가 인식의 세계 너머에 존재하는 또 하나의 세계를 기웃거리고 있는 것은 아닐까, 하고 게으르게 상상했다.

강의실에 '브이시아르'나 '슬라이드'나 '오버헤드 프로젝터'가 준비되고 작가가 정장하고 나와 자신의 작품을 강의식으로 해설하는 그런 설명회를 기대하고 있었는데, 아니었다. 그는 미리 설명문을 인쇄한 '에이포' 용지를 발치에 쌓아두고 다가오는 관람객에게 한 장씩 손수 나누어주고는 설명을 시작했다. 미술관이 어떤 식으로도 개입하지 않은, 좋게 말하면 소박해서 자연스럽고 나쁘게 말하면 작가에 대한 대접에 지나치게 소홀한 초라한 설명회였다. 그를 따라다니며 그의 작품 앞으로 모이는 관람객은 열 명도 채 되지 않았다.

그는 작품을 제작하는 과정을 아주 느린 말투로 이렇게 설명했다.

"……나는 가로 70센티, 세로 50센티 정도 크기로 인화한 사진에다 자를 대고 3밀리 혹은 5밀리 폭으로 칼로 자릅니다. 그런 다음에는 이 토막난 조각들을 판지 위에다 배치해 봅니다. 잘린 사진은 갓 건져낸 물고기들처럼 판지 위에서 펄떡거리지요. 나는 기하 구조 혹은 기하 형태를 통해서 이 토막난 사진을 보려는 것입니다. 문제는 빛과 기운이 내가 의도하는 방향으로 쏟아지도록 이 토막난 사진들을 건드리는 일입니다. 간곡히 모시는 일입니다. 그것은 예불이며 미사이며 제사인 것이지요……. 마침내 사진의 토막들을 뒤집어 풀을 칠합니다. 이것은 이전 단계에 견주면 쉬운 작업이지만 여전히 긴장을 풀 수는 없지요. 잘못하면 풀칠이나 하고 앉아 있는 단순 노동자로 전락할 염려가 있기 때문이지요. 풀칠이 끝난, 가죽 같은 사진의 표피를 판지에다 붙이면 나의 작업은 일단 완료됩니다……. 요컨대 나의 작업은 사진을 찍는 데서 끝나는 것이 아닙니다. 반대로 사진 프로세스가 완료된 지점에서 나의 작업은 시작되는 것입니다. 나는 이로써 사진이 줄 수 있는 것 이상의, 또 하나의 긴장을 조성해 내는 것입니다."

설명이 무르익어 가면서 그의 얼굴도 서서히 상기되기 시작했다. 얼굴만 상기된 것이 아니었다. 그는 이따금씩 심하게 무안당한 사람처럼 어색하게 웃으면서 내 쪽을 향해 목례를 보내고는 했다. 나에게 그런 목례를 보낼 까닭이 없다 싶어서 나는 뒤를 돌아다보고는 그만 깜짝 놀라고 말았다.

세상에.

안영세 선생을 비롯, 이장환의 개막식 리셉션에 가 있어야 할 우리 동창 30여 명이 내 뒤에 웅긋중긋 서 있었으니 놀랐을 수밖에…….

동창 중 하나가 다른 동창 귀에다 입술을 대고 소근거렸다.

"전문 용어로는 뭐라고 하냐? 나는 이렇게밖에는 표현을 못 하겠는데……. 우와, 작품의 성분이 다르다 달라……."

이윤기 소설을 읽는 아홉 가지 이유

이남호

1 주제의 정통성

이윤기는 1977년에 등단하여 1988년에 첫 창작집 『하얀 헬리콥터』를 묶었지만, 소설가로서 활발하게 활동한 것은 1990년대 이후이다. 그는 1990년대의 신세대 작가들 사이에서 홀로 고군분투하며 그들과는 전혀 다른 주제와 어조와 언어를 보여준다.

1990년대의 소설들은 대개 소외된 욕망에 찌들린 모습을 보여준다. 젊은 여성작가들은 한결같이 불륜과 가족해체의 모습을 보여주며, 비슷한 연배의 남성작가들은 도시문명의 지하실에서 쓸쓸히 떠도는 지친 영혼을 보여줄 뿐이다. 그런가 하면 그보다 더 어린 작가들은 기성의 가치가 완전히 전도된 삶의 허무에 대책 없이 빠져 있다. 이러한 1990년대 소설의 지형 속에서 이윤기의 소설은 이질적인 모습을 보여준다. 이윤기의 소설은 삶이란 무엇인가라는 정통적인 소설적 주제를 정공법으로 공략한다. 다른 1990년대 소설들이 삶의 거친 파도에 휩쓸려 아우성치는 모습을 보여준다면, 이윤기의 소설은 그 거친 파도 속에서도 품위를 잃지 않고 그 파도 밑에 있는 삶의 깊은 수심을 탐사한다.

「나비 넥타이」는 노수라는 인물과 그의 가족들에 대한 이야기이다. 작품의 화자는 노수와 아주 절친한 친구 사이이다. 그들은 어릴 때부터 대학 졸업 때까지 같은 학교를 다녔고, 그런 만큼 화자는 노수의 모든 것을 다 알고 있다고 생각한다. 그러나 화자는 노수의 삶을 제대로 알지 못했음이 밝혀진다. 이러한 이야기를 통하여 작가는 삶의 여러 숨은 국면을 한장 한장 들쳐낸다. 물론 그렇게 드러나는 삶의 숨은 국면들이 곧 이 작품의 의미라고 할 수 있다. 이러한 의미와는 별개로 「나비 넥타이」는 삶에 대한 작가의 생각을 보여준다. 그것은, 평생 친구인 노수의 숨은 고통을 화자가 전혀 모를 정도로 삶의 수심은 깊다는 것이며 이해하기 어렵다는 것이다.

이윤기에게 있어 소설이란 삶의 수심을 알려고 하는 긴 호흡의 자맥질이라고 할 수 있다. 이것은 곧 정통적인 소설의 본령이라 할 수 있는데, 이러한 긴 호흡의 자맥질을 위해서는 풍부한 삶의 체험이 뒷받침되어야 한다. 이 점에 있어서 작가 이윤기는 유리한 입장에 서 있다. 1990년대 젊은 작가들은 삶의 수심을 답사하려 해도 체험의 빈곤함을 극복하기 어려울 것이다. 그렇지만 이윤기는, 그의 이력에서 보듯이, 매우 폭넓은 직접 체험과 간접 체험을 지니고 있다. 그래서 그는 긴 호흡의 자맥질로 삶에 대한 예사롭지 않은 인식을 건져내고 있는 것이다.

이윤기의 소설은 작가가 소망하는 삶 또는 욕망을 주장하지 않는다. 그보다는 자신과 타인의 삶을 이해하고 그것을 통하여 삶의 깊은 이치에 도달하고자 한다. 「미친개 1」과 「미친개 2」는 자신이 한 행동을 자기 입장에서 변명해 보고 또 그 행동을 타인의 입장에서 바라봄으로써 세상과 삶의 이치를 드러내려는 노력을 보여준다. 그런가 하면 「직선과 곡선」과 「사람의 성분」에서는 「나비 넥타이」에서처럼 인간을 좀 더 깊이 이해하여 삶의 바른 인식에 도달하려는 노력을 보여준다. 이처럼 이윤기의 소설은 정공법으로 삶의 불가해성에 도전한다.

2 삶에 대한 넉넉한 긍정

이윤기 소설이 1990년대 젊은 작가들의 작품과 변별되는 또 하나의 미덕은 삶에 대한 넉넉한 긍정을 보여준다는 점이다. 1990년대 젊은 작가들의 작품들은 대개 위악적이거나 변태적이거나 극단적이거나 허무의 과장이다. 그렇지만 이윤기의 소설들은 세상의 가혹함에 대해서 불평하지 않으며, 삶의 신산스러움에 짜증부리지 않으며, 난처한 욕망에 함부로 몰입하지도 않으며, 인간의 비열함에 대해 절망하지도 않는다. 그의 소설들은 세상의 가혹함과 삶의 신산스러움과 난처한 욕망들과 인간의 비열함을 있는 그대로 본다. 그러면서도 여유를 잃지 않고 마침내는 삶에 대한 넉넉한 긍정에 도달한다. 그것은 마치 음울한 도심 한가운데 뿌리박고 선 한 그루의 당당한 느티나무처럼 푸근하고 넉넉하다.

그의 데뷔작인 「하얀 헬리콥터」는 삶과 죽음의 경계에서 벌어지는 이야기다. 한 병사가 부상당해서 죽어가고 있다. 대원들은 후송 헬리콥터를 요청해 두고 그 헬리콥터가 앉을 장소를 마련하기 위해 나무를 베고 있는 중이다. 나무 베는 소리 때문에 적에게 위치가 알려져 언제 집중 공격을 받을지 모르는 절박한 상황이다. 모든 대원들은 극도로 신경이 곤두서게 되고, 말은 거칠어진다. 이러한 상황을 설정하고 또 그려내는 작가의 태도는 냉정하다. 작가는 부상당한 병사마저 평소 야비한 짓으로 대원을 괴롭혔던 인물로 만든다. 그리고 결말 또한 그 병사의 죽음으로 처리한다. 그럼에도 불구하고 이 작품은 비정한 느낌을 주지 않는다. 작가는 가혹한 상황과 거친 대화의 밑바닥에 인간과 삶에 대한 긍정 그리고 따뜻한 마음을 깔아놓고 있다. 이것은 월남전을 소재로 한 여러 편의 작품에서 두루 확인되는 점이다.

삶과 세상이 가혹하고 비정한 것이라는 인식은 이윤기의 거의 모든 작품에서 발견된다. 그렇지만 작가의 태도는 항상 겸허하고 또 여유가 있다. 「패자 부활」이나 「직선과 곡선」이나 「나비 넥타이」 등의 작품 속에서 화자는 나름대로 인내하고 노력하는 인물이며 또한 삶을 비교적 잘 이해하고 있는 인물이다. 그렇지만 그 화자는 패배한다. 이유는 삶의 수심이 화자가 생각했던 것보다 훨씬 깊다는 것이 확인되기 때문이다. 화자가 새로이 깨달은 삶의 수심은 고통스럽고 가혹한 것이다. 그렇지만 화자는 그것 때문에 삶에 절망하는 것이 아니라 새로운 삶의 의미에 도달하게 된다. 「패자 부활」에서 화자는 자신의 패배를 인정하고 난 후, "아버지와 동주가 승리자들이라면…… 그러면 나는 패자여야 한다. 하지만 아니다. 나는 패자는 아니다. 패자 부활전에서 승리한 또 하나의 승리자가 되었다."라고 말한다. 이것은 가혹한 삶에 대한 넉넉한 긍정의 자세에서 나올 수 있는 말이다.

이윤기의 소설은 옹이 진 삶과 옹이 진 세상을 옹이 진 마음으로 고발하는 소설이 아니라, 옹이 진 세상에 대한 긍정으로 마음의 옹이를 풀어주는 소설이다.

3 소재의 흥미로움

이윤기 소설에는 흥미로운 소재가 많이 등장한다. 우선 월남전 소재가 그러하다. 「크레슨트 비치」, 「하얀 헬리콥터」, 「가설극장」 등은 작가의 월남전 참전 경험을 소재로 한 작품이다. 월남전 참전 경험을 소재로 소설을 쓴 작가들이 여럿 있지만, 상황의 디테일이나 리얼리티에 있어서 이윤기의 소설만 한 것은 드물다. 「크레슨트 비치」와 「하얀 헬리콥터」의 긴장감과 박진감은 그 자체로 훌륭한 소설 읽기의 재미이다.

「패자 부활」에서 비계공(飛階工)이라는 소재가 등장한다. 보통 사람들에게는 낯선 비계공들의 세계가 흥미를 끈다. 건설 현장에서 건물이 설 자리에다 전나무 원목을 얽고, 그 사이에다 장나무나 널나무를 깔아 인부들이 딛고 다닐 발판을 만드는 사람들이 비계공이다. 이 소재 역시 작가의 직접 체험에서 얻은 것으로 보이는데, 그런 만큼 사실성이 높다.

그런데 월남전이나 비계공과 같이 특이한 소재들은 소재의 특이성이 소설을 압도해 버리는 경우가 흔하다. 그러나 이윤기는 그러한 소재들을 잘 소화해 낸다. 특히 비계공을 소재로 한 「패자 부활」에서는 소재와 주제가 멋지게 상부상조한다. 비계공이었던 아버지의 삶은 곧 아들인 화자의 삶을 제대로 세우기 위한 비계였던 것이다.

흥미로운 소재를 주제와 조화시키는 솜씨는 「갈매기」 같은 작품에서도 쉽게 확인된다. 「갈매기」에는 갈매기에 대한 옛날이야기와 '비 포인트' 라는 항공 용어가 등장한다. 옛날이야기도 작중 화자의 심리를 보강하는 데 적절한 기능을 하지만 '비 포인트' 라는 항공 용어의 사용이 더 절묘하다. 이 말은 정확하게 소설의 중심에 놓이는데, 이로써 두 남녀의 만남 과정을 비행기의 이륙 과정에 비유하려는 작가의 의도가 성공하게 된다. 즉 작가는 남자와 여자가 우연히 스쳐 지나가는 사이에서 의미 있는 관계로 진입하게 되는 시점을 '비 포인트'라는 용어를 이용하여 적실하게 묘사한 것이다.

한편, 이윤기가 그의 작품에서 가장 공들이는 부분은 인물이 아닌가 한다. 이윤기의 여러 소설에서 인물은 그 자체로 중심 소재가 된다. 「직선과 곡선」이 그러하고 「나비 넥타이」가 그러하고 또 「사람의 성분」이 그러하다. 「직선과 곡선」은 일차적으로 일모 선생과 하 사장이라는 두 인물에 대한 열전이다. 일모 선생이 어떤 분인가를 이해하는 것, 하 사장의 삶을 이해하는 것이 이 소설의 의미를 파악하는 길이다. 그런가 하면 이 소설의 재미 또한 일모 선생과 하 사장의 특이한 성격에서 나온다. 「나비 넥타이」역시 그 작품의 의미와 재미는 노수라는 독특한 성격의 인물에서 비롯된다.

특이한 성격을 창조하여 독자의 흥미를 끄는 것은 소설의 고전적 수법이다. 이때 그 인물이 흥미 위주냐 아니면 삶의 의미를 드러내주는 매개물인가에 따라 소설의 수준은 결정된다고 할 수 있다. 이윤기의 소설에서 특이한 인물은 흥미를 주는 데 그치지 않고 삶의 수심을 탐사하는 수단이 된다.

4 뒤집기의 묘미

결말에서의 반전은 오래전부터 널리 애용되어 온 소설 기법이다. 능란한 이야기꾼들은 시치미를 떼고 이야기를 전개시키다가 결말에서 독자의 예상을 뒤집음으로써 주제를 완성시키고 또 흥미를 높인다. 이윤기의 소설에서도 결말의 뒤집기는 자주 애용된다.

결말에서 극적인 뒤집기를 보여주는 작품으로 우선 「뱃놀이」를 들 수 있다. 이 작품은 "늦장가 든 신랑이, 나이 지긋한 신부와 함께 나선 첫나들이였다."라는 문장으로 시작된다. 신랑과 신부는 중고등학교 동기 동창인데, 신랑은 학창 시절부터 신부를 좋아했다. 그렇지만 신부는 딴 남자에게 시집을 가버렸고 신랑은 혼자 살아왔다. 그러다가 신부가 이혼을 하게 되어 이들은 뒤늦게나마 결혼을 하게 된 것이다. 신랑과 신부는 그들의 어릴 적 추억이 어려 있는 저수지에 놀러 가서 보트를 탄다. 그들은 옛날을 회상하며 비로소 얻게 된 행복을 만끽한다. 그러나 결말에서 신랑은 오래 기다려 재회한 신부를 너무나 어처구니없이 잃어버린다. 그가 물에 빠진 사람을 구하러 물속에 뛰어들 때, 보트가 뒤집어져 신부가 물에 빠져 죽은 것이다. 이러한 극적인 뒤집기를 통하여, 작가는 불예측성을 말한다. 작품 속에서도 새옹지마의 고사가 언급되지만, 삶이란 새옹지마와 같아서 행복과 불행이 어떻게 뒤바뀔지 모르는 것이라는 오래된 지혜가 「뱃놀이」의 주제라 할 수 있을 것이다.

그러나 「뱃놀이」의 뒤집기는 극적이긴 하지만, 너무 작위적이다. 「구멍」이라는 작품의 극적인 결말도 그러하다. 그보다는 「패자부활」이나 「나비 넥타이」나 「직선과 곡선」의 뒤집기가 보다 흥미롭다. 이 세 작품에 등장하는 화자의 성격에는 공통점이 있다. 화자는 일단 독자들이 신뢰할 만한 인물로 설정된다. 화자는 다른 등장인물과 상황에 대해서 누구보다 잘 알고 있으며, 또 남다른 사리 분별력을 지닌 인물이다. 즉 그는 특권적 화자인 것이다. 그래서 독자들의 판단은 화자가 유도하는 방향으로 기울어진다. 「직선과 곡선」의 예를 들어보면, 일모 선생과 하 사장이 어떤 인물인가는 전적으로 화자의 설명으로 결정된다. 화자의 체험과 관찰과 정보가 미흡하다는 느낌, 그래서 화자의 설명과는 다른 면이 있을 것이라는 생각은 들지 않는다. 그래서 독자들은 소설의 마지막에 이르기까지

하 사장이라는 사람이 나름대로의 미덕은 있지만 그래도 너무 옹졸하고 아집이 심한 사람으로 판단하게 된다. 그런데 마지막에 운담 프로그램의 후원자가 바로 하 사장이라는 사실이 밝혀지면서, 화자의 판단이 잘못되었음이 확인된다. 그에 따라 독자들의 판단에도 뒤집기가 일어나고 비로소 이 작품의 의미가 드러나게 되는 것이다.

여기서 한 가지 주목할 점은, 이윤기 소설의 뒤집기는 주로 판단의 뒤집기라는 사실이다. 「뱃놀이」의 경우는 사건의 뒤집기이지만 그것은 예외적이고, 「패자 부활」이나 「나비 넥타이」나 「직선과 곡선」을 비롯한 대부분의 경우는 판단의 뒤집기를 보여준다. 화자가 나름대로 충분한 근거와 분별을 가지고 내린 판단을 지니고 있는데, 끝에 가서 화자가 몰랐던 하나의 사실이 밝혀지면서 화자의 판단은 뒤집히는 것이다. 이러한 판단의 뒤집기는 이윤기 소설에서 삶에 대한 이해의 심화 또는 깨달음이라는 의미를 지니면서, 이윤기 소설의 주제를 표출하는 단골 수법이 된다.

물론 이러한 뒤집기가 그 자체로 소설의 매력을 보장하는 것은 아니다. 이윤기 소설의 뒤집기가 매력적인 것이라면, 그 까닭은 뒤집기를 통하여 예사롭지 않은 삶의 의미를 드러내기 때문이다. 이윤기에게 소설 쓰기란 삶의 수심을 탐사하는 긴 호흡의 자맥질과 같다고 앞에서 말했다. 뒤집기는 그러한 자맥질의 기본동작일 것이다.

5 말의 재미 1—금언 줍기

이윤기의 소설을 읽는 재미 중에서 말의 재미가 으뜸이고, 말의 재미 중에서도 곳곳에서 번쩍이는 금언을 만나는 재미가 유별나다. 기억해 두고 싶은 삶의 지혜로 번쩍이는 그 금언들에는, 옛사람이 남긴 말도 있지만 대부분이 작가의 창조이거나 재창조이다. 몇 가지 보이는 대로 주워보면 다음과 같다.

사람은 무영등(無影燈) 아래서 사는 것이 아니다, 사람의 모듬살이는 무균실(無菌室)이 아니다.

우리가 무엇인가를 성취한다는 것은 실수할 가능성과 맞서는 것을 말한다. 체면이 깎일 가능성과 맞서는 것을 말한다. 헤엄치기를 배운다는 것은 가볍게는 코에 물이 들어가고 귀에 물이 들어갈 가능성, 무겁게는 익사할 가능성과 정면으로 맞서는 것을 말한다. 그러므로 그럴 가능성을 직면하지 않고는 결코 헤엄치기를 배울 수 없다.

자고로 전쟁 터지면 장군의 군마 노릇하는 데까지 뛰는 말 값도, 종전이 되면 뚝 떨어져 잔등에 잘 실으면 봉물짐이고 못 실으면 똥장군이다.

대님 한 짝을 잃었을 때보다, 그래서 아무 쓸모가 없어진 한 짝을 바다에 버렸을 때보다, 처음 잃었던 한 짝을 다시 찾았을 때가 왜 그렇게 허전한지 그 까닭을 알 수 없었다.

말로 떡을 치면 삼이웃이 먹어도 말로 그걸 하면 손(孫)이 귀하다고요.

인간이라는 게 원래 그렇게 생겨먹었어. 뜨거운 국 마실 때도 후후 불고, 시려서 손 곱을 때도 호호 불고 하잖는가?

주로 화자에 의해서 진술되는 이러한 금언 또는 격언들은 소설의 문맥 안에서만 진실인 것이 아니라 소설의 문맥을 벗어나서도 진실이다. 다시 말해 소설 문맥 안에서 그 진실성이 규정되는 진술이 아니라 모든 사람이 어느 때 어느 곳에서나 타당한 것으로 받아들일 수 있는 절대적 진술이다. 이런 절대적 진술은 살아 있는 체험의 무게가 실려 있는 것이며, 살아 있는 체험의 무게가 그 진술의 타당성을 보장한다. 독자들은 이런 진술을 통하여 자신들의 삶의 체험이 명료화되고 질서화되는 쾌감을 맛본다.

옛사람들의 삶의 지혜가 녹아 있는 속담을 적재적소에서 잘 구사하는 작가들이 있다. 이윤기도 그러한 작가에 속한다. 그러나 이윤기는 거기에 머물지 않고, 기억해 둘 만한 금언을 스스로 만들어 내는 데도 능란하다. 그만큼 삶의 기미에 예민하고 또 그 의미를 언어화시키는 솜씨가 뛰어나다고 말할 수 있다.

6 말의 재미 2──싱싱한 말맛

작가는 말을 다루는 사람이다. 이윤기는 말뜻과 말맛에 대해 남달리 예민한 감수성을 지닌 작가이다. 그의 말 다루는 솜씨는 그의 소설 문체에서 쉽게 확인되고, 나아가 그 확인은 글 읽는 즐거움으로 이어진다. 가령 다음과 같은 문장은 소설 읽기의 속도를 늦추어 준다.

도끼 소리 끝이 뭉툭했다. 이름을 알 수 없는 새가 울어 그 소리와 소리 사이에다 숨표를 찍었다.

그러나 나에게는 그 친구의 말을 마중할 여유가 없었다.

이슬이 밀림을 떠난 지 오래여서 풀잎이 졸기 시작했다.

아침이, 고삐를 끊고 달아난 송아지가 얼마 못 가고 우는 울음소리처럼 텅 비어 보였다.

창이기를 진작에 그만두어, 한낱 어둠의 벽에 지나지 않는 밤열차의 차창.

도끼 소리 사이에 새 울음이 들리는 것을, 이윤기는 '소리 사이에다 숨표를 찍었다.'라고 말한다. 그럼으로 해서 일정한 간격으로 울리는 도끼 소리 사이의 적막감이 더욱 선명하게 느껴진다. 그리고 친구의 말에 응답하는 것을 두고 '마중하다'라는 표현을 쓰고, 풀이 마르는 것을 두고 '졸다'라는 표현을 쓴다. 어떤 문맥에 낯선 어휘를 가져다 써서 그 문맥의 의미를 싱싱하게 만들어주는 예들이다. 그런가 하면, 밤열차의 차창과 아침의 텅 빈 느낌에 대한 묘사는 그 상황의 미묘함을 선명하게 재생시킨다.
어떤 사물이나 공간에 대한 묘사뿐만 아니라 감정이나 생각의 묘사 또는 설명에 있어서도 그러한 선명성을 쉽게 만날 수 있다.

그래도 휘발유 냄새만은 좋다는 사람이 더러 있기는 했다. 그러나 어른들은, 아이가 휘발유 냄새를 좋아하는 것은 배 속에 회충이 많은 증거요, 여자가 휘발유 냄새를 콩콩거리는 것은 서방 버리고 떠날 생각이 많은 증거라고 주장하는 바람에 휘발유 냄새도 드러내 놓고는 지망지망히 좋다고 할 게 못 되었다.

노수의 말을 듣고 조금 허전했던 것은 오뉴월 모닥불에서 물러났을 때의 허전함 같은 것이지 배신당한 느낌 같은 것은 아니었다.

나는 일거에 터뜨릴 황홀을 위해 그렇게 서성거리면서 준비할 일도 없었고, 한차례의 뜨거운 재회를 위해 그렇게 오래 감정의 내압을 높이면서 견딘 일도 없었다.

이처럼 이윤기 소설의 문체는 표현하고자 하는 대상을 섬세하고도 명징하게 드러낸다. 그런 점에서 이윤기 소설의 언어는 투명하다. 그러나 표현하고자 하는 대상에 봉사만 하는 것이 아니라 그 언어 지체가 스스로 맛을 풍긴다. 그 의미를 생각하기 이전에 말 자체가 독서의 즐거움을 유발한다. 그런 점에서는 투명하되 자기 무늬를 가진 것이 이윤기 소설의 언어라 말할 수 있다.

7 말의 재미 3——해학과 재치

이윤기 소설에서는, 화자도 말을 잘하지만 다른 등장인물들도 거의 다 말을 잘한다. 이윤기의 소설에는 묘사가 적다. 상황의 이해를 위해 꼭 필요한 부분이 아니면 묘사를 잘 하지 않는다. 특히 배경 묘사나 풍경 묘사는 거의 생략된다. 그 대신 설명과 대화가 많다. 이윤기는 화자를 내세워 설명하게 하고 대화하게 함으로써 줄거리를 끌어가는 작가이다. 화자의 설명조차 마치 독자를 앞에 두고 말하는 듯한 독백체인 경우가 많으므로, 이윤기는 대화체 문장으로 소설 쓰는 작가라고도 말할 수 있다.

이윤기 소설의 대화체 문장에는 해학과 재치가 있다. 작가는 우선 유머러스한 에피소드나 인물을 즐겨 다룬다. 「나비 넥타이」에 들어 있는 거의 모든 에피소드들은 유머러스한 것이다. 학창 시절 때 별명이 '빨갱이' 또는 '다다이스트'였던 노수와 관련된 에피소드들은 본인에게는 심각한 것이겠지만, 제삼자에게는 정겹고 편안한 웃음거리이다. 뿐만 아니라 노수의 할머니와 노수의 아버지에 관한 이야기도 독자들을 긴장시킨다기보다는 편안하게 웃음 짓게 만든다. 갑자기 콧수염을 기르고 나타난 노수의 모습도 근엄한 인상보다는 우스운 인상을 준다. 「직선과 곡선」에 나오는 하 사장 같은 인물도 마찬가지다. 하 사장은 상식을 넘어선 엉뚱한 인물로 묘사된다. 이때 하 사장의 엉뚱한 언행 자체가 우스운 것이지만, 동시에 작가의 여유 있는 문체에 의해서도 유머러스한 것이 된다. 간단한 예로, 하 사장에 대한 묘사의 한 대목을 보자.

나는 '식육점' 간판이 걸린 고깃간으로 들어가 가장 부드러운 고기를 주문했다. 내가 찾아 들어간 식육점 안주인은, 시골 사람들이 이 경우 거의 그러듯이, 어느 집 찾아가는 손님이냐고 물었다. 내가 에스페랑스 호텔의 하 사장을 찾아간다고 대답하자 안주인이 칼질하면서 중얼거렸다.

"자린곱쟁이 하 영감, 오늘 고기 먹겠네."

내가 하 사장이 구두쇠냐고 묻자, 안주인은 하 사장과는 어떻게 되느냐고 물었다. 친척은 아니고 소개받고 찾아가는 사람이라고 대답하자 안주인은 고개를 설레설레 흔들면서 이런 말을 했다.

"말도 마시이소. 지난 20년 세월을, 손님들이 버리고 간 운동화만 빨아 신고 살았다 카더라. 외국 손님들이 놓고 간 우산을 모아두었다가 정기적으로 팔아서 정기적금 드는 사람이라 카더라. 고기 사먹을 돈이 아까우니까, 소 돼지 같은 짐승이 죽으면서 독을 얼마나 품고 죽는데 그 독이 배어 있는 고기를 먹느냐고 떠들어댄다 카더라. 20년 동안 우리 식육점에 두 번 왔니더."

"다른 단골이 있는 게지요?"

"지난 20년 동안 그 집에서 일한 여자가 내 재종 동생일시더."

작가는 하 사장이란 사람이 얼마나 구두쇠인가를, 이와 같은 다소 과장된 에피소드를 넝청스럽게 제시하는 방식으로 보여준다. 그가 즐겨 그리는 인물들은 대개 하 사장과 같이 일상적인 인물이되 다소 상식을 넘어서는 성격을 지닌다. 그 지나침에 의해서 주변 인물과 확연히 구분되며, 그의 언행은 우스운 이야깃거리가 된다. 재미있는 에피소드를 통하여 인물의 성격을 드러내는 것도 이윤기가 즐겨 쓰는 방식이다. 그냥 평범할 수도 있는 에피소드를 재미있고 우습게 만들어내는 것은 물론 이윤기의 재치 있는 문체 덕분이다.

이윤기의 문체에는 해학과 재치가 있다. 때때로 지적인 부분도 있지만, 보다 많은 경우는 삶의 현장에서 오래 곰삭은 언어의 맛을 풍긴다. 그리고 그 언어는 대개 한 겹 접고 하는 말이다. 이윤기의 문체는 단순하게 직설적으로 뜻을 이어가지 않고, 한번 뒤틀거나 건너뛰면서 상황을 전달한다. 이윤기 소설에 나오는 표현을 빌린다면, 그 묘미는 겉으로 표현된 말의 배후에 있다. 『하늘의 문』을 보면, 주인공이 글짓기 대회에서 상을 타왔을 때 그의 어머니는 다음과 같은 말을 한다.

네가 쓴 이야기를 듣고 있자 하니 꼭 신 신고 발바닥 긁는 것 같아서 내 성미에는 하나도 차지 않는다. 네가 이 모 따지고 저 모 보태고 위아래 양옆으로 더하기 빼기를 일쑤 한다만 글 속에 글 있고 말 속에 말 있어야 하는 것이 이야기인데 턱도 없다, 턱도 없어. 이야기를 그렇게 당나귀 찬물 건너듯이 하면 안 된다. 그러니 내 이야기 한 자루 들어보고 이야기꾼의 묘리를 풀어보도록 하여라. 이야기의 재미가 말 밖에 있어야지 말 안에 있어서야 되겠느냐.

어머니의 이러한 이야기관은 곧 작가 이윤기가 소설에서 지향하고 실천하는 바라고 할 수 있다. 즉 이윤기 소설의 문체가 주는 재미는 물론 말 안에 있을 경우도 많지만 말 밖에 있을 경우도 많다. 이윤기 소설이 지닌 해학과 재치는 말 안에만 있는 것이 아니라 말 밖의 의미, 즉 삶의 의미에까지 관여한다. 이것이 이윤기 소설 문체의 가장 큰 장점이 아닌가 한다.

8 완곡법의 세련

이윤기는 완곡법에 능란하다. 그의 소설에서 화자나 등장인물들은 핵심을 바로 이야기하는 법이 별로 없다. 거의 언제나 변죽을 치거나 돌려서 말한다. 「직선과 곡선」에서 화자는 자기 책을 화장실에 아무렇게나 쌓아둔 일에 대해서 상처를 받고 일모 선생에게 위안을 받고자 한다. 그 마음은 다음과 같이 표현된다.

나는 잠깐 링에서 싸우던 싸움을 중지하고 구석 자리로 돌아가 보아야 했다. 구석 자리에 놓인 코너 스툴로 돌아가 앉아 입 안에 고인 피도 좀 뱉고 물도 좀 마시고 싶었다. 그러고 있노라면 내 싸움터의 치프 세컨드 일모 선생은 스툴에다 나를 앉히고 내 얼굴에 묻은 피를 닦아주고, 트렁크 고무줄을 당겨 내 사타구니에 바람도 넣어주고, 훈수도 해줄 터였다.

화자는 이처럼 간단한 심정도 권투 선수의 비유를 끌어와 장황하게 돌려 말한다. 그리고 화자가 위로를 받고자 일모 선생을 찾아갔을 때, 일모 선생 역시 화자의 어리석음을 바로 말해 주지 않고 빙빙 돌려 말한다.

"똥서방이 화가 몹시 난 모양이다. 우리도 오늘 일 작파하고 이 똥서방을 위로하자……. 능금 농사가 사람 농사만 할까……."

일모 선생이, 모자를 집어들고 일어서려는 아들을 눌러 앉히면서 말을 이었다.

"……공부 같은 공부가 안 된 모양이네? 공부가 잘된 사람 눈에서 눈물이 비칠 리 없지 않은가?"

"죄송합니다."

"자네는 선비 대접을 이렇게 하는 세상을 원망하고 싶을 것이다. 그런가?"

"좀 그렇습니다."

"나는 자네가 하 사장을 이겨먹을 줄 알았다. 느물느물하게 다루어낼 수 있을 것으로 생각했다. 자네는 하 사장을 어떻게 생각하나?"

"천박한 수전노, 병적인 양생주의자, 대롱으로 세상을 보는 대롱 눈이라고 생각합니다."

"장강(長江)이 구부러지지 않을 수 없다는 옛말이 있다. 그래, 하 사장에게 그런 흠절이 있기는 하다. 그렇다면 그러는 자네는 하 사장 눈에 어떻게 비쳤을까?"

"……."

"자네 책을 화장실에 처넣은 것이 그 대답이라고는 할 수 없을까?"

(중략)

"우리가 직선이라고 여기는 것이 과연 직선이겠는가? 혹시 곡선

의 한 부분을 우리가, 자네 말마따나 대롱 시각으로 보고는 직선이
라고 하는 것은 아닐 것인가? 자네는 혹시 큰 곡선을 작은 직선으로
본 것은 아닐 것인가."

이런 식으로 일모 선생은 화자와의 대화를 끌어간다. 그 방식은
단도직입의 직설법이 아니라 빙빙 둘러말하는 완곡법이다. 변죽을
한참 울리다가 마지막에는 직선과 곡선의 비유로 이야기를 마무리
짓는다. 이러한 세련된 돌려 말하기 덕분으로 일모 선생은 화자 스
스로 자신의 어리석음을 깨치게 만든다.

한편, 이윤기 소설의 완곡법은 설명이나 대화에서만 기능하는
것이 아니다. 주제를 구현하는 방식 또한 흔히 완곡법에 의존한다.
가령 「떠난 자리」라는 작품은 멋진 완곡법의 한 사례를 보여준다.
이 작품의 줄거리는 아주 간단하다. 고향에서 부친의 장례를 치르
고 그다음 날 미국으로 돌아가게 되어 있던 주인공이 비행기 예약
착오 때문에 예정대로 떠나지 못한다는 것이 이야기의 전부이다.
주인공은 장례를 치른 후, 친구들과 친지들 모두에게 미리 작별 인
사를 다 해두었다. 그러나 일이 꼬여서 결국 다음 비행기를 탈 때까
지 사흘을 더 머물러야 한다. 그는 다시 고모 댁을 찾아가지만, 고
모 댁에 들어가지 못하고 되돌아선다. 왜냐하면, 그가 들어가려다
보니까 고모 댁 식구들이 그가 쓰던 방을 치우고 또 그가 쓰던 이불
의 홑청을 빨고 있었기 때문이다. 즉, 고모 댁에서 그는 완전히 떠
나간 사람이 되어 있었던 것이다.

그런데 「떠난 자리」의 의미는 감추어져 있다. 작가는 주인공이
고모 댁에 돌아가지 못한 일을 말하고자 하는 것이 아니다. 작가가
말하고자 하는 바는 주인공의 마음속에 있는 부친에 대한 그리움과
세상일의 무정함이다. 부친의 장례를 마쳤다는 것은, 이제 부친을

영원히 저승 세계로 떠나보냈다는 것을 뜻한다. 부친이 있던 이승의 자리가 없어졌다는 것을 뜻한다. 저승으로 떠난 자리에 새로운 일상이 무심하게 시작된다. 죽은 사람은 떠나고 산 사람들은 이승에 남아 죽은 사람을 잊고 평범한 일상으로 돌아가게 되는 것이다. 이것이 세상일의 이치다. 주인공이 생각할 때, 부친은 이승을 좀처럼 떠나지 못하고 고향땅을 맴도는 듯하다. 그것은 주인공의 부친에 대한 그리움이기도 하다. 그렇지만 주인공을 비롯한 살아남은 사람들은 부친을 잊고 그들의 일상으로 돌아가야 한다. 이러한 삶의 이치에 대한 깨달음과 그럼에도 떨쳐버리지 못하는 부친에 대한 그리움이 바로 「떠난 자리」가 우리에게 말해 주는 바이다. 이처럼 「떠난 자리」는 부친이 떠난 자리를 주인공이 떠난 고모 댁에 비유하여 우회적으로 이야기하고 있는 것이다.

러시아 형식주의자들의 견해에 따르면, 문학은 언어를 경제적인 방식으로 사용하는 것이 아니라 그 반대의 방식으로 사용한다. 즉 간단히 말해 버릴 수도 있는 것을 이리저리 돌려 말하고 바꿔 말하고 또 암시적으로 말한다. 문학은 이러한 완곡법을 통하여 사물과 세상의 모습을 낯설게 드러내고 나아가 보다 명징하고 새로운 인식에 이르게 한다. 이윤기의 소설에서 구사되는 완곡법의 문체와 완곡법의 구성은 이러한 문학의 기능을 잘 살리고 있다.

9 개념화 또는 인식의 명료함

이윤기는 삶의 미묘한 정서나 굴곡 그리고 정황을 포착하는 데 능란한 작가이다. 그의 소설에는 항상 삶의 어떤 국면이 구체적으로 그려진다. 아울러 이윤기는 그러한 삶의 국면을 단순히 펼쳐보이는 데 그치는 것이 아니라 어떤 개념으로 수렴시키고자 한다. 즉, 개념화에 대한 지향성이 강하다. 이 때문에 이윤기의 소설은 지적인 느낌을 줄 뿐만 아니라, 작가의 의도나 주제가 선명하다는 느낌을 준다.

「나비 넥타이」에서 작가는 박노수 부친이 즐겨 착용하는 나비 넥타이에 대해서 흥미로운 묘사를 한다. 박노수 부친의 나비 넥타이에 대한 집착과 그에 따른 에피소드들은 구체성과 일상성 속에서 설명된다. 작가는 일차적으로 충실한 관찰자 또는 보고자로서 그것을 다룬다. 많은 경우 작가의 역할은 그것으로 충분하고 또 그것으로 그친다. 그러나 이윤기는 관찰자에게 한걸음 더 나아가 그것을 지적으로 정리해 준다. 이윤기의 지적 상상력 안에서 단순히 유별난 취향에 불과한 박 교수의 나비 넥타이는 삶의 한 국면을 지칭하는 하나의 개념이 된다.

'박 교수의 나비 넥타이' 는 치명적인 정도는 아니더라도 명백하게 사람을 불유쾌하게 만드는 어떤 것, 결정적인 정도는 아니더라도 상당히 부정적인 어떤 측면을 나타내는 상징어가 되어갔다고 한다. (중략) 박 교수의 제자인 내 친구는 박 교수 이야기 끝에, 노수 아버지 덕분에 사람을 만날 때마다 그 사람에게는 어떤 나비 넥타이가 있는지 살펴보게 되는 버릇이 생겼다면서 웃었다. 뿐만 아니라 자기 목에는 각각 어떤 나비 넥타이가 매달려 있는지 자주 쓰다듬어 확인해 보지 않으면 안 되겠더라면서 또 웃었다. 나는 그 뒤로도, 자신을 희화함으로써 마침내 하나의 양식화한 본보기가 된 노수 아버지를 자주 생각했다.

이처럼 나비 넥타이는 유별난 취향에서 '타인에게 부정적으로 보이지만 자신의 약점을 극복하고 자신을 지켜나가는 데 필수적인 성격이나 습관이나 행동으로서 모든 사람이 지니고 있는 그 어떤 것'으로 개념화된다. 다음과 같은 에피소드에서도 이런 점이 잘 드러난다.

> 시장에서 친구는 호텔의 한식 요리사로 행세했다. ……그래서 가게 주인들은, 고객의 질문을 받을 때마다 혹 친구가 가까이 있으면 친구의 자문을 구하고는 했다. 그런데 내 친구가 구사하는 현란한 말장난의 함정은 바로 어머니가 나와 형에게 알려주던 그 말 빗장이었다.
> "육개장 끓이는데 숙주나물을 넣는 게 좋은가요?"
> 고객으로부터 질문을 받고 야채 가게 주인이 이렇게 물으면 내 친구는 대답하기 전에 먼저 야채 가게의 고객에게,
> "주인이 뚱뚱한가요, 아니면 마른 사람인가요?"
> 하고 묻는다.
> "마른 편인데요."
> 고객이 이렇게 대답하면 친구는 기침을 하고 권위를 부리면서 가르쳐주고는 한다. 주인의 체형을 묻는 질문, 이것이 그의 말 빗장이다. 이때부터는 그가 무슨 말을 하든 그 사람은 곧이듣게 되어 있다.
> "그러면 숙주나물은 넣지 마세요."
> 친구는 이런 식으로 대답하고는 한다.
> 야채 가게 주인의 반응은 대개의 경우 다음과 같다.
> "모르는 것이 없으셔."

악의 없는 말장난인 이러한 에피소드에서도 이윤기는 말 뒤에 숨은 논리 혹은 삶의 어떤 질서를 찾아내서 그것을 적절한 말로 개

념화한다. 상대가 어떤 것을 물어왔을 때, 대답을 바로 하지 않고 오히려 한걸음 더 나아간 질문을 먼저 던지면 상대는 쉽게 믿어버리는 경향이 있다. 이러한 대화의 속성을 위와 같은 재미있는 상황으로 제시할 수 있는 것도 이윤기의 솜씨지만, 그 상황으로부터 '말의 빗장'이라는 개념을 끌어내는 것도 이윤기의 솜씨이다.

이러한 방식은 하나의 에피소드에서 적용되기도 하고 또 한 편의 작품에서 적용되기도 한다. 가령 「직선과 곡선」이나 「갈매기」 같은 작품이 그러하다. 「직선과 곡선」에서 화자는 하 사장에 대해서 크게 실망한다. 화자의 체험과 판단으로 미루어 하 사장은 '천박한 수전노, 병적인 양생주의자, 대롱으로 세상을 보는 대롱눈'이다. 그러나 결말에서 화자는 자신이 오히려 대롱눈임을 알게 된다. 대롱눈이란 좁은 눈으로 세상을 보고 판단하는 어리석은 자라는 뜻이다. 대롱눈으로 큰 곡선을 보면, 곡선의 일부밖에 보지 못하므로 그 곡선을 직선이라고 오해하게 된다. 여기서 「직선과 곡선」이라는 제목의 의미가 생성되고, 나아가 "잃어버린 물건이 내가 이미 뒤짐질해 본 곳에 있을 수도 있다."는 이 소설의 화두도 풀리게 된다. 이처럼 「직선과 곡선」은, 자신이 대롱눈이라고 비웃었던 사람이 대롱눈이 아니라 그 사람을 그렇게 판단했던 자신이 오히려 대롱눈이었다는 삶의 깨달음을 보여주는 작품이다. 작가는 이러한 깨달음을 일상적 이야기로 들려주는 데 그치는 것이 아니라 「직선과 곡선」으로 개념화해서 독자들의 인식을 명료하게 만들어준다.

「갈매기」의 경우, 남자와 여자의 만남이라는 흔한 소재를 다룬다. 이런 소재는 상황 설정의 절묘성과 심리묘사의 섬세함에 의해서 매력적인 이야기가 될 수 있다. 오피스텔의 엘리베이터에서 자신이 타러 가는 비행기의 스튜어디스를 만난다는 상황 설정도 흥미롭고, 또 농담처럼 주고받는 대화 속에서 서로 상대의 삶과 성격과 감정에 대한 정보를 읽어내는 두 사람의 심리도 흥미롭다. 그런데 작가는 두 남녀가 만나는 상황과 심리를 보여주는 데 그치는 것이 아니라 그 만남 속에서 하나의 의미를 만들어내고 또 그것을 개념화한다.

　'마음에는 늘 중심을 오로지하여 변하지 않는 마음이 있으니 이를 항심이라고 하거니와, 기회를 엿보아 사특하게 움직이는 교사한 마음이 있으니 이를 기심이라고 한다. 네가 어떤 마음으로 어찌 사는지, 그것은 갈매기에게 물을 일이다.'
　이것은 그가 취중에 지어낸 말이다.

　화자가 취중에 지어낸 말은 곧 작가가 두 남녀의 만남 속에 부여하고자 하는 의미이다. 기심은 책략이고 술수이다. 기심으로는 갈매기를 만날 수 없다. 갈매기가 기심을 먼저 눈치 채기 때문이다. 화자는 항심으로 갈매기를 대하고자 노력한다. 그러나 때때로 기심이 발동한다. 그래서 화자는 갈매기를 자신이 항심인가 기심인가를 판별케 해주는 리트머스 시험지라고 생각한다. 이러한 화자의 생각을 통하여, 작가는 단순한 연애 이야기를 기심과 항심이라는 삶의 태도 문제로 의미화하고 또 개념화한다.

　이처럼 이윤기의 소설은 일상의 에피소드를 그대로 두는 것이 아니라 하나의 의미로 수렴한다. 고사(古事)와 고사성어(古事成語)의 관계를 빌려 말하자면, 이윤기의 소설은 고사를 이야기할 뿐 아니라 작가 스스로 고사성어까지 만들어낸다. 작가 이윤기는 자신의 소설을 통하여 우리가 귀담아들을 만한 새로운 고사성어를 만들어내는 사람이다.

(고려대 교수, 문학평론가)

작가의 말

　이른바 '등단'이라는 것을 하고도 근 20년 동안 판을 떠나 있었
다. 그래서 '작품집'이라고도 불리고 '창작집'이라고도 불리는 중
단편 소설집을 두 권밖에는 내지 못했다. 1988년에 낸 『하얀 헬리
콥터』와 1998년에 낸 『나비 넥타이』에 실린 글을 자선(自選)하여
이 책을 꾸민다. 제1부와 제2부의 제목은 두 창작집의 제목을 그대
로 좇았다. 두 창작집에 수록되어 있던 작품 대부분이 다시 실리고
있기 때문이다. '자선'이라고는 하지만, 실로 부끄러운 것 몇 편이
빠졌을 뿐, 대부분이 그대로 실려 있다는 것을 밝혀둔다. 두 창작집
과 무관하게 새로 들어간 것은 단편 「크레슨트 비치」한 편뿐이다.
따라서 이것은 '자선 중단편 모음'이라기보다는 두 권의 창작집을
합본한 성격이 짙다.

　제1부의 중단편들은, 1995년에 펴낸 장편소설 『하늘의 문』에, 주
인공의 체험 형식으로 그대로 실리기도 했다. 그걸 다시 중단편으

로 차마 독립시킬 수 없어서 망설이고 있었는데, 독립시키기를 권하는 분들도 있고, 편집자도 그러는 게 좋겠다고 해서, 얼굴에 모닥불 묻은 듯한 심정을 무릅쓰고 그 의견을 좇기로 하기는 했다. 같은 글을 여러 차례 읽게 한 것을 독자들에게 퍽 미안하게 생각한다.

제1부에 수록되어 있는 중단편을 다시 읽자니 감회가 새롭다. 「하얀 헬리콥터」는 데뷔작이다. 1977년 1월 1일자 《중앙일보》에 전재되었다. 손보아 다시 실었다. 「손님」, 「미친개」는 신춘문예 최종심, 「패자 부활」은 문예지의 신인상 최종심에 올라갔다가 내려온 것들이다. 다시 쓰는 기분으로 손을 보았다. 「패자 부활」의 경우, 처음 쓸 때의 제목은 「비계(飛階)」였다. 뒤에 「사행천(蛇行川)」으로 바뀌었다가 1988년에야 「패자 부활」로 굳었다. 「손님」은 중앙일보 신춘문예 출신 문인들의 동인지 《중앙 문예》에 「두 얼굴의 한 손님」이라는 제목으로 처음 선보였던 단편이다. 아무도 주목하지 않지만, 나는 이 단편을 가장 좋아한다.

제2부에는 중단편 소설집 『나비 넥타이』에 수록되어 있던 작품이 고스란히 실려 있다. 작품 수는 8편밖에 되지 않지만 문학상 수상 작품집이나 선집 등에 여러 차례 되풀이 수록되었다. 작품 8편의 수록 횟수는, 이 총서에 실리면 도합 30여 회 가까이 되지 않을까 싶다. 부끄럽고도 자랑스럽다. 자랑스러움은 그대로 가슴에 간직하되, 부끄러움은 행동으로 지워나갈 것을 결심한다.

이 총서에 합류한다는 사실 자체가 나에게는 분에 넘치는 영광이다. 그런데 여기에 수록되는 중편 「직선과 곡선——숨은 그림 찾기 1」이 제29회 동인문학상 수상작으로 결정되었다는 통보를 1998년

6월 11일에 받았다. 공교롭게도 두 권의 창작집을 합본하는 과정에서 받은 소식이다. 역시 분에 넘치는 영광이다. 이 겹경사를, 새로운 걸음걸이로 나아가라는 격려로 받아들인다. 새로운 각오로, 새로운 발걸음으로 나아가겠다. 그럴 나이가 비로소 되기도 했다.

1999년 8월 10일
스파르타 인들의 마을 Spartan Village에서

작가 연보

1947년 6월. 경상북도 군위군 우보면 두북동에서 태어났다.

1958년 4월. 우보 국민학교 4학년 재학 중 대구로 이사했다.

1962년 대구에서 국민학교를 졸업했다.

1965년 중학교를 졸업했다. 재학 중에는 학교 도서관에서 일했다. 혼자서 하는 영어와 일본어 공부를 시작했다. 같은 해, 고등학교에 들어갔지만 2개월인가 3개월인가 다니고는 그만두었다.

1966년 대학 입학 사격 검정고시에 합격했다.

1967년 진학하기 위해 상경했지만 우여곡절 끝에 대학을 포기하고 다시 귀향, 입대할 날을 기다리며 대구 근교 가창에서 한 삼천 평 되는 뽕나무 밭을 걸우었다.
　　　　영미의 근현대 작가들 대부분을 영어로, 일본의 근현대 작가들 대부분을 일본어로 읽었다. 극도의 우월감과 극도의 열등감에 휘둘리고 있을 즈음이었다.

1969년 입대. 이등병 시절, 경기도 일산 고봉산 정상의 관측소에서 관측 근무를 자주 했다. 틈틈이, 군수용품 휴지에다 「보병의 가족」, 「비상도로」 등의 단편을 썼다. 당시의 휴지는 두루말이가 아닌, 32절짜리 하급품 종이였다. 일등병 시절, 연대 본부가 기획한 계몽극단에 연극배우로 뽑혀 나갔다가 당시 극작가이자 연출가인 김준일 형을 만났다. 뒷날 이분은 방송작가, 소설가가 되었다. 이분과 함께 지내는 동안 잠재워 두었던 문학에의 열정이 되살아났다. 이분을 만나지 않았으면 소설가가 되지 않았을 것이다.

1970년 신호나팔을 배워, 한동안 신호나팔수 노릇을 했다. 아름답게 기억하는 시절이다.

1971년 4월. 월남으로 갔다. 다섯 차례의, '작전'이라고 불리는 장거리 정찰을 경험했다. 전투 일선에서 물러선 뒤로는 발전기 기사 노릇, 도서관 사서 노릇을 2개월간 했다. 「하얀 헬리콥터」, 「손님」은 발전병 노릇할 때, 철야로 돌아가는 발전기 옆에서 쓴 단편들이다. 거대한 디젤 발전기 돌아가는 소리는 착암기 소리보다 크면 크지 작지는 않다. 그런데도 월남에 있던 나에게는 그 소리가 고요였다. 헬리콥터로 보급품을 전투지역으로 실어보내는 공수병(空輸兵) 노릇도 3개월간 했다. 사서 노릇할 때는 또 미친 듯이 읽었다. 이상한 일도 다 있다. 중학교 시절에 하던 사서 노릇을, 월남 땅 전쟁터에서도 했으니.

1972년 귀국해서 임진강변 오두산 관측소에서 잔여 기간 3개월을 마저 복무하고 제대했다. 관측병으로 시작한 군대살이를 관측병으로 끝낸 셈이다. 이 또한 이상한 인연이다. 관측병은 무인도의 등대수 같다.

제대하는 날 아침, 관측소에서 대대본부까지 30~40리 되는 길을, 막걸리 사먹어 가면서, '아침이슬'을 부르면서 걸었다.

9월부터 약 1년간, 재도급(再都給) 업자인 종매형과 도목수(都木手)인 재종형의 그늘 아래 건설 공사장을 전전하며 '서기' 노릇과 일종의 해결사 노릇을 겸하면서 노동자들을 착취했다. '서기'라는 지위를 이용하여 나중에 내 집 짓는데 필요한 건축 기술을 여러 가지 익혔다.

중편소설 「패자 부활」이 그 부산물이다.

1974년 수입은 많았지만 건설 공사장은 오래 있을 곳이 아니었다. 공사장 손을 털고, 방송작가 김준일 형과 함께 일종의 해적판인 『니체 전집』의 윤문을 시작했다. 일본어에서 중역한 모본(母本), 영어, 일본어 텍스트를 두고, 하루에 이백 자 원고지 백여 장씩 썼다. 말이 윤문이었을 뿐, 실제로는 완역에 가깝게 작업했다. 아직도 남의 이름 달고 시중을 돌아다니는 이 전집을 두고 한 책임 있는 출판인은 '제일 나은 니체 전집'이라고 해준 적도 있다. 시작 당시의 원고료는 장당 10원이었다. 출판사는 나중에 '실력을 인정한다'면서 17원으로 올려주었다.

1975년 청소년을 위한 삽지 《학원》을 내던 학원출판사에 기자로 들어갔다. 양희은, 송창식, 김정호(작고), 김세환 같은 가수들을 만나고 다녔다. 영어 잡지, 일본 잡지의 기사 번역을 전담하다시피 했다. 지금의 소설가 김상렬, 최학 교수, 시인 권오운, 원동은, 박정만(작고), 신학대학 교수 김성영, 평론가 황현산 교수 등과 함께 근무했다. 황홀한 시절이었다.

대학 갓 나온 아내 권소천도 여기에서 만났다.

1976년 아동 잡지를 내던 육영재단으로 자리를 옮겨 일하면서 신
춘문예를 기웃거리던 중, 단편 「하얀 헬리콥터」가 《중앙
일보》신춘문예 단편소설 부문에 입선했다는 소식을 들었
다. 소식 들은 직후에, 먹은 것을 모두 토했다. '응모'라는
절차를 도무지 소화할 수 없었다. 하지만 그 길밖에는 길
이 없었다.

1977년 본격적으로 번역 일을 시작했다. '이원기'라는 이름으로
한동안 소책자를 번역하다 헤밍웨이가 편집한 앤솔로지
『전장의 인간』(전4권)에 도전했다. 최초의 역서 『카라카스
의 아침』은 홍성사에서 나왔다. 당시의 홍성사 편집주간
이 정병규 형이었다. 카를 융의 편저서 『인간의 상징』의
번역도 이해에 이루어졌다.

1978년 결혼. 이해부터 거의 한 달에 한 권 꼴로 역서를 출간했다.
한 해에 만오천 장 가까이 썼다. 미국제 파카 만년필이 해
마다 한두 자루씩 닳았다.

1979년 아들 '가람' 출생. 방송작가 김준일 형이 이름을 지어주었
다. 가람은 지금 미국 대학에서 영화를 공부하고 있다.

1980년 딸 '다히' 출생. 시인 김영석 형이 이름을 지어주었다. 본
적지 호적계원의 과잉 친절로 '다히'는 '다희'가 되었다.
다희는 지금 대학 인문학부에서 철학 공부하고 있다. 고전
어(古典語)를 배우고 싶어서 신학대학에 들어갔다.

1983년 출석일수를 채울 수 없어서, 신학대학의 졸업을 포기했다.
히브리어, 헬라어(고전 그리스어), 라틴어를 시작했다. 이 야
심적인 도전은 참담한 실패로 끝났다. 이해에 '이가헌'이라
는 이름으로 네 편의 소년소설을 어린이 잡지에 연재했다.

1985년 움베르토 에코의 첫 장편소설 『장미의 이름』의 번역에 착수했다. 매우 힘이 들었다. 다음 해에 탈고했지만 여러 대형 출판사로부터 차례로 퇴짜를 맞았다.

1986년 정병규 형의 주선으로 『장미의 이름』이 출판회사 열린책들에서 나왔다. 반응이 매우 좋았다.

1988년 그리스·로마 신화의 해석을 시도한 『뮈토스』 3부작을 출판회사 고려원에서 펴냈다. 같은 해, 중단편 소설집 『하얀 헬리콥터』를, 중학교 동창생이 경영하던 영학 출판사에서 펴냈다.

문학평론가 이남호 교수의 권유로 필기구를 만년필에서 워드프로세서로 바꾸었다. 필기도구에 관한 한 일종의 친위 혁명이었던 셈. 무려 230만 원에 달하는 워드프로세서 전용기 '젬워드'의 비용은 정병규 형이 물다시피 했다. 번역의 속도가 곱절로 빨라졌다. 이해까지 낸 번역서가 150권에 이르지 않았나 싶다. 일일이 헤아리는 것을, 올림픽 끝날 즈음에 포기했다.

1990년 출판회사 고려원에서 편집주간으로 한 해 동안 일했다.
에코의 두번째 소설 『푸코의 추』를 번역 출간했다.
서화숙 기자의 주선으로 《한국일보》에 「과학소설의 세계」를 한동안 연재했다. 과학소설사 공부가 좋이 되었다.

1991년 연변대학 및 경북대학교 교수(1999년 현재) 이상무 박사의 주선으로 미국 미시건 주립대학교 국제대학의 초청을 받고, 8월에 '초빙 연구원' 자격으로 가족과 함께 도미했다. 조용한 대학 도시 이스트 랜싱의 아름다운 마을 '체릴 레인'의 교환교수 아파트에 짐을 풀었다. 박사 학위를 얻을 생각이었다. 서울대학교 정진홍 교수(종교학)께서 추천장

을 써주시었다. 당장 박사 과정에 넣어서 공부를 시켜도
좋겠다는, 분에 넘치는 추천이었다. 당시의 국제대학 학장
임길진 박사(1999년 현재, KDI 대학원장, 미시건 주립대학
교 사회과학대학 석좌교수)로부터 지나치게 후한 대접을 받
았다. 학자의 길보다는 소설가의 길을 걸어야 한다는 결론
을 이해 가을에 얻었다.(정진홍 교수님 죄송합니다.)

1992년 『장미의 이름』, 『푸코의 추』를 개역(改譯)했다. 『푸코의
추』는 처음부터 다시 번역, 제목도 『푸코의 진자』로 바꾸
었다. 개역하면서 교환교수 아파트에서 살고 있던 백여 개
국 학자들 도움을 많이 받았다.

소설 쓰기로 되돌아가겠다고 결심, 번역의 청탁은 가능한
한 거절했다.

최구식 기자의 추천으로 《조선일보》에 주간 칼럼 「동과
서의 만남」의 연재를 시작했다.

1993년 장편소설 『하늘의 문』을 쓰기 시작했다.

이해 겨울에 일본을 여행했다. 조총련 간부 노릇하던 숙부
의 행방을 찾아, 오사카의 위성 소도시 후세 시〔布施市〕
아라카와 구〔荒川區〕를 뒤지고 다녔다.

열린책들의 홍지웅 사장이 미국 체재 비용의 일부를 지원
하기 시작했다.

1994년 장편소설 『하늘의 문』을 출판회사 열린책들에서 출간했다.

1995년 당시의 민음사 이영준 주간(1999년 현재, 하버드 대학교 동
아시아학과)의 도움으로 《세계의 문학》에 중편소설 「나비
넥타이」를 발표함으로써 소설 쓰기의 출사표로 삼았다.
'이상문학상', '동인문학상' 후보에 오르는 등, 분에 넘치
는 격려를 받았다. 정중수 주간의 배려로 《중앙 문예》가

을호에 장편소설 「사랑의 종자」를 발표했다. 《실천문학》
겨울호에 의해 이 소설이 '오늘의 민족문학' 으로 뽑히는,
생광스러운 영광을 누렸다.(나의 소설이 '민족문학' 에 포함
되다니…….) 《문학동네》에 장편소설 「햇빛과 달빛」을 연
재하기 시작했다.

1996년　8월. 아들 가람만 남겨둔 채 아내, 딸과 함께 일단 귀국했다.
단편 「뱃놀이」(《세계의 문학》 겨울호), 「떠난 자리」(《문학사
상》 8월호), 「구멍」(《문학과 사회》, 겨울호)을 발표했다.
장편소설 「사랑의 종자」가 『만남』이라는 제목으로 출간되
었다.
장편소설 『햇빛과 달빛』이 출간되었다.
움베르토 에코의 세 번째 소설 『전날의 섬』을 번역 출간했
다. 1977년에 번역을 완료한 카를 융의 편저서 『인간과 상
징』이 열린책들에서 이해에 출간되었다.

1997년　9월. 미국 미시건 주립대학교 사회과학대학의 초청을 받
고 다시 도미.
이해에 「갈매기」(《문학사상》 2월호), 「낯익은 봄」(《현대문
학》 4월호)을 쓰고, 중편 「직선과 곡선」(《세계의 문학》 여름
호)을 발표했다. 중편 「직선과 곡선」, 단편 「사람의 성분」
(《작가세계》 가을호)으로 연작소설 「숨은 그림 찾기」를 시
작했다. 《현대문학》에 장편소설 「뿌리와 날개」의 연재를
시작했다.
산문집 『에세이 온 아메리카』가 《월간 에세이》를 펴내는
원장재단에서 출간되었다.
박해현 기자의 주선으로 《조선일보》에 「플루타크 영웅열
전」을 연재하기 시작했다.

1998년 중단편 소설집 『나비 넥타이』가 민음사에서 출간되었다.
양헌석 기자의 주선으로 《세계일보》에 「세계사 인물기행」
의 연재를 시작했다. 중편소설 「진홍글씨」(《라쁠륨》 봄호),
단편 소설 「세 동무」(《무애》 여름호), 「오리와 인간」(《세계
의 문학》 여름호), 「두물머리」(《문학과 의식》 여름호), 「손
가락」(《상상》 여름호), 「넓고 넓은 방 한 칸」(《금호문화》),
「좌우지간」(《황해문화》 가을호)을 발표.
6월 11일, 조선일보사로부터 제29회 동인문학상 수상자로
선정되었다는 소식을 들었다.
매우 뜻깊은, 쉰한 번째 생일날 아침에 연보를 정리했다.

덧붙이기
6월 29일, 동인문학상 수상작품집 『숨은 그림 찾기 1—
직선과 곡선』(공저, 조선일보사) 출간.
6월 30일, 장편소설 『뿌리와 날개』(현대문학사) 출간.
10월 9일, 동인문학상을 수상했다.
1월 5일, 산문집 『무지개와 프리즘』(생각의 나무) 출간.
12월 8일, 중편소설 『진홍글씨』(작가정신) 단행본으로 출간.
12월 10일, 청소년을 위한 신화 해설서 『아리아드네의 실
타래』(웅진출판사) 출간.
1999년 1월부터 《문학사상》에 장편소설 「그리운 타부」 연재 시작.
2월. 『4대 문학상 수상작가 대표작 선곡』(공저, 작가정신)
출간.
3월. 산문집 『어른의 학교』(민음사) 출간.
4월. 《작가세계》에 장편소설 「나무 기도원」 분재 시작.
5월. 《세계의 문학》에 단편 「숨은 그림 찾기 3」을 발표.

6월.『천의 얼굴을 가진 영웅』의 개역판(민음사) 출간.

8월. 3부작『뮈토스』의 개정판(고려원) 출간.

1999년 8월 현재, 미국 미시건 주립대학교 사회과학대학 객원교수(비교문화).

8월 10일, 그리스의 수도 아테네로 떠나는 날, 미시건 주립대학교 '스파르타 인들의 마을 Spartan Village'에서 연보를 정리한다.

오늘의 작가 총서 16

나비 넥타이

1판 1쇄 펴냄 1999년 9월 6일
1판 4쇄 펴냄 2004년 7월 10일
2판 1쇄 펴냄 2005년 10월 1일
2판 2쇄 펴냄 2017년 7월 14일

지은이 · 이윤기
발행인 · 박근섭, 박상준
펴낸곳 · (주) 민음사

출판등록 1966. 5. 19. 제16-490호
서울특별시 강남구 도산대로1길 62(신사동)
강남출판문화센터 5층(우편번호 06027)
대표전화515-2000 팩시밀리 515-2007

www.minumsa.com

ISBN 978-89-374-2016-0 04810
ISBN 978-89-374-2000-9 (세트)